Nicci French

Derrière le pseudonyme de Nicci French se cache un couple de journalistes anglais — Nicci Gerrard et Sean French — collaborateurs à *The Observer* et *The New Stateman*. Tandis que Nicci Gerrard passait son enfance dans le Shropshire, dans la pharmacie de ses parents, son futur mari fréquentait la Gospel Oak School, au nord de Londres.

Marié, quatre enfants, le couple écrit à quatre mains et a déjà publié *Memory Game* (1997), *Jeux de dupes* (1999), thriller qui connut un énorme succès dès sa parution, et *Feu de glace* (2000).

DANS LA PEAU

DU MÊME AUTEUR
CHEZ POCKET

FEU DE GLACE

NICCI FRENCH

DANS LA PEAU

Traduit de l'anglais
par Emmanuelle Delanoë-Brun

FLAMMARION

Titre original :
BENEATH THE SKIN

Éditeur original : Michael French.

ISBN : 2-266-12209-6

Pour Katie et Chris.

L'été, leurs corps prennent chaud. La chaleur s'infiltre par les pores de leur peau nue. Une lumière brûlante pénètre leur intimité obscure ; je l'imagine glisser en elles et tourbillonner, les attiser. Tel un liquide noir luisant qui ondule sous leur peau. Elles se dévêtent, elles ôtent toutes les épaisseurs, les couches superposées qu'elles portent l'hiver, et laissent le soleil les toucher. Se poser sur leurs bras, leur effleurer la nuque. Il ruisselle entre leurs seins et elles renversent la tête en arrière pour le sentir sur leur visage. Elles ferment les yeux, elles ouvrent la bouche, une bouche peinte ou nue. La chaleur bouillonne sur les trottoirs à leur passage, leurs jambes nues s'entrouvrent, leurs jupes légères frémissent au rythme de leurs pas. Les femmes. L'été, je les regarde, je les hume, et je conserve leur souvenir.

Elles s'observent dans le reflet des vitrines, elles rentrent le ventre, se redressent, et je les regarde. Je les regarde s'observer. Je les vois quand elles pensent être invisibles.

La rousse dans sa robe légère orange. Une de

ses bretelles tombe sur son épaule. Elle a des taches de rousseur sur le nez, une plus grosse sur l'omoplate. Elle ne porte pas de soutien-gorge. Quand elle marche, elle balance ses bras pâles et duveteux et ses tétons se dressent sous le coton ajusté du tissu. Elle a les seins aplatis. Les hanches osseuses. Elle est chaussée de sandales plates. Le deuxième orteil dépasse le pouce. Ses yeux sont d'un vert glauque, comme le fond d'une rivière. Elle a les cils pâles, ils battent sans cesse. Sa bouche est fine ; un soupçon de rouge s'y attarde aux commissures. Elle ploie sous la chaleur. Elle lève un bras pour balayer les perles de transpiration apparues sur son front et laisse apparaître un léger regain roux hérissé au creux de l'aisselle, vieux de quelques jours peut-être. Ses jambes aussi sont râpeuses. Au toucher, elles feraient l'effet d'une feuille de papier de verre humide. Sa peau se marbre. Ses cheveux lui collent au front. Elle déteste la chaleur, celle-là, la canicule l'abat.

La fille aux seins volumineux, au ventre rebondi, à l'épaisse crinière noire, on pourrait croire qu'elle souffre plus, avec toute cette masse, toute cette chair. Mais elle laisse le soleil pénétrer, elle n'oppose aucune résistance. Je la vois ouvrir son gros corps doux. Des cercles de transpiration se dessinent au niveau des aisselles sur son T-shirt vert, la sueur dégouline dans son cou, le long de ses lourdes tresses raides. Les poils foncés de ses bras scintillent, de même que ses jambes puissantes chaussées de sandales à talons. Elle a les aisselles bien fournies. Je devine le reste de son corps en la voyant. Elle a un duvet noir au-dessus des lèvres, une bouche rouge, humide, comme une prune mûre. Elle mange un sandwich enrobé dans un papier sulfurisé brun maculé de taches de graisse, elle y plonge ses dents blanches. Un pépin de tomate s'est accroché à sa lèvre supérieure, un filet gras coule le long de son menton, mais elle ne l'essuie pas. Sa jupe se prend dans le pli de ses fesses et remonte un peu.

La chaleur peut rendre les femmes repoussantes. Certaines s'assèchent complètement, comme des insectes dans le désert. Des craquelures se forment sur leur visage, leur resserrent la lèvre supérieure, s'entrecroisent sous les yeux. Le soleil a aspiré toute leur humidité. Surtout les femmes âgées, qui tentent de cacher leurs bras rêches sous de longues manches, leurs visages sous des chapeaux. D'autres se mettent à rancir, se corrompent doucement. Leur peau parvient mal à contenir leur désintégration. Quand elles s'approchent, je sens leur odeur ; sous le déodorant, le savon et le parfum qu'elles se sont déposés au creux du poignet ou bien derrière l'oreille, je perçois les relents âcres du pourrissement.

Mais certaines s'épanouissent comme des fleurs au soleil, propres, fraîches, la peau veloutée, les cheveux comme de la soie, rejetés en arrière ou encadrant leur visage. Assis sur un banc dans le parc, je les regarde passer, toutes seules ou en groupe, enfonçant leurs pieds brûlants dans l'herbe jaunie. La lumière luit sur elles. La Noire dans une robe jaune : le soleil rebondit sur les aplats brillants de sa peau. Une chevelure dense, grasse. Je l'entends rire au passage, un son râpeux qui semble venir des tréfonds secrets de son corps athlétique. J'observe ce que réservent les ombres : le pli sous le bras, le creux sous le genou, le triangle obscur entre leurs seins. Les morceaux cachés de leurs corps. Elles croient que personne ne regarde.

Parfois je devine ce qu'elles portent en dessous. La femme à la chemise blanche sans manches dont la bretelle de soutien-gorge ne cesse de glisser. Une bretelle grise, décolorée d'avoir été trop portée. Elle a mis une chemise propre mais ne s'est pas préoccupée de son soutien-gorge. Elle a pensé que personne ne s'en apercevrait. Moi, je remarque ces détails-là. Le jupon qui dépasse. Le vernis écaillé. La tache qu'elles tentent de cacher sous le maquillage. Le bouton dépareillé. L'auréole sale, le tour de col graisseux. La bague devenue trop serrée avec les années, le doigt enflé autour.

Elles passent devant moi. Je les vois derrière les fenêtres, quand elles pensent être seules. Celle qui s'est endormie, l'après-midi, dans sa cuisine, dans la maison au bout de la rue calme où je passe parfois. Sa tête penche selon un angle bizarre — dans une minute elle se réveillera en sursaut, elle se demandera où elle se trouve. Elle a la bouche ouverte, la mâchoire avachie. Un mince filet de salive lui coule sur la joue, comme la traînée d'un escargot.

Celle qui monte dans une voiture, la robe relevée d'un geste vif. La vision fugitive d'une culotte. De cuisses bosselées.

Le suçon sous le foulard arrangé avec soin.

Si elle est enceinte, je vois poindre le nombril sous l'étoffe fine de la robe.

Celle-là, qui porte un nourrisson. Il y a des traces de lait sur sa chemise et une petite tache de vomissure à l'endroit où la tête de l'enfant dodeline contre son épaule.

Un sourire qui dévoile des gencives renflées sous la lèvre, une canine écornée, une couronne de porcelaine.

Un sillon noir courant le long d'une raie dans une chevelure blonde, là où la couleur naturelle repousse.

Des ongles de pied épais et jaunissants qui trahissent son âge.

Les premiers signes de varices sur des jambes blanches, comme un vers violet sous la peau.

Dans le parc, elles restent allongées sur la pelouse pendant que le soleil s'abat sur elles. Elles s'attardent à la terrasse des pubs, la lèvre ourlée de mousse récoltée à la première gorgée de bière. Parfois je me trouve au milieu d'elles dans le métro. Pression de chairs moites dans l'air croupi. Parfois je suis assis entre elles, ma cuisse effleurant la leur. Parfois je leur ouvre la porte et je les suis dans la fraîcheur d'une bibliothèque, d'une galerie d'art, d'une boutique ; je regarde leur façon de marcher, comment elles tournent la tête ou repoussent une mèche de cheveux derrière l'oreille. La façon qu'elles ont de sourire puis de tourner la tête. Parfois, elles ne se détournent pas.

Pendant quelques semaines encore, c'est l'été dans la capitale.

I

ZOË

1

Je ne serais jamais devenue célèbre sans la pastèque. Et je ne me serais pas retrouvée en possession de cette pastèque s'il n'avait pas fait chaud. Alors je ferais mieux de commencer par la chaleur.

Il faisait chaud. Mais attention aux fausses impressions. N'allez pas rêver de Méditerranée, de plages désertes et de cocktails d'où débordent des petits parasols colorés. En fait il n'en était rien. Cette chaleur, c'était comme si une grosse crevure de vieux clébard obèse s'était couchée sur Londres début juin pour ne pas en bouger durant trois semaines infernales. Il s'était mis à faire de plus en plus collant et de plus en plus dégoulinant, le ciel avait changé de jour en jour, passant du bleu à une sorte de gris-jaune industriel. Holloway Road ressemblait maintenant à un pot d'échappement géant, les fumées des voitures flottaient à hauteur de rue, retenues par le poids de polluants encore plus dangereux suspendus plus haut dans les airs. Les piétons que nous sommes nous toussions à la figure comme autant de bassets libérés du laboratoire d'un fabricant de cigarettes. Au début du mois de juin, j'avais trouvé agréable d'enfiler une robe d'été et de sentir la légèreté du tissu sur ma peau. Mais mes robes étaient poisseuses et auréolées de sueur à chaque fin de journée et j'étais bonne pour me laver les cheveux tous les matins dans le lavabo.

D'habitude, les livres que je lis à mes élèves me sont imposés par les principes totalitaires et fascistes du gouvernement, mais ce matin-là je m'étais pour une fois rebellée et je leur avais lu un conte de Frère Lapin que j'avais retrouvé dans un carton plein de vieux livres pour enfants le jour où j'avais vidé l'appartement de mon père. Je m'étais attardée à la contemplation de vieux bulletins scolaires, de lettres écrites avant ma naissance, de vilains bibelots de porcelaine qui charriaient un flot de souvenirs agréables. J'avais gardé tous les livres en me disant qu'un jour peut-être j'aurais moi-même des enfants, que je pourrais leur lire les histoires que maman m'avait racontées avant de mourir et de laisser le soin à papa de me border tous les soirs, avant que les histoires ne deviennent un de ces plaisirs disparus, un plaisir d'autant plus précieux et merveilleux. À chaque fois que je lis un livre à des enfants, j'ai un peu l'impression de me transformer en une version douce et brouillée de ma mère. L'impression que je fais la lecture à la petite fille que j'étais autrefois.

J'aimerais pouvoir dire que mes élèves sont tombés sous le charme enchanteur de cette histoire classique du bon vieux temps. Peut-être y a-t-il simplement eu un peu moins de pleurnicheries, de doigts dans le nez, de regards au plafond ou de taquineries que d'habitude. Mais au moment de leur poser des questions sur l'histoire, j'ai surtout pu constater que personne ne savait ce qu'était une pastèque. J'en ai dessiné une au tableau, à l'aide d'une craie rouge et d'une craie verte. Une pastèque ressemble tellement à un fruit de dessin animé que même moi j'y arrive. Échec complet.

Du coup, je leur ai dit que s'ils étaient sages — et durant la dernière heure de l'après-midi ils se sont montrés d'une obéissance alarmante — je leur apporterais une pastèque le lendemain. Sur le chemin du retour, je suis descendue du bus un arrêt plus tôt, au coin de Seven Sisters Road. Je suis repartie en sens inverse pour passer devant les étals des marchands de quatre saisons. Au premier, j'ai acheté une livre de cerises cœurs-de-pigeon que j'ai dévorées avec gloutonnerie. Elles étaient acides, juteuses, fraîches. Elles m'ont rappelé la campagne où j'avais grandi : je me serais crue assise dans l'ombre verte au moment où le soleil décline. Il était cinq heures tout juste passées, de sorte que la circulation commençait déjà à coincer. Les premiers bouchons se formaient. Les pots d'échappement soufflaient leurs fumées chaudes à mon visage, pourtant je me sentais presque joyeuse. J'ai joué des coudes pour remonter une foule dense, comme d'habitude, mais la plupart des gens avaient l'air de bonne humeur. Ils portaient des couleurs vives. De son onze ordinaire, mon indice de claustrophobie urbaine était tombé à un six ou sept plus acceptable.

J'ai acheté une pastèque grosse comme un ballon de basket, lourde comme une boule de bowling. Le vendeur a utilisé quatre sacs enfournés les uns dans les autres pour l'emballer et il n'y avait presque aucun moyen de la transporter. Avec prudence, je l'ai fait basculer par-dessus mon épaule — ce qui a failli m'envoyer valser dans la circulation — et j'ai pu transporter la bête tel un homme chargé d'un sac de charbon. Je n'avais qu'environ trois cents mètres à faire jusqu'à l'appartement. Je devais pouvoir y arriver.

J'ai traversé Seven Sisters Road, puis j'ai tourné dans Holloway Road. Les gens me dévisageaient. Dieu sait ce qu'ils pouvaient s'imaginer en voyant une blondinette légèrement vêtue courbée en deux, trimballant ce qui devait leur paraître comme son propre poids en ferraille dans un sac plastique.

C'est à ce moment-là que ça s'est produit. Quelle impression en ai-je tirée sur le coup ? Tout s'est joué en un clin d'œil : un geste instinctif, un choc, et c'était déjà du passé. Je n'ai vraiment reconstruit la scène qu'après coup, en me repassant le film des événements d'après ce que j'en ai dit aux gens, d'après ce qu'ils m'en ont raconté. Un bus s'avançait vers moi sur la file du milieu. Il était presque à ma hauteur quand quelqu'un a sauté de la plate-forme arrière. Le bus roulait presque à son allure maximale dans Holloway Road à l'heure de pointe. Les gens normaux ne sautent pas d'un bus comme ça, même les Londoniens. Sur le coup, j'ai cru qu'il s'agissait d'un casse-cou qui avait entrepris de traverser derrière le bus. Mais la vitesse à laquelle il avait atterri sur le bitume, à deux doigts de perdre l'équilibre, montrait qu'il devait en fait sortir du bus.

J'ai alors compris qu'ils étaient deux, apparemment reliés par des courroies. Derrière le type il y avait une femme, plus âgée que lui. Mais pas vraiment vieille. Elle, elle s'est effectivement cassé la figure en touchant le sol, une chute terrible, puis elle a roulé la tête la première. J'ai vu son pied s'élever incroyablement haut en l'air avant d'aller s'écraser contre une poubelle. J'ai vu sa tête heurter le sol. J'ai entendu le choc du crâne sur le bitume. L'homme s'est dégagé d'une torsion. Il tenait un sac. Son sac à elle. Il le tenait à deux mains, à hauteur de poitrine. Quelqu'un a crié. Il s'est enfui à toute allure. Il souriait d'un sourire étrange, pincé, et il avait le regard vitreux. Il courait droit dans ma direction — ce qui m'a obligée à reculer d'un pas. Mais je ne me suis pas contentée de ça. J'ai laissé la pastèque glisser de mon épaule. Je me suis penchée en arrière et j'ai balancé le bras en avant. J'ai dû me cambrer sinon la pastèque serait retombée à la verticale en m'entraînant avec elle. Si elle avait continué sa course circulaire autour de moi, j'en aurais rapidement perdu le contrôle, mais son trajet a été brutalement interrompu au moment où elle a touché l'homme en plein ventre.

On parle de la zone de frappe. Quand on faisait des exercices de balle en primaire et que c'était à moi de lancer, la plupart du temps la balle effleurait le bord du piquet pour aller piteusement s'écraser en rebonds mous sur le côté. Mais de temps en temps elle tapait juste au bon endroit et là, presque sans effort, elle s'envolait dans les airs. Les battes de cricket ont une zone de frappe elles aussi, sauf qu'on parle alors de leur « viande ». Et les raquettes de tennis pareil. De même que les battes de base-ball. Eh bien ce voleur à la tire a pris ma pastèque en plein dans sa zone de frappe, elle l'a cueilli exactement au sommet de son ellipse. On a entendu un bruit sourd très étonnant au moment où elle l'a heurté en plein dans le ventre. Puis un « pfuitt » d'air évacué, et le type s'est effondré aussi radicalement que s'il n'y avait pas eu de corps à l'intérieur de ses vêtements et qu'ils essayaient de se plier tout seuls sur la chaussée. Il n'est pas tombé comme l'aurait fait un arbre. Il s'est écrasé comme un immeuble qu'on démolit à l'aide d'explosifs disposés à la base. À un moment il est là, l'instant d'après il ne reste plus que de la poussière et des gravats.

Je n'avais rien prévu au cas où l'homme se relèverait pour me foncer dessus. Ma pastèque ne valait que pour un coup. Mais il n'était pas en état de se remettre sur ses pieds. Il s'est un peu agrippé au trottoir et soudain nous nous sommes retrouvés entourés par une foule. Je ne le voyais plus. Alors je me suis souvenue de la femme. Des gens m'ont barré le chemin, ils ont essayé de me parler, mais je les ai écartés pour passer. J'avais la tête légère, je me sentais transportée. J'avais envie de rire ou de me mettre à raconter n'importe quoi. Mais il n'y avait rien de drôle ici. Elle était avachie sur ce trottoir, toute tordue, face contre terre. Il y avait beaucoup de sang sur les pavés, du sang épais et sombre. J'ai pensé qu'elle était morte mais sa jambe remuait, secouée de sursauts bizarres. Elle était habillée avec élégance, d'un tailleur classique dont la jupe grise était assez courte. Je l'ai soudain imaginée en train de prendre son petit déjeuner ce matin même, en route pour son bureau, puis sur le chemin du retour, l'esprit occupé par ce qu'elle allait faire ce soir, des projets ordinaires et réconfortants pour elle. Et tout à coup ce truc, sa vie chamboulée. Pourquoi s'était-elle accrochée à ce sac idiot ? Peut-être s'était-il enroulé autour de son bras.

Les gens restaient plantés autour d'elle, l'air mal à l'aise. Nous aurions tous voulu qu'un personnage officiel — médecin, policier, n'importe qui en uniforme — s'avance, prenne les choses en main, fasse de la situation un événement normal traité par les voies appropriées. Mais personne n'a bougé.

« Y a-t-il un médecin ? » a demandé une vieille femme à côté de moi.

Oh, merde. J'avais suivi un stage de secourisme de deux jours pendant la seconde année de ma formation d'institutrice. J'ai fait un pas, je me suis agenouillée près de la femme. J'ai perçu des soupirs soulagés autour de moi. Je savais comment administrer des médicaments à des bambins mais je n'avais pas la moindre idée de ce qu'il fallait faire dans le cas présent, hormis cette règle clé : « En cas de doute, ne touchez à rien. » Elle avait perdu connaissance. Beaucoup de sang maculait son visage et sa bouche. Une autre expression m'est revenue en tête : « La position latérale de sécurité. » Aussi doucement que possible, j'ai tourné son visage vers moi. Des hoquets ébahis et des exclamations de dégoût se sont fait entendre dans mon dos.

« Quelqu'un a appelé une ambulance ? ai-je demandé.

— Moi, sur mon portable », a répondu une voix.

J'ai pris une profonde inspiration puis j'ai enfoncé les doigts dans la bouche de la femme. Elle avait les cheveux roux, la peau très pâle. Elle était plus jeune que je ne l'avais d'abord cru, sans doute assez jolie aussi. Je me suis demandé de quelle couleur étaient ses yeux, derrière ses paupières closes. Peut-être étaient-ils verts : une rousse aux yeux verts. J'ai retiré du sang épais de sa bouche. J'ai regardé ma main rougie, j'ai vu une dent ou bien un bout de dent. Un grognement est sorti de sa gorge, très profond. Puis elle a toussé. C'était sans doute bon signe. J'ai entendu une sirène très forte, tout près. J'ai levé les yeux. Un type en uniforme m'a écartée du chemin. Tant mieux.

De ma main gauche j'ai sorti un mouchoir en papier. Je me suis essuyé les doigts avec soin pour faire disparaître le sang et le reste. Ma pastèque. Je ne l'avais plus. J'ai rebroussé chemin pour la retrouver. L'homme était assis sur la chaussée à présent. Il était entouré de deux agents, un homme et une femme, qui baissaient les yeux vers lui. J'ai aperçu mon sac en plastique bleu.

« C'est à moi, ai-je dit en le ramassant. Il est tombé.

— C'est elle, a dit une voix. C'est elle qui l'a stoppé dans sa course.

— Putain, elle te l'a même mis K-O », a ajouté une autre voix. Tout près, une femme a ri.

L'homme a levé les yeux vers moi. Je m'attendais sans doute à y lire un désir de vengeance. Au lieu de quoi il avait juste l'air bêtement étonné.

« C'est vrai ? a demandé la femme agent, un brin incrédule.

— Ouais, ai-je répondu, sur la défensive. Mais je ferais mieux d'y aller. »

L'agent s'est avancé vers moi. « Il va nous falloir quelques précisions, mon petit.

— Qu'est-ce que vous voulez savoir ? »

Il a sorti un calepin. « On va commencer par votre nom et votre adresse. »

Là encore, un truc bizarre. J'ai découvert que j'étais plus choquée que je ne le pensais. J'ai réussi à me souvenir de mon nom, même s'il m'a fallu un petit effort. Mais il m'a été tout bonnement impossible de retrouver mon adresse, quoique je sois propriétaire de ce trou à rat où je me suis installée il y a un an et demi. J'ai dû sortir mon agenda de ma poche et leur lire l'adresse. J'avais la main qui tremblait tellement que j'arrivais à peine à distinguer les mots. Ils ont sans doute pensé que j'étais folle.

2

J'étais en train de faire l'appel. J'en étais arrivée à la lettre *E. E* pour Damian Everatt, un bambin maigrichon affublé d'énormes lunettes rafistolées au scotch, aux oreilles cireuses, à la bouche inquiète dépourvue de canines, aux genoux écorchés après les bousculades provoquées par ses congénères durant la récréation.

« Présent, miss, a-t-il murmuré au moment où Pauline Douglas passait la tête par la porte de la classe.

— Je peux vous voir un instant, Zoë ? » Je me suis levée pour aller la retrouver, lissant ma robe d'une main soucieuse. J'ai senti un courant d'air bienvenu dans le couloir ; pourtant j'ai remarqué qu'une gouttelette de sueur glissait le long du visage soigneusement poudré de Pauline. Ses cheveux grisonnants, d'habitude bien nets, étaient humides aux tempes. « J'ai reçu un appel d'un journaliste de *La Gazette*.

— Qu'est-ce que c'est ?

— Un journal local. Ils veulent vous parler au sujet de votre geste héroïque.

— Quoi ? Oh, ce truc ! C'est...

— Ils ont parlé d'une pastèque.

— Ah, oui, eh bien, c'est que...

— Ils veulent également envoyer un photographc. Silcncc ! — ccci à l'intcntion dcs cnfants assis en rond derrière nous à s'agiter.

— Je suis désolée qu'ils vous aient dérangée. Vous n'avez qu'à leur dire de ne pas venir.

— Certainement pas, a répondu Pauline d'une voix ferme. Je me suis entendue avec eux pour qu'ils passent à onze heures moins le quart, durant la récréation.

— Vous êtes sûre ? » Je l'ai regardée d'un air peu convaincu.

« Cela pourrait nous faire une bonne publicité. » Elle a regardé par-dessus mon épaule. « Est-ce la chose en question ? »

Je me suis retournée pour regarder l'énorme fruit strié de vert, innocemment posé sur l'étagère derrière nous.

« C'est bien ça.

— Vous êtes sans doute plus solide que vous n'en avez l'air. Très bien, je vous verrai plus tard. »

Je suis retournée m'asseoir, j'ai repris le cahier d'appel.

« Où en étions-nous ? Ah oui. Kadijah.

— Présente, miss. »

Le journaliste avait la quarantaine. C'était un type courtaud et bedonnant ; des poils sortaient de ses narines, d'autres se dressaient par-dessus le col de sa chemise. Je n'ai pas vraiment réussi à retenir son nom, fait d'autant plus embarrassant qu'il connaissait parfaitement le mien. Bob quelque chose, je crois. Il avait le teint rubicond, de larges auréoles de transpiration au niveau des aisselles. Quand il écrivait en sténo, par petits traits sur un carnet écorné, son poing potelé glissait en permanence sur le stylo. Le photographe qui l'accompagnait aurait pu avoir dix-sept ans avec ses cheveux noirs coupés court, son anneau à l'oreille, son jean si serré que je m'attendais à le voir craquer chaque fois qu'il s'accroupissait, appareil photo au poing. Pendant toute l'interview conduite par Bob, le photographe a fait le tour de la classe en me regardant sous différents angles à travers diverses lentilles optiques. Je m'étais attaché les cheveux et j'avais mis un soupçon de maquillage avant leur arrivée. C'est Louise qui avait insisté, allant même jusqu'à me pousser dans le vestiaire du personnel où elle m'avait suivie, une brosse à la main. À présent, je m'en voulais de ne pas avoir fait plus d'efforts. J'étais assise dans ma vieille robe couleur crème dont l'ourlet rebiquait. Ils me mettaient mal à l'aise.

« Qu'est-ce qui vous a traversé l'esprit au moment où vous vous êtes décidée à le frapper ?

— J'ai juste lancé le bras. Sans réfléchir.

— Donc vous n'avez pas eu peur ?

— Non. Je n'ai pas franchement eu le temps. »

Il n'arrêtait pas de griffonner sur son carnet. J'avais le sentiment de ne pas rendre l'événement de façon assez intelligente, assez pittoresque.

« D'où venez-vous ? Haratounian, c'est un drôle de nom pour une blonde comme vous.

— Je viens d'un village près de Sheffield.

— Alors comme ça vous n'habitez pas Londres depuis longtemps. » Il ne m'a pas laissé le temps de répondre. « Et vous vous occupez de gosses en crèche, c'est ça ?

— C'est une maternelle.

— Quel âge avez-vous ?

— Vingt-trois ans.

— Mouais. » Il m'a regardée d'un air intrigué, comme quelqu'un qui jauge une bête peu prometteuse à une foire agricole. « Vous pesez combien ?

— Comment ? Environ quarante-huit kilos, je crois.

— Allez, quarante-cinq kilos, a-t-il gloussé. Fabuleux. Et le type était balaise, pas vrai ? » Il a sucé son crayon. « Pensez-vous que la société serait plus vivable si tout le monde s'y investissait comme vous l'avez fait ?

— Ben... je sais pas vraiment. » J'ai tenté de produire une déclaration cohérente. « C'est-à-dire, et si la pastèque avait loupé la cible ? Ou si elle avait frappé quelqu'un d'autre ? »

Zoë Haratounian, porte-parole d'une jeunesse décérébrée. Il a froncé les sourcils ; il n'a même pas fait semblant de noter ce que je venais de dire.

« Ça vous fait quoi d'être une héroïne ? »

Jusqu'à maintenant, l'expérience avait été amusante dans son genre. Mais à présent ça commençait à m'agacer un peu. Sauf que bien sûr j'étais incapable de l'exprimer de façon sensée. « C'est arrivé, c'est tout. Je ne veux pas me faire passer pour quoi que ce soit. Savez-vous si la femme agressée s'en est sortie ?

— Elle va bien. C'est juste une affaire de quelques côtes cassées. Et il lui faudra de nouvelles dents.

— Je crois qu'on va la prendre avec la pastèque. » C'était le photographe en culotte courte.

Bob a acquiescé.

« Oui, ça résume bien l'histoire. »

Il a pris la pastèque sur l'étagère puis traversé la pièce à pas chancelants.

« Bon sang ! a-t-il dit en me la posant sur les genoux. Pas étonnant que vous l'ayez mis K-O. Maintenant, regardez-moi. Levez un peu le menton. Faites-moi un sourire, ma belle. Vous avez gagné, non ? Parfait. »

J'ai souri à m'en rider la face. Derrière la porte, j'ai vu Louise qui regardait dans la salle, la bouche écarquillée à outrance. J'ai senti le fou rire poindre au fond de ma gorge.

Ensuite, il a voulu me prendre avec la pastèque et les enfants. J'ai joué les institutrices victoriennes revêches et coincées, mais il s'est avéré que Pauline avait déjà donné son accord. Le photographe a suggéré qu'on la découpe. Elle était d'un magnifique rose sombre, plus pâle sur les bords, piquetée de pépins noirs luisants, et exhalait un parfum frais. Je l'ai coupée en trente-deux quartiers : un pour chacun des enfants plus un pour moi. Ils se sont rassemblés autour de moi dans la cour en béton surchauffée, leur tranche de pastèque à la main, souriant pour la photo. Tous ensemble à présent : un, deux, trois, cheese !

Le journal local est paru le vendredi. J'y occupais la première page. La photo était énorme : on me voyait entourée d'enfants et de tranches de pastèque. « L'héroïne à la pastèque. » Pas très accrocheur comme titre. Daryl avait un doigt dans le nez, la jupe de Rose était prise dans sa culotte, mais à part ça, tout allait bien. Pauline a eu l'air satisfaite. Elle a épinglé l'article sur le tableau d'affichage à côté de l'entrée, et les enfants se sont appliqués à l'abîmer les uns après les autres, puis elle m'a dit qu'un quotidien national avait appelé, qu'ils souhaitaient suivre l'histoire. En tout état de cause, elle avait pris rendez-vous pour une interview et une autre séance de photos à l'heure du déjeuner. J'avais le droit de manquer la réunion du personnel. Si j'étais d'accord, bien entendu. Elle avait demandé à la secrétaire de l'école d'aller acheter une autre pastèque.

J'ai pensé que ça s'arrêterait là. J'étais effarée de la façon dont une histoire peut s'emballer toute seule. J'arrivais à peine à reconnaître la femme présentée en page intérieure du *Daily Mail* le lendemain, lestée d'une large pastèque et surmontée d'un gros titre volumineux. Elle ne me ressemblait pas, avec son sourire prudent et ses cheveux blonds ramenés proprement derrière les oreilles. Et elle ne parlait certainement pas comme moi. N'y avait-il pas suffisamment de véritables événements dans le monde ? La page suivante contenait un tout petit article relégué dans le coin en bas, dans lequel on pouvait lire qu'un car était tombé d'un pont dans le Cachemire, tuant un nombre épouvantable de gens. Peut-être que si une institutrice britannique de vingt-trois ans s'était trouvée à son bord, ils auraient donné plus de place à cette information.

« N'importe quoi », a jeté Fred quand je lui ai fait la même remarque plus tard dans la journée, alors qu'il avalait des frites mollassonnes assaisonnées de vinaigre après un film dans lequel des types aux biceps rebondis s'étaient défoncé les mâchoires. « Te dénigre pas. Tu as agi en héroïne. Tu n'as eu qu'un quart de seconde pour te décider et tu as fait ce qu'il fallait. » Il m'a pris le menton de sa fine main calleuse. J'ai eu l'impression que ce n'était pas moi qu'il regardait, mais la fille du film, l'héroïne au petit sourire sirupeux. Il m'a embrassée. « Y en a qui y arrivent en sautant sur des grenades, toi tu l'as fait avec une pastèque. C'est la seule différence. Si on rentrait chez toi ? Il est encore tôt.

— J'ai un tas de cahiers à noter et un kilomètre de paperasse à remplir.

— On n'en aura pas pour longtemps. »

Il a lancé la dernière frite dans une poubelle qui débordait, évité les crottes de chien sur le trottoir et enroulé son bras si long autour de mon épaule. En dépit des odeurs de pot d'échappement, des relents de friture s'échappant des stands de chiches-kebabs, il sentait la cigarette et l'herbe tondue. Sous ses manches remontées, ses avant-bras bronzés étaient couverts d'écorchures. Ses cheveux blonds lui retombaient sur les yeux. Il paraissait frais dans la chaleur industrielle du soir. Je n'ai pas pu résister.

Fred était mon nouveau petit copain. Enfin, si l'on peut dire. Peut-être avions-nous atteint le moment parfait. Nous avions passé les premiers temps difficiles et embarrassés, ces moments où on se sent comme un acteur comique qui se présente devant un public exigeant et attend désespérément les rires et les applaudissements. Sauf que dans ce cas-là le plus petit rire serait catastrophique. Mais nous n'en étions pas, loin de là, au stade où on se promène dans l'appartement sans remarquer que l'autre est nu comme un ver.

Il avait passé presque toute l'année à travailler comme jardinier, ce qui l'avait doté d'une musculature sinueuse. On voyait ses muscles couler sous sa peau. Il avait les avant-bras, le cou et le visage bronzés mais la poitrine et le ventre d'une pâleur laiteuse.

Nous n'en étions pas non plus au stade où on commence par se déshabiller tranquillement avant de plier ses vêtements sur des chaises séparées d'un geste clinique quasi institutionnalisé. Quand nous arrivions à mon appartement — c'était bien resté le mien, semblait-il —, il y avait toujours cette urgence à se jeter l'un sur l'autre. Tout le reste paraissait moins important. Parfois l'après-midi en classe, si les gamins étaient agités ou si j'étais fatiguée, sans énergie, il m'arrivait de penser à Fred, à la soirée qui s'annonçait, et le poids de la journée s'évanouissait.

Plus tard, nous avons fumé une cigarette, allongés dans ma petite chambre à écouter de la musique et les klaxons des voitures dans la rue. Quelqu'un a crié d'une voix forte : « Salope, espèce de salope, tu vas me le payer ! » Nous avons entendu le bruit de pas qui battaient le trottoir, puis le cri d'une femme. Je m'y étais habituée, plus ou moins. Ça ne m'empêchait plus de dormir la nuit, contrairement au début.

Fred a allumé la lampe de chevet. Toute la laideur cafardeuse et miteuse de l'appartement s'en est trouvée illuminée. Comment avais-je pu acheter une horreur pareille ? Comment arriverais-je jamais à le vendre ? Même si je l'arrangeais un peu — imaginons que je me débarrasse des voilages orange laissés par le précédent propriétaire, que je camoufle le plancher au vernis poisseux sous une moquette, que je couvre les lambris beiges de papier peint, que je repeigne les montants cloqués des fenêtres et accroche des miroirs et des posters sur les murs —, tous les efforts de décoration au monde ne parviendraient jamais à cacher combien l'endroit était sombre et étriqué. Un promoteur avait divisé un espace déjà minuscule pour en tirer ce trou. La fenêtre du prétendu salon était en fait coupée en deux par le mur de séparation, derrière lequel il m'arrivait d'entendre un voisin, que je n'avais jamais vu, crier des obscénités à une pauvre femme. Dans un spasme de chagrin et de solitude, tenaillée par le besoin de me savoir chez moi quelque part, j'avais utilisé tout l'argent que mon père m'avait laissé à sa mort. Pourtant, je ne m'y étais jamais sentie chez moi, et à présent que les prix de l'immobilier grimpaient en flèche, je me retrouvais coincée. Par ce temps, j'avais beau faire les fenêtres tous les jours, elles n'en finissaient pas moins couvertes d'une poussière graisseuse le soir même.

« Je vais nous faire du thé.

— Je n'ai pas de lait.

— Il y a de la bière au frigo ? a tenté Fred.

— Non.

— Qu'est-ce que tu as ?

— Des céréales, je crois.

— À quoi ça sert, des céréales, si t'as pas de lait ? »

C'était une affirmation plutôt qu'une question. Il a enfilé son pantalon avec la détermination que je lui connaissais bien. Il allait bientôt me faire une bise sur la joue puis s'en aller. But atteint, visite terminée.

« C'est bien pour grignoter, ai-je répondu sans conviction. Comme des chips. »

Je pensais à la femme qui s'était fait agresser ; à son corps qui avait volé dans les airs comme une poupée cassée qu'on jette par la fenêtre.

« À demain, a-t-il dit.

— Ouais.

— Avec les gars.

— Mais oui. »

Je me suis redressée dans le lit et j'ai jeté un œil sur le paquet de corrections qui m'attendait.

« Dors bien. Tiens, voilà du courrier que tu n'as pas ouvert. »

La première lettre était une facture. Je l'ai regardée avant de la mettre en haut de la pile sur la table avec les autres factures. La deuxième était écrite en grosses lettres arrondies.

Chère Mlle Haratounian,

À votre nom, j'en déduis que vous n'êtes pas anglaise, quoique ce ne soit pas l'impression que donnent les photos que j'ai vues. Je ne suis pas raciste, bien entendu, et je compte parmi mes amis un tas de gens comme vous, cependant...

J'ai reposé la lettre sur la table avant de me frotter les tempes. Merde. Un cinglé. Il ne manquait plus que ça.

3

C'est la sonnette qui m'a réveillée. J'ai d'abord cru que c'était une blague, ou un clodo qui aurait pris la porte de l'immeuble pour celle d'un hôtel. J'ai entrouvert les rideaux dans la pièce qui donnait sur la rue et appuyé mon visage contre la vitre pour essayer de voir qui c'était, mais l'angle n'était pas bon. J'ai regardé ma montre. Il était sept heures tout juste passées. Je ne connaissais personne qui aurait pu avoir l'idée saugrenue de venir me voir à une heure pareille. Comme j'étais nue, j'ai enfilé un imper en plastique jaune canari avant de descendre.

J'ai à peine entrouvert la porte. L'entrée donne directement sur Holloway Road et je n'avais pas envie de créer des bouchons à cause de ma sale tronche au réveil. C'était le facteur. Mon cœur a chaviré. Quand le facteur veut vous remettre le courrier en main propre, c'est rarement une bonne nouvelle. Il vous demande en général de signer un papier qui prouvera que vous avez reçu une saloperie de facture imprimée en rouge vous menaçant de vous couper le téléphone.

Mais il avait l'air tout guilleret. Derrière lui,

j'ai aperçu les premières lueurs d'un jour encore frais qui n'allait cependant pas tarder à virer à la grosse chaleur. Je n'avais jamais vu ce facteur auparavant, du coup j'ai remarqué sa tenue : un short en serge très seyant ma foi ainsi qu'une chemise bleu clair à manches courtes sans un pli. Il s'agissait évidemment de l'uniforme officiel pour l'été ; reste que c'était tout à fait coquet. Il n'était pas de la prime jeunesse mais on l'aurait dit tout droit sorti d'*Alerte à Malibu*. Et me voilà plantée sur le palier à le dévisager avec intérêt, tandis qu'il me rendait mon regard non sans quelque curiosité. Je me suis rendu compte que mon imper était du genre pas très couvrant, d'autant qu'il était mal fermé à la taille. Je l'ai bien ajusté, ce qui n'a sans doute fait qu'empirer les choses. Je commençais à avoir l'impression de me retrouver dans une de ces comédies pornos anglaises de mauvais goût tournées au début des années soixante-dix, de celles qui continuent de passer à la télé le vendredi soir à l'heure où on rentre du pub. Des films pornos pour pauvres mecs.

« Appartement C ? a-t-il demandé.

— Oui.

— J'ai du courrier pour vous. Ça n'entrait pas dans la boîte. »

Et il ne mentait pas. Il y avait des tas d'enveloppes différentes arrangées en piles retenues par des élastiques. C'était une blague ou quoi ? Attraper ces paquets d'une main tout en maintenant mon imper fermé de l'autre m'a valu quelques manœuvres compliquées.

« C'est votre anniversaire ? Le tout ponctué d'un clin d'œil.

— Non », ai-je répondu tout en repoussant la porte de mon pied nu.

J'ai remonté les lettres à l'étage et je les ai étalées sur la table de la pièce principale. J'ai pris une jolie enveloppe lilas, mais je savais déjà ce qui se trouvait à l'intérieur. Quand on a un arrière-grand-père ou un arrière-arrière-grand-père qui s'est enfui d'Arménie il y a un siècle environ sans autre chose en poche qu'une recette de yaourt, on n'est pas très difficile à retrouver dans l'annuaire. Pourquoi n'avait-il pas changé son nom comme tant d'autres immigrants ? J'ai lu la lettre.

Chère Zoë Haratounian,

J'ai appris votre exploit héroïque ce matin en lisant le journal. Tout d'abord, je voudrais vous féliciter pour le courage dont vous avez fait preuve en vous interposant devant cette personne. Si je puis abuser encore un peu de votre patience...

J'ai parcouru les paragraphes qui suivaient, puis j'ai retourné la feuille pour jeter un œil sur la page d'après. Il y en avait cinq en tout, et Janet Eagleton (Mrs Eagleton) avait écrit des deux côtés à l'encre verte. Je la garderais pour plus tard. J'ai ouvert une enveloppe qui paraissait plus normale.

Chère Zoë,

Félicitations. Vous avez on ne peut mieux agi. Si plus de gens suivaient votre exemple, Londres serait un endroit plus vivable. Je vous ai aussi trouvée très jolie sur la photo qu'ont publiée les journaux, c'est d'ailleurs la véritable raison de cette lettre. Je m'appelle James Gunter, j'ai vingt-cinq ans, et je crois être d'abord agréable, mais je n'arrive pas à rencontrer la fille qu'il me faut, Mademoiselle « Parfaite », si je puis dire...

J'ai plié la lettre, que j'ai posée par-dessus celle de Mrs Eagleton. Encore une lettre qui ressemblait à un paquet. Je l'ai ouverte. Dedans, j'ai trouvé une pile de feuilles à moitié pliées, à moitié roulées. J'ai aperçu des diagrammes, des flèches, des thèmes arrangés en colonnes. Mais pour sûr, la première feuille commençait comme une lettre à mon intention :

Chère Miss Haratounian,

(Voilà un nom intéressant. Seriez-vous zoroastrienne ? Vous pouvez me répondre en écrivant à ma boîte postale (numéro ci-dessous). Je reviendrai sur le sujet (Zoroastre) plus bas.)

Vous possédez des défenses contre les forces des ténèbres. Mais comme vous le savez il y a d'autres forces auxquelles on ne résiste pas aussi facilement. Savez-vous ce qu'est un parekunder ? Si oui, vous pouvez passer ce qui suit et reprendre à la section que je marquerai d'un astérisque pour votre convenance. J'en joins un en guise de démonstration (*). La section que je marquerai pour votre convenance sera précédée de deux (2) astérisques afin d'éviter toute confusion malvenue.

J'ai déposé la lettre sur celle de James Gunter. Je suis allée dans la salle de bains me laver les mains. Ça n'a pas suffi. C'est d'une douche que j'avais besoin. C'était toujours un problème dans cet appartement. J'aimais les douches entourées de panneaux dépolis dans lesquelles on peut se tenir debout. À une époque, je suis sortie avec un type dont la seule qualité, à bien y repenser, était de posséder une douche surpuissante pourvue de six jets différents en plus de la paume normale fixée au mur. Mais prendre une douche dans mon appartement signifiait s'accroupir dans la baignoire, tripoter des robinets défaillants et dénouer le tuyau. Malgré tout, je me suis prélassée de longues minutes, un gant de toilette sur la figure, sous le jet d'eau. Ça m'a fait l'effet d'être allongée sous une couverture humide et chaude.

Une fois ressortie, je me suis habillée pour le travail. Je me suis préparé une tasse de café avant d'allumer une cigarette. Je me sentais un peu mieux. Ce qui m'aurait vraiment remonté le moral aurait été de découvrir que les piles de lettres avaient disparu, mais elles étaient toujours bien là sur la table. Tous ces gens savaient où j'habitais. Enfin, pas exactement. Une nouvelle inspection rapide m'a révélé qu'une bonne partie du courrier m'avait été renvoyée par les journaux auxquels il avait d'abord été adressé. Il y en avait certainement des gentilles dans le tas. Et puis au moins, me suis-je dit, ils écrivaient au lieu de téléphoner ou de passer me voir.

À ce moment précis le téléphone a sonné, ce qui m'a fait sursauter. Ce n'était pas un fan. C'était Guy, l'agent immobilier qui s'occupait soi-disant de trouver des clients pour mon appartement.

« Il y a quelques personnes qui voudraient visiter les lieux.

— Parfait. Vous avez la clé. Et ce couple qui est passé lundi dernier ? Qu'est-ce qu'ils en ont pensé ? » J'entretenais peu d'espoir de ce côté-là. Lui s'était montré peu avenant. Elle m'avait parlé avec gentillesse, mais pas de l'appartement.

« Ils n'étaient pas sûrs du quartier, a répondu Guy d'une voix évasive. C'était aussi un peu trop petit. Et puis ils ont eu l'impression qu'il y avait trop de travaux à faire. Enfin, ils n'ont pas vraiment été conquis, pour tout dire.

— Les visites devront se faire assez tôt aujourd'hui. Je reçois des amis pour un verre.

— Serait-ce votre anniversaire ? »

J'ai pris une profonde inspiration.

« Vous voulez vraiment le savoir ?

— Eh bien...

— J'organise une soirée anniversaire parce que ça fait six mois que cet appartement est en vente.

— Tant que ça ?

— Eh oui.

— Je n'aurais jamais dit que ça faisait si longtemps. »

Le convaincre n'a pas été facile. Après son coup de fil, j'ai jeté un regard assez désespéré autour de moi. Des inconnus allaient venir regarder cette pièce. Quand j'ai emménagé à Londres, ma tante m'a donné un livre proposant des conseils ménagers et autres trucs pratiques. On y trouvait des instructions sur la manière de procéder pour remettre de l'ordre quand on ne dispose que d'un quart d'heure. Mais comment s'y prendre quand on n'a qu'une minute ? J'ai fait mon lit, tiré le tapis devant la porte, rincé ma tasse de café avant de la déposer proprement sur l'égouttoir. J'ai trouvé un carton dans un placard, j'y ai fourré toutes les lettres avant de le glisser sous le sommier. Cela m'a pris une minute et demie, ce qui m'a mise en retard pour l'école. Une fois de plus. Et je suis arrivée en sueur qui plus est, alors que la chaleur ne faisait que commencer.

« Alors, ma chérie, comment doit-on s'y prendre pour rendre l'endroit plus vendable ? »

Louise se tenait devant la fenêtre une bouteille de bière à la main, pointant sa cigarette en direction d'Holloway Road.

« C'est très simple, ai-je répondu. Il faut faire sauter la rue. Démolir le pub d'à côté ainsi que le restau de kebabs. Puis décorer le tout. C'est carrément laid, non ? Y a rien à sauver. Je l'ai détesté du jour où je m'en suis retrouvée propriétaire, et même si je dois y perdre de l'argent, il faut absolument que je mette les bouts. Je veux louer un joli petit appart propret avec jardin, enfin, un truc dans le genre. On est censé être en pleine explosion du marché immobilier. Il doit bien y avoir un brindezingue dans le lot. » J'ai tiré sur ma cigarette. « Je t'accorde qu'un tas de zinzins ont déjà visité cet appart. Il faut que je tombe sur un fou de la bonne espèce. »

Louise a éclaté de rire. Elle était venue en avance pour m'aider à tout préparer, pour pouvoir parler tranquillement, mais avant tout par pure gentillesse.

« Ils seront tous là.

— Comment ça, tous ? Tu en as plusieurs ? »

J'ai gloussé.

« Non. Il sort toujours avec une bande de copains. Je crois qu'ils se connaissent depuis la maternelle ou quelque chose d'aussi bête. Ils sont comme ces packs de canettes. Tu sais, le genre qu'on ne peut pas vendre à l'unité. »

Louise a froncé les sourcils.

« C'est pas un de ces trucs tordus à cinq dans un plumard, au moins ? Sinon, je veux connaître tous les détails.

— Non, ils nous fichent la paix de temps en temps.

— Comment tu l'as rencontré ? »

Je me suis allumé une nouvelle cigarette.

« J'ai rencontré toute la troupe en fait. Il y a quelques semaines de ça, je suis allée à une soirée dans une galerie quelque part dans le quartier de Shoreditch. Désastre typique. La nana que je connaissais ne s'est jamais pointée. Du coup je me suis promenée de pièce en pièce un verre à la main avec l'air de quelqu'un qui va faire un truc important. Tu vois ce que je veux dire ?

— Tu parles à une championne toutes catégories.

— Bref, je suis montée et j'ai trouvé une bande de beaux mecs en train de malmener un flipper en gueulant et en riant. Ils avaient l'air de bien plus rigoler que les autres. L'un d'eux — il se trouve que ce n'était pas Fred — s'est retourné et m'a demandé si je voulais jouer. J'ai dit oui. On s'est bien marrés et le lendemain je suis allée les retrouver en ville. »

Louise a paru songeuse.

« Tu t'es donc retrouvée à devoir faire le choix difficile de savoir avec lequel tu avais envie de sortir en solo.

— Pas tout à fait. Le lendemain de cette deuxième rencontre, Fred m'a appelée pour m'inviter. Je lui ai demandé s'il avait la permission de sa troupe et il s'est montré un brin fuyant sur la question. » Je me suis penchée un peu plus à la fenêtre. « Tiens, les voilà. »

Louise a regardé dehors. Ils se trouvaient plus bas dans la rue. Ils ne nous avaient pas vues.

« Ils ont l'air sympa, a-t-elle remarqué d'une voix pincée.

— Celui du milieu qui porte le grand sac, c'est Fred. Le type aux cheveux châtain très clair, presque blonds.

— Alors comme ça tu as attrapé le plus mignon.

— Celui qui porte un manteau très long, c'est Duncan.

— Comment arrive-t-il à le supporter par cette chaleur ?

— Apparemment ça lui donne l'air d'un tueur à gages de western spaghetti. Il ne l'enlève jamais. Les deux autres sont frères. Les frères Burnside. Le type à lunettes avec une casquette, c'est Graham. L'autre avec les cheveux longs, c'est Morris. Salut ! » leur ai-je lancé.

Ils ont levé des yeux étonnés.

« On serait ravis de monter, a crié Duncan. Malheureusement, on doit aller à une soirée.

— La ferme, ai-je répondu. Tiens, attrape. »

J'ai jeté mon trousseau de clés. Avec un style remarquable, je dois avouer, Graham a ôté sa casquette pour le rattraper. Ils ont disparu de notre vue au moment où ils ont pénétré dans l'immeuble.

« Vite, a dit Louise. Nous avons trente secondes. Lequel dois-je épouser ? Qui a le meilleur avenir ? On ne comptera pas Fred pour le moment. »

J'ai réfléchi deux secondes.

« Graham est assistant chez un photographe.

— OK.

— Duncan et Morris travaillent ensemble. Ils bidouillent des ordinateurs. Je n'y comprends rien, mais ça ne m'étonne pas de moi. Duncan a le don de mettre de l'ambiance partout où il va. Morris est plutôt timide quand tu arrives à te retrouver seule avec lui.

— Ce sont les deux frères, c'est ça ?

— Non, les frères, c'est Morris et Graham. Duncan est roux. Il ne leur ressemble pas du tout.

— D'accord. Donc pour l'instant les as de l'informatique paraissent le meilleur parti. Morris le frère timide et Duncan le rouquin bavard. »

Là-dessus ils sont entrés dans la pièce, la remplissant de leur présence. Quand je leur avais parlé de cette petite fête ils en avaient rajouté, me demandant quel genre de nanas il y aurait ; ils avaient fait du bruit dans la rue en venant ici. Mais à peine ont-ils mis le pied dans mon appartement qu'ils ont baissé la voix, se montrant très polis quand je leur ai présenté Louise. C'était quelque chose que j'aimais bien chez eux, en un sens.

Fred est venu vers moi et m'a longuement embrassée, ce que je n'ai pu m'empêcher de prendre comme une démonstration publique à l'intention de tous ceux qui se trouvaient dans la pièce. Est-ce qu'il me montrait de l'affection, ou était-ce seulement une façon de marquer son territoire ? Puis il a sorti quelque chose qui ressemblait à une tenture très colorée.

« J'ai pensé que ça pourrait te servir. C'est pour accrocher sur la tache d'humidité.

— Merci, Fred. » J'ai regardé la chose d'un air dubitatif. C'était un rien criard, les couleurs juraient. « Mais j'ai bien peur que les experts aient le droit de soulever les bouts de tissu pour voir ce qui se cache derrière.

— Pour ça, il faudrait déjà en arriver au stade des experts. C'est pour cette raison que tu dois l'accrocher.

— Oh. Je vois.

— D'après Zoë, vous êtes des as de l'informatique », a dit Louise à Duncan.

Morris, qui était près de nous, a légèrement rougi. C'était mignon.

« M'étonne pas d'elle, a répondu Duncan tout en tirant sur la languette d'une canette de bière. Mais c'est pas franchement une référence en la matière. C'est simplement parce qu'on lui a montré comment se servir de son ordinateur. » Il a bu une gorgée.

« Certes, ce fut une réussite impressionnante. C'était comme si on avait appris à un écureuil à trouver des noisettes.

— Mais les écureuils sont très doués pour ça, a objecté Morris.

— C'est juste, a admis Duncan.

— Non mais ils sont doués par nature, a persisté Morris.

— Tout à fait. À présent, Zoë est aussi douée

avec son ordinateur qu'un écureuil pour la chasse aux noisettes.

— Mais tu aurais dû dire que c'était comme d'apprendre à un écureuil à jongler. »

Duncan a pris l'air perplexe.

« Sauf qu'on ne peut pas apprendre à un écureuil à jongler. »

J'ai à nouveau rempli le verre de Louise.

« Ils peuvent continuer comme ça pendant des heures. C'est un signe d'appartenance. Ça tient au fait qu'ils ont passé tant de récrés ensemble, ou un truc dans le genre. »

Je suis partie chercher des chips à la cuisine. Louise m'a accompagnée. On voyait les garçons dans la pièce.

« Il est mignon tout plein. » Elle avait hoché la tête en direction de Fred. « Et il fume quoi ? Il a l'air super détendu. Un rien exotique.

— Il a quelque chose du hippie. Mais la détente, c'est pas si désagréable.

— C'est du sérieux vous deux ? »

J'ai pris une gorgée de son verre. « Je te dirai ça plus tard. »

Quelques invités supplémentaires sont arrivés. Il y avait John, un instituteur de l'école, un type sympa qui s'était décidé juste un peu trop tard avant de m'inviter à dîner. Il y avait aussi quelques amies rencontrées par l'intermédiaire de Louise. La soirée avait pris un véritable air de fête miniature. Après un ou deux verres j'ai commencé à me sentir très bien disposée à l'égard de tous ces gens, ce nouveau cercle de connaissances. Tout ce qu'ils avaient en commun, c'était moi. Un an plus tôt je m'étais retrouvée seule, perdue, je ne connaissais encore aucun d'eux. À présent, tout ce petit monde se retrouvait chez moi, enfin si on peut dire, un vendredi soir. Soudain, j'ai entendu un tintement. Fred martelait une bouteille avec la pointe d'une fourchette.

« Silence s'il vous plaît, a-t-il lancé alors que tout le monde s'était déjà tu. Les discours ne sont pas mon fort... je vous épargne la suite. Je voudrais juste ajouter ma voix au nombre de ceux qui adooorent cet appartement et n'ont pas peur de l'affirmer haut et fort. J'aimerais que nous levions tous nos verres pour exprimer le souhait de nous retrouver à nouveau ici dans six mois pour une autre charmante soirée. » Une série de verres et de bouteilles se sont levés d'un seul élan. Un flash m'a jailli à la figure au moment où Graham a pris une photo. Il fait toujours ça : vous êtes en train de lui parler à bâtons rompus et soudain il brandit son appareil photo et vous épingle. C'est comme un troisième œil. Ça peut s'avérer assez déconcertant : à croire que pendant tout le temps qu'il vous parlait ou vous écoutait, il était en fait à la recherche d'un bon angle. « Qui plus est, a continué Fred, c'est notre anniversaire. » La remarque a provoqué des sursauts surpris, en particulier de ma part. « Oui, ça fait neuf jours que Zoë et moi nous sommes pour la première fois... euh... » Une pause. « Euh... rencontrés. » J'ai senti les rires étouffés de Duncan et Graham derrière moi, mais ça s'est arrêté là. J'ai eu un instant l'impression de m'être fait coincer dans un dîner de rugbymen.

« Fred », j'ai dit, mais il a levé une main pour m'arrêter.

« Un instant. Il serait dommage qu'une telle

soirée ne soit pas fêtée d'une façon solennelle mais... tiens, qu'est-ce que c'est que ça ? » Il y avait quelque chose de très faux dans le ton étonné avec lequel il avait dit ces mots tout en se penchant pour aller fourrager derrière mon fauteuil. Il en a sorti un grand paquet enveloppé dans du papier brun. « Soit c'est une offrande supplémentaire de la part d'un des fans anonymes de Zoë, ou alors il ne peut s'agir que d'un cadeau.

— Imbéciles », ai-je protesté, mais gentiment. Ça avait l'apparence d'un tableau. J'ai déchiré le papier et c'est là que j'ai vu ce que c'était. « Bande de salopards », me suis-je esclaffée. Il s'agissait d'une pleine page encadrée du *Sun* portant le titre « Moi et ma pastèque » puis en dessous, en plus petit, « Une blonde dégourdie dérouille un voleur à la tire ».

« Un discours ! Un discours ! a crié Louise entre ses mains.

— Eh bien, ai-je commencé avant d'être interrompue par le bruit de la sonnette d'entrée. Attendez, une petite minute. »

J'ai ouvert la porte pour découvrir un homme vêtu d'un costume de velours côtelé brun et chaussé de bottes en caoutchouc.

« Je suis venu visiter l'appartement. Je ne vous dérange pas ?

— Absolument pas, ai-je répondu avec entrain. Montez donc. »

À mesure que nous avancions dans l'escalier la conversation de mes invités était de plus en plus audible.

« On dirait qu'il y a une fête chez vous.

— Oui. C'est mon anniversaire. »

4

Petit à petit, le nombre des lettres s'est amenuisé. Le raz de marée du début s'est transformé en goutte-à-goutte avant de s'arrêter totalement. Pendant quelque temps, j'avais trouvé ça amusant. Un jour que je retrouvais Fred et les garçons j'en ai pris un paquet. Assis à une table en terrasse dans un bar de Soho, nous avons bu de la bière glacée et nous nous les sommes passées, en nous arrêtant parfois pour en lire des morceaux choisis à haute voix. Puis, tandis que Morris et Duncan s'enferraient dans une de leurs conversations sans fin — cette fois-ci il s'agissait de retrouver le nom des sept nains, à moins que ce ne fût les sept mercenaires ou les sept péchés capitaux —, j'en ai parlé plus sérieusement avec Graham et Fred.

« Tous ces gens aux quatre coins du pays qui se mettent à leur bureau pour écrire des lettres de huit pages à quelqu'un qu'ils ne connaissent pas puis se donnent la peine de rechercher son nom dans l'annuaire et d'aller acheter un timbre... Est-ce qu'ils n'ont rien de mieux à faire dans la vie ?

— Non », a répondu Fred. Il a posé la main sur mon genou. « Tu es une divinité. Toi et ta pastèque. Tu étais une bonne copine avant cette histoire. À présent tu es devenue un fantasme masculin : la dominatrice dans toute sa splendeur. Nous désirons tous qu'une telle femme nous piétine le corps à coups de talon aiguille. » Puis il s'est penché pour me susurrer à l'oreille, l'haleine chaude : « Et tu es toute à moi.

— Arrête. Ce n'est pas drôle.

— Maintenant tu sais ce que c'est que la célébrité, a dit Graham. Profites-en tant que tu peux.

— Non mais ce n'est pas vrai, il n'y en aura pas un pour me plaindre ? Morris, tu vas bien venir à mon secours ?

— Ouais, a ajouté Fred. Dis-nous tout, Morris. Quels conseils donnerais-tu à une belle fille qui cherche à se dépatouiller des exigences de la célébrité ? »

Là-dessus il s'est penché vers Morris pour lui tapoter la joue à plusieurs reprises. J'étais parfois éberluée par les garçons, qui me donnaient l'impression de pratiquer les rites d'une culture exotique dont j'ignorais tout. Ils se lançaient des gestes ou des mots sans que je comprenne s'il s'agissait d'une blague, d'une insulte, ou d'un mélange des deux. Je ne savais pas si l'interlocuteur visé allait se mettre à rire ou exploser. Par exemple, Fred n'avait jamais un mot gentil pour Morris, pourtant il en parlait parfois comme de son meilleur ami. La remarque de Fred est tombée dans un silence soudain qui m'a pincé l'estomac. Morris a cligné des yeux alors que toute notre attention s'était tournée vers lui, puis il s'est passé les doigts dans les cheveux. Au début, je croyais qu'il faisait ce geste pour nous montrer combien ils étaient longs et épais.

« Qui peut citer dix titres de film où il est question de lettres ? a-t-il lâché.

— Morris ! me suis-je exclamée, furieuse.

— *Lettre d'une inconnue,* a dit Graham.

— *Lettres de trois femmes,* a renchéri Duncan.

— *La lettre écarlate*, a ajouté Fred.

— C'est trop facile, a interrompu Morris. Dix films qui contiennent des lettres mais pas dans le titre.

— Comme quoi ?

— Eh bien... comme *Casablanca,* par exemple.

— Il n'y a pas de lettres dans *Casablanca.*

— Si.

— Non. »

Fin de la conversation sérieuse.

Après cet épisode j'ai même cessé de les lire. Il y en avait que j'arrivais à reconnaître rien qu'à l'écriture sur l'enveloppe, ce qui fait que je ne me fatiguais même plus à les ouvrir. Pour d'autres, je me contentais d'y jeter un coup d'œil hâtif avant de les jeter dans le carton avec le reste. Elles n'étaient plus drôles. Certaines étaient tristes, d'autres érotiques, mais la plupart étaient tout bonnement assommantes.

Si c'était un rappel du chamboulement général que je cherchais, je n'avais qu'à regarder par la fenêtre — dont le battant pourrissait, au passage. Des jeunes types dans de vieilles guimbardes, arc-boutés sur leur klaxon, le visage rouge de rage. Des vieilles femmes solitaires traînant des caddies en osier, traversant les foules d'un pas mal assuré en marmonnant. Les clochards bourrés assis sur le perron de la boutique condamnée à quelques pas de chez moi, qui sentaient la pisse et le whisky, avec leurs pantalons déboutonnés et leurs coups d'œil lubriques à la dérobée.

La folie passait également ma porte sous la forme d'acheteurs potentiels pour mon appartement. Un homme autour de la cinquantaine peut-être, un type très petit gratifié d'oreilles en chou-fleur et d'une claudication qui lui faisait traîner la patte, avait insisté pour s'agenouiller et sonder les plinthes, à la manière d'un médecin qui vérifierait l'état des poumons de son patient. Je suis restée debout sans bouger à côté de lui, agacée d'entendre les battements sourds de la musique du pub s'infiltrer dans l'appartement. Ou encore cette jeune femme d'à peu près mon âge, affublée d'une dizaine de boucles d'oreilles argentées qui lui bosselaient le rebord de l'oreille. Elle avait fait entrer trois énormes chiens puants dans l'appartement pour sa visite. Rien que d'imaginer ce que deviendrait l'endroit après une semaine de leur présence m'a retourné l'estomac. Il y avait déjà à peine la place pour une personne. L'un d'eux a mangé la boîte de vitamines que j'avais laissée sur la table tandis qu'un deuxième s'est allongé devant l'entrée en lâchant des odeurs infectes.

La plupart des visiteurs ne restaient pas plus de quelques minutes, juste assez pour ne pas paraître impolis avant de battre en retraite. Quelques-uns ne s'embarrassaient même pas de telles formalités. Il arrivait que des couples se disent à haute voix ce qu'ils en pensaient.

Guy devait passer pour un membre normal de la race humaine à qui le fréquentait de manière superficielle ou informelle. Mais parce qu'il n'arrivait pas à vendre mon appartement, nous avions fini par devenir de vieux associés. Il était toujours tiré à quatre épingles, arborant des costumes agrémentés de cravates hautes en couleur dont certaines reprenaient des personnages de bandes dessinées. Il avait beau faire parfois très chaud, il ne transpirait jamais. Ou, pour être plus précise, il le faisait très discrètement. Une seule goutte de sueur courait le long de son visage. Il sentait la lotion après-rasage et le dentifrice. Je m'étais imaginé que mon appartement finirait par symboliser l'échec à ses yeux et qu'il allait l'éviter. D'autant qu'il n'y avait pas franchement besoin d'être expert pour en faire faire le tour. Pourtant, il continuait à accompagner les clients, même à des moments embêtants comme le soir ou les week-ends.

Je ne sais pas pourquoi j'ai été si surprise quand, après le départ précipité d'une femme fluette à l'air inquiet, il m'a regardée dans les yeux en disant : « Il faut que nous prenions un verre ensemble un de ces soirs. »

J'aurais dû lui clouer le bec d'une réplique monstrueusement cinglante capable d'exprimer la profonde haine qu'ils m'inspiraient, lui, son bronzage artificiel et ses euphémismes exaspérants, mais rien ne m'est venu à l'esprit. Je me suis donc contentée de hoqueter : « Je crois que nous devrions baisser le prix. »

L'homme qui était venu voir l'appartement le soir où je fêtais l'échec de la vente est revenu avec un mètre, un carnet et un appareil photo. Il est arrivé en début de soirée, un jour où Fred était parti exécuter une commande tordue dans la région des Yorkshire Dales pour la télévision : il avait trente-six heures pour transformer un grand jardin laissé à l'abandon, en vue d'une émission qui ne serait pas programmée avant un an. Il m'avait appelée d'un pub, la voix épaissie par la boisson et le désir, pour me raconter ce qu'il imaginait me faire à son retour. Je n'étais pas vraiment d'humeur : j'étais en train de me débattre avec mon ordinateur afin de rédiger mon rapport sur les activités d'éveil à la lecture. J'essayais de sortir un graphique en camembert. Ça m'avait paru tellement facile quand Duncan l'avait fait, à moins que ce ne soit Morris. « Une erreur de type 19 s'est produite » n'arrêtait pas de s'inscrire sur mon écran. Du coup, j'ai fumé et pesté pendant que l'homme qui allait ou n'allait pas acheter mon appartement farfouillait dans les recoins. Il a mesuré la surface au sol, ouvert les placards, soulevé la moquette élimée, fait de même avec l'affreuse tenture que m'avait offerte Fred, inspecté la tache d'humidité qui semblait continuer à grossir malgré le temps chaud et sec, ouvert le robinet dans la salle de bains et passé une bonne minute à regarder le malheureux filet d'eau éclabousser le lavabo. Quand il est entré dans la chambre et que j'ai entendu le bruit de tiroirs qui s'ouvraient, je l'ai suivi.

« Qu'est-ce que vous faites ?

— Des vérifications », a-t-il répondu d'un air détaché, les yeux dans mon amoncellement de culottes, soutiens-gorge et collants filés.

J'ai refermé le tiroir d'un coup sec puis je suis allée dans la cuisine. J'avais faim, mais en ouvrant le frigo je n'ai trouvé qu'une barquette d'oignons de printemps défraîchis, un petit pain couvert de moisissure, un sac en kraft contenant un noyau de cerise et une canette de Coca. Dans le congélateur il y avait un sachet de crevettes, date limite de consommation sans doute largement dépassée, ainsi qu'une barquette de petits pois. J'ai bu le Coca debout à côté du frigo, avant de retourner à mon ordinateur où j'ai écrit : « Notre but est de produire des lecteurs certes compétents, mais qui s'intéressent également à ce qu'ils lisent. Un programme pour une école généraliste soigneusement élaboré doit s'assurer que tous les élèves consolident... » Et puis merde. Ce n'était pas pour ça que j'étais devenue institutrice. Bientôt, j'allais me retrouver à écrire des trucs comme « niveau d'aptitude acquise satisfaisant » ou autres « travail d'intégration des savoirs ».

Je me suis fourré trois pilules multivitaminées dans la bouche que j'ai croquées d'une mâchoire hargneuse. Puis j'ai attrapé la pile des devoirs de classe — enfin, restons modeste — que j'avais rapportés ce soir à la maison. J'avais demandé à mes élèves de me dessiner une de leurs histoires favorites. Quelques dessins se sont avérés assez difficiles à déchiffrer. Les zigzags verts et noirs de Benjamin représentaient le grand méchant loup. J'imagine qu'il s'agissait d'art abstrait. Jordane avait tracé un cercle vert pomme, c'est tout, pour illustrer la princesse au petit pois. Beaucoup avaient représenté des personnages tirés des films de Disney : Bambi, Blanche-Neige, ainsi de suite. J'ai feuilleté le paquet, inscrit des remarques encourageantes sur chaque dessin, puis je les ai tous rangés dans une chemise que j'ai fourrée sous la table.

« Je vais y aller à présent. »

L'homme était sur le pas de la porte, l'appareil

photo pendu autour du cou. Il se tapotait les dents avec son crayon tout en me fixant. J'ai remarqué son crâne d'un rose douloureux à l'endroit où il perdait ses cheveux, tout comme ses poignets brûlés par le soleil. Bien fait.

« Oh ! très bien ! »

Pas un mot pour indiquer s'il reviendrait. Le salaud.

Je suis partie quelques minutes après lui, pour aller voir un film avec Louise et quelques-unes de ses amies que je n'avais encore jamais rencontrées. J'ai bien apprécié de me retrouver assise au milieu d'un groupe de femmes, à manger du pop-corn en gloussant. C'était rassurant.

Je suis rentrée assez tard. Il faisait noir dans la nuit sans étoiles. J'ai poussé la porte d'entrée. Il y avait une enveloppe sur mon paillasson : quelqu'un avait dû la glisser par la fente de la boîte aux lettres. Une écriture nette, penchée, à l'encre noire. Ça ne semblait pas venir d'un taré de plus. Je l'ai ouverte sur le pas de la porte.

Chère Zoë,

Quand est-ce que quelqu'un comme vous, une fille jeune, jolie, en pleine santé, commence à avoir peur de mourir ? Je me le demande. Vous fumez (au fait, vous avez une tache de nicotine sur le doigt). Il vous arrive de consommer de la drogue. Vous mangez n'importe quoi. Vous vous couchez tard et le lendemain, vous n'avez pas la gueule de bois. Vous pensez sans doute que vous allez vivre éternellement, que vous n'allez pas vieillir avant longtemps.

Zoë, avec vos dents blanches et votre petite fossette quand vous riez, vous n'allez pas rester jeune très longtemps. Je vous aurais prévenue.

Vous avez peur, Zoë ? Je vous observe. Je ne vais pas m'en aller.

Je suis restée sur le bord du trottoir tandis que des tas de gens passaient dans mon dos, me bousculaient, l'œil rivé sur la lettre. J'ai levé la main gauche. Il y avait une tache jaune sur le médium. J'ai froissé la lettre dont j'ai fait une boule serrée que j'ai jetée dans la poubelle avec le reste des ordures, toute la merde de la vie des autres.

Aujourd'hui, elle porte une robe bleu clair à bretelles. Elle lui descend aux genoux. Il y a une marque de craie au niveau de l'ourlet qu'elle n'a pas encore remarquée. Elle n'a pas mis de soutien-gorge. Elle s'est rasée sous les bras : ses jambes ont l'air lisses, douces. Elle a posé un vernis clair sur ses ongles de pied, mais il commence à s'écailler au niveau du pouce gauche. Ses sandales bleu marine sont plates, vieilles, usées. Elle est bronzée ; les poils de ses bras sont dorés. Parfois j'aperçois le dessous laiteux de ses bras, la peau plus blanche derrière ses genoux ; si elle se penche, je vois que la couleur miel de ses épaules et de sa gorge s'atténue à l'endroit où pointent ses seins. Ses cheveux sont relevés en chignon lâche au-dessus de sa tête. Ils se sont décolorés au soleil, ce qui fait qu'ils sont plus foncés en dessous. Elle porte de petites boucles d'oreilles argentées, en forme de petites fleurs. De temps en temps, elle les fait tourner entre son pouce et son index. Les lobes de ses oreilles sont assez longs. Elle a un sillon vertical assez prononcé au-dessus de la lèvre supérieure.

Quand elle a chaud, comme aujourd'hui, la sueur s'y agglutine. De temps à autre elle s'essuie avec un mouchoir en papier. Elle a les dents blanches, mais j'ai aperçu des plombages dans le fond de sa bouche. Ils étincellent quand elle rit ou qu'elle bâille. Elle ne se maquille pas. Je vois les extrémités pâles de ses cils, la légère sécheresse de ses lèvres nues. Quelques taches de rousseur éparpillées lui parsèment l'arête du nez ; elles n'étaient pas là la dernière fois que j'ai regardé. La tache jaune sur son médium a disparu. C'est bien. Elle ne met pas de bagues. À son poignet elle porte une montre à gros cadran, avec un Mickey au milieu. Elle l'attache avec un ruban.

Quand elle rit, elle produit un son carillonnant, comme celui d'une sonnette. Si je lui disais que je l'aimais, elle me rirait au nez de la même façon. Elle penserait que je ne suis pas sérieux. C'est ce que pensent les femmes. Elles transforment ce qui est important et sérieux en un truc ridicule, une blague. L'amour n'est pas une blague. C'est une question de vie ou de mort. Un jour, bientôt, elle comprendra. Elle apprendra que la façon dont elle sourit, dont elle ouvre grands les yeux quand elle écoute, la façon qu'ont ses seins de s'aplatir quand elle lève les bras par-dessus la tête, ces choses-là ont de l'importance. Elle sourit trop facilement. Elle rit trop facilement. Elle flirte. Elle porte des vêtements très légers. Je vois ses jambes sous sa robe. Je devine la forme de ses tétons. Elle ne fait pas attention à elle.

Elle parle très vite, d'une voix légère, embuée. Elle dit : « ouais », pas oui. Elle a les yeux gris. Elle n'a pas encore peur.

5

Tout le monde sait que dans presque tous les coins du globe, à l'exception peut-être de pays industrieux comme le Japon, l'école finit aux alentours de trois heures et demie quatre heures. D'ailleurs les petits bouts à qui je fais la classe sortent encore plus tôt, à trois heures et quart. Même les gens qui n'y connaissent rien aux enfants sont au courant. Ils voient des garçons ou des filles dans les rues des villes, accrochés à la main de leur mère ou suspendus au bras d'une nounou, un cartable ou une besace à la main. J'avais déjà entendu dire que les heures de pointe à Londres étaient pour moitié dues à la présence de vastes monospaces pleins de gamins maussades en uniforme qu'on avait tirés de leurs jolies maisons pour parcourir les kilomètres les séparant des écoles jugées dignes d'eux. Parce que bien sûr, comme je l'avais également découvert il y a peu de temps, un des symboles statutaires les plus importants pour tout parent londonien, c'est la distance qu'il doit couvrir pour accompagner ses enfants. L'école du quartier, c'est pour les pauvres, comme mes petits pensionnaires.

Le plus drôle quand les gens apprennent que je suis institutrice, c'est de les entendre m'envier les courtes journées de travail et les longues vacances. C'est de bonne guerre, j'en conviens, dans la mesure où c'est une des raisons les moins avouables qui m'ont poussée à choisir ce boulot. Mon parcours scolaire n'ayant pas été un succès foudroyant, je n'avais pas les qualifications pour me lancer dans des études vraiment importantes, comme apprendre à soigner les chats malades, ce qui avait été mon ambition dans mes très jeunes années. Mes notes me permettaient juste d'enseigner aux enfants. Ça m'allait bien. J'aimais les enfants, leur transparence, leur ardeur, leur certitude que tout est possible. Et j'aimais l'idée de passer mes journées devant un bac à sable à essuyer le nez de bambins ou à les aider à mélanger les couleurs.

Au lieu de quoi je me suis trouvé un emploi qui me donnait plutôt l'impression d'être une comptable au milieu d'un zoo. Et les journées dépassaient largement les horaires de bureau. L'inspection officielle de l'école nous arrivait dessus à grand train. Une fois les gosses repartis dans leurs HLM ou cités respectives, il nous restait les réunions, la paperasserie à remplir, les projets à élaborer. Nous y étions jusqu'à sept, huit ou neuf heures. D'ailleurs, Pauline aurait mieux fait d'installer un lit de camp et un réchaud dans son bureau, vu qu'elle semblait ne jamais quitter les lieux.

Je suis sortie plus tôt ce soir-là parce que j'avais un rendez-vous avec un type devant l'appartement. Évidemment, le bus a mis des heures à venir, de sorte que quand je suis arrivée à huit heures moins vingt-cinq, essoufflée d'avoir couru, avec seulement cinq minutes de retard, il attendait devant la porte en lisant un journal. Mauvais départ. Je lui avais déjà donné trop de temps pour prendre la mesure du quartier. Heureusement, il paraissait absorbé par ce qu'il lisait. Il n'avait peut-être pas remarqué le pub, ou n'avait tout du moins pas complètement saisi ce que sa proximité impliquait. Il portait un costume un peu bizarre avec un col de travers, sans doute très coûteux il faut croire. Il avait les cheveux très courts et ne semblait pas avoir chaud malgré la fournaise.

« Je suis vraiment désolée, ai-je haleté. C'est le bus.

— Ce n'est pas grave. Je me présente, Nick Shale. Vous devez être miss Haratounian. » Nous nous sommes serré la main à la française. Il a souri.

« Qu'est-ce qu'il y a de si drôle ?

— Dans mon esprit, vous étiez une vieille propriétaire à la mine sévère.

— Oh. » Je me suis efforcée de sourire poliment.

J'ai ouvert la porte d'entrée. Derrière, les cochonneries habituelles s'étalaient sur le paillasson : des prospectus proposant des pizzas à domicile, les services de laveurs de carreaux ou de taxis, et une lettre déposée à la main. J'ai tout de suite reconnu l'écriture. C'était le tordu qui m'avait envoyé la lettre précédente, quand ça déjà ? il y a cinq jours. Il était revenu jusqu'ici. C'était décidément franchement agaçant, ça tournait même au cauchemar. Je suis restée à la contempler quelques instants, puis je me suis retournée vers l'homme, Nick, qui me regardait l'air troublé.

« Qu'est-ce que vous avez dit ?

— Votre sac. Vous voulez un coup de main ? »

Je le lui ai tendu sans dire un mot.

J'avais perfectionné ma visite guidée de l'appartement : elle prenait trois minutes rondement menées, durant lesquelles je relevais d'une touche experte tous les points intéressants en évitant avec dextérité les zones moins directement avantageuses. De temps à autre, Nick posait des questions auxquelles j'avais fini par m'habituer.

« Pourquoi souhaitez-vous déménager ? »

Croyait-il qu'il allait réussir à coincer une pro telle que moi aussi facilement ? « Je veux me rapprocher de mon lieu de travail », ai-je menti.

Il a regardé par la fenêtre. « La circulation pose-t-elle problème ?

— Je n'y ai jamais songé. » Là, j'y allais un peu fort. Au moins, il n'a pas ri. J'ai posé l'enveloppe sur la table. Je ne l'avais pas ouverte. « C'est très pratique pour faire ses courses. »

Il a fourré les mains dans ses poches et s'est planté au milieu de mon salon, comme pour répéter le rôle du propriétaire. Tout bien considéré, ça lui faisait bien la tête du châtelain d'un minuscule domaine.

« Vous n'êtes pas de Londres, a-t-il remarqué.

— Qu'est-ce qui vous fait penser ça ?

— Votre accent. J'essaye de trouver d'où vous venez. À votre nom, je vous imaginais arménienne. Mais vous n'avez pas l'accent. Remarquez, je ne connais pas l'accent arménien. Peut-être les Arméniens parlent-ils tous comme vous. »

Bizarrement, ça m'irritait quand des gens venus visiter l'appartement se lançaient sur le terrain personnel, comme si nous allions devenir bons amis. Pourtant je n'ai pas pu m'empêcher de sourire. « J'ai grandi dans un village à côté de Sheffield.

— Pas à Londres donc.

— Exact. »

Un silence mutuel s'ensuivit.

« J'aimerais y réfléchir, a repris Nick, l'air de le penser vraiment. Ça ne vous dérangerait pas que je repasse un autre jour pour le revoir ? »

J'avais des doutes quant à son intérêt pour le seul appartement, mais ça ne me gênait pas trop. Même une miette d'enthousiasme valait mieux que rien. « Pas de problème, ai-je répondu.

— Je peux vous appeler directement, ou faut-il que je passe par votre agence immobilière ?

— C'est comme vous voulez. Je suis très souvent dehors pour le travail.

— Qu'est-ce que vous faites ?

— Je suis institutrice dans une maternelle.

— C'est super. Toutes ces vacances... »

Je me suis forcée à sourire.

« Votre numéro de téléphone. Je peux le prendre ? »

Je le lui ai donné, il l'a tapé sur ce qui ressemblait à une grosse calculatrice de poche.

« Ravi de vous avoir rencontrée, euh...

— Zoë.

— Zoë. »

Je l'ai entendu dégringoler les escaliers quatre

à quatre et me suis retrouvée seule avec ma lettre. J'ai d'abord fait semblant de prendre la chose à la légère. Je me suis préparé une tasse de café instantané, j'ai allumé une cigarette. Puis je l'ai ouverte et étalée sur la table devant moi.

Chère Zoë,

Il se peut que je me trompe, mais j'ai l'impression que vous n'avez pas aussi peur que je le voudrais. Comme vous le savez, je vous observe. Je suis peut-être en train de le faire au moment même où vous lisez cette lettre.

C'était idiot, mais j'ai regardé tout autour de moi, comme si j'avais voulu surprendre quelqu'un qui se serait trouvé à côté de moi.

Comme je l'ai dit précédemment, ce qui m'intéresserait vraiment, c'est voir à l'intérieur de vous, contempler les recoins de vous-même que vous ne verrez jamais mais moi si.

C'est peut-être dû au fait que vous vous sentez en sécurité dans votre horrible petit appartement que vous n'arrivez pas à vendre. Vous n'êtes pas en sécurité. Prenons par exemple votre fenêtre de derrière. Il est facile d'escalader la cabane dans la cour puis de se glisser à l'intérieur. Vous devriez y mettre un bon verrou. Celui qui s'y trouve pour l'instant est trop lâche. C'est pour cette raison que j'ai laissé ouvert. Allez y jeter un coup d'œil.

P-S : Vous avez l'air heureuse quand vous

dormez. La mort, c'est juste dormir pour toujours.

J'ai reposé la feuille sur la table. J'ai traversé la pièce et je suis sortie sur le palier. Effectivement, la fenêtre qui donnait sur le jardin auquel je n'avais pas accès était relevée de quelques centimètres. J'ai frissonné. Il m'a presque semblé sentir une fraîcheur dans l'appartement, comme dans une cave, pourtant il faisait une chaleur poisseuse, j'en avais bien conscience. Je suis retournée dans le salon et me suis assise près du téléphone. J'avais envie de vomir. Mais était-ce vraiment une urgence ? S'était-il même passé quelque chose ?

J'ai biaisé. J'ai cherché l'antenne de police la plus proche dans l'annuaire puis j'ai composé le numéro. J'ai eu une conversation un peu compliquée avec la standardiste, qui semblait chercher toutes les excuses possibles pour raccrocher. J'ai dit que quelqu'un était entré chez moi, elle m'a demandé ce qui avait été dérobé, quels étaient les dégâts. J'ai répondu que rien n'avait été endommagé, que je n'étais pas certaine qu'on m'ait volé quoi que ce soit.

« Est-ce que ça concerne vraiment la police ? » La voix était lasse.

« J'ai reçu des menaces, ai-je répondu. Des menaces de violence. »

La discussion a continué encore quelques minutes, puis après une conversation avec une troisième personne, mal assourdie par une main sur le combiné, elle a dit que quelqu'un passerait « en temps voulu », pour ce que ça voulait dire. J'ai fait le tour des fenêtres, refermé celles qui pouvaient l'être, donnant un tour de verrou. Comme si quelqu'un allait entreprendre d'escalader une façade jusqu'au premier étage au vu et au su de tout Holloway Road. Je n'ai pas allumé la télévision, je n'ai pas mis de musique. Je voulais pouvoir entendre le moindre bruit. Je me suis contentée de fumer cigarette sur cigarette en sirotant une bière.

Il s'était passé plus d'une heure avant que la sonnette ne retentisse. Je suis descendue jusqu'à la porte de la rue, mais je n'ai pas ouvert. « Qui est là ? »

J'ai perçu un bruit étouffé derrière la porte. « Quoi ? »

Un autre bruit étouffé. D'une main maladroite, j'ai tiré le ressort raide qui maintenait le battant de la boîte aux lettres pour jeter un œil dehors. J'ai aperçu un tissu bleu marine. J'ai ouvert la porte. Il y avait là deux agents de police. Leur voiture était garée derrière eux.

« Vous voulez bien entrer ? »

Sans répondre, ils ont échangé un regard avant d'entrer. Je leur ai montré le chemin dans l'escalier. Ils ont tous les deux ôté leur képi au moment de pénétrer dans l'appartement. Je me suis demandé s'il s'agissait là d'un reste de respect ancestral envers les femmes. Pour ne rien arranger, la présence de la police me rend nerveuse. J'ai tenté de me souvenir s'il n'y avait rien d'illégal dans l'appartement, dans le réfrigérateur, ou sur la cheminée. À mon sens non, mais mon esprit ne fonctionnait pas de manière très efficace, ce qui fait que je n'étais plus tout à fait sûre. J'ai montré du doigt la lettre sur la table. Il valait peut-être mieux que je ne la touche pas. Un des officiers s'est avancé, il s'est penché par-dessus la table pour la lire. Ça lui a pris un moment. J'ai vu qu'il avait le nez long, aquilin, avec une bosse à l'endroit de la jointure avec l'arcade sourcilière.

« Vous avez reçu une autre lettre de cette personne ? a-t-il fini par demander.

— Oui, il y a quelques jours. Mercredi, je crois.

— Où est-elle ? »

Je m'étais attendue à la question. « Je l'ai jetée », ai-je répondu, d'une voix un peu coupable, mais je me suis vite remise à parler avant qu'il ne se fâche. « Je suis désolée, je sais que c'est idiot. C'est juste qu'elle m'avait énervée. »

Mais il ne s'est pas fâché. Il ne semblait pas du tout inquiet. Ni même vraiment concerné.

« Vous avez vérifié la fenêtre ?

— Oui. Elle était ouverte.

— Pouvez-vous nous montrer ? »

Je les ai conduits hors de la pièce. Ils m'ont suivie d'un pas assez lourd, comme si on leur demandait d'en faire un peu trop pour une affaire aussi banale.

« Il y a le jardin du pub en contrebas », a murmuré l'autre agent en regardant par la fenêtre.

Nez aquilin a acquiescé. « Il aurait pu voir la fenêtre d'en bas. »

Ils se sont retournés puis ont réintégré le salon.

« Avez-vous une idée de qui aurait pu vous envoyer ça ? Un ancien petit ami, quelqu'un au travail, ou quelque chose dans le genre ? »

J'ai pris une profonde inspiration avant de leur raconter l'histoire de la pastèque et du courrier que ça avait engendré. Ils se sont tous les deux mis à rire.

« C'était vous ? » s'est esclaffé Nez aquilin d'une voix assez enjouée. Il s'est tourné vers son collègue. « C'est Danny qui est arrivé le premier sur les lieux ce jour-là. » Il est revenu à moi. « Joli coup. Nous avons votre photo au poste. Vous êtes une sacrée héroïne pour nous. » Il a gloussé. « Une pastèque, hein ? Autrement plus efficace qu'une matraque, y a pas photo. » Son talkie-walkie s'est mis à crachoter. Il a appuyé sur un bouton, une voix a dit quelque chose que je n'ai pas réussi à saisir. « D'accord. Nous y serons dans une minute. À tout de suite. » Il a levé les yeux vers moi. « Bon, eh bien, ce n'est pas plus compliqué que ça.

— Comment ?

— C'est le genre de chose qui arrive quand votre photo paraît dans le journal.

— Mais il est entré dans l'appartement. Il m'a menacée.

— Vous n'êtes pas de Londres, n'est-ce pas ? Comment vous vous appelez déjà ?

— Haratounian. Zoë Haratounian.

— Drôle de nom. C'est italien, non ?

— Non.

— C'est juste qu'il y a un tas de gens bizarres dans la nature.

— Mais est-ce qu'il n'a pas commis une infraction ? »

Nez aquilin a haussé les épaules. « On vous a volé quelque chose ?

— Je ne sais pas. Je ne crois pas.

— Vous avez vu des traces d'effraction ?

— Non, pas à première vue. »

Il a tourné les yeux vers son collègue à qui il a fait un petit signe de tête en direction de la porte, ce qui signifiait clairement : On y va dès qu'on aura réussi à faire taire cette petite demoiselle.

« S'il se produit quoi que ce soit de sérieux — mot qu'il a souligné d'une insistance légère mais désagréable —, appelez-nous. »

Ils ont tourné les talons.

« Vous n'allez pas prendre la lettre ?

— Gardez-la, mon petit. Mettez-la dans un tiroir. Un endroit sûr.

— Vous ne prenez pas ma déclaration ? Je n'ai aucun papier à remplir ?

— Si vous avez d'autres ennuis, nous le ferons. D'accord ? À présent allez vous reposer. Nous avons du travail qui nous attend. »

Et ils sont partis faire leur devoir. J'ai regardé par la fenêtre leur voiture se glisser dans le flot des autres lumières pour s'ajouter au brouhaha de la grande ville.

6

De la musique et des éclats de rire résonnaient dans Holloway Road, comme pour signaler la tenue d'une fête de rue tardive un brin lugubre. Quelqu'un applaudissait à tout rompre. Un coup de klaxon a retenti. L'air chaud de la nuit retenait toutes les odeurs en suspens : odeurs d'épices, d'oignons frits, de pots d'échappement, relents de patchouli, d'ail, de cannelle, parfois une bouffée inattendue de roses. De temps à autre, un faible soupir de vent faisait trembloter les rideaux à demi tirés derrière les fenêtres grandes ouvertes, mais à part ça la chaleur restait épaisse, pesante, lourde. C'était le milieu de la nuit mais il n'y avait pas d'étoiles, pas de lune, seuls les lampadaires projetaient une sale lueur orangée dans la pièce. Et du bruit. Des gens. Des voitures. J'ai songé un instant que j'aurais aimé me retrouver au beau milieu d'une forêt ou quelque part en pleine mer.

Je n'ai pas fermé les yeux. Je me suis tournée vers Fred qui m'a rendu mon regard, un demi-sourire aux lèvres, sûr de lui. La sueur de son front gouttait sur mon visage, sur mon cou, nos mains glissaient sur nos corps trempés. Il m'était encore inconnu : son front haut, sa bouche pleine, son corps long, mince, lisse, assez doux. Même après une soirée passée à danser puis à faire l'amour, il sentait le propre. Le savon au citron et la terre, l'herbe et la bière. J'ai repoussé les draps humides, il s'est étiré sur le lit étroit, a glissé un bras derrière sa tête, puis a esquissé un petit sourire satisfait.

« C'était bien, ai-je murmuré.

— Merci.

— Ce n'est pas ce que tu es censé répondre. Plutôt quelque chose genre : Oui, c'était bien. »

Il a secoué la tête. « Est-ce que tu as déjà pris autant de plaisir ? »

Je n'ai pas pu me retenir de pouffer. « Tu plaisantes ? Tu voudrais que je te dise : Oh, Fred, je n'aurais jamais pensé que ça pouvait être aussi bien.

— La ferme. Ta gueule à la fin. »

Je l'ai regardé. Il ne souriait plus. Je l'avais blessé. Il avait l'air humilié et en colère. Les hommes !

Je me suis redressée, j'ai croisé les jambes, sorti deux cigarettes d'un coup du paquet qui gisait par terre ; je les ai allumées toutes les deux et lui en ai tendu une.

« Je n'avais jamais fait l'amour avec un jardinier auparavant. »

Il a aspiré une bouffée, dessinant un rond de fumée parfait dans l'air, où il est resté suspendu une seconde avant de s'effacer. « Je ne suis pas jardinier. Je fais des jardins. Je donne un coup de main.

— Et moi je ne suis pas instit. Je donne des cours. C'est ça ? »

Il a produit un deuxième rond de fumée qu'il a regardé s'envoler. « Toi, tu es instit. Moi, je quitterai ce boulot dès que je le pourrai.

— Oh. » J'ai senti monter en moi une vague de rancune. « Merci beaucoup. Eh ben, tu avais déjà fait l'amour avec une prof ? »

Il m'a regardée en levant les sourcils. Un sourire narquois lui a fendu le visage. « Jamais avec une prof célèbre. »

Je n'avais pas envie d'y repenser. J'avais passé toute la soirée à boire, à rigoler, à danser, le tout en fumant des joints, pour essayer de ne pas penser. J'en avais ma claque des blagues idiotes au sujet des pastèques, des articles de journaux qui m'appelaient Zoë la blondinette et des lettres de tordus sur le paillasson. Marre que des gens que je n'avais jamais vus pensent à moi, fantasment sur mon compte. Il y avait peut-être quelqu'un devant l'appartement à ce moment précis, qui regardait ma fenêtre ouverte en attendant le départ de Fred. Je me sentais tout à fait sobre à présent.

J'ai jeté ma cigarette dans le verre posé près du lit. Je l'ai entendue grésiller. « Ces dernières lettres...

— N'y fais pas gaffe », a coupé Fred. Il a fermé les yeux. « Tu fais quoi ce week-end ?

— Elles m'ont fichu la trouille. Elles étaient... oh, je ne sais pas, résolues.

— Mmm. » Il m'a caressé les cheveux d'une main légère. « On pensait faire un pique-nique samedi. En dehors de Londres. Tu veux venir ?

— Tu fais tout en groupe ? »

Il s'est penché pour m'embrasser les seins. « Il y a des choses que j'arrive à faire tout seul. Et puis où est le problème ?

— Il n'y en a pas. » Silence. « Tu veux bien rester cette nuit ? Je veux dire, toute la nuit ? Si ça ne t'embête pas, bien entendu. »

Ça a fait le même effet que si je lui avais annoncé qu'il y avait une bombe sous l'oreiller. Il a ouvert les yeux d'un coup et s'est assis. « Désolé, a-t-il lâché. Je dois me pointer chez une petite vieille près de Wimbledon aux aurores. » Il a enfilé son caleçon, son pantalon de toile. Bon Dieu, ce qu'il pouvait s'habiller vite. Voilà la chemise passée, boutonnée, les chaussettes, les chaussures récupérées sous le lit, un petit coup de main sur les poches pour vérifier qu'il n'avait pas perdu sa monnaie. La veste sur le dos de la chaise.

« Ta montre, ai-je lancé sèchement.

— Merci. Merde, regarde l'heure qu'il est. Je t'appellerai demain, on verra ce qu'on fera.

— Bien sûr.

— Ne t'inquiète de rien. » Il m'a passé les mains sur le visage, m'a embrassée dans le cou. « Tu es belle. Bonne nuit.

— Salut. »

Après son départ, je me suis levée pour aller fermer la fenêtre du salon, malgré l'épaisse chaleur. La pièce paraissait plus étouffante que jamais. J'ai regardé Holloway Road. Il ferait jour dans quelques heures. J'ai vérifié la fenêtre du palier, ce que j'avais déjà fait à plusieurs reprises ce soir-là. Je suis allée chercher ma montre dans la salle de bains : deux heures moins le quart. Si seulement le matin pouvait arriver. J'avais beau être fatiguée, je n'avais pas envie de dormir. Et puis le temps se traîne quand on a peur. Ma sueur me piquetait la peau, soudain glacée ; j'ai ramassé le drap par terre pour m'en essuyer le corps puis je me suis enveloppée dans ses plis légers avant de m'allumer une nouvelle cigarette. J'aurais aimé avoir du thé dans l'appartement. Il y avait peut-être du whisky quelque part. Je suis allée à la cuisine où j'ai poussé une chaise sous le placard du haut. Il y avait là un tas de bouteilles vides que j'avais l'intention de porter un jour à la benne mais pas de whisky. Cependant, j'y ai trouvé une bouteille de liqueur de menthe qu'un membre de ma famille m'avait offerte à Noël mais que je n'avais jamais ouverte. Je m'en suis versé une rasade dans une tasse à l'anse cassée. C'était vert, visqueux, écœurant. Une boule brûlante a glissé au fond de ma gorge.

« Beurk », ai-je dit tout haut, ce qui m'a fait remarquer à quel point la rue était devenue silencieuse, simplement troublée par moments par le mini-tremblement de terre d'un camion occasionnel ou le claquement des talons d'un passant sous les fenêtres. Il était deux heures et quart.

Je me suis traînée jusqu'à la salle de bains enrobée de mon drap, je m'y suis lavé les dents, puis j'ai aspergé d'eau mes joues brûlantes. Ensuite, je me suis allongée sur le lit en essayant de ne pas y penser. Mais c'était plus fort que moi. Je me suis repassé les deux dernières lettres dans la tête. La première, bien sûr, je l'avais jetée. Mais je me rappelais presque chaque mot. La seconde, je l'avais rangée dans mon bureau. De toute évidence, la police n'était pas convaincue qu'il s'agissait du même auteur. Moi si. Ils ne prenaient pas l'affaire très au sérieux ; ils ne savaient pas ce que ça faisait d'être une femme allongée seule dans un appart minable sur Holloway Road, craignant que quelqu'un dehors la surveille.

Malgré moi, je suis allée chercher la lettre et je l'ai relue, allongée dans mon lit. Je savais que cet homme m'avait regardée, je veux dire vraiment regardée, à la loupe. Il avait vu de moi des choses que je n'avais pas pris la peine de remarquer, comme le doigt taché. Il m'étudiait, m'enregistrait, d'une façon dont on n'étudie jamais ses amants. Peut-être m'apprenait-il par cœur, comme pour un examen. Il était entré ici, je le savais, quoi qu'en dise la police, et il avait regardé mes affaires, il les avait touchées. Il avait sans doute fouillé dans mes lettres, dans mes photos et mes vêtements. Il avait peut-être emporté des choses. Il m'avait vue dormir. Il voulait voir à l'intérieur de moi, avait-il dit. Pas être, voir. Je me suis sentie prise de nausées, mais ça pouvait venir de la liqueur qui me tapissait encore l'intérieur de la bouche comme de la colle ou bien de ce que j'avais bu avant, ou de nos ébats en sueur, de la fatigue, oh et puis merde !

J'ai fermé les yeux. Je les ai recouverts de mon bras afin de me plonger dans l'obscurité absolue. Londres était tapie derrière ma fenêtre, pleine d'yeux. J'ai entendu une goutte de pluie, puis une deuxième. Mon cerveau ne pouvait pas s'arrêter, je n'arrivais pas à le faire ralentir. Je me repassais sans cesse les lettres dans ma tête.

« Comme je l'ai dit précédemment. » C'était ça le truc bizarre. De quoi parlait-il ? Il voulait voir à l'intérieur de moi. Comme il l'avait dit précédemment. Mais ce n'était pas vrai, il ne l'avait pas dit, non ? J'ai essayé de reconstruire la première lettre, celle que j'avais jetée. Seuls des fragments me revenaient en mémoire. Mais je m'en serais souvenue. Qu'est-ce que ça pouvait vouloir dire ?

Une idée m'est venue, une pensée que j'aurais voulu pouvoir repousser. Je me suis assise, la bouche sèche, j'ai projeté les jambes hors du lit et me suis rendue dans le salon où j'ai tiré le carton de sous le canapé. Il y avait des dizaines de lettres à l'intérieur, dont certaines qui n'avaient pas été ouvertes. Ça allait prendre des heures. Je suis retournée dans ma chambre, j'ai enfilé mon vieux survet élimé ; puis je me suis servi une nouvelle tasse de cette liqueur immonde, j'ai allumé une cigarette, et je me suis lancée.

Je n'avais qu'à jeter un œil sur chaque lettre pour me convaincre, même si en fait il me suffisait de regarder l'écriture sur l'enveloppe pour savoir qu'elle n'était pas de lui. Ma chère Zoë... Miss Haratounian... Retourne d'où tu viens, salope... Avez-vous trouvé Jésus ?... Vous souriez mais vous avez le regard triste... Bravo... Si vous vouliez faire un don à notre organisation... J'ai l'impression que nous nous sommes rencontrés quelque part... Si vous aimez le sadomaso... Je vous écris de prison... J'aimerais vous adresser un conseil durement appris...

Et tout à coup je l'ai vue. Soudain, j'ai entendu mon cœur battre fort, trop vite. Ma gorge me paraissait trop étroite pour respirer. L'écriture, les lettres penchées noires. J'ai pris l'enveloppe, qui n'avait pas été ouverte. Celle-là portait un timbre, ainsi que mon adresse, code postal au complet. J'ai bu une grande rasade et glissé un doigt sous le rabat pour déchirer l'enveloppe. La lettre était courte, mais directe.

Chère Zoë,

Je veux voir à l'intérieur de vous, ensuite je veux vous tuer. Il n'y a rien que vous puissiez faire pour m'arrêter. En tout cas pas pour l'instant. Je vous écrirai à nouveau.

J'ai fixé les mots jusqu'à ce qu'ils se brouillent. Mon souffle sortait en petits hoquets râpeux. Des gouttes éclataient contre les vitres ; une pluie lourde et lente d'été. Je me suis levée d'un bond et j'ai poussé le canapé par terre, jusqu'à ce qu'il se trouve collé contre la porte d'entrée. J'ai pris le téléphone, j'ai composé le numéro de Fred d'un doigt tremblant, sans force. La sonnerie a retenti, encore et encore.

« Oui ? » Il avait la voix épaisse de sommeil.

« Fred, Fred, c'est Zoë.

— Zoë. Mais enfin merde quelle heure il est ?

— Comment ? Je ne sais pas. Fred, j'ai reçu une autre lettre.

— Putain, Zoë, il est trois heures et demie.

— Il dit qu'il veut me tuer.

— Écoute...

— Je peux venir ? J'ai peur. Je ne sais pas à qui d'autre m'adresser.

— Zoë, écoute. » Je l'ai entendu craquer une allumette. « Tout va bien. » Sa voix était douce mais ferme, comme s'il parlait à un petit enfant qui a peur du noir. « Tu es en sécurité. » Il s'est tu une seconde. « Écoute, si tu as vraiment peur, appelle la police.

— S'il te plaît, Fred, je t'en prie.

— J'étais en train de dormir, Zoë. » Sa voix était froide à présent. « Je te suggère d'essayer de faire pareil. »

J'ai abandonné. « D'accord.

— Je t'appellerai.

— D'accord. »

J'ai appelé la police. Je suis tombée sur un homme à qui je n'avais jamais parlé. Il a pris mes coordonnées avec une lenteur pénible. J'ai épelé mon nom deux fois, *H* comme haricot, *A* comme Arthur. À chaque fois que j'entendais un bruit, je me raidissais et mon cœur se mettait à palpiter. Mais bien sûr personne ne pouvait entrer. Tout était fermé et verrouillé.

« Une minute, mademoiselle. »

J'ai attendu, fumé une cigarette supplémentaire. Ma bouche me faisait l'effet d'être l'intérieur d'un cendrier.

Il a fini par me dire de passer au poste dans la matinée. J'imagine que j'aurais voulu voir des policiers se précipiter pour venir me protéger et tout résoudre, mais voilà toute l'attention que j'allais recevoir. Pour ce que ça valait, je me suis sentie rassurée par la tonalité monotone et routinière dans sa voix. Des choses comme ça, on en voit tous les jours.

À un moment, je me suis endormie. Quand je me suis réveillée, il était presque sept heures. J'ai regardé par la fenêtre. Il avait beaucoup plu pendant la nuit, l'averse avait nettoyé la rue. Les feuilles des rares platanes paraissaient moins blanchies, moins rabougries, et le ciel était véritablement bleu. J'avais oublié cette couleur.

7

Cette fois, j'ai pu voir des policiers plus haut placés, c'était déjà ça. Si les agents en uniforme qui étaient passés me voir paraissaient tout droit sortis de l'équipe de rugby d'un lycée quelconque, l'inspecteur qui m'a parlé au poste ressemblait plutôt à un prof de géographie. À ceci près qu'avec son costume bleu marine et sa cravate sobre, il était peut-être un peu mieux sapé que mes anciens profs. Il était grand, carré. Enfin, presque gros. Ses cheveux bruns étaient coupés court, bien net. Il s'est présenté comme étant l'inspecteur Aldham.

On ne m'a pas conduite jusqu'à une salle d'interrogatoire ni une quelconque pièce officielle. Il est venu me trouver dans le hall d'accueil, puis il a tapé un code qui m'a permis de passer du côté où s'effectue vraiment le travail de police. Il a commencé par se tromper, ce qui fait qu'il a dû retaper le code, non sans jurer sous cape. Il m'a conduite jusqu'à son bureau, m'indiquant une chaise où m'asseoir sur le côté. Ça n'a fait que renforcer mon impression d'être une gamine mal à l'aise qui vient voir son prof après la classe. Enfin, plutôt avant : j'avais dû appeler Pauline pour lui annoncer que je serais en retard. Ça ne lui avait pas plu. Ce n'est pas le moment, m'avait-ellc dit.

Aldham a lu les deux lettres très lentement, le front barré d'un pli de concentration. J'ai passé cinq minutes à me tortiller sur ma chaise en jetant des regards alentour aux gens qui arrivaient, qui parlaient au téléphone. Deux agents riaient d'une histoire que je n'avais pas pu capter, au fond de la grande salle. Il a levé les yeux.

« Voulez-vous une tasse de thé ?

— Non, merci.

— Je vais m'en faire une.

— Alors d'accord.

— Des gâteaux ?

— Non, merci.

— J'en prendrai un pour moi.

— C'est un peu tôt. »

Il s'est écoulé pas mal de temps avant qu'il ne surgisse à nouveau, tenant maladroitement à la main des gobelets presque trop brûlants. Il a trempé un sablé dans son thé et croqué avec soin le demi-cercle mouillé.

« Alors, que pensez-vous de tout ça ?

— Comment ça, ce que j'en pense ? Eh bien, mais enfin... c'est votre boulot, non ?

— Je ne sais pas. Que disait l'autre lettre ?

— Elle était horrible, alors je l'ai jetée. Il y avait des trucs bizarres sur ce que je mangeais. Et puis quelque chose sur la peur de mourir. C'était comme si quelqu'un m'avait espionnée.

— À moins que ce ne soit quelqu'un qui vous connaisse.

— Qui me connaisse ?

— Ça pourrait être une blague. Vous ne pensez pas que vous pourriez avoir un copain qui ferait ça pour rire ? »

Je ne savais vraiment pas quoi répondre. « Quelqu'un menace de me tuer. Je ne vois pas de blague là-dedans. »

Aldham s'est recalé sur sa chaise, l'air embarrassé. « Il y a des gens qui ont un sens de l'humour bizarre. » Un silence s'est ensuivi. Se pourrait-il que je me trompe sur cette histoire ? ai-je songé avec désespoir. Il n'y avait peut-être pas de quoi en faire tout un plat. « Attendez un instant, a-t-il fini par dire. Je vais aller en parler à quelqu'un. »

Il a sorti une chemise de son bureau et y a glissé les deux lettres. Il est parti avec, son thé dans l'autre main, traversant la salle d'un pas lourd avant de disparaître de ma vue. J'ai regardé ma montre. Combien de temps ceci allait-il prendre ? Est-ce que ça valait le coup que je sorte mes propres dossiers de mon sac et que je travaille un peu en m'installant sur un coin de son bureau ? Je n'étais pas tout à fait d'humeur à ça. Quand Aldham a fini par revenir, il était accompagné d'un autre type en costume. Un homme plus petit, plus fin, aux cheveux grisonnants, qui avait l'air un peu plus élevé dans la hiérarchie. Il s'est présenté comme l'inspecteur principal Carthy.

« J'ai lu vos lettres, miss... hum... » Il a marmonné quelque chose qui paraissait vouloir être une tentative de dire mon nom. « J'ai lu ces lettres et l'inspecteur Aldham m'a mis au courant des détails de l'affaire. Ce sont assurément de bien vilains spécimens. » Il a regardé autour de lui avant d'emprunter une chaise derrière un bureau vide. « Reste à établir quel est vraiment le problème dans cette histoire.

— Le problème, c'est que quelqu'un me menace et qu'on est entré dans mon appartement. » Carthy a fait une grimace. « Et je me fais harceler. Ça, c'est bien un délit, non ?

— Dans certaines circonstances. Nous comprenons très bien votre inquiétude, mais il est difficile de savoir exactement quelle procédure suivre.

— Vous n'avez pas le sentiment que cette personne est dangereuse ?

— C'est possible. Mais peut-être pas. Écoutez, mademoiselle, j'ai cru comprendre que vous aviez reçu d'autres lettres de cette nature. »

J'ai une nouvelle fois raconté les heures de gloire que j'avais connues et les deux inspecteurs ont échangé un bref sourire.

« L'histoire de la pastèque ? a repris Carthy. C'était magnifique. Nous en avons une photo sur un tableau d'affichage quelque part. Tout le monde vous considère comme une héroïne ici. Vous pourriez peut-être passer dire bonjour à quelques collègues avant de partir. Mais pour revenir à ces lettres, à mon avis ce n'est probablement qu'une conséquence de votre soudaine célébrité. Ça arrive souvent. Il y a de pauvres diables dans le monde. C'est leur façon de rencontrer les autres. »

J'ai fini par perdre patience. « Je suis désolée, mais je pense que vous ne prenez pas cette affaire suffisamment au sérieux. Ce type ne s'est pas contenté d'écrire des lettres. Il est entré dans mon appartement.

— Ce n'est qu'une supposition. » Carthy a émis un long soupir douloureux. « Très bien. Réfléchissons à deux ou trois choses. » Il s'est tu quelques instants. « Votre appartement. Est-il facile d'accès ? »

J'ai haussé les épaules. « C'est juste une ancienne maison réaménagée en appartements tout ce qu'il y a de plus normale. Il y a une entrée commune sur Holloway Road. Il y a une espèce de terrasse de pub qui jouxte la cour arrière. »

Carthy a griffonné quelque chose sur un grand bloc qu'il tenait en équilibre sur son genou. Je ne pouvais pas voir s'il prenait des notes ou s'il se contentait de faire des petits dessins.

« Y a-t-il beaucoup de gens qui passent dans votre appartement ?

— Qu'est-ce que vous voulez dire ?

— Une personne par semaine ? Deux ? Donnez-moi un chiffre moyen.

— Je ne peux pas vous répondre comme ça. J'ai des amis. Quelques-uns sont passés prendre un verre la semaine dernière. J'ai un nouveau petit ami. Il vient plusieurs fois par semaine. » Il s'est remis à gratter sur son bloc. « Oh, et puis ça fait six mois que l'appartement est à vendre. »

Carthy a haussé un sourcil. « Ce qui signifie que des gens sont venus le visiter, je présume ?

— Évidemment.

— Combien ?

— Un bon nombre. Sur les six mois, quelque chose comme soixante, soixante-dix. Peut-être plus.

— Certains sont-ils passés plus d'une fois ?

— Quelques-uns. C'est bien mon intention, qu'ils reviennent plus d'une fois.

— Y en a-t-il qui vous ont semblé avoir un comportement étrange pour une raison ou une autre ? »

Je n'ai pu m'empêcher de laisser échapper un petit rire lugubre. « Environ les trois quarts. Je veux dire, voilà de parfaits inconnus qui viennent fouiller dans mes placards, ouvrir mes tiroirs. C'est ce qui se passe quand on cherche à vendre. »

Carthy ne m'a pas rendu mon sourire.

« Il y a différents motifs pour ce type de harcèlement. Les plus courants sont de nature privée. » Il a pris un air ennuyé. « Voyez-vous un inconvénient à ce que je vous pose des questions plus personnelles ?

— Pas si elles ont un lien avec cette histoire.

— Vous dites que vous avez un nouveau petit ami. Depuis combien de temps ?

— Deux ou trois semaines. C'est très récent.

— Est-ce que ça signifie que vous avez mis fin à une relation précédente ?

— Pas exactement.

— Que voulez-vous dire par là ?

— Non. Je n'avais pas de petit ami avant.

— Mais vous avez eu une liaison il y a peu, j'entends. Comment dire, une liaison de caractère sexuel ?

— Eh bien oui, il n'y a pas très longtemps. » Je n'ai pas pu m'empêcher de rougir.

« La rupture a été douloureuse ?

— Ça ne s'est pas passé comme ça. J'ai vu différentes personnes à des moments différents.

— Plusieurs personnes ? » Aldham et lui ont échangé un regard lourd de sous-entendus.

« Écoutez, ce n'est pas ce que vous croyez. » J'étais très gênée. Je savais ce qu'ils pensaient tous les deux et rien de ce que je pourrais dire n'allait arranger quoi que ce soit. Ce qui rendait la chose si incongrue, c'est que je suis une nonne, comparée à tous les gens que je connais ou presque ; une nonne maladroite, embarrassée, et en plus sans grande conversation. « Je suis sortie avec, enfin, j'ai fréquenté, si vous préférez, deux hommes l'année passée. » Ils ont continué à me regarder comme s'ils n'étaient absolument pas convaincus par la modestie du nombre. « Le dernier, c'était il y a des mois.

— Ça a mal fini ? »

Je me suis revue assise en face de Stuart dans un café près de Camden Lock. J'ai émis un rire triste. « Ça s'est juste défait tout seul petit à petit, à vrai dire. Mais de toute façon, la dernière fois que j'ai eu de ses nouvelles, il faisait du stop en Australie. Vous pouvez l'écarter de la liste des suspects. »

Carthy a appuyé bruyamment sur le déclic de son stylo bille, puis il s'est levé. « L'inspecteur Aldham va vous aider à remplir une plainte et prendre une courte déclaration.

— Qu'est-ce que vous allez faire ?

— Je vous l'ai déjà dit.

— Je veux dire, pour l'attraper ?

— S'il se passe quoi que ce soit, appelez Aldham et nous partirons de là. Oh, et puis prenez des précautions élémentaires dans votre vie privée pendant quelque temps.

— Je vous l'ai dit, j'ai un petit ami. »

Il m'a gratifiée d'un signe de tête sec avant de tourner les talons, en marmonnant à voix basse quelque chose que je n'ai pas entendu.

8

Je suis arrivée en retard à l'école. Plus encore que je ne l'avais prévu. En sortant du poste, j'étais tellement fatiguée que mes jambes me soutenaient à peine. Ma peau me paraissait sale et granuleuse sous ma robe en coton. Mon crâne me démangeait. J'avais un goût de cendres dans la bouche. Mes épaules étaient envahies de vilains petits nœuds où se logeaient autant de bulles de stress. En retrouvant la lumière intense du soleil mes yeux, déjà bien enfoncés dans leurs orbites me semblait-il, se sont mis à battre douloureusement. Je les ai plissés pour me protéger de l'éblouissement tout en cherchant à tâtons mes lunettes de soleil dans mon sac. Mince. Je les avais oubliées. Tout comme mes vitamines. Et il ne me restait plus qu'une cigarette. Un instant, j'ai songé à retourner à l'appartement pour prendre un bain, me laver les dents, me ressaisir, avant d'aller à l'école. Ou même tout bêtement à aller m'asseoir sur un coin de pelouse jaunissant à côté d'un plan d'eau dans un des parcs du coin et regarder les canards, fermer les yeux.

Au lieu de quoi j'ai acheté deux paquets de

cigarettes et une paire de lunettes bon marché à un kiosque, puis je me suis faufilée avec mauvaise conscience dans un café miteux. J'ai commandé deux tasses de café noir accompagnées d'un œuf poché sur toast. J'ai mangé sans me presser, en regardant les passants derrière la vitre maculée de traces. Un rasta coiffé d'un bonnet jaune. Un couple d'ados, bras dessus, bras dessous, qui s'arrêtaient tous les deux pas pour s'embrasser. Un groupe de touristes japonais armés d'appareils photo et vêtus de chandails en jersey. Ils s'étaient perdus, à n'en pas douter. Un homme portant un bébé dans un kangourou, dont j'apercevais juste le haut du crâne duveteux. Une femme qui hurlait à l'intention d'un gamin fragile au visage tout rouge debout à côté d'elle. Une Indienne enroulée dans un sari écarlate qui avançait à petits pas, chaussée de sandales délicates, entre les crottes de chien et les ordures répandues sur le trottoir. Une troupe d'écoliers munis de sacs de piscine, à qui une jeune femme harassée a fait traverser la rue enfumée et bouillonnante en troupeau serré. Elle m'a fait penser à moi. Un cycliste affublé d'un short jaune fluorescent, tête baissée, zigzaguant entre les voitures sur ses roues effilées. Une femme coiffée d'un chapeau à large bord, pourvue d'une poitrine en obus et d'un caniche minuscule, qui paraissait s'être trompée d'histoire.

C'était moi qui m'étais trompée d'histoire. Qui me disait qu'il ne me regardait pas à la minute présente ? J'aurais peut-être pu l'apercevoir, si j'avais su où regarder. Qu'avais-je donc fait pour qu'une chose pareille m'arrive à moi ? J'ai allumé une cigarette, bu mon café amer qui refroidissait.

J'étais tellement en retard maintenant que quelques minutes de plus n'y changeraient rien.

Avant de monter dans mon bus sur Kingsland Road je suis passée devant une cabine de téléphone. Une envie imbécile d'appeler ma mère m'a prise. Ma mère est morte il y a douze ans. Je voulais juste l'entendre me dire que tout allait bien se passer.

Pauline s'est montrée d'une politesse froide quand je suis arrivée. Elle m'a dit qu'un dénommé Fred avait téléphoné. Il voulait que je le rappelle sur son portable à un moment de la journée. Elle semblait irritée d'avoir à prendre les messages du petit ami d'une employée durant son absence. L'assistante du primaire qui me remplaçait avait occupé les enfants à mélanger des couleurs, protégés par des tabliers en plastique et armés de gros pinceaux. Du coup, je leur ai demandé de faire leur portrait, qu'on pourrait accrocher au mur avant la réunion avec les parents. Raj s'est représenté avec un visage rose pâle, des cheveux bruns et des jambes qui lui sortaient toutes raides du menton. Éric, qui ne sourit jamais, s'est fait une grande bouche rouge étirée d'une oreille à l'autre. Stacey a renversé de l'eau sur le dessin appliqué de Tara, qui l'a frappée au cou. Damian s'est mis à pleurer, laissant des larmes couler sur sa feuille. Je l'ai emmené dans le coin maison pour lui demander ce qui n'allait pas ; il m'a raconté que tout le monde l'embêtait : il se faisait traiter de mauviette, les autres le bousculaient dans la cour de récréation ou l'enfermaient dans les toilettes. Je l'ai regardé : c'était un petit garçon pâle à la voix nasillarde et aux oreilles sales, dont les vêtements pendouillaient sur sa maigre carcasse.

Fred voulait que je vienne le voir jouer au football à cinq heures ce soir-là. Ils y jouaient tous les mercredis, m'a-t-il expliqué, c'était un de leurs rendez-vous réguliers entre mecs. Il était gai et tranquille, comme si rien ne s'était passé hier soir. Il m'a raconté qu'il était en train de couper des roses fanées en banlieue, mais qu'il n'arrêtait pas de penser à mon corps.

Pauline m'a dit que je devais avoir terminé mon travail sur l'heure d'initiation à la lecture pour la fin de la semaine et m'a demandé si c'était possible. « Oh, oui », ai-je répondu sans conviction. J'avais mal à la tête. D'habitude, je m'arrête à la sandwicherie sur le chemin de l'école pour m'acheter un petit pain à la tomate et au fromage, mais aujourd'hui j'avais oublié. Du coup, pendant que les autres enseignants mangeaient des sandwiches équilibrés et des fruits, j'ai avalé des pommes de terre bouillies assaisonnées de haricots en boîte à la sauce tomate servis par une cantinière obèse, puis un pudding à la crème anglaise en guise de dessert. De la nourriture roborative, qui m'a remise d'aplomb.

J'ai fait écrire et réécrire la lettre *M* aux enfants, en suivant les lignes pointillées sur leurs feuilles d'exercice. *M* comme miel, marmotte, et mirliton. « Et comme merde », a ajouté Barny, un petit de quatre ans du mois d'août, le plus jeune de la classe, provoquant les hurlements de ses copains éberlués.

Au moment de se mettre en rond, nous avons parlé des bousculades. Je n'ai pas regardé Damian pendant que je leur expliquais qu'il fallait essayer d'être gentils les uns avec les autres et tous m'ont fixée de leurs yeux cruels et innocents. Il était assis assez près de moi, occupé à arracher des petites peluches au tapis, les yeux flous derrière ses verres épais.

« Ça va mieux ? lui ai-je demandé au moment de la sortie.

— Mmmm », a-t-il marmonné, la tête brimbalant sur le côté. J'ai vu qu'il avait le cou noir, les ongles sales. Il m'a soudain emplie d'agacement et de colère : j'aurais voulu le secouer pour qu'il abandonne son air désespéré. C'était peut-être comme ça que je me comportais, me suis-je dit. Peut-être que je me laissais malmener.

C'est fou le bruit que peuvent faire dix hommes. Ils ne se contentent pas de se crier dessus : ils grognent, hurlent, beuglent, gueulent, tombent par terre dans un grand écrasement sourd, se foncent dessus, se donnent des coups de pied dans les tibias, au point que j'ai cru entendre des os craquer. J'étais effarée de ne pas voir de sang jaillir, de corps sur des brancards, de coups de poing échangés. Mais à la fin de l'heure ils se sont tous retrouvés en sueur, puants mais ravis, s'envoyant des grandes claques dans le dos. Je me sentais un peu idiote, debout sur la ligne de touche à les regarder comme une groupie de leur fan-club. Il y avait là quatre autres femmes ; elles se connaissaient à l'évidence et semblaient appartenir à une sorte de troupe qui se réunissait tous les mercredis pour voir leurs hommes se réduire en purée. Clio, Anna, Laura, plus une dernière dont je n'ai jamais réussi à saisir le nom avant de renoncer à le lui demander une fois de plus. Elles m'ont demandé comment j'avais rencontré Fred, s'il n'était pas un sacré charmeur ; leur amabilité retenue m'a fait penser qu'il devait y avoir une fille différente la plupart des semaines et qu'elles ne voulaient pas s'engager. J'étais sans doute censée encourager Fred quand il fonçait devant moi comme une boule de feu, l'œil étincelant, en criant quelque chose, mais je n'arrivais pas à m'y résoudre.

Le match terminé, il est venu vers moi, m'a passé un bras autour de l'épaule et m'a embrassée.

« Tu dégoulines. »

Ce n'est pas que ça me gênait, mais je n'y prenais pas non plus un immense plaisir primitif ou hormonal.

« Mouais. » Il a frotté le nez contre ma joue. « Et toi tu es toute fraîche et ravissante. »

Après ma journée de travail, j'étais allée chez Louise prendre un bain. Elle m'avait prêté un pantalon de coton gris ainsi qu'un pull sans manches. Je n'avais pas voulu rentrer chez moi.

« Tu viens prendre un verre ?

— Bien sûr. » C'était la dernière chose dont mon corps avait besoin, mais je voulais rester entourée. Tant que j'étais en groupe, dans un endroit public, je me sentais en sécurité. L'idée de me retrouver à nouveau toute seule dans la pénombre de mon appartement me coupait le souffle.

« Je te retrouve après la douche. »

Le verre en question a été suivi d'un certain nombre d'autres. À l'évidence, le propriétaire de ce pub très sombre les connaissait bien.

« Et puis elle a reçu toutes ces lettres dingues », continuait Fred comme s'il s'agissait d'une bonne blague. Il a bougé la main sur le côté, faisant glisser ses doigts le long de mes côtes. Je me suis écartée, nerveuse, puis j'ai allumé une nouvelle cigarette et fait glisser la fin de ma bière dans mon gosier. « Dont certaines où on menace de la tuer. Pas vrai, Zoë ?

— Si », ai-je marmonné. Je ne voulais pas en parler.

« Qu'est-ce que la police a dit ? a demandé Fred.

— Pas grand-chose. » J'ai tenté de présenter la chose avec légèreté. « T'inquiète pas, Fred. Je suis sûre que tu seras leur suspect numéro un.

— Ça ne peut pas être moi, s'est-il esclaffé.

— Pourquoi pas ?

— Eh ben... euh...

— Parce que tu ne m'as jamais vue dormir. » J'ai immédiatement regretté mcs paroles, mais Fred a simplement eu l'air interloqué. Je me suis sentie soulagée quand Morris a commencé à raconter qu'ils venaient ici pour les soirées « Questions pour un champion ».

« C'est dégueulasse, tout bien considéré, a-t-il dit. Carrément trop facile. Ça me donne l'impression qu'on se sert dans leurs porte-monnaie. On a du pot qu'ils ne nous emmènent pas dans la ruelle histoire de nous briser les doigts.

— *L'Arnaqueur,* a dit Graham.

— Quoi ?

— Mon imbécile de frère vous ennuie ?

— Sois pas vache, ai-je répondu.

— Non, non, a répliqué Morris. C'est encore une référence. C'est ce qu'Herman Mankiewicz a dit à propos de Joseph Mankiewicz. » Là-dessus il a adressé un sourire narquois à son frère. « Sauf que c'est Joseph qui a fini par avoir le plus de succès.

— Désolée, ai-je avoué. Je ne connais pas les gens dont vous parlez. »

Malheureusement, ils ont commencé à me raconter. À mes yeux, ces apostrophes entre frères ou copains de toujours représentaient un mélange déconcertant de vieilles blagues, de références obscures et autres accroches personnelles ; en général, je n'avais alors de meilleure solution que de baisser la tête en attendant que surgisse un propos à ma portée. Après quelques minutes la frénésie de l'échange compétitif a fini par se calmer. Je me suis retrouvée une nouvelle fois à parler avec Morris.

« Est-ce que tu sors avec une de... », ai-je demandé à voix basse, adressant un hochement discret en direction des différentes jeunes femmes assises autour de la table.

Morris a pris un air évasif.

« Eh bien, Laura et moi, en un sens...

— En un sens quoi ? » a lancé Laura de l'autre bout de la table. C'était une fille corpulente aux longs cheveux bruns retenus en arrière dans un chignon.

« Je disais à Zoë que tu as une ouïe de chauve-souris. »

J'ai pensé que Laura allait se fâcher contre Morris. Moi, c'est ce que j'aurais fait. Mais je commençais à comprendre que ces trois femmes demeuraient à la périphérie du groupe, occupées la plupart du temps à discuter entre elles pour n'être attirées dans la conversation générale qu'en cas de nécessité, ce qui ne paraissait pas très fréquent. Le visage détendu, le regard vif après leur partie de foot, les garçons ressemblaient plus à des gamins que jamais. Pourquoi m'étais-je retrouvée happée dans leur petit groupe ? Pour servir de public ? Morris s'est penché vers moi très près, au point de me faire croire un instant qu'il allait m'effleurer l'oreille du nez. Au lieu de quoi il m'a glissé en chuchotant : « C'est fini.

— Qu'est-ce qui est fini ?

— Laura et moi. C'est juste qu'elle n'est pas encore au courant. »

J'ai tourné la tête pour la regarder assise là en face, inconsciente de la sentence suspendue au-dessus de sa tête. « Pourquoi ? » ai-je demandé.

Il s'est contenté de hausser les épaules, m'ôtant toute envie de poursuivre le sujet.

« Comment ça va le boulot ? » j'ai repris, faute de mieux.

Morris a allumé une cigarette avant de répondre. « On attend tous.

— Qu'est-ce que tu veux dire ? »

Il a tiré une longue bouffée suivie d'une gorgée de bière plus longue encore. « Regarde-nous. Graham est l'assistant d'un photographe alors qu'il voudrait devenir un vrai photographe de terrain. Duncan et moi on passe notre temps à montrer à des andouilles de secrétaires comment faire des trucs avec leurs logiciels alors qu'elles auraient dû lire tout ça dans leur manuel. Vu la conjoncture actuelle, il te suffit de trouver une idée un minimum plausible pour valoir plus cher que British Airways.

— Et Fred ? »

Morris a pris un air songeur. « Fred s'occupe à creuser des trous et à scier des branches le temps de décider qui il est vraiment.

— Mais en attendant il se paye un sacré bronzage et des avant-bras de rêve », a glissé Graham qui avait écouté notre conversation en douce.

J'ai acquiescé d'un murmure.

Nous sommes restés là un bon moment, nous avons trop bu, les garçons en particulier. Plus tard, Morris s'est rapproché de Laura à sa demande, c'était même plutôt un ordre, et Duncan s'est assis à côté de moi. Nous avons d'abord parlé de leur boulot à Morris et lui, du fait qu'ils passaient la journée sur les routes à travailler la plupart du temps séparément pour des boîtes différentes où ils enseignaient à des imbéciles pleins aux as mais à court de temps le maniement de leur ordinateur personnel. Puis il m'a parlé de Fred, il m'a raconté comment ils s'étaient rencontrés, leur longue amitié. « Il n'y a qu'une chose que je ne peux pas lui pardonner, a-t-il dit.

— C'est quoi ?

— Toi. Ça n'a pas été un combat loyal. »

Je me suis forcée à rire. Il m'a regardée. « Nous pensons que tu es la meilleure.

— La meilleure quoi ?

— Simplement la meilleure.

— Nous ?

— Les mecs. » D'un geste de la main, il a fait le tour de la table. « Fred finit toujours par larguer ses nanas.

— Oh, eh bien, nous franchirons ce pas en temps voulu, d'accord.

— Je peux t'avoir après ? a-t-il demandé.

— Pardon ?

— Non, moi d'abord, a dit Graham de l'autre bout de la table.

— Et moi alors ? a ajouté Morris.

— C'était moi le premier », a repris Duncan.

Un petit quelque chose en moi a reconnu que c'était encore là une de leurs blagues habituelles ; peut-être à un autre moment aurais-je ri. J'aurais tenté d'entrer dans ce jeu, je me serais engagée dans un petit flirt à mon tour, mais je n'étais pas d'humeur.

Fred s'est poussé contre moi. Il a pressé sa main contre mon pantalon, enfin, celui de Louise. Soudain, je me suis trouvée prise de haut-le-cœur. L'atmosphère épaisse et bruyante du pub commençait à se figer autour de moi.

« Il est temps d'y aller », ai-je dit.

Il m'a raccompagnée jusqu'à mon appartement dans sa camionnette, après avoir déposé Morris et Laura en chemin. Il avait sans doute largement dépassé la limite.

« Ça te gêne quand ils me parlent comme ça ?

— Ils sont juste jaloux », a-t-il répondu.

Je lui ai dit que la police m'avait posé des questions sur ma vie privée. « Ils m'ont fait penser que c'était de ma faute. Ils m'ont interrogée sur ma vie sexuelle.

— La liste est longue ? » Il avait une lueur dans les yeux.

« Très courte.

— Tant que ça ? » Il a sifflé.

« Ne fais pas l'imbécile.

— Alors comme ça, ils pensent que c'est un de tes anciens amants ?

— Peut-être.

— Tu as eu un dingo dans le lot ?

— Non. » J'ai hésité. « Sauf que dès que tu commences à y réfléchir, bien sûr, tout le monde te paraît bizarre, un rien sinistre. Personne n'est simplement normal, tu ne crois pas ?

— Même pas moi ?

— Toi ? » J'ai tourné la tête vers lui. Il conduisait, manœuvrant le volant de ses mains fines. « Même pas toi. »

Il a paru content. Je l'ai vu sourire.

Il m'a repoussée sur mon siège, m'a embrassée si fort que j'ai senti du sang sur mes lèvres, m'a écrasé le sein d'une main, mais ne m'a pas demandé s'il pouvait monter. Et j'avais retenu la leçon de la nuit dernière. Je ne lui ai pas demandé de le faire. J'ai agité la main pendant qu'il s'éloignait, jouant les filles gaies et insouciantes d'une façon relativement convaincante, mais au lieu de retourner à l'appartement j'ai descendu la rue encore pleine de monde jusqu'à la cabine la plus proche. J'ai appelé Louise ; je pourrais peut-être passer la nuit chez elle. Le téléphone a sonné longtemps et personne n'a répondu. Je suis restée là, le combiné devant les yeux, jusqu'à ce qu'un type mécontent affublé d'une serviette rebondie tape sur la vitre. Je ne connaissais personne d'autre suffisamment bien pour lui demander la même chose ; je n'avais nulle part où aller. Je suis restée à traînailler dans la rue quelques minutes, avant de me reprocher ma bêtise. Je suis retournée devant la porte d'entrée, je l'ai ouverte, j'ai ramassé les prospectus, la facture d'électricité et la carte de ma tante, puis j'ai monté l'escalier. Il n'y avait pas de lettre déposée par qui que ce soit dans le lot. Les fenêtres étaient toutes verrouillées. La liqueur de menthe était posée sur la table, sans son bouchon. Il n'y avait personne.

9

« Je crois vraiment qu'il est sérieux.

— Qui ça ? Fred ?

— Non. Ce type qui revient visiter l'appartement. Dieu sait pourquoi, mais il se pourrait bien qu'il lui plaise. Pourvu que ce soit vrai. Parce que moi je le déteste, tu sais. Vraiment. J'appréhende le moment où je dois y retourner la nuit. Si seulement je pouvais sortir de là, peut-être que les lettres cesseraient et qu'il me lâcherait. »

Louise a balayé la pièce du regard. « À quelle heure vient-il ?

— Vers neuf heures. Drôle d'heure pour voir un appartement, tu ne trouves pas ?

— Ça nous laisse presque deux heures.

— Tu es sûre de vouloir gâcher ton précieux jeudi soir pour ça ?

— J'allais seulement passer la soirée à zapper devant la télé en mangeant du chocolat. Tu m'as sauvée de moi-même. Et puis, j'adore les défis. »

J'ai regardé autour de moi d'un air sombre. « Ça, y a pas à dire, c'est bien le mot qui convient.

— Par où va-t-on commencer ? »

J'adore Louise. Elle a l'esprit pratique et le cœur sur la main. Même quand elle joue les folles intrépides, je sais qu'elle garde les pieds sur terre. Elle est sujette aux fous rires. Elle pleure devant des films sirupeux. Elle mange trop de gâteaux puis se lance dans des régimes dingues, impossibles et totalement inutiles. Elle porte des jupes qui font lever les sourcils bien dessinés de Pauline ainsi que des sandales à semelles compensées, des T-shirts arborant d'étranges logos, d'énormes pendentifs, et même un piercing au nombril. Elle est petite, têtue, sûre d'elle, obstinée, pourvue d'un menton pointu très déterminé et d'un nez en trompette. Rien ne semble pouvoir l'abattre. Elle me fait penser à un cheval de charge.

Quand je suis arrivée à l'école du Laurier, Louise m'a prise sous son aile, alors qu'elle n'y travaillait elle-même que depuis un an. Elle m'a donné des conseils, m'a signalé quels parents pouvaient se montrer pénibles, a partagé son sandwich avec moi à l'heure du déjeuner quand j'avais oublié le mien, m'a passé des tampons et des cachets d'aspirine. Et elle est devenue mon seul point de stabilité dans la fluidité cafouilleuse de Londres. À présent elle était là, à remettre ma vie en ordre.

Nous avons commencé par la cuisine. Nous avons lavé la vaisselle avant de la ranger en piles bien nettes puis frotté le plan de travail, balayé le sol, nettoyé la minuscule fenêtre qui donnait sur le jardin du pub. Louise a insisté pour que nous déménagions les casseroles et les poêles que j'avais suspendues au-dessus de la cuisinière.

« Ouvrons l'espace », a-t-elle dit tout en observant les lieux les yeux plissés, comme si elle s'était soudain transformée en décoratrice d'intérieur aguerrie.

Dans le salon de trois mètres cinquante sur trois, elle a vidé les cendriers, repoussé la table sous la fenêtre de façon à masquer en partie le papier peint décollé, retourné les coussins tachés sur le canapé, aspiré la moquette, tandis que je triais papiers et lettres et me débarrassais du reste.

« Ce sont les fameuses lettres ? m'a demandé Louise en désignant la boîte en carton.

— Ouais.

— Ça file la chair de poule. Pourquoi tu ne les jettes pas ?

— Tu crois que je devrais ? Je me suis dit que la police voudrait peut-être les voir.

— Pourquoi ? Tu as mis de côté celles de ce pervers de toute façon. Fous-les en l'air. Ce ne sont que des ordures, traite-les en conséquence. »

Sur ce, elle m'a tenu grand ouvert le col d'un sac-poubelle dans lequel j'ai tout fourré, les enveloppes lavande, les mots à l'encre verte, les manuels d'autodéfense et autres pitoyables biographies. Mon humeur s'est dégagée. Louise est partie acheter des fleurs sur Holloway Road pendant que je nettoyais la baignoire à l'aide d'un vieux chiffon de flanelle. Elle est revenue avec des roses jaunes pour le salon et une plante en pot aux feuilles vertes bien charnues pour la cuisine.
« Tu devrais mettre un disque de musique classique avant qu'il n'arrive.

— Je n'ai pas de chaîne.

— Nous pourrions faire du café à la dernière

minute. Faire cuire un gâteau. On dit que ça fait bon effet.

— Je n'ai que du café en poudre, et même si j'avais tous les ingrédients, ce qui n'est pas le cas, il est hors de question que je me coltine un gâteau.

— Qu'à cela ne tienne, a-t-elle rétorqué d'une voix un peu trop enjouée tout en taillant les tiges des roses. Tu n'as qu'à t'asperger d'un peu de parfum. Je peux utiliser ce pichet comme vase ? Voilà. C'est pas plus sympa à présent ? »

Ça l'était en effet. Et je me sentais aussi mieux maintenant que Louise était là avec moi, avec ses cils hérissés, sa bouche écarlate, ses ongles vermillon, sa robe verte moulante. Ce n'était rien qu'une piaule ordinaire qui donnait sur un pub, après tout, et plus un cercueil.

« Je me suis vraiment laissé démolir par toute cette histoire », ai-je lâché.

Louise a rempli la bouilloire. « Putain, où est-ce qu'on branche ce bidule ? Il n'y a pas une prise de libre. Voilà un autre truc qui manque à cet appart, il faudrait une réfection complète de l'électricité. De fond en comble. » Elle a libéré une prise d'un geste ostentatoire. « Tu peux toujours venir t'installer chez moi, si ça peut t'aider. Je n'ai pas de lit supplémentaire mais il me restera toujours un petit bout de plancher de libre. Tu n'as qu'à venir ce week-end, si ça te dit. »

J'ai dû retenir un sanglot. « C'est gentil », ai-je répondu, incapable d'en dire plus.

La chambre avait l'air plus ou moins correcte, sauf que je n'avais pas fait le lit et que le panier de linge sale était presque plein. Nous l'avons remisé dans la penderie. Nous avons regonflé les oreillers sur le lit. Louise a déplié un coin du drap, comme le faisait ma mère. Alors qu'elle se promenait dans la chambre, elle s'est arrêtée pour regarder les objets posés sur ma commode.

« Mais qu'est-ce que c'est que cette étrange collection ?

— Des trucs que les gens m'ont envoyés.

— Quoi ? En plus des lettres ?

— Oui. La police a voulu les voir.

— Mince alors ! » s'est-elle exclamée. Puis elle les a pris les uns après les autres pour les examiner.

Il y avait un sifflet d'alarme que j'aurais dû porter en permanence autour de mon cou. Une minuscule culotte en soie. Une pierre ronde et douce qui ressemblait à un œuf d'oiseau. Un petit ours en peluche brun.

« Pourquoi diable t'a-t-on envoyé ce machin ? a demandé Louise en attrapant un peigne rose pas très net.

— Il était accompagné d'instructions. L'idée, c'est de le gratter sous le nez de quelqu'un, enfin, entre les narines. Apparemment, c'est supposé mettre les agresseurs en fuite.

— S'ils acceptent de rester tranquilles le temps que tu sortes ton peigne. Ça, c'est joli, en revanche. » Elle regardait un charmant petit pendentif argenté glissé sur une fine chaîne. « On dirait que ça a une certaine valeur.

— Si tu l'ouvres, tu trouveras une mèche de cheveux à l'intérieur.

— Qui t'a envoyé ça ?

— Aucune idée. C'est arrivé emballé dans un article de journal au sujet des héros audacieux. C'est beau, non ?

— Voilà qui est affriolant. » Elle regardait un paquet de cartes à jouer pornographiques. Elle a examiné la photo d'une femme qui soutenait ses seins surgonflés. « Les hommes... »

J'ai frissonné dans la chaleur.

Nick Shale est arrivé juste après neuf heures. Entre-temps, j'avais pris un bain et je m'étais changée, enfilant un jean et une chemise de coton jaune. Je voulais avoir l'air net et propre, en accord avec l'appartement. Je m'étais relevé les cheveux sur la tête et appliqué une touche de parfum derrière les oreilles.

Il portait un short de jogging. Quand il s'est débarrassé de son sac à dos en toile, j'ai vu apparaître un V foncé de transpiration dans le dos de son débardeur.

« Voilà, je vous ai apporté ça. » Il m'a tendu un sac en papier kraft. « Des abricots que j'ai pris à l'étal en bas de la rue. Je n'ai pas pu résister. »

J'ai rougi. C'était comme m'offrir des fleurs. À ma connaissance, les acheteurs en puissance n'étaient pas censés offrir de cadeaux aux propriétaires. Les abricots étaient dorés, duveteux, presque lumineux.

« Merci, ai-je dit, gênée.

— Vous n'allez pas m'en proposer un ? »

Du coup nous les avons mangés, debout dans l'étroite cuisine, et il a déclaré qu'il m'apporterait des fraises la prochaine fois. J'ai fait semblant de ne pas relever.

« Vous voulez revoir l'appartement ?

— D'accord. »

Il s'est promené de pièce en pièce, en levant les yeux vers les plafonds comme s'il détectait d'intéressants motifs sur leurs surfaces. Quelques toiles d'araignée pendaient dans les coins, que Louise et moi n'avions pas remarquées. Dans la chambre, il a ouvert la penderie et a passé quelques instants à contempler mon panier de linge sale, un drôle de petit sourire aux lèvres. Puis il s'est redressé et m'a regardée. « Je n'aurais rien contre un verre de vin.

— Je n'en ai pas.

— Alors c'est un coup de chance que j'en aie apporté. »

Il s'est penché, a ouvert le sac à dos pour en sortir une bouteille verte élancée. Je l'ai touchée. Elle était encore froide, piquetée de gouttelettes qui coulaient le long du goulot.

« Vous avez un tire-bouchon ? »

Je n'étais pas particulièrement ravie du tour que prenaient les choses, mais je lui en ai donné un. Il m'a tourné le dos pour l'ouvrir. Je lui ai tendu un verre à pied et une timbale qu'il a remplis l'un après l'autre d'une main lente et ferme, sans en renverser une goutte. Il m'a dit qu'il habitait dans le Norfolk mais qu'il avait besoin d'un appartement à Londres parce qu'il y passait souvent deux ou trois nuits par semaine.

« Alors comme ça mon appartement pourrait devenir un pied-à-terre. Quel honneur.

— Santé.

— Je dois y aller à présent », ai-je déclaré. C'était un mensonge, bien entendu. Mon agenda était vide pour le week-end.

« C'est un peu tard, non ? » a-t-il demandé en vidant son verre.

Je n'ai pas répondu. Rien ne m'obligeait à inventer une excuse pour un type que je ne connaissais pas. « Vous devriez reprendre votre bouteille.

— Non, gardez-la, a-t-il dit en prenant le chemin de la sortie.

— Et pour l'appartement ?

— Il me plaît. Je vous rappellerai. »

J'ai entendu la porte se fermer en bas. Il me plaisait bien. Je me suis demandé à quoi ressemblait son écriture.

10

Le lendemain, j'ai eu la sensation d'être un robot en classe. Je me suis vue jouer le rôle d'une institutrice de primaire assez vraisemblable. Le robot a appris à toute la classe comment former des lettres tandis que je cogitais en mon for intérieur. Il fallait que je me débarrasse de l'appartement. Cette idée revenait sans cesse, comme un refrain entêtant. J'étais persuadée que si j'arrivais à quitter cet infâme gourbi aménagé de force à l'intérieur d'une baraque donnant sur une rue bruyante, je pourrais par la même occasion me débarrasser du reste. Ce que j'aurais vraiment dû faire, c'est rendre l'appartement plus sûr, mais ça me paraissait une mauvaise idée, autant que de laver une bouteille cassée. Pour rendre l'appartement plus agréable et plus sûr, il fallait le quitter. Rien d'autre n'y ferait. À compter du week-end prochain, j'allais me mettre sérieusement en quête d'un autre logement.

J'étais trop jeune quand je l'avais acheté. L'argent que m'avait laissé mon père à sa mort m'avait fait l'impression de billets de Monopoly. Tant d'argent, ça ne pouvait pas être vrai. Il m'avait dit de m'acheter un endroit où vivre — c'était un peu comme l'expression de sa dernière volonté. Pour lui, posséder sa propre maison était une garantie de sécurité. Le monde ne pouvait plus vous toucher, quoi qu'il arrive. J'ai été une bonne fille — même si bien sûr je n'étais alors plus la fille de personne, ayant perdu mes parents —, j'ai fait ce qu'il m'avait dit. Très vite. J'étais seule, très seule, et terrifiée. Et comme j'avais quitté mon village tranquille pour monter à Londres, j'avais absolument tenu à m'installer en plein centre-ville, là où ça bougeait, où il y avait des magasins, des marchés, du monde, du bruit. Pour le coup, j'étais servie.

« Zoë ? »

La voix m'a tirée de ce qui me faisait l'effet d'une profonde torpeur mais qui aux yeux d'un observateur aurait donné l'impression d'une activité fébrile. (J'ai presque été surprise en regardant ma main d'y voir un bout de craie et au tableau un grand *B* et un *P* que j'avais tracés avec autant de soin que d'inconscience.) Je me suis retournée. C'était Christine, une des institutrices pour enfants en difficulté. Ce dont notre école avait bien besoin. On voyait souvent Christine assise à un bureau improvisé installé dans le couloir en compagnie d'enfants souffrant d'un handicap éducatif : des enfants maltraités, victimes de malnutrition, récemment arrivés d'une zone de conflit de l'Europe de l'Est ou de l'Afrique centrale, ce genre de situation.

« Pauline a demandé à te voir. C'est urgent. Je te remplace.

— Pourquoi ?

— Il y a une mère dans son bureau. Je crois qu'elle est très retournée.

— Oh. »

J'ai ressenti une douleur sourde au creux de l'estomac, annonciatrice d'un choc imminent. J'ai regardé la classe. Qu'est-ce qui avait bien pu se passer ? Nos élèves étaient en perpétuel mouvement. Des familles retiraient leurs enfants, parfois pour les emmener hors du pays, souvent sans le moindre avertissement. D'autres enfants perturbés prenaient vite leur place. Nous recevions des gamins placés par ordonnance judiciaire, des enfants détenteurs d'un dossier auprès des services sociaux. J'ai fait un rapide pointage. Trente et un. Ils étaient tous là. Aucun des bambins n'était rentré chez lui sans que je m'en aperçoive. Il n'y avait pas de médicament que j'étais censée administrer à l'un d'eux. Personne n'avait d'écume aux lèvres. Je me suis sentie mieux. Ça ne pouvait pas être bien grave.

En parcourant la courte distance qui me séparait du bureau de Pauline, j'ai songé à quel point j'aimais cette école, quelle que soit la haine que mon appartement m'inspirait. Le petit vestibule abritait une mare entourée de briques dans laquelle nageaient de gros poissons grassouillets. J'y ai trempé les doigts pour me porter bonheur, comme je le faisais toujours quand je passais par là. L'école donnait sur une autre des artères de Londres. Elle était secouée toute la journée par les camions en route vers l'East Anglia, à moins qu'ils n'aillent traverser la Tamise pour se rendre dans le Kent ou sur la côte sud. Pour accéder au premier bout de parc minable, il fallait escorter une file de gosses le long de la route, puis leur faire traverser deux carrefours dangereux. Mais c'était ce que j'aimais dans cette école. Elle appartenait à un autre monde, tel un monastère inséré au milieu du bruit et de la poussière environnants. Même quand les enfants couraient dans tous les sens en hurlant, elle donnait l'impression d'être un refuge.

C'étaient peut-être tout simplement ces imbéciles de poissons qui me mettaient dans cet état; sans doute étais-je même complètement à côté de la plaque. J'ai repensé à un livre que j'avais lu, enfant, dans lequel il était dit que l'eau conduisait mieux les sons que l'air. Si ça se trouve, les poissons passaient leur vie à pester contre le bruit et la circulation en rêvant d'un ailleurs plus désirable. J'ai tenté de me rappeler ce que je ressentais au moment où j'enfonçais la tête dans mon bain pour me rincer les cheveux. Est-ce que j'entendais les camions qui passaient en trombe dehors ? Je n'arrivais pas à me souvenir.

Pauline était debout à côté de la porte entrouverte en compagnie d'une femme que j'ai reconnue. Immobiles, elles ne se parlaient pas. À l'évidence, elles avaient attendu mon arrivée en silence. Je voyais cette femme tous les jours à l'heure de la sortie, devant la porte de la classe. C'était la mère d'Elinor. Je lui ai adressé un petit signe de tête mais elle a évité mon regard. J'ai essayé de me représenter la tête d'Elinor ce matin. Avait-elle l'air particulièrement contrariée ? Je n'avais rien remarqué de semblable. J'ai cherché à revoir la tête de la petite fille au moment où j'avais quitté la classe. Rien d'anormal ne m'est venu à l'esprit.

« Fermez la porte derrière vous », a dit Pauline

en me laissant entrer. La mère est restée à l'extérieur. Elle m'a indiqué une chaise devant son bureau. « C'est Gillian Tite, la mère d'Elinor.

— Je l'avais reconnue. »

J'ai remarqué que Pauline était blanche, qu'elle tremblait. Soit elle était profondément bouleversée, soit elle était tellement en colère qu'elle arrivait à peine à se contrôler.

« Avez-vous donné des devoirs à vos élèves la semaine dernière ?

— Oui, si on peut appeler ça ainsi.

— De quoi s'agissait-il ?

— C'était juste pour s'amuser. Nous avions parlé d'histoires et je leur ai demandé de dessiner une de leurs histoires préférées dans leur cahier d'art.

— Qu'avez-vous fait de ce travail ?

— J'essaye de les habituer à faire leurs devoirs à temps et à les rendre, ce qui fait que j'ai ramassé leurs cahiers mercredi, enfin, il me semble. J'en suis quasi certaine. Je les ai regardés presque tout de suite. » Je me souvenais de l'avoir fait, assise dans ma cuisine pendant que ce type étrange venu voir l'appartement farfouillait dans mon tiroir à culottes. C'était le jour où j'avais trouvé la lettre sur le paillasson. « J'ai écrit des commentaires encourageants sur les dessins et je les ai rendus le lendemain matin. Je ne sais pas si la mère d'Elinor s'attendait à ce que j'y mette une note. Ils sont trop jeunes pour ça. »

Pauline a ignoré ma remarque. « Vous rappelez-vous le dessin d'Elinor.

— Non.

— Voulez-vous dire que vous n'avez pas regardé les dessins ?

— Bien sûr que si. J'y ai jeté un œil quand ils les ont commencés en classe et j'ai écrit un titre au bas de chaque feuille. Ensuite je les ai regardés quand les enfants ont eu terminé. Je les ai emportés chez moi. Je n'ai pas passé des heures sur chacun d'eux, mais je les ai regardés et j'ai écrit quelque chose à côté.

— La mère d'Elinor est venue me voir en larmes. Voici le dessin de sa fille. Regardez. »

Elle a fait glisser sur son bureau un grand cahier d'exercices d'aspect familier. Il était ouvert. J'ai reconnu mon écriture au bas de la page. *La Belle au bois dormant*. Elinor avait tenté de recopier le titre elle-même, pour un résultat assez lamentable. Le *B* était à l'envers, et le dernier mot s'amenuisait en un vague trait, comme s'il avait perdu son énergie en cours de route. Le dessin en revanche était différent. Ce n'était pas le dessin d'un enfant. En fait, il demeurait quelques traces des coups de crayon rudes d'Elinor ici et là, mais son motif avait été embelli, recouvert et étoffé. La jeune fille reposait à présent dans une chambre représentée avec soin. Plus encore, je remarquais ce que Pauline n'avait pas pu voir. Ce n'était pas une chambre, c'était la mienne. Ma chambre, ma chambre à moi. Du moins, certains éléments de ma chambre. Il y avait le poster montrant une vache avec lequel j'avais vécu toute ma vie ainsi que la glace au coin de laquelle pendait un filet à provisions. J'avais toujours voulu m'en débarrasser sans jamais pouvoir m'y résoudre.

Sur le lit, la Belle ne dormait pas. D'ailleurs ce n'était pas la Belle au bois dormant. C'était moi. Du moins, elle portait mes lunettes. Le lit ressemblait plutôt à une table de dissection. Ce que je veux dire, c'est qu'il y avait de longues incisions sur le corps, d'où pendaient des bouts d'organes internes, de boyaux. Certaines régions du corps, en particulier autour du vagin — de *mon* vagin — étaient tellement mutilées qu'elles en devenaient méconnaissables. J'ai été prise d'un soudain haut-le-cœur, une bile amère m'est remontée dans la bouche, mais j'ai réussi à la retenir, à la ravaler. Cependant elle m'a brûlé le fond de la gorge, ce qui m'a fait tousser. J'ai sorti un mouchoir de ma poche pour m'essuyer la bouche. J'ai repoussé le cahier vers Pauline. Elle m'a regardée avec concentration. « S'il s'agit d'une plaisanterie très particulière de votre part, vous feriez mieux de me le dire tout de suite. Répondez-moi franchement : c'est vous qui avez fait ça ? »

Je n'ai rien dit. J'en étais incapable. Pauline a martelé le bureau du bout des doigts, comme pour essayer de me réveiller. « Zoë. Vous rendez-vous compte de la position que vous occupez ? Que voulez-vous que je fasse ? »

Mes yeux me brûlaient. Je devais m'empêcher de pleurer. Il fallait que je sois forte, je ne pouvais pas m'effondrer.

« Appelez la police. »

11

Pauline a d'abord résisté, sceptique, mais j'ai insisté. Je refusais de quitter son bureau si rien n'était fait. Carthy m'avait donné sa carte, cependant mes mains tremblaient si fort que j'ai dû fouiller un moment dans mon sac avant de la sortir. Pauline a eu l'air très surprise de me voir composer avec difficulté le numéro inscrit sur le bristol. Elle s'imaginait sans doute que j'allais faire le 999 dans un réflexe quelque peu hystérique.

« Ce n'est pas la première fois que ça arrive, lui ai-je dit pour m'expliquer. En un sens. »

J'ai demandé à parler à Carthy. Il n'était pas là. On m'a donc passé Aldham en guise de deuxième choix, et pas des meilleurs. Je me suis déchaînée au téléphone. J'ai dit qu'il devait venir sur-le-champ, ici, à l'école, sans attendre. Aldham n'était pas très chaud, mais je lui ai affirmé que s'il ne venait pas, j'allais déposer une plainte officielle en y ajoutant toutes les menaces qui me traversaient l'esprit. Il a accepté. Je lui ai alors donné l'adresse de l'école puis j'ai vite raccroché. J'ai allumé une cigarette. Pauline m'a rappelé qu'il était interdit de fumer dans l'école à l'exception de la salle des enseignants, à quoi j'ai répondu que j'étais désolée mais que c'était une urgence.

« Vous allez retourner dans votre classe ? a-t-elle demandé.

— Ce n'est pas vraiment le moment. Je ferais mieux de parler à la police. J'ai besoin de savoir ce qu'ils vont dire. Je vais les attendre ici. »

Un assez long silence s'en est ensuivi. Pauline me fixait comme si j'étais une bête sauvage imprévisible nécessitant une manipulation délicate. En tout cas, c'était ainsi que j'ai compris son attitude. J'avais l'impression que le moindre contact suffirait à me hérisser. Elle a fini par hausser les épaules. « Je vais aller parler à Mrs Tite dehors, a-t-elle déclaré sur un ton posé.

— C'est ça », ai-je répondu, sans vraiment intégrer ce qu'elle avait dit.

Pauline s'est arrêtée à la porte.

« Insinuez-vous que c'est quelqu'un d'autre qui a fait ça ? Ce dessin ? »

J'ai écrasé ma cigarette avant d'en allumer une deuxième juste derrière. « Ouais. Il se passe un truc horrible. Horrible. Je dois absolument régler cette histoire. »

Pauline a voulu dire quelque chose mais s'est interrompue et m'a laissée seule dans son bureau. J'étais à peine consciente du temps qui s'écoulait. J'ai fumé cigarette sur cigarette. J'ai pris un journal sur le bureau de Pauline mais j'étais incapable de me concentrer. Une demi-heure avait dû s'écouler quand j'ai entendu des voix dehors, puis Aldham est entré, suivi de Pauline. Elle lui avait déjà dit tout ce qu'elle savait. Je ne me suis pas fendue du plus petit bonjour.

« Regardez, ai-je dit en montrant du doigt le cahier de dessin, toujours ouvert à la même page. C'est moi. C'est la copie exacte de ma chambre, bon sang. Ça, on peut pas le voir depuis ce putain de pub. »

Pauline avait dû l'avertir de mon agitation parce qu'il ne m'a pas menacée de sanctions ni contrecarrée d'une réplique cinglante. Il s'est contenté de regarder le dessin, puis il a marmonné quelque chose dans sa barbe. Il avait l'air sonné.

« Où ce dessin a-t-il été fait ? a-t-il demandé en levant les yeux.

— Comment voulez-vous que je le sache ? » J'ai dû faire un effort pour m'obliger à me concentrer. « Il se trouvait simplement dans une pile de cahiers. Je les avais laissés à l'école vendredi dernier, le jour où je les ai ramassés.

— Où les aviez-vous rangés ?

— Dans la classe. Je les ai emportés chez moi mercredi, et le lendemain matin je les ai rapportés à l'école.

— Les avez-vous quittés des yeux à un moment quelconque ?

— Bien sûr. Non mais qu'est-ce que vous croyez ? Je ne suis pas restée assise à les regarder toute la nuit... Pardon, je suis désolée. Vraiment désolée. C'est juste que... oh, bon Dieu ! Excusez-moi. Laissez-moi réfléchir... Oui, je suis sortie voir un film avec des amis. J'ai dû m'absenter deux heures, presque trois, je dirais. C'est le jour où j'ai trouvé la lettre sur mon paillasson. Je vous en ai déjà parlé. La première lettre

— enfin, c'est ce que j'ai cru sur le moment. Celle que j'ai jetée. »

Aldham a froncé le nez, puis il a hoché la tête. « Bon. » Il avait l'air déconcerté, nerveux. Il ne m'a pas regardée. « Quand avez-vous rendu les cahiers ?

— Je vous l'ai dit, le lendemain matin. Ils ne sont restés en ma possession que cette nuit-là. J'en suis certaine. Tout à fait certaine.

— Et ça n'a été découvert que ce matin ? »

Pauline est intervenue. « La mère n'a ouvert le cahier que ce matin.

— D'autres cahiers ont-ils été endommagés ? a demandé Aldham.

— Je ne sais pas, ai-je répondu. Je ne crois pas. Mais en fait je n'en sais rien. Je...

— Nous vérifierons tous les cahiers de dessin », a déclaré Pauline.

J'ai allumé une nouvelle cigarette. Je sentais mon cœur s'emballer. J'en percevais les pulsations dans chaque recoin de mon corps, sur mon visage, dans mes bras, mes jambes.

« Alors, qu'est-ce que vous en pensez ? ai-je demandé.

— Une seconde. »

Il a sorti un téléphone portable de sa poche et s'est isolé dans un coin. Je l'ai entendu demander l'inspecteur Carthy, puis entamer un début de conversation. De toute évidence, Carthy n'était pas injoignable pour tout le monde. Un côté de la conversation me parvenait par intermittence.

« Faudrait-il en parler à Stadler ? D'accord, à l'inspecteur Cameron Stadler. Et à Grace Schilling ?... Tu pourrais l'appeler ? Et envoie-lui un agent avec le dossier. Prends Lynne, elle se débrouille très bien dans ce genre de situation. On la retrouvera là-bas... OK, à plus tard. »

Aldham a rangé son téléphone, puis il s'est tourné vers Pauline. « Est-ce que ça vous dérange si Miss Haratounian nous accompagne quelques heures ?

— Absolument pas. » Elle m'a regardée, une inquiétude nouvelle dans les yeux. « Est-ce que tout va bien ?

— Tout ira bien, a répondu Aldham. Nous devons juste procéder à quelques vérifications de routine. » Il a sorti un mouchoir de sa poche avec lequel il a saisi le cahier d'Elinor. « Je peux ? »

La traversée de Londres a duré un bon moment. Comme tous les vendredis, la circulation était encore pire que d'habitude, d'autant qu'un camion s'était retrouvé coincé au moment de pénétrer dans un chantier de construction. Aldham a alors pris un raccourci pour aller se perdre dans les entrelacs des avenues résidentielles qui s'étendent derrière Balls Pond Road.

« Nous allons au commissariat ?

— Peut-être plus tard, a-t-il répondu entre deux jurons adressés aux autres véhicules. Nous allons voir une femme qui s'y connaît dans ce genre de truc de malade.

— Qu'est-ce que vous avez pensé du dessin ?

— Y a de ces numéros, pas vrai ? »

Parlait-il de son auteur ou d'une vieille femme qui traversait la rue très lentement ? Ce n'était pas très clair. Je n'ai pas poursuivi.

Pas loin d'une heure plus tard, nous avons fini par nous arrêter dans un quartier résidentiel devant ce qui ressemblait à une école, à ceci près qu'un panneau à l'extérieur identifiait le bâtiment comme étant la clinique Welbeck. Assise à la réception, une femme policier lisait un dossier. Quand elle nous a aperçus, elle l'a refermé d'un coup et s'est avancée. Elle l'a tendu à Aldham.

« Restez là, m'a-t-il dit. L'agent Burnett va attendre avec vous.

— Je m'appelle Lynne », m'a-t-elle dit. Elle avait de grands yeux et portait une tache de naissance pourpre sur la joue. Un autre jour, je lui aurais trouvé l'allure sympa.

J'ai voulu allumer une autre cigarette, mais c'était strictement *verboten,* du coup Lynne et moi sommes sorties nous installer sur les marches. Bonne fille, elle a accepté une de mes blondes ; pourtant elle ne devait pas fumer bien souvent parce qu'elle n'a pas arrêté de tousser et de crachoter. Je crois qu'elle l'a fait pour me tenir compagnie. Mais elle n'a pas ouvert la bouche, à mon grand soulagement. Il s'est écoulé précisément dix minutes avant qu'Aldham reparaisse. Une grande femme vêtue d'un long manteau gris l'accompagnait. Ses cheveux blonds étaient négligemment relevés sur sa tête. Elle n'avait pas l'air beaucoup plus vieille que moi. La petite trentaine sans doute.

« Miss Haratounian, je vous présente le Dr Schilling », a dit Aldham.

Nous avons échangé une poignée de main. Elle m'a regardée en plissant légèrement les yeux, comme si j'étais un spécimen inhabituel qu'on venait de lui amener pour un examen.

« Je suis vraiment navrée, a-t-elle déclaré. Je suis déjà en retard pour une réunion, mais je voulais vous voir un instant. »

Je me suis soudain sentie accablée. On m'avait fait traverser tout Londres pour parler à une femme qui me filait sous le nez sur le perron d'une clinique.

« Alors, qu'est-ce que vous en pensez ?

— Je pense qu'il faut prendre cette affaire au sérieux. » Elle a crédité Aldham d'un regard dur. « Peut-être aurait-il fallu s'y mettre un peu plus tôt.

— Mais il pourrait s'agir d'une blague, non ?

— Bien sûr que c'est une blague, a-t-elle rétorqué, l'air troublé.

— Enfin il n'a rien fait. Je veux dire, rien pour me blesser physiquement. » Devant la gravité de son regard, je voulais transformer toute cette histoire en une plaisanterie imbécile.

« Tout à fait, a renchéri Aldham, d'une voix un peu trop enthousiaste.

— Le problème avec cet argument, a répondu le Dr Schilling plus à l'adresse d'Aldham que pour ma propre gouverne, c'est que... » Elle a marqué une pause afin de rassembler ses idées. Qu'allait-elle dire ? Elle a dégluti. « Ça ne constitue pas une protection très solide pour Miss Haratounian.

— Appelez-moi Zoë. C'est plus facile.

— Pour Zoë. Je veux que vous organisiez une véritable réunion lundi matin de façon que nous considérions tout ceci dans le moindre détail. J'aimerais vous voir ici à neuf heures.

— Je travaille, vous savez.

— Votre travail, c'est cette histoire. Pour le moment. Je dois y aller à présent, mais... Ce dessin, il représente vraiment votre chambre ?

— J'ai déjà répondu à cette question. »

Le Dr Schilling ne tenait pas en place, elle ne cessait de se balancer d'un pied sur l'autre. S'il s'était agi d'une élève de ma classe, je l'aurais envoyée aux toilettes.

« Vous avez un petit ami, si je ne me trompe ?

— Oui, il s'appelle Fred.

— Vous vivez ensemble ? »

Je me suis forcée à sourire à demi. « Il ne passe pas la nuit chez moi.

— Comment ça ? Jamais ?

— Non.

— C'est un attachement purement sexuel ?

— Ouais, on est passés à l'acte, c'est bien comme ça qu'on dit, non ? si c'est ce que vous entendez par là. »

Elle a tourné les yeux en direction d'Aldham. « Il faudrait que vous alliez le voir.

— Si vous croyez que c'est Fred, ai-je interrompu, je vous arrête tout de suite. D'abord c'est impossible, parce que, eh bien, juste parce que, vous voyez ce que je veux dire ? » Elle a acquiescé, généreuse, mais pas très convaincue. « Eh bien, il était en déplacement la nuit où ça a dû se passer. Il était dans la région des Dales à construire un jardin, ils étaient même tout un groupe. Il n'est pas revenu avant la nuit suivante. D'après ce que je sais, vous allez même découvrir qu'il a été filmé par une télé locale du Yorkshire pour confirmer.

— Vous en êtes sûre ?

— Ouais. À cent pour cent.

— Allez quand même lui parler », a-t-elle répété à Aldham. Puis elle s'est tournée vers moi. « Je vous verrai lundi, Zoë. Je ne veux pas vous faire paniquer, d'ailleurs il se peut fort bien que tout ça ne soit qu'une peccadille, mais je pense que ce serait une bonne idée de ne plus passer la nuit seule dans votre appartement. Doug ? » Ce devait être le prénom d'Aldham. « Vérifiez ses serrures, vous voulez bien ? Au revoir, et à lundi. »

Aldham et moi sommes retournés à la voiture.

« C'était, euh... rapide, ai-je remarqué.

— Ne vous en faites pas pour elle, a-t-il répondu. Dans ce qu'elle dit, il y a dix pour cent de conneries, quatre-vingt-dix pour cent de précautions histoire de pas avoir d'emmerdes.

— Elle a dit que vous devriez parler à Fred. C'est pas dans vos intentions, si ?

— Il faut bien commencer quelque part.

— Maintenant ?

— Vous savez où il se trouve ?

— Il bosse sur un jardin.

— Dans un jardin, vous voulez dire.

— Non. Fred dit toujours qu'il bosse sur un jardin. Je pense que c'est censé faire plus artistique. Où sommes-nous ici ?

— À Hampstead.

— Je crois qu'il n'est pas très loin d'ici. Il m'a dit dans le nord de Londres.

— Bien. Vous connaissez l'adresse ?

— Je peux l'appeler sur son portable. Mais est-ce que ça ne pourrait pas attendre ?

— S'il vous plaît. » Aldham m'a tendu son téléphone.

J'ai trouvé le numéro dans mon agenda, puis j'ai commencé à le composer. « Si vous allez le voir, je peux lui parler avant ? » Aldham a eu l'air déconcerté. « Pourquoi ?

— Je ne sais pas. Par politesse, peut-être. »

J'ai aperçu Fred avant qu'il ne me voie. Le jardin tout en longueur se situait derrière la demeure, tout à fait grandiose. Fred y travaillait, tout au fond. Il avançait en crabe le long d'une bordure, armé d'une débroussailleuse manuelle suspendue à ses épaules au moyen de courroies. Il portait une casquette de base-ball enfilée à l'envers, un jean troué, un T-shirt blanc, de grosses chaussures de travail. Il avait également enfilé une visière et des protège-oreilles, de sorte que je n'ai eu d'autre moyen de lui signaler ma présence qu'en lui tapant sur l'épaule. Il a un peu sursauté, pourtant je l'avais appelé auparavant pour le prévenir de mon arrivée. Il a éteint son engin, détaché les courroies et ôté sa visière et ses protège-oreilles. Il paraissait saoulé par le bruit — qui pourtant venait de s'arrêter — et par la lumière vive. Nous étions en plein soleil, debout devant une plate-bande de lis. Fred était trempé de sueur.

Il a reculé d'un pas puis m'a fixée avec surprise, avec colère même. Il fait partie de ces gens, me suis-je dit, qui aiment tout conserver dans des compartiments séparés, pour qui travail et amour sont deux choses tout à fait distinctes, tout comme baiser et dormir. J'avais débordé la frontière. Il n'était pas content.

« Salut ? a-t-il lancé, transformant la formule en question.

— Salut, ai-je répondu, avant de l'embrasser en effleurant sa joue humide. Désolée. Ils ont dit qu'ils voulaient te parler. Je leur ai dit que ce n'était pas nécessaire.

— Maintenant ? » Le ton était défiant. « Nous

sommes en plein chantier. Je ne peux pas m'arrêter comme ça.

— Je n'ai rien à voir dans tout ça. Je voulais juste te dire de vive voix combien j'étais désolée que tu sois mêlé à cette histoire. »

Il est soudain apparu inflexible. « Qu'est-ce que c'est que tout ce cirque ? »

Je lui ai présenté une version abrégée de ce qui s'était passé à l'école, mais il n'a pas eu l'air d'enregistrer ce que je lui racontais. Il était comme ces salopards dans les soirées qui regardent par-dessus ton épaule une fille plus mignonne debout près des boissons. Dans le cas présent, Fred ne détachait pas les yeux d'Aldham, qui faisait les cent pas à l'autre bout du jardin devant la porte de la maison.

« Elle a donc conclu que je ne devais pas retourner à l'appartement pendant les jours qui viennent. »

Il y a eu un silence et j'ai regardé Fred. J'ai attendu qu'il prenne la parole, qu'il compatisse sur mon sort, qu'il me dise que, bien sûr, je pouvais m'installer chez lui jusqu'à ce que cette affaire soit réglée, si ça me disait. J'ai attendu qu'il m'entoure de ses bras pour me dire que tout allait bien se passer, qu'il serait là pour me protéger. Son visage, sous le film brillant de sueur, avait l'apparence d'un masque. J'étais incapable de dire à quoi il pensait.

Puis son regard est tombé sur mes seins. Je me suis sentie rougir d'humiliation, à quoi s'ajoutaient les premiers remous d'une colère brûlante. « Je... a-t-il commencé avant de s'arrêter pour regarder autour de lui. D'accord. Je vais leur parler une minute. J'ai rien à dire pourtant.

— Autre chose, ai-je lâché, sans même savoir ce que je m'apprêtais à faire. Je crois que nous devrions arrêter de nous voir. »

L'affirmation a stoppé net l'errance de son regard légèrement lubrique, mettant un terme à son air vague et déconnecté. Il m'a regardée droit dans les yeux. Je voyais une veine battre à sa tempe, j'apercevais les muscles de sa mâchoire qui se contractaient puis se relâchaient.

« Et pourquoi donc, Zoë ? » a-t-il fini par dire. Il avait la voix glacée.

« Ce n'est peut-être pas le meilleur moment. »

Il s'est débarrassé de la lourde débroussailleuse qu'il a posée sur l'herbe.

« Tu me quittes ?

— Oui. »

Une rougeur a envahi son beau visage. Ses yeux étaient complètement froids. Il m'a dévisagée de la tête aux pieds, comme si j'étais un produit en exposition dans une vitrine, dont il se demandait s'il allait l'acheter ou non. Puis il a laissé affleurer un petit sourire sarcastique. « Mais pour qui tu te prends ? »

Je l'ai regardé, avec son visage en sueur et ses yeux qui lui sortaient de la tête.

« J'ai la trouille. J'ai besoin d'aide, et ce n'est pas toi qui vas m'en donner, je me trompe ?

— Salope. Pauvre conne coincée. »

Je lui ai tourné le dos puis je me suis éloignée. Je voulais simplement m'en aller de là, partir quelque part où je serais en sécurité.

Ses cheveux tombent sur ses épaules. Ils auraient besoin d'un shampoing. La raie est sombre, un peu grasse. Elle a pris de l'âge la semaine passée. Des plis sont apparus entre les ailes de son nez et les commissures de ses lèvres, elle a des ombres foncées sous les yeux, une légère ride s'est creusée sur son front, comme si elle avait passé de longues heures les sourcils froncés. Sa peau paraît un peu malsaine, pâle, légèrement granuleuse sous le bronzage. Elle ne porte pas de boucles d'oreilles aujourd'hui. Elle a enfilé un vieux pantalon de coton, couleur avoine je dirais, ainsi qu'un chemisier blanc à manches courtes. Son pantalon paraît un peu grand, il aurait besoin d'un coup de fer. Il manque un bouton à sa chemise. Elle se mâchonne le majeur de la main droite sans s'en rendre compte. Elle regarde beaucoup autour d'elle, ses yeux ne s'arrêtent pas plus d'une seconde sur chaque visage. Parfois elle cligne des yeux, comme si elle avait du mal à accommoder. Elle fume sans cesse, allumant une cigarette après l'autre.

Le sentiment grandit en moi. Quand je serai prêt, je le saurai. Je saurai quand elle sera prête elle aussi. C'est comme l'amour, on sait, c'est tout. Il n'y a rien de plus certain. La certitude m'emplit, me rend fort, déterminé. Elle devient plus faible, plus petite. Je la regarde et je me dis, c'est moi qui ai fait ça.

12

J'ai cogné contre la porte. Pourquoi ne venait-elle pas ? Oh, par pitié, dépêche-toi. Je n'arrivais pas à respirer. Je savais qu'il le fallait, tout le monde a besoin de respirer, mais quand j'essayais, je n'y arrivais pas, pas bien, malgré le fait qu'une pression insupportable augmentait dans ma poitrine. J'inspirais par maigres hoquets dont le bruit aurait pu faire penser que j'étais en proie à une crise de larmes désespérée. Une sangle douloureuse m'enserrait le crâne, tout me paraissait flou. Par pitié, aidez-moi ! Mais je n'arrivais pas à le dire, j'étais incapable de crier. Une boule m'envahissait la gorge, les poumons, m'empêchait de respirer. Je ne pouvais plus y tenir, tout se brouillait derrière un voile gris-noir. Et je suis tombée à genoux devant la porte.

« Zoë ! Zoë ! Pour l'amour du ciel, qu'est-ce qui s'est passé ? » Louise s'est agenouillée à côté de moi, enveloppée dans une serviette de bain, les cheveux mouillés. Elle m'a passé un bras autour des épaules, la serviette a glissé, mais elle n'en avait que faire, cette chère Louise, pas plus qu'elle ne s'est préoccupée des passants qui nous adressaient d'étranges regards ou traversaient la rue, sans doute pour nous éviter. J'ai essayé de parler, mais les mots ne pouvaient pas sortir. Rien ne venait qu'un balbutiement étrange.

Elle m'a prise dans ses bras et m'a bercée. Personne ne me l'avait fait depuis la mort de maman. J'étais redevenue une petite fille, quelqu'un prenait enfin soin de moi. Oh, comme ça m'avait manqué, ce que c'était bon d'avoir une mère. Elle me chuchotait des choses qui ne voulaient rien dire, elle me disait que tout allait bien, allons, allons, chut, c'est ça. Elle me disait d'inspirer, d'expirer, calmement. Inspire, expire. Petit à petit, j'ai de nouveau réussi à respirer. Mais je ne pouvais toujours pas parler. Simplement gémir, comme un bébé. J'ai senti des larmes chaudes s'échapper de sous mes paupières closes, glisser sur mes joues brûlantes. Je ne voulais plus bouger, plus jamais. Mes membres me semblaient lourds, trop lourds pour remuer. Je pouvais dormir à présent.

Louise m'a aidée à me redresser, tout en retenant sa serviette d'une main. Elle m'a fait monter l'escalier qui menait à son appartement, puis m'a installée sur le canapé. Elle s'est assise à côté de moi.

« C'était une crise de panique, a-t-elle dit. Ce n'était que ça, Zoë. »

La panique avait disparu, mais il me restait la peur. C'était comme se trouver dans une pénombre glacée, ai-je dit à Louise. Comme regarder dans le vide depuis le rebord d'un immeuble très haut, si haut qu'on ne voit pas le sol.

Je voulais me recroqueviller, dormir jusqu'à ce

que toute cette histoire soit finie. Je voulais que quelqu'un d'autre se charge de cette affaire pour moi et que tout redevienne normal. Je voulais me mettre les mains sur les oreilles, fermer les yeux, et que tout disparaisse.

« Un jour, a dit Louise pour tenter de me rassurer, tu repenseras à tout ça, et ça t'apparaîtra comme un épisode horrible qui s'est passé puis s'est terminé. Tu pourras en faire une histoire que tu raconteras aux gens à ton sujet. » Je ne l'ai pas crue, je n'arrivais pas à penser que tout cela allait disparaître. Le monde était devenu un endroit différent à mes yeux.

Je suis restée avec Louise dans son appartement du quartier de Dalson, près du marché. Je n'avais nul autre endroit où aller. C'était mon amie, je lui faisais confiance ; tant qu'elle était là près de moi, cette petite femme solide, si gentille, j'avais moins peur. Rien ne pouvait m'arriver tant que Louise était avec moi.

J'ai d'abord pris un bain, c'était beaucoup plus chouette que dans mon appartement. Je suis restée allongée dans l'eau chaude tandis que Louise, assise sur le couvercle des toilettes, buvait du thé en me frottant le dos. Elle m'a parlé de son enfance à Swansea, de sa mère qui vivait seule et de sa grand-mère qui était encore en vie, de pluie, d'ardoises grises, de nuages en masse, de collines. Elle avait toujours su qu'elle viendrait vivre à Londres, m'a-t-elle affirmé.

Et je lui ai parlé du village d'où je venais, qui ressemblait plutôt à une enfilade désordonnée de maisons avec un bureau de poste au milieu. De mon père qui conduisait un taxi dans la journée, qui était mort discrètement, sans faire de bruit, sans jamais vouloir attirer l'attention sur lui. Puis je lui ai parlé de ma mère, morte quand j'avais douze ans. Je lui ai raconté comment, pendant les deux ans qui avaient précédé sa mort, elle s'était éloignée de plus en plus de moi, avait glissé dans son propre monde de douleur et de peur. Je passais des heures à côté de son lit à tenir sa main froide, osseuse, tout en sentant qu'elle m'était devenue une étrangère. Je lui racontais ce que j'avais fait dans la journée, ou alors je lui transmettais des messages de la part d'amis, et pendant tout ce temps j'aurais voulu me retrouver dehors avec des copains, ou dans ma propre chambre à lire et à écouter de la musique, n'importe où pourvu que ce ne soit pas là, dans cette chambre de malade qui sentait bizarre, avec cette femme dont le crâne pointait sous la peau et dont les yeux me fixaient. Mais à peine l'avais-je quittée que je me sentais coupable, étrangement disloquée. Et puis, quand elle est morte, j'aurais tout donné pour me retrouver de nouveau dans sa chambre, à tenir sa maigre main en lui racontant ma journée. Parfois, ai-je avoué, je n'arrivais toujours pas à croire que je ne la reverrais jamais.

J'ai dit qu'après ça je n'avais jamais vraiment su ce que je voulais faire ni l'endroit où je voulais être. Tout était devenu vague, j'étais sans but. J'avais simplement fini par me retrouver institutrice à Hackney. Mais un jour je partirais, je ferais autre chose. Un jour j'aurais des enfants à moi.

Louise a commandé une pizza par téléphone. Je lui ai emprunté un peignoir rouge vif et nous nous sommes assises sur le canapé pour manger des tranches de pizza dégoulinant d'huile tout en buvant un rouge bas de gamme et en regardant la cassette de *Groundhog Day*. Nous l'avions déjà vue l'une comme l'autre, bien sûr, mais le choix nous avait paru sans risque.

Une fois ou deux son téléphone a sonné ; elle a répondu à voix basse, la main sur le combiné, en me lançant des coups d'œil occasionnels. Un des appels était pour moi. C'était l'inspecteur Aldham. L'espace d'un instant, j'ai cru bêtement qu'il allait m'annoncer qu'ils l'avaient attrapé. Bien fol espoir. Il se contentait d'appeler pour voir si tout allait bien. Il a répété que je ne devais pas retourner à l'appartement sans être accompagnée, que je ne devais pas rester seule avec un homme que je ne connaissais pas bien. Il a ajouté qu'ils voulaient me revoir lundi, en compagnie du Dr Schilling. Pour un interrogatoire détaillé, a-t-il précisé.

« Soyez vigilante, Miss Haratounian. » Le fait qu'il arrive à dire mon nom sans se tromper m'a presque autant effrayée que le ton insistant et respectueux qu'il a employé à mon égard. J'avais souhaité qu'ils me prennent au sérieux. À présent, ils ne plaisantaient plus.

Louise a insisté pour me prêter son lit, tandis qu'elle s'enroulait dans un drap sur le canapé. J'ai d'abord pensé que je n'arriverais jamais à dormir. Il est vrai que je suis restée un bon moment allongée, l'esprit occupé par des pensées qui vrombissaient dans ma tête comme autant de chauves-souris qui auraient perdu leur radar. La nuit était chaude, lourde, je n'arrivais pas à trouver un endroit frais sur l'oreiller. L'appartement de Louise était situé dans une rue calme. Il y a eu une bagarre de chats, un couvercle de poubelle a claqué, un homme seul a descendu la rue en chantant *Oh Little Town of Bethlehem*. Mais j'ai dû m'endormir assez vite. La seule chose dont je me souvienne après ça, c'est d'une odeur de pain brûlé et de la lumière du jour coulant à flots par les rideaux rayés de bleu, de particules poussiéreuses luisant dans les rayons de soleil. Le téléphone a sonné dans le salon, après quoi Louise a passé la tête par la fenêtre de la chambre. « Thé ou café ?

— Café, s'il te plaît.

— Toasts ou pain grillé ?

— Rien.

— Ce sera donc des toasts. »

Elle a disparu et je me suis forcée à me lever. Je ne me sentais pas trop mal. Je n'avais rien à me mettre hormis les vêtements que j'avais ôtés la veille. Je les ai donc enfilés, en me sentant un peu poisseuse.

Après avoir mangé mes toasts et bu mon café, j'ai appelé Guy pour savoir s'il avait des nouvelles pour l'appartement. Je l'ai senti embarrassé, plein d'une sollicitude défiante très éloignée de ses envolées habituellement si satisfaites.

« J'ai appris que vous traversiez une période difficile », m'a-t-il dit. Bien entendu, la police l'avait sans doute interrogé depuis le temps.

« On a vu mieux. Des nouvelles pour la vente ?

— Mr Shale aimerait revoir l'appartement. Il est très intéressé. Je pense que nous avons réussi à le faire mordre à votre hameçon. À présent, il s'agit de l'amener à la rive.

— Qu'est-ce que vous voulez dire ? ai-je demandé, lasse.

— Je crois qu'il est prêt à faire une offre. Tout

ça pour dire qu'il se demande si aujourd'hui à midi ça vous irait comme heure.

— Vous ne pourriez pas le lui faire visiter vous-même ? »

Une nouvelle fois, il m'a gratifiée de son rire agaçant. « Je le pourrais, mais il y a quelques questions à régler. Je vous accompagnerai.

— D'accord. Je ne dois plus rester seule avec un inconnu. » Ainsi nous sommes convenus de nous retrouver à son agence à midi, Guy, moi, et Nick Shale. Autant être nombreux, c'était plus sûr. Ensuite, nous allions tous les trois monter jusqu'à l'appartement à pied, en faire un tour rapide, c'était l'affaire d'à peine quelques minutes. Louise a insisté pour appeler un taxi ; du coup nous avons passé une demi-heure dans les embouteillages à maudire la chaleur et nous avons fini par arriver en retard. Les deux hommes m'attendaient : Guy, vêtu d'un complet bleu léger, Nick en T-shirt blanc et en jean. Nous nous sommes serré la main avec formalité.

Quand nous sommes arrivés à l'appartement, Guy a ouvert la porte avec son jeu de clés. Il est entré le premier. Nick s'est effacé pour me laisser passer. Il y avait une drôle d'odeur. Une odeur douceâtre, derrière laquelle on décelait pourtant une pointe de quelque chose de malsain. Nick a froncé les narines en m'adressant un regard interrogateur.

« J'ai dû laisser traîner quelque chose. Je ne suis pas revenue ici depuis un petit bout de temps. »

Ça venait de la cuisine. J'ai ouvert la porte. L'odeur était plus forte, mais elle ne ressemblait toujours à rien que je puisse identifier. J'ai regardé le plan de travail, la table. Rien. J'ai jeté un œil dans la poubelle, mais elle était vide. J'ai ouvert le frigo.

« Oh, merde. »

La lumière ne s'est pas allumée. L'intérieur était chaud. Ce n'était pas dramatique. Le lait avait tourné, mais pour le reste, rien de bien grave. Cependant je savais où devait se trouver le problème. J'ai ouvert le petit compartiment congélateur en haut du frigo. Je n'ai pas pu retenir un grognement. On aurait dit que tout s'était mélangé avec le reste. Un récipient de glace au café renversé avait répandu son contenu sur un paquet de crevettes ouvert. L'odeur et la vue de crevettes pourries mélangées à de la glace fondue dans ma cuisine étouffante m'ont donné un haut-le-cœur.

« Bon Dieu de merde !

— Zoë. » Guy a posé légèrement la main sur mon épaule. J'ai bondi en arrière. « Ce n'est qu'un accident idiot, a-t-il repris.

— Attendez, ai-je répondu. Je dois appeler la police.

— Quoi ? » s'est-il exclamé l'air incrédule, presque gêné.

Je me suis braquée. « La ferme, bordel ! Fermez-la, c'est tout. Ne vous approchez pas de moi. Ne bougez pas.

— Zoë...

— Fermez-la. » J'en étais presque arrivée à lui crier dessus.

Il a voulu parler, mais il a levé les mains dans un geste d'abandon. « D'accord, d'accord. »

Il a jeté un coup d'œil vers Nick avec l'expression craintive d'un homme qui regarde une vente lui filer entre les doigts et disparaître entre les lames du parquet. Ça ne faisait rien. Tout ce qui m'importait à présent, c'était de rester en vie. Je connaissais le numéro par cœur. Je l'ai composé, j'ai demandé à parler à Carthy et cette fois il a pris l'appareil. Il ne s'agissait plus de se défiler. Il m'a dit qu'il arrivait sur-le-champ. Dix minutes plus tard il était là en compagnie d'Aldham et d'un autre homme armé d'une grande mallette en cuir. Celui-ci a commencé à enfiler des gants fins à peine la porte franchie. Ils ont regardé les dégâts, en se murmurant des choses en douce. Carthy me posait des questions, mais j'avais du mal à les comprendre. Il m'a parlé de protection policière. Les deux autres étaient dans la cuisine. Guy a dit qu'il devait y aller, Carthy lui a répondu non, en lui demandant d'attendre dehors dans l'escalier.

« Il est revenu. C'est insupportable. »

Aldham est rentré dans la pièce. Il m'a regardée, l'air ennuyé.

« Alors, qu'est-ce que vous allez faire ? »

Aldham s'est approché de Carthy, il lui a murmuré quelques mots à l'oreille. Il avait l'air un peu secoué. Puis il s'est avancé vers moi. Quand il s'est mis à me parler, il l'a fait d'une voix calme, posée.

« Zoë. Vous n'avez pas trouvé de mot, je me trompe ?

— Je ne sais pas. Je n'en ai pas vu, mais je n'ai pas cherché.

— Nous si. Nous n'en avons pas trouvé.

— Alors ?

— Nous avons vérifié le frigidaire. Il a été

débranché, et la prise a été utilisée pour la bouilloire.

— Pourquoi aurait-il fait une chose pareille ?

— Je pense qu'il s'agit d'une erreur. Une erreur bien ordinaire.

— Mais pourquoi voulez-vous que je... » Je me suis interrompue : je me suis souvenue de Louise faisant le thé, Louise qui avait retiré une prise pour brancher la bouilloire. Oh merde. Je me suis sentie rougir.

Un silence s'est fait. Aldham avait les yeux baissés vers la moquette, Carthy me regardait. Je lui ai rendu son regard. « Vous m'avez dit d'être vigilante, j'ai fini par lâcher.

— Bien sûr, a dit Aldham d'une voix douce.

— C'est facile pour vous. Je n'arrête pas de penser que je vais mourir.

— Je sais », a répondu Aldham. Sa voix tenait presque du murmure à présent. Il a posé une main timide sur mon épaule. « Je me demande si nous ne vous avons pas trop alarmée. Je suis navré. »

Je me suis libérée d'une secousse. « Vous... Vous... »

Mais je n'ai rien trouvé d'assez grossier. J'ai fait volte-face et je me suis enfuie, bizarrement consciente que, ce faisant, je les laissais tous dans mon appartement.

13

Louise m'attendait à l'heure où je suis rentrée chez elle. Elle s'était fait un masque, de sorte qu'elle était d'une blancheur cadavérique, à l'exception d'un rond de peau rose nue autour de chaque œil, ce qui lui donnait un air surpris. Tout en lui racontant ce qui s'était passé, je me suis rendu compte que je partais du principe qu'elle allait accepter de me laisser m'installer chez elle. Mais elle m'a simplifié la tâche. « Tu peux rester ici aussi longtemps que tu veux.

— Mais je dormirai sur le canapé.

— Comme tu préfères.

— Et je vais te payer un loyer. »

Elle a haussé les sourcils. Du coup, le mouvement de son front a dessiné des craquelures sur son masque.

« Si ça te met plus à l'aise. Mais tu n'es pas obligée, tu sais. Tu n'auras qu'à arroser mes plantes. J'oublie tout le temps. »

Je me sentais mieux. La peur paralysante que j'avais ressentie la veille se desserrait. Je ne serais plus obligée de dormir dans mon appartement, de poser les yeux sur Guy ni de faire visiter la pièce à des inconnus, de les laisser fouiller dans mes tiroirs et loucher sur mes seins. Je n'aurais plus à rester allongée là-bas dans le noir l'oreille aux aguets à attendre, en essayant de respirer normalement. Je n'aurais plus à revoir Fred non plus, ni ses machos de copains. C'était comme si je m'étais débarrassée d'une enveloppe de peau sale et étouffante. J'allais rester chez Louise. Nous allions manger nos repas devant la télé le soir, nous vernir mutuellement les ongles des orteils. Lundi, j'irais voir le Dr Schilling. Elle saurait ce qu'il fallait faire. C'était une experte en la matière.

Louise m'a assuré qu'elle n'avait pas le moindre projet pour le week-end, même si je la soupçonnais d'avoir en fait tout annulé pour moi, mais j'étais trop soulagée pour ne pas m'arrêter aux protestations les plus faibles. Nous nous sommes acheté de gros sandwiches baguette au fromage et à la tomate, après quoi nous nous sommes rendues dans le parc le plus proche pour nous asseoir sur l'herbe sèche, couleur jaune grillé. Le soleil cognait sans ménagement, l'air était chaud et lourd, et le parc bondé. Des groupes d'ados jouaient au frisbee ou se bécotaient à l'ombre des arbres, des familles s'installaient avec paniers de pique-nique, ballons et cordes à sauter, des gamines en dos nu se faisaient bronzer, des gens passaient, qui équipé d'une canette de bière, d'un chien, d'un appareil photo, d'un vélo, ou de croûtons pour les canards. Ils arboraient tous des tenues légères et colorées, le sourire aux lèvres.

Louise a relevé sa chemise, qu'elle a coincée dans son soutien-gorge avant de s'allonger sur le dos, les bras repliés en guise d'oreiller. Je me suis assise à côté d'elle à fumer clope sur clope, à regarder passer les flots de gens. Je m'attendais à apercevoir un visage familier, ou un type qui me regardait comme s'il me connaissait. Mais je n'ai rien vu de tout ça.

« Tu sais quoi ?

— Quoi ? a-t-elle répondu d'une voix rêveuse.

— J'ai été passive.

— Ce n'est pas vrai.

— Si. J'ai attendu que d'autres règlent cette histoire pour moi. Ça me cassait les pieds.

— Ne dis pas de bêtises.

— C'est pourtant vrai. Je crois que c'est en partie dû au fait de vivre à Londres. Je voulais me perdre. Je voulais que personne ne me remarque. Il faut que je me regarde en face. C'est ça que je dois faire. Je dois m'observer et essayer de comprendre pourquoi quelqu'un m'a sélectionnée. Trouver qui aurait pu vouloir porter son choix sur moi.

— Demain, a dit Louise. Tu te regarderas demain. Aujourd'hui, contente-toi de te faire plaisir. »

J'ai laissé le soleil pénétrer ma peau, sous mes vêtements poisseux. J'étais fatiguée. Plus que ça ne m'était jamais arrivé. J'avais les yeux douloureux, les membres si lourds qu'il me semblait impossible de les bouger. Je voulais prendre de longs bains, dormir des heures dans des draps propres, manger une nourriture saine, des carottes crues, des pommes vertes, boire du jus d'orange et des tisanes. Je n'arrivais pas à imaginer qu'il me soit jamais possible de vouloir à nouveau sortir en boîte, me saouler ou fumer des joints, me laisser toucher par un homme. La vie frénétique, chaude, dégoulinante que j'avais vécue à Londres me remplissait d'une vague horreur envahissante. Tout ce bruit, tous ces efforts... J'ai pensé que j'arriverais peut-être même à m'arrêter de fumer. Enfin pas tout de suite. Nous sommes passées devant un magasin rigolo qui vendait des vêtements pour enfants : des salopettes en coton de couleurs vives passées sur des hauts à rayures, des blousons rouges, roses et jaunes. Louise m'a poussée à l'intérieur. « Tu fais une taille fillette, a-t-elle dit en me regardant. Tu as perdu trop de poids. Il faudra que nous pensions à te rembourrer un peu. Mais en attendant, nous allons t'acheter deux ou trois petites choses. » Là-dessus, sous le regard désapprobateur de la vendeuse, j'ai sélectionné quelques affaires sur les portants, puis je les ai emportés dans la cabine d'essayage. J'ai enfilé une robe droite à côtes grise, taille treize ans, et je me suis examinée dans la glace. Parfait. Elle m'effaçait la poitrine, me donnait une apparence androgyne. Ça m'allait très bien. Ensuite je l'ai ôtée pour passer un joli T-shirt blanc décoré de minuscules fleurs brodées.

« Voyons voir ça ! a crié Louise. Allez, quoi, tu ne peux pas faire du shopping avec une copine si tu n'en fais pas un défilé de mode ! »

J'ai ouvert les rideaux en gloussant, puis j'ai fait une pirouette pour ses beaux yeux.

« Qu'est-ce que tu en penses ?

— Prends-le, a-t-elle ordonné.

— Il n'est pas trop petit pour moi ?

— Peut-être après que tu seras restée chez moi quelques jours à partager mes mauvaises habitudes. Mais pour l'instant, il te va à merveille. »

Elle a posé une main sur mon épaule. « Tu es jolie comme une fleur, ma chérie. »

Plus tard, Louise et moi avons pris sa vieille guimbarde pour aller refaire un stock au supermarché. Ça faisait un bout de temps que je me nourrissais au jour le jour, avalant ici des chips, là une barre chocolatée, des sandwiches tout faits dans la fumée de la salle des profs. Ça devait bien faire des semaines, sinon des mois, que je n'avais pas fait la cuisine, suivi une recette avec de vrais ingrédients qu'il fallait mélanger de ses mains.

« Ce soir, c'est moi qui fais à manger », j'ai annoncé, bravache. J'avais l'impression de jouer la comédie de la domesticité. J'ai mis des pâtes fraîches dans notre chariot puis des oignons espagnols, de grosses gousses d'ail, des olivettes italiennes, un petit pot de fines herbes séchées fermé par un couvercle en fer, des cœurs de laitue, un concombre, des mangues et des fraises. Un pot de crème liquide. Une bouteille de chianti. J'ai acheté un lot de culottes à prix réduit, du déodorant, un gant de toilette, une brosse à dents et du dentifrice. Je ne m'étais pas lavé les dents depuis la veille au matin. Il faudrait que j'aille récupérer des affaires à l'appartement.

« Ça attendra demain, a déclaré Louise d'une voix décidée. N'y pense pas pour l'instant. Nous irons demain matin ensemble, dans ma voiture. Tu te contenteras de tes vêtements de gamine en attendant. »

Devant les caisses, j'ai pris un bouquet de roses jaunes emballées dans de la cellophane que j'ai ajouté au chariot. « Je ne sais pas comment te remercier, Louise.

— Alors, n'en fais rien. »

Cathy, une amie de Louise, s'est jointe à nous pour le dîner. C'était une fille extraordinairement grande et mince, gratifiée d'un nez aquilin et de petites oreilles. Louise lui avait de toute évidence parlé de moi, parce qu'elle m'a traitée avec beaucoup d'attention et de douceur, comme si j'étais invalide. J'ai trop laissé cuire les pâtes, mais la sauce tomate était parfaite, et c'est à la portée de n'importe qui de découper une mangue et des fraises pour les mélanger dans un saladier. Louise a allumé des bougies qu'elle a fixées dans de vieilles soucoupes. Assise à la table de la cuisine dans ma robe grise toute neuve, je me sentais l'esprit léger, irréelle. J'éprouvais une impression de vide au niveau de l'estomac mais je n'ai pas réussi à avaler grand-chose. Je n'ai pas beaucoup parlé non plus. J'étais satisfaite de rester assise à les écouter : les mots résonnaient délicatement à la surface de mon esprit. Nous avons bu mon chianti, puis presque toute la bouteille de blanc que Cathy avait apportée, ensuite nous avons regardé un vieux film à la télé, un thriller quelconque, mais j'étais incapable de me concentrer sur les détails de l'intrigue. Mon esprit s'égarait d'une scène à l'autre, ce qui fait qu'à un moment, je n'ai pas compris pourquoi le héros s'introduisait par effraction dans un entrepôt, ce qu'il projetait de faire ou ce qu'il espérait y trouver. Dehors, il s'est mis à pleuvoir, les gouttes crépitaient sur le toit et martelaient la fenêtre. Je suis allée me coucher avant que Cathy ne s'en aille. Recroquevillée en boule sur le canapé du petit salon, vêtue de la chemise de nuit très légère de

Louise, je les entendais parler dans la cuisine, je percevais le bourdonnement réconfortant de leur conversation, les éclats de rire occasionnels, et j'ai glissé dans le sommeil avec un sentiment de sécurité.

Le lendemain matin, après le petit déjeuner, je suis allée à l'appartement récupérer quelques vêtements. Je n'avais pas l'intention de tout emporter déjà, même si je n'avais pas la moindre intention de jamais revenir y vivre. Je voulais juste prendre quelques tenues de base indispensables. Il continuait à pleuvoir sans interruption. Louise n'a pas trouvé de place à proximité, du coup elle s'est arrêtée sur une ligne de stationnement interdit à quelques mètres de la porte. Je lui ai dit que j'allais juste faire un aller et retour.

« Je n'en ai que pour quelques minutes.

— Tu es sûre que tu ne veux pas que je vienne avec toi ? »

J'ai secoué la tête en souriant. « Je vais simplement dire au revoir. »

Il régnait dans les pièces un air de misère et de négligence, pourtant je n'en étais partie que la veille. C'était comme si l'appartement avait su qu'il n'y avait plus personne pour s'occuper de lui. Je suis allée dans la chambre récupérer quelques robes dans l'armoire. Deux pantalons, quatre T-shirts, quelques culottes, quelques soutiens-gorge ainsi que des chaussettes. Des tennis. Ça suffirait bien pour l'instant. Je les ai mis tout à trac dans un grand fourre-tout. Puis je suis allée dans la salle de bains, j'ai ôté les vêtements sales que je portais et les ai envoyés dans un coin. Je reviendrais ramasser mon linge sale plus tard. Une autre fois.

J'ai entendu un cliquettement, comme une porte de placard qui se referme. Ce n'est rien, me suis-je dit. L'imagination nous joue de sales tours. De retour dans la chambre, j'ai trouvé des dessous propres. J'ai refermé les rideaux puis je me suis postée devant ma glace pour les enfiler. J'ai vu mon visage s'y refléter, avec ses cernes sous les yeux. Mon corps nu, mes bras et mes jambes bronzés, mon ventre blanc. J'ai passé ma culotte, puis j'ai sorti du sac que j'avais apporté mon nouveau T-shirt, celui dont Louise avait dit qu'il me faisait ressembler à une fleur, et je l'ai enfilé. C'était idiot, mais je n'arrivais pas tout à fait à me résoudre à porter quoi que ce soit qui sente l'appartement, mon ancienne vie. Je voulais être propre et neuve.

Au moment de faire glisser le T-shirt sur mes seins, sans le moindre avertissement, j'ai senti des mains se poser sur mon cou, un bras m'entraver le corps, un poids se presser dans mon dos ; quelqu'un m'appuyait dessus, j'ai perdu l'équilibre, je suis tombée brusquement, poussée par ce poids qui m'écrasait le visage dans la moquette. J'étais sonnée, j'avais mal. J'ai senti la main au travers du tissu qui me tenait la bouche, une main chaude qui dégageait un parfum de savon, le savon à la pomme de ma salle de bains. Un bras m'a enserré la cage thoracique, juste sous la poitrine.

« Salope, espèce de salope ! »

J'ai essayé de me tortiller pour me dégager, en me tordant les membres de part et d'autre, j'ai essayé de crier, de hurler. Mes mains ne trouvaient rien à agripper, mes bras, emprisonnés, ne pouvaient rien faire. Il n'a fait aucun bruit, se contentant de me souffler son haleine chaude et douce à l'oreille. J'ai fini par cesser de me débattre. Dehors, quelqu'un a crié, le braillement d'une sirène s'est rapproché avant de s'éloigner.

L'étau enserrant ma nuque s'est relâché, j'ai voulu bouger, crier, mais il s'est soudain retrouvé sur ma gorge. Je ne pouvais rien faire. Ni bouger. Ni me débattre. Ni crier. J'ai pensé à Louise qui attendait dehors dans la voiture. Elle me paraissait loin, si loin... Bientôt elle allait monter me retrouver. Mais pas suffisamment tôt. Quelle idiotie ! Mourir comme ça, avant même d'avoir démarré... Avant d'avoir pu faire ma vie. Quelle idiotie.

Très lentement, le sol est monté vers moi. J'ai senti ma tête taper contre le plancher, mes pieds glisser sur les lattes. J'ai entendu la pluie sur la vitre, son doux crépitement. Je ne pouvais pas parler, il n'y avait plus rien à dire à présent, plus le temps de le dire, mais quelque part au fond de moi une voix implorait : Non, par pitié, non. Pitié.

II

JENNIFER

1

Une grande confusion régnait, mais il faut dire que notre maison à l'heure du petit déjeuner ressemble bien souvent à une de ces forteresses médiévales assaillies par une meute d'ânes, de cochons ou autres serfs dès les premiers signes d'agitation. Depuis notre déménagement quelques semaines plus tôt la situation était devenue encore plus chaotique, si tant est que cela fût possible, d'autant qu'un chantier de construction s'était installé au beau milieu de la forteresse.

Clive avait quitté la maison à six heures, soit encore plus tôt que d'habitude, cela parce qu'il travaille en ce moment sur une de ces épouvantables offres publiques d'achat. Juste avant huit heures, Lena avait poussé les deux grands dans l'Espace pour les emmener à l'école. Lena est notre bonne d'enfants, autrement dit notre jeune fille au pair. C'est une jolie Suédoise blonde, mince et toute jeune, bref horripilante, même si elle porte cette chose dans la narine qui me fait frémir chaque fois que je l'aperçois. Dieu sait quelle impression elle doit ressentir quand elle se mouche !

Puis des gens se sont mis à arriver. Mary d'abord, bien entendu, notre irremplaçable femme de ménage qui nous a accompagnés à Primrose Hill. C'est un trésor, à ceci près que je dois passer tellement de temps derrière son dos à lui dire quoi faire puis à vérifier qu'elle l'a bien accompli que, comme je l'ai dit à Clive, j'aurais aussi vite fait de m'occuper du ménage moi-même. Ensuite est arrivée la foule des ouvriers censés arranger la maison et non en faire un taudis rempli de poussière rouge brique. Les travaux de réfection de l'électricité et de la plomberie s'étaient achevés à la fin de la semaine précédente ; vu l'état des lieux à ce stade, on ne pouvait plus que faire mieux.

J'étais pourtant satisfaite, en dépit du chambardement. C'était là tout ce que j'avais toujours souhaité, ce que Clive m'avait toujours promis. Un projet. La maison se résumait pour l'instant à un assemblage de planches nues et de murs, on en était pratiquement revenus au stade des poutres et des bois de charpente. J'allais maintenant la transformer en une demeure dont nous pourrions être fiers. Je sais que tout propriétaire se doit de tomber amoureux de sa maison, mais celle-ci ne serait sans doute pas digne d'amour avant au moins six mois. Elle avait précédemment appartenu à un couple d'adorables petits vieux qui y avaient installé ce qui ressemblait à une librairie d'occasion dans laquelle personne n'aurait plus mis les pieds depuis les années cinquante. La question n'était pas de savoir ce qu'il fallait changer, mais plutôt ce qu'on pourrait bien garder.

J'avais passé quatre mois la tête dans les plans en compagnie de Jeremy, notre brillant architecte, que je bourrais de cafés serrés. Il s'agissait ni plus ni moins que de rester simple. Il fallait tout casser. Faire poser un nouveau toit. Ensuite déménager la cuisine et la salle à manger au sous-sol, installer les pièces à vivre au rez-de-chaussée, le bureau de Clive au premier, côté jardin, puis installer des chambres dans les étages. Aménager le grenier pour la bonne d'enfants. Des toilettes à gauche, à droite, et au centre. Une salle de bains attenante à la chambre destinée à Clive et moi-même. Des douches à jets multiples pour les garçons dans l'espoir d'arriver à les persuader de se laver de temps en temps.

De sorte que, ce matin-là, Jeremy était passé vers les huit heures trente en compagnie de Mick pour résoudre un problème concernant quelque chose comme une arche ou une poutre. Peu de temps après était arrivé Francis, que nous avions fait venir de notre ancienne résidence dans le but de s'occuper du jardin — par quoi j'entends redessiner de fond en comble le bout de terrain qui en faisait office. Il faisait quatre mètres vingt de longueur, ce qui n'est pas mal pour Londres, mais avait l'allure d'un enclos à lapins avant que Francis s'y attelle. Fort heureusement, la bruyante masse des électriciens et des plombiers s'en était allée. Cependant Mick continuait à envahir les lieux avec sa petite troupe. Ce qui signifiait thés et cafés à la ronde, bien entendu, dès que Lena serait de retour pour s'en occuper. Quelque part dans cette agitation j'étais partie déposer Christopher, qui a quatre ans, à son école maternelle privée. Je l'y avais inscrit quand nous avions emménagé. J'avais quelques réticences à l'égard de l'établissement : absence d'uniforme (remplacé par un simple sweat-shirt bleu), salle de classe remplie de bacs à sable, pratique exclusive de la peinture au doigt. Mais cela ne valait plus vraiment la peine de le changer d'école. Quoi qu'il arrive, il était pris à Lascelles, dans la classe de préparation au primaire où il débuterait en septembre. Qui plus est, je ne l'avais pas sur les bras, ce qui représentait un soulagement non négligeable.

Après cela j'étais rentrée à la maison où j'avais enfin pu m'asseoir devant un café pour un rapide survol du journal et du courrier avant de me mettre au travail, c'est-à-dire me promener dans la maison pour empêcher les ouvriers d'abattre les mauvaises cloisons et assurer un minimum de liaison entre les différents corps de métier. Leo, mon fidèle homme à tout faire, devait passer, je m'étais donc creusé la tête pour établir une liste de travaux à entreprendre. Et il fallait que j'aie une discussion sérieuse avec Jeremy au sujet de la cuisine. Cette pièce avait constitué la partie la plus corsée de notre plan. Parce qu'à dire vrai, si l'on commet une erreur dans n'importe quelle autre pièce, on peut toujours vivre avec. Mais si la porte du frigo bloque le tiroir à couverts, c'est vingt-cinq fois par jour que vous serez agacé, et ce jusqu'à un âge bien avancé. L'idéal serait de construire la cuisine, d'y vivre six mois, puis de la refaire comme il faut. Mais même Clive n'est pas assez riche pour se permettre ce genre de fantaisie. Ou du moins pas assez patient.

Une fois Lena de retour, je lui ai donné quelques consignes. Puis, pendant qu'elle s'y mettait avec diligence, j'ai bu quelques gorgées de café avant de descendre ramasser le journal et le courrier. Je m'étais donné comme règle stricte de ne jamais prendre plus de cinq minutes à lire le journal, sinon moins. De toute façon, on n'y trouve jamais rien d'intéressant. Ensuite je passais au courrier. En général, quatre-vingt-dix pour cent de ce que nous recevons est adressé à Clive. Les dix pour cent qui restent sont à distribuer entre les enfants, nos animaux domestiques et moi. Non que nous possédions le moindre animal pour le moment. Le nombre mirobolant d'animaux que nous ayons accueillis en 1999 s'élève à un chat, un chat perdu et sans doute mort à moins qu'il ne soit allé vivre des jours meilleurs dans une autre demeure quelque part à Battersea, à quoi s'ajoute un hamster enterré dans une tombe anonyme au fond de notre jardin d'alors. Je songeais à prendre un chien. J'ai toujours dit que Londres n'est pas un endroit pour les chiens, mais à présent que nous nous trouvions à deux minutes de Primrose Hill, je me surprenais parfois à y réfléchir, une expression rêveuse sur le visage. Quoi qu'il en soit, je n'avais pas encore mentionné la chose à Clive.

Ainsi, le courrier est une affaire vite réglée. Je me retrouve immédiatement avec une pile comprenant tout ce qui porte le nom de Clive ou d'autres variations du même genre. Même chose pour les factures. Je sais reconnaître une facture à trois kilomètres de distance, sans même avoir en général à ouvrir l'enveloppe. Pareil pour tout ce qui est adressé à Mr et Mrs Hintlesham. Comme d'habitude, j'ai mis ces lettres en pile puis je les ai montées pour les déposer sur le bureau de Clive, dans son sanctuaire. Il s'en occuperait à son retour, voire même plus probablement ce week-end.

Au bout du compte, je me suis retrouvée avec deux lettres adressées à Josh et à Harry, un courrier photocopié de Lascelles concernant la journée consacrée au sport, ainsi qu'un certain nombre de publicités et d'offres spéciales que j'ai immédiatement fourrées à la poubelle. Cela fait, il restait une lettre qui m'était adressée. Aujourd'hui, dès qu'une lettre arrive pour moi, il s'agit presque toujours d'une facture émanant d'une maison de vente par correspondance que j'ajoute tout de suite à la pile de Clive. Ou alors, c'est une lettre d'une autre maison de vente par correspondance qui a obtenu mon adresse auprès d'une de ses semblables.

Mais cette fois-ci c'était différent. Le nom et l'adresse étaient inscrits à la main, en lettres bien nettes. Et je ne reconnaissais pas l'écriture. Ce n'était pas ma mère, ni une amie ou un membre de ma famille. Voilà qui était intéressant. J'avais presque envie de savourer l'événement. Je me suis fait un autre café, j'en ai bu une gorgée, puis j'ai ouvert l'enveloppe. Elle contenait une feuille de papier pliée beaucoup trop petite. J'ai vu d'emblée qu'elle ne comportait que quelques lignes. Je l'ai posée à plat sur la table.

Chère Jenny,

J'espère que vous ne m'en voulez pas de vous appeler Jenny. Mais, comprenez-vous, je vous trouve très belle. Vous sentez très bon, Jenny, et vous avez une peau superbe. Et je vais vous tuer.

Voilà qui paraissait bien bête. Je me suis demandé si quelqu'un pouvait vouloir me jouer un vilain tour. Certains des amis de Clive ont un sens de l'humour des plus déplorables. Je pense par exemple au jour où il était parti fêter l'enterrement de la vie de garçon d'un dénommé Seb, un de ses amis. Ce fut une soirée épouvantable : ils avaient fait venir deux strip-teaseuses et tout le monde était rentré avec du rouge à lèvres sur le col. Sur ces entrefaites, Jeremy est entré dans la pièce et nous avons discuté de quelques problèmes concernant la cuisine. La chaleur épouvantable de ces derniers jours me faisait craindre pour l'aération au-dessus de la cuisinière en fonte et je voulais savoir si les lucarnes au plafond pouvaient s'ouvrir. Il y avait ces drôles de Velux actionnés par un cordon que j'avais vus dans un magazine de décoration. J'ai montré la photo à Jeremy qui n'a pas eu l'air impressionné. C'est toujours ainsi avec lui, à moins qu'il n'ait eu l'idée lui-même. Du coup nous nous sommes embarqués dans une discussion très animée. Il s'est vraiment montré très drôle à ce sujet. Mais borné. Puis j'ai repensé à la lettre, que je lui ai montrée.

Ça ne l'a pas fait rire. Il n'a pas trouvé ça drôle du tout. « Avez-vous une idée de qui aurait pu faire ça ?

— Non.

— Vous feriez mieux d'appeler la police.

— Oh, ne soyez pas si bête. Il s'agit sans doute d'une simple blague. On va me rire au nez.

— Ça n'a aucune importance. Et peu importe si quelqu'un vous fait une blague. Vous devez appeler la police.

— Je la montrerai à Clive.

— Non, a répliqué Jeremy d'une voix ferme. Vous devez appeler la police maintenant. Si ça vous gêne trop, alors moi, je vais le faire.

— Jeremy... »

Mais il s'est montré on ne peut plus tête de lard. Il a lui-même appelé les renseignements afin d'obtenir le numéro d'un commissariat local. Et ce n'est pas tout. Il a composé le numéro puis m'a tendu le combiné comme si j'étais une enfant à qui sa grand-mère voulait parler.

« Tenez. »

Le téléphone a sonné longtemps. Je lui ai tiré la langue. « Il n'y a sans doute personne... Oh, allô... Écoutez, vous allez vraiment me prendre pour une idiote, mais je viens de recevoir une lettre... »

2

Je me suis entretenue quelques minutes avec une jeune fille dont la voix faisait penser à ces gens qui vous appellent et cherchent à vous débiter une tirade afin de vous vendre d'horribles fenêtres à fixations métalliques. Je n'étais pas très convaincue, elle de son côté paraissait lasse. Elle m'a déclaré qu'elle ferait en sorte d'envoyer quelqu'un, mais sans doute pas tout de suite. J'ai répondu que ça ne me dérangeait pas, puis j'ai mis fin à la conversation et l'incident m'est sorti de l'esprit.

Je suis retournée voir Jeremy qui se servait un café au self de la cantine Hintlesham, ainsi que Clive avait baptisé la communauté sur laquelle nous présidions pour l'instant. Les adorables petits vieux avaient cassé toutes les cloisons possibles et imaginables, remplacé toutes les portes à panneaux, démoli la moindre cheminée et procédé à l'abattage systématique de toutes les corniches. Je sais que tout le monde faisait de même dans les années soixante, mais on aurait dit qu'ils voulaient se donner l'impression de vivre dans un appartement HLM au sommet d'une tour en béton plutôt que dans une maison mitoyenne au bout d'une enfilade de pavillons datant des débuts de l'ère victorienne.

La plus grande partie de la tâche consistait à restaurer la maison dans le style adapté à son histoire. La seule pièce qui échappait à la règle était la cuisine. Les cuisines victoriennes étaient réservées aux souillons et aux cuisinières. Or nous espérions bien échapper à ce sort, même si je recherchais une atmosphère d'époque. La difficulté consistait à ne pas se retrouver avec ce que Jeremy qualifie de style campagnard Ikea. Je lui avais fait refaire les plans à huit reprises. Il fallait aussi composer avec un pilier mal placé autour duquel il s'agissait de manœuvrer. Si ça n'avait tenu qu'à moi, nous aurions purement et simplement démoli ce misérable obstacle, mais Jeremy affirmait que l'arrière de la maison n'y résisterait pas.

Nous étions précisément en train de discuter ce dernier point délicat quand un coup de sonnette a retenti. Comme d'habitude, j'ai laissé Lena répondre, dans la mesure où nos seuls visiteurs du moment arrivaient immanquablement les bras chargés de pots de peinture, de radiateurs ou d'étranges tuyaux de cuivre. J'ai entendu sa voix qui me criait de monter. M'entendre interpeller de la sorte dans ma propre maison m'est aussi agréable que de mâcher du papier aluminium. Je suis montée au rez-de-chaussée. Lena se tenait devant la porte ouverte.

« Si vous aviez quelque chose à me dire, ça ne vous aurait pas trop dérangée de descendre pour le faire ?

— Mais je vous l'ai dit », a-t-elle répondu sur un ton innocent.

Résignée, je me suis avancée dans l'entrée. J'ai alors aperçu deux policiers en uniforme sur le pas de la porte. Ils paraissaient jeunes et mal à l'aise, tels deux boy-scouts venus proposer de laver une voiture, incertains de l'accueil qu'ils vont recevoir. J'ai senti mon cœur chavirer.

« Mrs Hintlesham ?

— Oui, oui, c'est très gentil à vous d'être passés. Mais je ne pense vraiment pas que c'était bien nécessaire. » Ils ont eu l'air encore plus embarrassés. « Mais entrez donc. Maintenant que vous êtes là. »

Ils se sont tous les deux essuyé méticuleusement les pieds sur le paillasson avant de me suivre dans l'escalier menant à notre cuisine encore rudimentaire. Jeremy m'a fait une grimace signifiant, en gros : « Faut-il que je m'éclipse ? » J'ai fait non de la tête.

« Ça ne prendra qu'une minute », ai-je déclaré. J'ai désigné du doigt la lettre qui se trouvait encore sur la cuisinière. « Il ne s'agit que d'un stupide incident, ainsi que vous allez vous en rendre compte. Ça ne mérite vraiment pas le moindre tracas. Puis-je vous offrir du thé, ou autre chose ? »

L'un d'eux a décliné l'offre, puis ils se sont mis à examiner le mot tandis que je me suis remise à la tâche avec Jeremy. Après quelques minutes j'ai levé les yeux pour découvrir qu'un des policiers venait de sortir par la porte-fenêtre. Il parlait dans sa radio portative. L'autre jetait des regards dans la pièce.

« C'est une nouvelle cuisine ?

— Oui », ai-je répondu avant de me retourner ostensiblement vers Jeremy. Je n'étais pas d'humeur à discuter de décoration intérieure avec un jeune agent de police. Son collègue est rentré dans la cuisine. Je ne sais si c'était leur uniforme, leurs bottes noires ou encore le fait qu'ils se soient découverts, mais leur présence donnait à cette pièce pourtant spacieuse un air étriqué. « Vous avez donc fini, à ce que je vois ?

— Non, Mrs Hintlesham. Je viens d'appeler le poste. Quelqu'un d'autre va venir.

— Mais pourquoi ?

— Il veut voir la note.

— Il se trouve que j'avais l'intention de sortir plus tard dans la matinée.

— Ça ne prendra qu'une minute. »

J'ai laissé échapper un soupir vexé. « Vraiment ! ai-je protesté sur un ton de reproche. Ne s'agit-il pas là d'une perte de temps pour tout le monde ? » Ils se sont contentés de hausser mollement les épaules, ce qui rendait l'échange difficile. « Vous allez attendre ici ?

— Non, madame. Nous allons rester dans la voiture jusqu'à l'arrivée de l'inspecteur.

— Oh. Très bien. »

Ils sont sortis d'un pas traînant, l'air penaud. Je suis remontée au rez-de-chaussée à la recherche de Jeremy, ce qui m'a permis de constater que la société pour la conservation du patrimoine venait de m'envoyer un pot de peinture de la mauvaise couleur. Tout cet épouvantable chambardement m'avait au moins permis d'apprendre une chose : la tâche consistant à s'assurer que les livraisons correspondent bien aux commandes passées, puis qu'elles sont bien employées selon mes exigences, occupe largement un travail à plein temps. J'étais au téléphone avec une empotée pour tenter de régulariser l'erreur lorsque j'ai entendu la sonnette de l'entrée. Jc n'avais pas terminé de parler quand un homme à la mine revêche vêtu d'un complet gris fut introduit dans la pièce. Je lui ai fait signe de s'approcher tout en essayant de soutirer à mon interlocutrice une réponse intelligible — disons même la moindre étincelle de bon sens. Mais il est délicat de se fâcher contre une femme qu'on n'a jamais rencontrée tandis qu'un inconnu se tient devant vous, l'air affable. J'ai donc mis fin à la conversation. Il s'est présenté comme étant l'inspecteur Aldham. Je l'ai fait descendre dans la cuisine.

Il a lui aussi regardé le mot et je l'ai entendu jurer à mots couverts tandis qu'il se penchait pour l'examiner de très près, comme s'il était myope. Il a fini par grommeler en relevant la tête. « Vous avez gardé l'enveloppe ?

— Comment ? Euh, non, enfin, je crois l'avoir jetée à la poubelle.

— Où ça ?

— Ici, je crois, dans l'étagère qui se trouve sous l'évier. »

Abasourdie, je l'ai vu sortir la poubelle, relever le couvercle et y fouiller comme un clochard.

« Je suis désolée, j'ai peur que vous n'y trouviez aussi du thé et du café moulu. »

Il a fini par en extraire une enveloppe froissée d'aspect quelque peu détrempé et brunâtre, en bien piteux état général. Il l'a soulevée très délicatement par un coin avant de la poser sur la table à côté de la lettre. « Veuillez m'excuser un instant », a-t-il dit tout en sortant un téléphone portable de sa poche.

J'ai reculé vers le fond de la pièce pour mettre la bouilloire en marche. Quelques bribes de sa conversation me sont parvenues. « Oui, sans hésiter », puis « Il me semble » et « Je ne lui ai encore rien dit ». Apparemment, la suite n'a été qu'une succession de mauvaises nouvelles pour l'inspecteur Aldham : ses répliques se sont réduites à une série de questions égrenées d'une voix haut perchée : « Quoi ? » « Vous êtes sûr ? » Il a fini par pousser un soupir de résignation avant de replacer le téléphone dans la poche. Il avait le visage rouge, il respirait bruyamment comme s'il venait de terminer un jogging. Il a gardé quelque temps le silence.

« Deux autres inspecteurs sont en route, a-t-il annoncé d'une voix sombre. Ils souhaitent vous poser quelques questions, si c'est possible. » Aldham marmonnait à présent. Il avait l'air piteux, comme un chien qui vient de prendre un coup de pied.

« Mais enfin qu'est-ce qui se passe ? ai-je protesté. Il ne s'agit que d'une lettre idiote. Ce n'est pas bien différent d'un coup de fil obscène, je me trompe ? »

Aldham a tendu l'oreille un instant. « Vous avez reçu des coups de téléphone ?

— Vous voulez dire des appels obscènes ? Non.

— Pouvez-vous penser à quelque élément que ce soit qui puisse avoir une relation avec cette lettre ? D'autres lettres peut-être, ou quelqu'un que vous connaissez, n'importe quoi.

— Non, bien sûr que non. À moins qu'il s'agisse d'une blague idiote.

— Pensez-vous que quelqu'un puisse vouloir vous jouer une blague de ce genre ? »

Cette question m'a laissée sans voix. « Je ne suis pas très bonne en matière de canulars. C'est davantage le domaine de Clive.

— Clive ?

— Mon mari.

— Il est au bureau ?

— Oui. »

L'atmosphère s'est un peu appesantie après cet échange. Aldham restait là à attendre, l'air embarrassé. J'ai tenté de poursuivre ma tâche mais son visage pâle autant que morose me faisait perdre mes moyens. Ce fut un véritable soulagement quand la sonnerie de l'entrée a retenti, un quart d'heure pas plus après l'arrivée d'Aldham. Je suis allée ouvrir, suivie d'Aldham, qui m'a emboîté le pas d'une façon quelque peu absurde. Cette fois-ci, le seuil grouillait littéralement de monde. Au premier plan s'avançaient deux inspecteurs d'allure plus fringante, accompagnés de deux agents supplémentaires en uniforme. Deux autres personnes, dont une femme, montaient les marches dans leur sillage. J'ai aperçu deux voitures de police ainsi que deux véhicules banalisés, tous garés en double file.

Le plus âgé des deux inspecteurs avait le front dégagé et des cheveux grisonnants coupés très court.

« Mrs Hintlesham ? m'a-t-il demandé, un sourire rassurant aux lèvres. Je me présente, inspecteur principal Links. Stuart Links. » Nous avons échangé une poignée de main. « Et voici l'inspecteur Stadler. »

Stadler n'avait rien d'un policier. Il faisait plutôt penser à un homme politique ou à un des collègues de Clive. Il portait un costume sombre bien coupé, agrémenté d'une cravate discrète. Il était très beau, dans son genre. Peut-être avait-il un côté espagnol. Il était grand, bien bâti, avec des cheveux très sombres, presque noirs, peignés en arrière. Nous avons également échangé une poignée de main d'une légèreté inattendue. Il m'a serré la paume de ses doigts comme s'il cherchait à y apprendre quelque chose. Ce fut un geste assez déconcertant. J'ai cru qu'il s'apprêtait à lever mes doigts à ses lèvres pour y déposer un lent baiser.

« Vous êtes bien nombreux, ai-je remarqué.

— Vous m'en voyez désolé, a répondu Links. Je vous présente le Dr Marsh. Il fait partie de notre unité de médecine légiste. Il a amené son assistante, Gill heum...

— Gill Carison », a interrompu la jeune femme d'une voix hardie. C'était un joli brin de femme, dans le genre sans fard. Le Dr Marsh ressemblait à un instituteur grincheux.

« Vous vous demandez sans doute pourquoi nous sommes venus en si grand nombre, reprit Links.

— Eh bien...

— Une lettre comme celle que vous avez reçue constitue une sorte de menace. Il nous faut évaluer le degré de gravité qu'elle représente. En attendant, nous devons assurer votre sécurité. »

Links me regardait dans les yeux. Mais à ces mots il s'est tourné vers Aldham dont le visage commençait à trahir un embarras encore plus abject. « Nous prenons les choses en charge à partir de maintenant », a-t-il conclu d'une voix calme.

Aldham a murmuré quelque chose à mon intention, au revoir, je crois, puis s'est faufilé entre nous avant de disparaître.

« Pourquoi est-il venu ? ai-je demandé.

— Il s'agit d'une erreur », a répondu Links. Il a jeté un regard autour de lui. « Vous avez emménagé il y a peu ?

— En mai dernier.

— Nous allons tenter de ne pas vous déranger plus que nécessaire, Mrs Hintlesham. J'aimerais voir la lettre, ensuite je souhaiterais vous poser quelques questions. Ce devrait être tout, enfin, je l'espère.

— Dans la cuisine, dis-je d'une voix faible.

— Belle maison, remarqua-t-il.

— Elle le sera dans quelque temps.

— Ça a dû vous coûter une jolie somme.

— Eh bien... » J'ai laissé la chose en suspens, peu désireuse d'entamer une conversation au sujet des valeurs immobilières.

C'est ainsi que, quelques minutes plus tard, je me suis trouvée assise à ma table en compagnie de deux inspecteurs, au milieu d'une cuisine à demi terminée. Pour des raisons qui m'étaient absolument incompréhensibles, les deux agents en uniforme se promenaient dans la maison et le jardin. La lettre avait été lue par tout le monde, puis soulevée au moyen d'une pince à épiler et insérée dans une pochette transparente. L'enveloppe trempée et froissée fut quant à elle déposée dans un sachet plastique. Il y avait un élément pour chacun des scientifiques, qui sont partis en tenant bien serré leur sachet respectif.

Avant de me parler, les deux hommes se sont chuchoté quelques mots à l'oreille, ce qui m'a paru assez irritant. Puis ils se sont tournés vers moi.

« Écoutez, puis-je simplement vous répéter que je n'ai rien à vous apprendre. Pas la moindre information. C'est une lettre affreusement bête, un point c'est tout. Je ne sais absolument rien de plus. »

Les deux hommes paraissaient songeurs.

« D'accord, a dit Links. Nous allons juste vous poser quelques questions de routine. Vous venez d'emménager dans cette maison. Habitiez-vous dans ce quartier auparavant ?

— Non. Nous vivions à des kilomètres d'ici, à Battersea.

— Connaissez-vous l'école du Laurier ?

— Pourquoi ? »

Links s'est carré contre le dossier de sa chaise.

« Nous cherchons à établir d'éventuelles relations avec d'autres menaces qui ont été proférées. Avez-vous des enfants ?

— Oui. Trois garçons.

— Laurier School est une école primaire publique située à quelques mètres de Kingsland Road dans le quartier d'Hackney. Est-il possible que vous ayez songé y mettre vos enfants ?

— Une école publique à Hackney, vous vous moquez de moi ? »

Les deux hommes ont échangé un regard.

« Ou alors peut-être avez-vous rencontré une de leurs institutrices. Une dénommée Zoë Haratounian, par exemple.

— Non. Qu'est-ce que cette école peut bien avoir à faire avec cette lettre ?

— Il s'est produit des... des incidents en rapport avec cette école. Il est possible qu'il existe un lien.

— Quel genre d'incidents ?

— Des lettres semblables à celle que vous avez reçue. Mais pourrions-nous poursuivre nos questions ? Cette lettre vous est-elle arrivée sans le moindre avertissement ? Il n'y a rien auquel vous puissiez l'associer, ni personne en particulier, si ténue la relation soit-elle ?

— Non.

— J'aimerais pouvoir établir combien de gens ont accès à cette maison. Je vois que vous êtes en pleins travaux.

— Tout à fait. On dirait la gare de Waterloo. »

Il a esquissé un sourire. « Par quelle agence immobilière êtes-vous passés ?

— C'est Frank Dickens qui a vendu notre maison. De vrais requins.

— Avez-vous jamais fait appel à l'agence Clarke ? »

J'ai haussé les épaules. « C'est possible. J'ai passé des mois à chercher. Je dois figurer sur les carnets d'adresses de presque tous les agents immobiliers de Londres. »

Ils ont échangé un regard.

« Nous vérifierons », a déclaré Stadler.

Un des agents est apparu au bas de l'escalier. Il était accompagné d'une femme, encore une nouvelle venue. Une grande femme aux longs cheveux blonds dont quelques mèches étaient relevées sur la tête, comme arrangées par un aveugle dans une chambre noire. Elle portait un tailleur de ville qui aurait supporté un bon coup de fer. Elle tenait une mallette et un imperméable pendait à son bras. Elle avait l'air harassée, hors d'haleine. Les deux inspecteurs se sont tournés et l'ont saluée d'un signe de tête.

« Bonjour, Grace, a dit Links. Merci d'être venue aussi vite. » Il s'est retourné vers moi. « Ceci doit vous paraître très bizarre. Quelqu'un vous a sélectionnée. Nous ne savons pas pourquoi. Nous ne connaissons pas l'identité de cette personne, nous n'avons pas la moindre information à son sujet. Mais nous vous avons vous. Nous ne pouvons pas examiner sa vie, mais nous pouvons analyser la vôtre. »

Un mélange de crainte et d'irritation m'a soudain envahie. Toute cette histoire devenait bien pesante. « Comment ça, examiner ma vie ?

— Voici le Dr Grace Schilling. C'est une éminente psychologue qui s'est spécialisée dans l'étude des comportements psychiques de... eh bien, des gens qui font ce genre de chose. Je vous serais très reconnaissant de bien vouloir lui parler. »

J'ai regardé le Dr Schilling. Je m'attendais à la voir rougir ou sourire sous les flatteries de Links. Mais il n'en a rien été. Elle me regardait, les yeux plissés. J'ai soudain éprouvé l'impression d'être un spécimen épinglé sur un bristol.

« Mrs Hintlesham, a-t-elle dit. Pourrions-nous aller dans un coin tranquille ? »

J'ai balayé la pièce du regard.

« Pour autant que ça soit possible dans les circonstances présentes », ai-je répondu, un sourire forcé aux lèvres.

3

« Désolée pour le chantier. » C'est en zigzaguant entre les cartons sur la pointe des pieds que nous avons pu atteindre un canapé. « Dans vingt ans, ceci devrait ressembler à un salon. »

Elle s'est débarrassée de sa veste de lin froissée avant de s'asseoir dans un vieux fauteuil de rotin très inconfortable. Grande et mince, elle avait les cheveux blond foncé, les doigts longs et fins. Elle ne portait pas de bagues.

« Merci de m'accorder un peu de votre temps, Mrs Hintlesham. » Elle a enfilé une paire de lunettes, un modèle à monture invisible, puis sorti de son sac un bloc-notes ainsi qu'un stylo et griffonné quelque chose en haut de la première page. Elle l'a souligné d'un trait.

« En fait, je n'ai pas beaucoup de temps à vous consacrer. Je suis très occupée, comme vous pouvez le voir. Je dois régler un tas de problèmes avant que les garçons ne rentrent de l'école. » Je me suis assise, lissant ma jupe sur mes genoux. « Désirez-vous un café, une tasse de thé ou une boisson quelconque ?

— Non, merci. Je vais tenter de faire au plus vite. Je voulais que nous nous rencontrions. »

Je me sentais agitée. Je n'étais pas tout à fait sûre de comprendre ce qui se passait, mais elle avait l'air tellement sérieuse.

« Pour être tout à fait franche, j'ai l'impression que la police a un peu forcé la dose, vous ne trouvez pas ? Après tout, ce n'est qu'une lettre idiote. Je n'avais pas l'intention de les appeler au départ, et voilà que tout d'un coup on se croirait à Piccadilly Circus. »

Elle paraissait songeuse. À tel point qu'elle ne semblait pas vraiment prêter attention à ce que je disais.

« Non, a-t-elle répondu. Vous avez bien agi.

— Je suis tout à fait désolée, mais je n'arrive pas à me souvenir de votre nom. J'ai l'esprit comme une passoire. Un problème de sénilité précoce, j'imagine.

— Grace. Grace Schilling. Tout ceci doit vous paraître bien étrange.

— En fait, pas du tout. J'ai déclaré à la police qu'à mes yeux ce n'était qu'un canular. »

C'était le Dr Schilling qui portait un tailleur et arborait un bloc-notes ; c'était elle le médecin professionnel. Pourtant, la voilà qui s'agitait dans son fauteuil l'air mal à l'aise, comme si elle ne savait pas tout à fait quoi dire. Certes, il n'y a pas plus inconfortable que cet épouvantable fauteuil, mais il n'en reste pas moins que je ne comprenais pas où elle voulait en venir.

« Je ne souhaite pas vous faire un cours de psychologie. Je veux juste faire mon possible pour vous venir en aide. » Elle a marqué une pause, apparemment indécise. « Écoutez, vous le savez bien, il y a des hommes qui attaquent des femmes au hasard. Cette lettre que vous avez reçue constitue à l'évidence un phénomène tout à fait différent.

— Je le vois bien.

— Il vous a vue. Il vous a choisie. Je me demande si cette personne est proche de vous. Il dit que vous sentez bon. Que vous avez une peau superbe. Quelle sensation cela provoque-t-il en vous ? »

J'ai éclaté d'un rire un rien gêné mais elle a gardé son sérieux. Elle s'est avancée vers moi pour me regarder. « C'est vrai que vous avez une très belle peau. »

Ce n'était pas un compliment de sa part, simplement une observation scientifique intéressante.

« Heureusement, avec le mal que je me donne. J'utilise une crème spéciale.

— Vous rendez-vous souvent compte que les gens vous trouvent attirante ?

— Quelle question ! Je ne vois pas en quoi ceci pourrait vous venir en aide. Voyons. Certains des amis de Clive sont d'affreux dragueurs. J'imagine qu'il y a des hommes qui me regardent, comment dire, de cette façon qu'ont les hommes de le faire. » Grace Schilling n'a pas dit un mot, elle s'est contentée de me regarder avec cette expression calme et légèrement inquiète sur le visage. « J'ai presque quarante ans, pour l'amour du ciel ! » me suis-je exclamée pour rompre le silence, plus fort que je ne l'avais souhaité.

« Travaillez-vous ?

— Pas comme vous l'entendez, ai-je répondu, presque belliqueuse. Je n'ai pas de métier contrairement à vous. J'ai des enfants, et cette maison. » Prends ça, me suis-je dit, non sans quelque satisfaction. « J'ai arrêté de travailler quand je me suis trouvée enceinte de Josh, il y a quinze ans. Clive et moi étions convenus dès le départ que je devais quitter mon travail. J'étais mannequin. Pas comme vous l'imaginez sans doute. Mannequin pour les mains. »

Elle a eu l'air interloquée.

« Les mains ?

— Vous savez, dans les publicités pour les vernis à ongles entre autres où on ne voit qu'une main géante. Du début au milieu des années quatre-vingt, une grande partie de ces mains étaient les miennes. »

Nous avons toutes les deux baissé les yeux vers mes mains qui reposaient sur mes genoux. Je fais de mon mieux pour les entretenir : une fois par semaine une manucure prend soin de mes cuticules, je leur applique cette lotion coûteuse que j'utilise depuis toujours et je ne lave jamais rien sans mettre des gants. Mais elles ne sont plus tout à fait comme autrefois. Elles sont plus potelées, pour commencer. Je n'arrive plus à retirer ma bague de fiançailles ni mon alliance, même pas avec du beurre.

Le Dr Schilling a souri pour la première fois. « C'est un peu comme si quelqu'un était tombé amoureux de vous. De loin. Comme dans un conte. Ou bien quelqu'un qui se trouve près de vous. Il peut s'agir d'un homme que vous n'avez jamais vu ou de quelqu'un que vous croisez tous les jours. Il pourrait être utile que vous réfléchissiez à tous les hommes que vous rencontrez.

Demandez-vous si l'un d'eux agit de façon étrange ou inappropriée à votre égard. »

J'ai émis un grognement. « Mes garçons, pour commencer.

— Peut-être pourriez-vous me décrire votre vie.

— Oh, mon Dieu ! Vous voulez dire une journée typique ?

— Je veux me faire une idée de ce qui est important pour vous.

— C'est ridicule. Vous n'arriverez jamais à attraper quelqu'un en découvrant ce que je pense de ma vie. » Elle a gardé le silence mais cette fois-ci je l'ai battue à son propre jeu. Je me suis contentée de lui rendre son regard. En fond sonore, j'ai entendu un grand bruit, comme si quelqu'un avait fait tomber un objet très lourd. Sans doute un policier balourd.

« Vous passez beaucoup de temps avec vos enfants ?

— Je suis leur mère, non ? Même si parfois j'ai l'impression d'être leur chauffeur. Un chauffeur sans salaire.

— Et avec votre mari ?

— Clive est très occupé. Il est... » Mais je me suis interrompue. Pourquoi devrais-je tenter d'expliquer en détail à cette femme un phénomène que je ne comprenais pas moi-même. « Je le vois très peu ces derniers temps.

— Vous êtes mariés depuis combien de temps ? Quinze ans ?

— Oui. Ça fera seize ans cet automne. » Mon Dieu, cela faisait-il si longtemps ? J'ai laissé échapper un soupir involontaire. « J'étais très jeune.

— Diriez-vous que vous formez un couple heureux, soudé ?

— Je ne vous en dirai rien du tout.

— Jenny. » Elle s'est penchée vers moi. J'ai un instant cru avec horreur qu'elle allait me prendre la main de cette façon contrite et attentionnée qui m'aurait rendue malade. « Il y a un homme dehors qui déclare vouloir vous tuer. Si ridicule que cela puisse paraître, nous devons prendre la menace au sérieux. »

J'ai haussé les épaules. « Nous formons un couple marié, tout simplement. Je ne sais pas ce que vous attendez de moi. Nous avons des hauts et des bas, des querelles imbéciles, comme tout le monde.

— Avez-vous parlé de la lettre à votre mari ?

— L'inspecteur m'a demandé de l'appeler. J'ai laissé un message à son bureau. Il rappellera. »

Elle m'observait comme si elle pouvait me voir en transparence. Cela me mettait mal à l'aise. Une longue pause s'est installée.

« Jenny, a-t-elle fini par dire. Je sais ce que vous ressentez, ou ce que vous allez ressentir, cette impression d'être violée dans votre intimité. Le pire, c'est que certains de nos efforts pour vous venir en aide vont vous faire l'effet d'une véritable violation. Mais il y a des choses que je dois savoir. » Elle a embrassé du regard le chaos dans lequel se trouvait la maison puis esquissé de nouveau son sourire entendu. « Considérez-moi comme un arpenteur qui fait le tour de la maison à la recherche d'éventuelles sources d'humidité.

— Parlons-en ! » ai-je répondu avec une aigreur feinte.

Elle s'est une nouvelle fois penchée vers moi. « Votre mari vous a-t-il été infidèle ?

— Comment ? ! »

Elle a répété la question, comme si elle ne comportait rien que de bien naturel.

Je l'ai fixée, sentant la rougeur me monter au front. Une migraine s'annonçait. « Il me semble que vous feriez mieux de le lui demander », ai-je répondu, aussi froidement que possible.

Elle a inscrit quelque chose sur son bloc-notes. « Et vous ?

— Moi ? me suis-je esclaffée. Enfin, soyez sérieuse. Quand voulez-vous que je trouve le temps de me permettre une aventure, si tant est que j'en aie le désir, à moins que ce ne soit avec le jardinier, un ouvrier, ou encore mon professeur de tennis. Je ne vois pratiquement personne d'autre. Écoutez, vous me dites que vous vous contentez de faire votre travail et que vous avez besoin de me poser toutes ces questions, mais franchement, je crois que vous en avez assez fait. À présent, j'aimerais poursuivre ma journée, ou du moins ce qu'il en reste.

— Trouvez-vous ces questions indiscrètes ?

— Bien sûr. Je sais que c'est une position vieux jeu, mais j'aime que la vie privée le demeure. »

Elle s'est enfin levée mais elle n'en avait pas encore tout à fait fini. « Jenny », a-t-elle repris. Je n'aimais pas la façon qu'elle avait de m'appeler sans cesse par mon prénom. Je ne l'avais pas autorisée à le faire. Elle me faisait l'effet d'un représentant d'assurances, toujours à glisser son pied dans la porte. « Tout ce que je veux, tout ce que nous voulons tous, c'est mettre fin à cette histoire et disparaître de votre vie. S'il vous revenait quoi que ce soit qui vous paraisse un tant soit peu significatif, informez-en la police ou tenez-moi au courant. Laissez-nous décider de ce qui est ou n'est pas important. Ne soyez pas gênée de faire appel à nous, d'accord ? »

On aurait presque dit qu'elle m'implorait. Je me suis sentie mieux, plus en charge des événements.

« D'accord. Je vais me creuser les méninges.

— Faites-le. » Elle s'est tournée vers la porte. « Et puis, Jenny...

— Oui ? »

Elle a hésité, puis s'est ravisée. « Non, rien. Prenez soin de vous. »

Plus tard, ils se sont tous retirés, à l'exception de ce Stadler, l'homme aux regards langoureux. Il m'a dit qu'ils allaient ouvrir mon courrier le lendemain matin, par simple précaution.

« Histoire de vous éviter de nouveaux chocs désagréables. » Son sourire a dangereusement frôlé le rictus sarcastique. Non mais quel toupet ! Je l'ai gratifié d'un regard froid. « Et puis, a-t-il ajouté comme s'il venait d'y penser, nous allons laisser deux policiers en faction devant la maison.

— La plaisanterie va un peu loin, ai-je remarqué.

— Ce n'est qu'une précaution. » Il employait à présent un ton réconfortant, celui qu'on utilise pour les animaux. « Et pendant la journée une femme policier restera auprès de vous la plupart du temps. » Il a souri. « Ceci vous garantira une belle continuité. »

J'ai ouvert la bouche pour protester, mais tout

ce qui me venait à l'esprit était obscène, de sorte que je me suis contentée de le fixer.

« Elle est déjà là. Un petit instant. » Il s'est dirigé vers la porte. « Lynne ! Lynne, vous pouvez venir une seconde ? Mrs Hintlesham, je vous présente l'agent Burnett. Lynne, Mrs Hintlesham. »

Elle n'était pas beaucoup plus grande que moi mais elle était bien plus jeune, en revanche, presque assez pour être ma fille. Elle avait les cheveux châtain clair, les cils pâles et une tache de naissance sur la joue gauche qui donnait à croire qu'elle venait de recevoir une gifle juste avant d'entrer dans la pièce. Elle m'a souri mais je ne lui ai pas rendu la pareille. « Je ferai en sorte de ne pas vous déranger, a-t-elle dit.

— J'espère bien », ai-je sèchement rétorqué. Sur ce, je leur ai tourné le dos sans ménagement jusqu'à ce qu'ils aient tous deux quitté la pièce et que je me sois retrouvée enfin seule.

La cuisine était pleine de tasses vides, à quoi s'ajoutaient quelques mégots de cigarettes jetés devant la porte donnant sur le jardin. La moindre des choses aurait été qu'ils fassent le ménage derrière eux, me semblait-il. J'ai une nouvelle fois tenté de joindre Clive, mais il n'était toujours pas disponible.

Lena est revenue accompagnée de Chris et de Josh qu'elle était allée chercher à l'école. Il était entendu qu'Harry serait ramené par une autre maman après son entraînement de football. J'ai parlé à Josh en termes vagues et rassurants d'un mot stupide que j'avais reçu et de la présence de policiers devant la maison. J'avais cru qu'il se montrerait un peu inquiet, ou bien impressionné.

Mais il s'est juste appuyé contre la porte de la cuisine en se mâchonnant la lèvre inférieure puis il a haussé les épaules avant de s'enfuir dans sa chambre en emportant deux sandwiches au beurre de cacahuète et une brique de lait. Je ne sais pas où va se loger toute cette nourriture.

Je préfère ne pas songer à ce qu'il fabrique dans sa chambre. Il ferme les rideaux, après quoi s'en échappe une musique tonitruante ponctuée de bips et des couinements de ses horribles jeux vidéo, plus des relents d'encens, sans doute pour masquer l'odeur des cigarettes qu'il fait entrer en douce à la maison. Je fais en sorte que ce soit toujours Mary qui y fasse le ménage et lui change ses draps. Je n'y pénètre jamais, me contentant de lui crier derrière la porte de faire ses devoirs, ses exercices de saxophone, de baisser la musique, de descendre son linge sale. Il s'est mis à grandir tout d'un coup. Sa voix a mué, il a de petits boutons sur le front ainsi que quelques poils soyeux sur la lèvre supérieure. Et il est si grand... Beaucoup plus que moi. Il exhale cette étrange odeur, cette odeur d'homme, sous la couche de lotions et de gels que lui et ses amis semblent porter. Ce n'était pas le cas à notre époque.

Christo était trop petit pour comprendre, bien entendu. Je ne lui ai rien dit, j'ai juste pressé contre moi son petit corps spongieux. C'est mon bébé à moi.

Puis je me suis rendue chez le brocanteur qui venait de fermer, ce qui fait que je n'ai pu récupérer mes crochets. Il ne manquait plus que ça.

Clive a téléphoné pour dire qu'il rentrerait tard. Du coup, après le retour d'Harry j'ai mis Christo au lit et lui ai raconté une histoire, puis j'ai dîné en compagnie de Josh et Harry. Nous avons pris des lasagnes que j'avais sorties du congélateur dans l'après-midi, accompagnées de petits pois, le tout suivi d'une glace arrosée de sauce au chocolat pour le dessert. Aucun de nous ne s'est montré très prolixe. Je les ai regardés enfourner leurs portions comme s'il s'agissait d'une recharge énergétique. Je n'ai pas avalé grand-chose. Il faisait trop chaud.

Les garçons sont repartis dans leur chambre ; en conséquence, je me suis servi un verre de vin blanc puis je suis allée m'asseoir en bas devant la télévision pour feuilleter des magazines. Nous avions besoin d'une table de salon. Je savais ce que je cherchais, une table en bois foncé au grain apparent, longue et simple, comme celles que l'on trouve dans les réfectoires. J'en avais récemment vu une qui me plaisait bien : le plateau était incrusté de petites mosaïques de bois de teintes différentes, formant des motifs semblables à des dessous de verre. Jeremy avait déclaré qu'il me fallait d'abord trouver les chaises parfaites, c'était toujours ça le plus délicat. Il m'avait parlé d'un de ses clients qui avait attendu huit ans avant de tomber sur les chaises de ses rêves. Je lui avais répondu que je n'avais pas cette patience.

Clive n'était toujours pas rentré. De la chambre de Josh me parvenait un martèlement de basse assourdissant occasionné par l'épouvantable musique électronique qu'il affectionne. Je suis allée tirer les rideaux, ce qui m'a permis d'apercevoir les deux policiers assis dans leur voiture. Il faudra que nous donnions un dîner dès que nous aurons acheté la table, me suis-je dit. Je pourrais mettre ma robe noire et le tour de cou avec des diamants que Clive m'avait offert pour notre quinzième anniversaire de mariage. Je suis allée chercher un livre de cuisine dont j'ai feuilleté les pages consacrées aux recettes estivales. Nous pourrions commencer par un apéritif au champagne. Puis une soupe glacée au concombre et au cerfeuil, du thon parfumé à la coriandre, un sorbet à l'abricot, un vin blanc frais, sur la table des roses pêche du jardin, celles que Francis avait plantées à notre arrivée. J'ai posé mon verre contre mon front. Il faisait si chaud...

J'ai entendu la clé tourner dans la serrure. Clive m'a embrassée dans le cou. Il avait la mine grise de fatigue. « Bon sang, quelle journée !

— Il reste des lasagnes si ça te dit.

— Non, j'ai dîné avec des clients. »

Je l'ai regardé : un costume gris charbon de prix, des chaussures noires bien cirées, une cravate gris et violet que je lui avais offerte pour Noël, un soupçon de ventre sous sa chemise blanche repassée avec soin, quelques filets grisonnants dans ses cheveux noirs, un début de double menton à peine perceptible, des rides soucieuses qui commençaient tout juste à creuser son haut front. C'était un homme distingué. Étrangement, il m'avait toujours paru à son meilleur avantage quand il franchissait la porte tard le soir, l'air épuisé. Au petit matin il était pressé, pinailleur, irritable, distrait, avant de passer son masque d'avocat et de se diriger vers la porte. Il a ôté sa veste, qu'il a soigneusement posée sur le dos d'une chaise, puis s'est enfoncé dans le canapé avec un soupir. Des cercles de transpiration ornaient ses aisselles. Je suis descendue à la cuisine d'où je suis remontée avec deux verres de vin blanc très frais. J'avais encore mal à la tête.

« J'ai eu une journée extraordinaire, ai-je remarqué.

— Ah oui ? » Il s'est débarrassé de ses chaussures d'un coup de pied, a desserré son nœud de cravate puis appuyé sur la télécommande pour changer de chaîne. « Raconte-moi. »

Je crains de lui avoir mal raconté la chose. Je n'ai pas réussi à lui transmettre l'impression étrange que je ressentais, ni combien la police avait pris l'incident au sérieux. Quand je me suis tue il a pris une gorgée de vin et s'est détourné de l'écran. « Eh bien, c'est agréable que quelqu'un apprécie ta peau, Jens. » Puis : « Je parie qu'il s'agit d'un tordu. Je ne veux pas voir une foule de policiers courir partout dans la maison.

— Certainement. C'est absurde, non ? »

4

Je ne descends jamais l'escalier avant de m'être maquillée, même pas le week-end. Ce serait comme me promener nue dans la maison. Dès que j'entends Clive sortir le matin, suivi du cliquettement de la porte d'entrée derrière lui, je me lève pour prendre ma douche. Je me frotte le corps avec une éponge spéciale pour me débarrasser de toutes les peaux mortes. Je m'assieds devant ma coiffeuse, dont Clive dit qu'elle paraît sortir de la caravane d'une starlette avec son miroir entouré d'ampoules impitoyables, et je m'examine. La veille, j'avais trouvé quelques cils gris dans mes sourcils. Je découvre des rides qui n'y étaient pas l'année précédente, d'horribles ridules au-dessus de ma lèvre supérieure, d'autres qui descendent vers les commissures de mes lèvres, donnant à mon visage un air avachi et déprimé quand je suis fatiguée, de légères poches sous mes yeux. Parfois mes yeux me brûlent, sans doute à cause de toute la poussière présente dans la maison. Je n'ai pas la moindre intention de me mettre à porter des lunettes, pas déjà.

Ma peau n'a plus l'éclat de la jeunesse, quoi

qu'en dise cet imbécile qui m'a écrit la lettre. Autrefois, j'avais une belle peau. La première fois que Clive m'a vue, il m'a déclaré que j'avais une peau de pêche. Mais c'était il y a longtemps. Il ne me fait plus ce genre de compliment à présent. Je songe parfois qu'il est plus important de dire ces fadaises quand elles ne sont pas vraies. À me regarder dans la glace, j'ai parfois l'impression que ma peau a aujourd'hui la texture d'un pamplemousse.

L'autre jour, quand j'ai enfilé ma robe verte pour me rendre à la fête de l'école, il m'a dit de mettre quelque chose de moins embarrassant pour les enfants.

Je m'assure qu'aucun poil disgracieux n'apparaît entre mes sourcils ni, pire encore, sur mon menton, puis je commence par le fond de teint que je mélange à une crème hydratante afin qu'il glisse mieux sur la peau. Ensuite j'applique ce merveilleux dissimulateur de rides de part et d'autre de mon nez ainsi que sous mes yeux. C'est mon amie Caro qui m'en a parlé. C'est terriblement onéreux. Il m'arrive parfois de calculer combien d'argent je porte sur la figure. Le jour, tout doit être invisible. Une minuscule touche de poudre beige sur les yeux, un soupçon d'eye-liner, un mascara qui ne colle pas les cils, peut-être du brillant à lèvres. Après ça, je me sens mieux. J'aime le visage qui me regarde dans la glace, un petit visage lumineux, prêt à affronter le monde.

La journée a démarré par un petit déjeuner épouvantable, comme d'habitude. Au milieu du brouhaha, j'ai entendu quelqu'un frapper à la porte. C'était l'agent Burnett, sauf qu'aujourd'hui elle était en vêtements civils. Elle portait une jupe grise et un chemisier bleu sous un pull en laine. Elle avait l'air assez chic, dans un genre négligé, mais pour une raison inconnue je me suis sentie agacée à l'idée que c'était ce qu'elle avait mis pour aller traîner chez Mrs Hintlesham. Histoire de se fondre dans le décor, sans aucun doute. « Vous pouvez m'appeler Lynne », m'a-t-elle proposé. C'est ce que tout le monde me dit. Tout le monde se montre amical. J'aurais préféré qu'ils se contentent de faire leur travail. Elle m'a annoncé que sa première mission serait de vérifier mon courrier au moment où il arrivait.

« Vous allez également goûter mes plats ? » ai-je ironisé.

Elle a rougi, ce qui fait que sa tache de naissance est devenue livide. Le téléphone a sonné. C'était Clive, déjà au bureau. J'ai commencé à lui décrire la situation mais il m'a interrompue pour me dire que Sebastian et sa femme viendraient dîner samedi.

« Mais nous n'avons pas de table ! ai-je protesté. Et nous n'avons qu'une moitié de cuisine.

— Jens, le dossier que nous mettons sur pied pour l'OPA du mois prochain fait plus de deux mille pages. Si je peux coordonner ça, j'estime que tu dois bien pouvoir organiser un dîner pour un client.

— Bien sûr, je vais m'en occuper, mais je disais simplement que... » Mary est entrée armée d'un balai et s'est mise à nettoyer ostensiblement autour de l'endroit où je me tenais. Le temps que je reprenne la conversation, Clive avait raccroché. J'ai reposé le téléphone et, quand je me suis retournée, Lynne était toujours là, bien sûr.

Certes, c'était une évidence, mais j'en ai éprouvé une pointe de déception malgré tout. Quelque chose en moi avait espéré qu'elle aurait disparu, comme une mauvaise migraine. Au contraire, ce coup de téléphone avait réveillé mon mal de tête et j'étais toujours flanquée de Lynne.

« Je sors parler à mon jardinier, ai-je déclaré d'une voix glaciale. J'imagine que vous allez vouloir le rencontrer.

— En effet. »

Avec sa longue natte sur le dos, Francis peut donner l'impression d'être plus à sa place dans une caravane de romanichels en route vers Stonehenge que dans un jardin londonien ; mais en fait, c'est un véritable génie. À dire vrai, son père était un personnage très haut placé dans la marine. Il avait même fréquenté l'académie militaire de Marlborough dans sa jeunesse. En plissant les yeux, on pourrait l'imaginer travaillant dans la City comme Clive, sauf qu'en plus de son mètre de cheveux il a également la peau terriblement brune ainsi que ces bras forts et sinueux qu'on attrape à force de promener de lourdes brouettes toute la journée. D'aucuns diront sans doute qu'il est assez beau. Je ne veux rien savoir de sa vie personnelle, que j'imagine relativement remplie, mais il est une des rares personnes en qui j'ai une confiance absolue.

Je l'ai présenté à Lynne, qui a rougi. Il faut dire que ça semblait une habitude.

« Lynne est ici parce que j'ai reçu une lettre d'un dérangé. »

Francis a paru décontenancé et il y avait de quoi. « Et Francis va travailler ici à plein temps jusqu'au mois prochain, au moins.

— Qu'est-ce que vous faites ? » a demandé Lynne.

Francis s'est tourné vers moi. Je lui ai fait un petit signe d'acquiescement. Il a haussé les épaules. « Nous avons commencé par couler du béton et des graviers dans une benne. Ensuite nous avons apporté de la terre. À présent nous en sommes au terrassement, nous traçons des allées.

— Vous faites tout ça tout seul ? »

Francis a souri.

« Bien sûr que non, ai-je répondu. Francis emploie cette armée de garçons perdus qui viennent travailler pour lui quand il a besoin d'eux. Il existe toute une mouvance souterraine de jardiniers qui se promènent dans Londres. Ils fourmillent dans la ville comme les pigeons ou les renards. »

J'ai osé un coup d'œil nerveux dans sa direction. Peut-être étais-je allée trop loin. Les gens peuvent être tellement susceptibles... Mais Lynne a sorti son carnet. Elle a commencé à demander des précisions sur ses heures de présence, puis elle l'a bombardé de questions concernant la clôture et les accès à la maison. Elle a inscrit les noms de tous les ouvriers occasionnels qu'il employait.

Tout bien considéré, ça allait être un soulagement de quitter la maison, si tard soit-il. Du moins c'est ce que j'avais cru, avant que Lynne ne m'informe qu'elle allait m'accompagner.

« Vous n'êtes pas sérieuse ?

— Désolée, Jenny. » Oui, elle m'appelle Jenny, même si je ne l'ai pas autorisée à le faire. « Nous ne sommes peut-être pas d'un grand soutien, mais pour ce qui est d'aujourd'hui, je dois ne pas vous quitter d'un pas. »

J'étais sur le point de me fâcher quand la sonnerie de l'entrée s'est fait entendre. C'était Stadler, du coup je me suis directement adressée à lui. Il s'est contenté de me gratifier de son sourire officiel.

« C'est pour votre propre sécurité, Mrs Hintlesham. Je suis juste venu voir comment les choses se passaient et faire quelques vérifications de routine. Avez-vous quelque objection à ce que nous surveillions vos appels téléphoniques ?

— Qu'est-ce que ça impliquerait ?

— Rien qui doive vous préoccuper. Vous ne vous apercevrez de rien.

— Alors d'accord, ai-je grommelé.

— Nous voudrions établir une liste des gens avec qui vous avez des contacts. Cela signifie que, demain par exemple, j'aimerais que Lynne et vous passiez en revue des choses comme votre carnet d'adresses, votre agenda, vous voyez ce que je veux dire. Vous êtes d'accord ?

— C'est vraiment nécessaire ?

— Plus tôt nous serons efficaces, plus vite nous pourrons résoudre cette affaire. »

J'avais presque oublié ma colère. Je ne ressentais plus à présent qu'un léger dégoût.

Je me suis d'abord arrêtée chez le brocanteur pour mes crochets en cuivre. J'ai failli acheter une série de vitraux provenant d'une vieille église mais je me suis ravisée au dernier moment. Au moins, Lynne ne m'a pas accompagnée dans le magasin.

Par contre elle m'a suivie dans les boutiques de

Hampstead, ou du moins m'a-t-elle attendue près de la porte en jetant des regards neutres dans les vitrines pleines de vêtements. Dieu seul sait ce que les vendeuses ont pu imaginer à son sujet. J'ai fait semblant de ne pas la connaître. Il me fallait quelque chose pour samedi. J'ai emporté une brassée de tenues dans la cabine d'essayage, mais quand j'en suis sortie vêtue d'un caraco rose cousu de perles pour me voir dans la glace, j'ai aperçu le visage de Lynne qui me regardait derrière la vitrine. J'ai quitté le magasin sans rien prendre.

« Vous avez trouvé ce que vous cherchiez ? » m'a-t-elle demandé au moment de repartir. Comme si nous étions deux amies en train de faire du shopping ensemble.

« Je ne cherchais rien de particulier », ai-je sifflé.

J'ai fait un arrêt rapide chez le boucher pour acheter les saucisses que les garçons aiment tant, puis j'ai traîné chez l'antiquaire d'à côté. J'avais l'œil sur un miroir orné d'un cadre doré qu'il avait en magasin. Il coûtait 375 livres, mais je pensais que j'arriverais peut-être à en faire baisser le prix. Il irait parfaitement dans l'entrée, une fois que nous l'aurions fait repeindre.

J'avais pris des dispositions pour déjeuner avec Laura. Du coup, après avoir été chercher les étiquettes brodées au nom de Christo pour son uniforme de Lascelles, j'ai repris le volant pour descendre en direction du centre, la voiture de Lynne gravée dans mon rétroviseur. Laura m'attendait déjà. Ce qui aurait dû être un moment de détente s'est avéré peu amusant. Lynne est restée assise dans sa voiture à manger un sandwich. Je l'ai aperçue tandis que je promenais une fourchette lasse dans ma salade de roquette et de poivrons rouges grillés. Elle lisait un livre de poche. Si un homme entrait dans la salle armé d'une hache, elle ne lèverait sans doute même pas les yeux. Je n'arrivais pas vraiment à me concentrer sur ce que Laura me racontait. J'ai coupé court au repas, prétextant que je devais filer.

Tony, sur Primrose Hill, fut l'étape suivante. D'ordinaire, j'adore me faire coiffer. Me retrouver dans ce petit salon plein de miroirs et de tables roulantes métalliques jonchées de lotions colorées me donne l'impression d'être dorlotée, enveloppée d'un mélange de vapeurs et de parfums, au milieu du crépitement sec et charmant de ciseaux s'enfonçant dans les mèches de cheveux.

Mais aujourd'hui rien n'y faisait. J'avais chaud, j'étais irritable, de triste humeur. J'avais la tête qui me lançait et mes vêtements me collaient à la peau. Je n'ai pas aimé mon visage après ma nouvelle coupe de cheveux, elle générait un effet d'optique étrange qui me faisait le nez trop long et le visage trop osseux. Dans les encombrements du retour, je me suis sentie submergée par une espèce de rage qui me poussait à faire vrombir le moteur d'impatience à chaque feu rouge. Lynne est restée tranquillement derrière moi. Parfois, quand elle était près, je distinguais ses taches de rousseur dans le rétroviseur. J'ai tiré la langue à l'intention de son reflet, sachant qu'elle ne pouvait pas me voir.

Elle a passé le reste de la journée à me suivre comme un chien fidèle, le genre de cabot qu'on a envie de frapper. Elle m'a suivie quand j'ai emmené Chris jouer avec un de ses copains qui vivait plus bas dans la rue, un petit gringalet du nom de Todd. Quel genre de mère donne un nom pareil à son fils ? Puis j'ai dû aller chercher les garçons parce que Lena ne travaillait pas ce soir. Les mercredis sont toujours un cauchemar. Josh fait partie du club d'informatique de l'école qui se réunit après les heures de classe dans un Algeco empestant les odeurs de pieds. En général, quand je viens le chercher, il est acoquiné avec un autre garçon appelé Scorpion ou Crotale ou quelque autre surnom imbécile. Josh se faisait appeler Ganymède jusque récemment, mais la semaine dernière il a décidé que c'était trop efféminé, de sorte qu'il s'appelle maintenant Éclipse. C'est son mot de passe. Son meilleur copain se fait appeler Horreur, sans H : Orreur. Ils sont terriblement sérieux à ce sujet.

Mais ce soir-là Josh était avachi sur une chaise, tandis que le jeune homme plutôt charmant qui vient leur faire cours toutes les semaines était accroupi à ses côtés en train de lui parler avec intensité. Il m'est revenu à l'esprit que, lors de notre première rencontre quelques semaines plus tôt, il m'avait informée que tout le monde dans le club l'appelait Hacker. Devant ma moue sans doute, il m'avait précisé que ce n'était pas son vrai nom mais que je pouvais l'appeler Hack. « Vous n'allez pas me dire que c'est ça votre véritable nom ? » avais-je rétorqué, mais il s'était contenté de rire.

Tous les garçons étaient encore en uniforme mais Hack portait un vieux jean déchiré ainsi qu'un T-shirt barbouillé de signes japonais. Il était très jeune lui aussi, avec de longs cheveux bruns bouclés. Il aurait presque pu passer pour un élève de terminale. J'ai d'abord cru que Josh avait eu un accident, qu'il saignait du nez, mais quand je me suis approchée ils ont tous les deux levé les yeux et j'ai vu qu'il avait pleuré. Il avait lcs yeux cernés de rouge. Cette image m'a troublée. Je ne me rappelais pas la dernière fois que j'avais vu mon fils pleurer. Ça lui donnait l'air beaucoup plus jeune, plus vulnérable.

Comme il est maigre, comme il est pâle, ai-je songé, avec son front bombé et sa pomme d'Adam proéminente !

« Josh ! Tu vas bien ? Qu'est-ce qu'il y a ?

— Rien. » Son ton trahissait plus la colère que la tristesse. Il s'est brusquement levé. « Je te verrai à la rentrée, en septembre, Hack. »

Hack. Non mais vraiment ! Pas étonnant que Josh soit dans un tel état.

« À moins que je ne te perde. Pour un amour de vacances, a répondu Hack.

— Comment ? ai-je rétorqué.

— C'est une chanson.

— Est-ce que tout va bien ?

— Comment ? Oh, ça ? Il a levé la main en direction de Josh. Ce n'est rien, Mrs Hintlesham.

— Jenny, ai-je corrigé, ainsi que je le fais chaque semaine. Appelez-moi Jenny.

— Désolé. Jenny.

— Il a l'air chamboulé. »

Hack n'a pas eu l'air troublé. « C'est sans doute l'école, l'été, tout ça. En plus il vient d'avoir un plantage d'écran.

— Il est peut-être en hypoglycémie.

— Ouais, c'est ça. Donnez-lui du sucre, Jenny. »

J'ai levé les yeux vers Hack. Je n'arrivais pas à savoir s'il se moquait de moi.

Harry se trouvait à l'autre bout de l'école, dans le grand hall venteux qui sert de théâtre une fois par an pour la représentation de l'école. Quand Josh et moi avons pénétré dans les lieux, il était debout sur le côté de la scène, vêtu d'une robe jaune qu'il avait passée par-dessus son pantalon, un boa de plumes autour du cou. Il était écarlate. Cette vision a semblé considérablement égayer Josh. Sur la scène se trouvait un groupe de garçons habillés de couleurs bigarrées, dont un ou deux portaient également des robes.

« Harry ! » a crié un homme pourvu d'une petite moustache et d'une tête en forme de petit plomb, aux cheveux coupés terriblement court. Il était sans doute gay. « Harry Hintlesham, c'est ton tour d'entrer en scène. Allez ! "Fâcheuse rencontre sous la lune, fière Titania." Tu es censé entrer au moment où Roley dit ces mots. »

Harry s'est avancé sur scène d'un pas chancelant, en trébuchant sur sa robe. « Comment, jaloux Oberon », a-t-il murmuré à mi-voix. Ses cheveux paraissaient collés par la sueur. « Fées, courez donc, j'ai de longtemps... »

« Accourez donc, a rugi l'homme à la moustache. Accourez, mon garçon, et pas courez, et puis parle plus fort pour l'amour du ciel. De toute façon la répétition est terminée, il est hors de question que les parents voient la pièce dans cet état. Elle ne sera pas prête avant Noël. Et à propos de parents, ta charmante maman est arrivée, Titania. Accours donc. Bonsoir, Mrs Hintlesham.

Vous éclairez notre pitoyable hall de votre présence.

— Appelez-moi Jenny. Bonsoir.

— Essayez de persuader votre fils d'apprendre ses répliques.

— Je vais faire de mon mieux.

— Et dites-lui de mettre du déodorant, s'il vous plaît. »

Elle est morte. Certes. Tel était mon souhait. Certes. Mais je me sens floué de son départ. Bien évidemment. Laisse tomber. Une autre femme. Encore une.

Elle met trop de maquillage. C'est comme un masque, lissé sur sa peau. Tout sur son visage étincelle, objet d'attentions : ses lèvres brillantes, ses cils noirs, sa peau crémeuse, ses cheveux nets et luisants. Elle est une image constamment retouchée, constamment polie. Une image présentée au monde. Elle ne peut pas se cacher de moi. J'imagine son visage dénudé. Les rides autour de ses yeux, de ses narines, de sa bouche ; ses lèvres pâles, douces, nerveuses.

Quand elle marche dans la rue, elle regarde sans cesse son reflet dans les vitrines, pour vérifier que tout est bien en place. Et c'est toujours le cas. Ses vêtements sont repassés, ses cheveux l'enserrent comme un chapeau. Elle a les ongles manucurés, colorés d'un rose pâle ; ses orteils ont la même couleur, dans ses sandales coûteuses. Elle a les jambes douces. Elle est propre, soignée, éclatante d'énergie. Elle sait ce qu'elle veut.

Pourtant je l'ai observée. Je vois au-delà de son sourire qui n'en est pas vraiment un, au-delà de son rire qui, si on l'écoute attentivement, très attentivement, s'avère forcé, fragile. Elle est comme une corde de violon tendue au point crissant de la rupture. Elle n'est pas heureuse. Si elle était heureuse, ou folle de peur, ou de désir, elle deviendrait belle. Elle serait libérée de sa coquille, elle révélerait sa véritable nature. Elle ne se rend pas compte qu'elle n'est pas heureuse. Moi seul je le sais. Moi seul je peux voir en elle et la libérer. Elle m'attend, enfermée hermétiquement à l'intérieur d'elle-même, encore inaccessible au monde.

Le destin me sourit. Je le vois bien maintenant. Au début, je n'avais pas compris que j'étais devenu invisible. Personne ne me voit. Je peux continuer encore et encore.

5

Il est très tard, presque minuit, mais il fait encore une chaleur indécente. J'ai bien ouvert les fenêtres en bas, mais le vent qui entre est chaud lui aussi, comme s'il venait de traverser un désert. Clive n'est pas rentré. Sa secrétaire, Jan, a téléphoné pour dire à Lena qu'il ne serait pas de retour avant très tard. Il est très tard maintenant et, en effet, il n'est pas encore rentré. Comme d'habitude je lui ai laissé des sandwiches au frigo. J'en ai moi-même mangé un, comme ça nous sommes quittes.

La maison est silencieuse à présent. Lena est sortie pour faire Dieu sait quoi, Dieu sait jusqu'à quelle heure. Les garçons dorment. Juste après onze heures j'ai fait un tour pour éteindre leurs lumières. Même Josh dormait, épuisé par les rigueurs d'une soirée passée au téléphone. Tout est prêt. J'ai commencé à faire les valises de Josh et de Harry qui prennent l'avion demain. La maison va être calme durant les quelques semaines qui viennent, pour différentes raisons.

Je ne suis pas particulièrement portée sur les boissons alcoolisées de manière générale. Clive s'y connaît très bien en vin, mais ce n'est pas quelque chose dont je me préoccuperais si ça ne tenait qu'à moi. Pourtant cette nuit-là il faisait une chaleur si étouffante et je me sentais un peu agitée, du coup l'idée d'un gin tonic m'est soudain venue. On aurait dit une publicité dans un magazine. J'imaginais une belle femme lascive, à la peau très bronzée, assise dans un environnement exotique, tenant une boisson si froide que son verre étincelle d'humidité. Elle transpire avec sensualité et entre chaque gorgée elle presse le verre froid contre son front. Elle est seule, mais on devine aisément qu'elle attend la venue d'un type hors du commun.

Bien sûr, je n'ai pas pu résister. Si incroyable que cela puisse paraître, il n'y avait pas de citron dans la maison à part une tranche toute sèche oubliée dans la porte du réfrigérateur, qui allait devoir faire l'affaire. Je me suis préparé le cocktail, puis j'ai été prise d'une envie de manger un petit quelque chose. Je n'ai rien trouvé d'autre qu'un de ces paquets de biscuits au fromage que je mets dans la boîte de pique-nique de Chris les jours où il va à l'école. Je me suis donc assise pour les manger, ce qui n'a pas pris plus d'une minute. J'ai presque eu un choc en découvrant alors que j'avais fini mon verre. J'y avais mis très peu de gin, en vertu de quoi il m'a semblé possible d'en préparer juste un second que j'ai emporté dans la salle de bains.

Je ne transpirais pas avec grâce et sensualité comme la fille dans ma publicité sur papier glacé. Mon chemisier était mouillé dans le dos. J'avais le soutien-gorge humide, des auréoles sombres suivaient les bords de mon slip. Ma peau était toute poisseuse. Je sentais l'odeur de ma transpiration. Il me semblait que j'allais me mettre à pourrir.

Le bain était chaud, mousseux, flou. Une fois à mi-chemin de mon deuxième verre, il m'a semblé que plus rien n'avait vraiment d'importance. Par exemple, en dépit du fait que j'avais versé une rasade de bain moussant très parfumé dans la baignoire, j'ai décidé de me laver aussi les cheveux, que j'ai rincés dans l'eau du bain sans même me doucher après. Ce n'est pas ma façon normale de me comporter. Ai-je mentionné qu'une deuxième lettre était arrivée ?

Juste après le repas avaient été livrés coup sur coup la bonne peinture enfin, et des radiateurs économes de place qui auraient dû être livrés un mois plus tôt. On aurait dit qu'une équipe de rugbymen faisait des allers et retours dans la maison. Une fois l'agitation passée, Lena avait trouvé une enveloppe qui m'était adressée sur le paillasson. Elle me l'avait apportée. J'avais compris d'emblée de quoi il s'agissait, mais je l'avais ouverte malgré tout.

Chère Jenny,

Vous êtes une belle femme. Mais pas quand vous êtes en compagnie de quelqu'un. Quand vous êtes seule, à marcher dans la rue. Vous vous mordez parfois la lèvre supérieure lorsque vous réfléchissez. Vous vous chantez des chansons à vous-même.

Vous vous regardez et je vous observe. Nous avons ça en commun. Mais un jour je vous regarderai quand vous serez morte.

Ça m'a donné un peu la chair de poule, mais j'éprouvais surtout de la colère. Non, pas de la colère, j'étais furieuse. Cela faisait plusieurs jours à présent, deux jours exactement, que Lynne rôdait dans les alentours, bien gentiment certes, à sa manière discrète, mais elle était toujours dans les parages, toujours un petit rien agaçante, un rien condescendante, un soupçon trop déterminée à ne pas s'offenser quand je lui parlais sèchement. Et puis il y avait la voiture de police garée dehors. Tous ces gens qui ne me quittaient pas des yeux, qui suivaient ma journée de près. Et voilà le résultat. Du coup, après avoir lu la lettre, je suis partie la trouver. Elle était au téléphone. Je me suis plantée devant elle à attendre jusqu'à ce qu'elle raccroche, gênée.

« J'ai là quelque chose qui devrait vous intéresser », ai-je dit en lui présentant la lettre.

Voilà qui lui a allumé une fusée sous les pieds. En à peine dix minutes Stadler s'est retrouvé assis dans ma cuisine, en face de moi, à me regarder.

« Sur le paillasson, dites-vous ? a-t-il murmuré.

— C'est là que Lena l'a trouvée, ai-je répliqué, acerbe. À l'évidence il a pris des dispositions personnelles pour distribuer son courrier. Pour être franche, j'en viens à me demander à quoi bon tout ce dérangement s'il peut continuer à venir jusqu'ici déposer une lettre en personne.

— C'est décevant », a répondu Stadler en se passant les mains dans les cheveux. Il est beau — et il le sait, disait autrefois ma grand-mère des hommes dans son genre, avec désapprobation. « Avez-vous vu quelqu'un s'approcher de la maison ?

— Ça n'a pas arrêté de la matinée. Il est passé beaucoup de monde.

— Avez-vous réceptionné d'autres paquets ?

— Oui, des tas.

— Pourriez-vous me décrire les gens qui vous ont livrée ?

— Je n'en ai pas rencontré un seul. Vous pouvez vous adresser à Lena à ce sujet. »

Je me suis affairée dans la cuisine, tandis que Stadler était assis à la table la mine sombre — pauvre petit.

« Dites-moi ce que vous faites à propos de cette histoire, ce que vous faites vraiment, ai-je repris.

— Ce que nous faisons ? a-t-il répété comme si la question n'avait pas de sens.

— Oui, vous savez bien. Pardonnez-moi si je suis bête, mais j'aimerais simplement que vous me l'expliquiez en détail, d'accord ? »

Il a posé la main sur la mienne. Je l'ai laissée là, chaude et lourde. « Mrs Hintlesham, enfin Jenny. Nous faisons tout notre possible. Nous procédons à des tests sur toutes les lettres, nous cherchons à savoir d'où vient le papier, nous examinons les empreintes digitales dans votre maison au cas où il serait rentré par effraction. Ainsi que vous le savez — il a tenté un sourire contrit, mais cela ne lui seyait pas — nous procédons à des vérifications auprès de tous vos amis, de vos connaissances ou de simples contacts, les gens qui travaillent ou ont travaillé pour vous, afin d'établir si possible une relation entre vous et la... enfin... les autres personnes qui ont été la cible de cet individu. Et puis, bien sûr, tant qu'il n'est pas sous les verrous, nous nous assurons que vous êtes en sécurité, bien protégée. »

J'ai retiré ma main. « Est-il vraiment utile de poursuivre tout ceci ?

— Comment ça ?

— Tout ce remue-ménage ridicule qui consiste à ouvrir mon courrier et à se promener chez moi ? »

Un long silence a suivi ma question. Stadler paraissait éprouver des difficultés à décider de sa réponse. Puis il a levé vers moi ses yeux très sombres, presque trop. « C'est une affaire à prendre au sérieux. Vous avez lu les lettres. Cet homme menace de vous tuer.

— Eh bien oui, j'admets qu'elles sont assez odieuses. Mais en vérité c'est bien le genre de chose qu'on doit supporter quand on habite Londres, de même que les coups de téléphone obscènes, la circulation, les crottes de chien sur les trottoirs, et j'en passe.

— Peut-être. Mais nous devons prendre cette histoire au sérieux. Je vais tenter d'entrer en contact avec l'inspecteur principal Links dans une minute, afin de lui suggérer — et je suis certain qu'il sera de mon avis — de rendre cet environnement plus sûr.

— Que voulez-vous dire ?

— Les travaux doivent cesser. Pour le moment du moins.

— Vous êtes fou ? » J'étais abasourdie. « Ces ouvriers ont une liste d'attente de six mois. Jeremy part pour l'Allemagne la semaine prochaine. Vous voulez voir mon dossier ? Ce n'est pas quelque chose que je peux arrêter comme ça d'un coup puis redémarrer quand ça vous chantera.

— Je suis désolé, Mrs Hintlesham, mais c'est indispensable.

— Pour qui ? Est-ce que ça va simplement vous soulager parce que vous ne faites pas votre travail correctement ? »

Stadler s'est levé. « Je suis désolé. Désolé que nous n'ayons pas attrapé ce cinglé. Mais c'est difficile. D'habitude, il y a une marche à suivre, nous frappons aux portes, nous cherchons des témoins. Mais quand un fou sélectionne quelqu'un au hasard, nous avançons dans le brouillard. On ne peut qu'espérer avoir de la chance. »

J'étais à deux doigts d'éclater de rire, mais j'ai observé un silence froid. Cet homme ridicule en appelait à ma compassion. Il voulait m'entendre dire : « Là, là... », parce que c'est si difficile d'être dans la police. J'avais envie de le foutre dehors, lui et toute sa clique.

« Ce que nous devons prendre en considération, a-t-il continué, c'est qu'il a proféré une menace sérieuse contre votre vie. Nous voulons l'attraper. Mais notre priorité, c'est votre sécurité. Il me semble que nous ne pouvons plus nous permettre de prendre des risques à ce propos. L'alternative, ce serait que vous déménagiez de cette maison pour vous installer dans un endroit plus protégé. »

Il m'avait semblé qu'un volcan s'apprêtait à entrer en éruption au fond de mon estomac. Cependant la deuxième perspective s'avérait encore pire, ce qui fait que j'ai donné mon accord, dans une espèce de fureur glaciale. Je lui ai demandé quand il souhaitait voir partir tous les ouvriers, à quoi il a répondu tout de suite, pendant qu'il était dans la maison. J'ai donc fait le tour du chantier d'un pas martial, comme un videur de boîte de nuit, pour mettre tout le monde dehors sans ménagement. Puis j'ai dû passer une heure épouvantable au téléphone à présenter des explications tronquées à des interlocuteurs effarés tout en tentant de prendre de vagues engagements pour l'avenir.

J'ai terminé mon gin tonic, je suis sortie du bain, puis je me suis enveloppée dans une grande serviette ample et douce. Il faisait si chaud dans la salle de bains embrumée que ma peau demeurait poisseuse en dépit de mes essuyages vigoureux. Je suis donc entrée dans la chambre. Les portes de la penderie étaient recouvertes de hauts miroirs qui auraient dû être démontés la semaine suivante. Je me suis postée devant l'un d'eux pour me regarder me sécher les cheveux puis le corps. Pourtant je me sentais encore moite dans la chaleur de cette soirée. Du coup, j'ai jeté la serviette par terre et je suis restée à me regarder. C'était une chose que je ne faisais presque jamais alors que j'étais nue, sans maquillage.

J'ai essayé d'imaginer quelle impression cela ferait de ne pas connaître ce corps, de le voir pour la première fois et de le trouver attirant. J'ai plissé les yeux, penché la tête sur le côté, mais l'effort m'a paru presque trop grand. Je suppose que c'est ce qui arrive dans tous les couples mariés après des années de vie commune, après les enfants et le reste, le travail : on finit par faire partie des meubles, c'est tout, par devenir un objet qu'on remarque à peine sauf quand il commence à se dégrader. C'est peut-être la raison pour laquelle d'autres éléments, je veux dire d'autres personnes, peuvent sembler plus attirants. J'ai tenté de me remémorer ce que j'avais ressenti quand Clive et moi nous étions regardés pour la première fois avec, comment dire, avec cet œil-là. Le plus drôle c'est que j'en ai été absolument incapable. Je me suis rappelé notre première fois. Dans notre premier appartement à Clapham. Je me souvenais de tous les détails. J'avais encore en mémoire la pièce de théâtre que nous étions allés voir avant, ce que nous avions mangé ensuite, même les vêtements que je portais ce soir-là, ces vêtements qu'il m'avait enlevés, mais l'impression qu'on ressentait à découvrir la peau de l'autre pour la première fois... il n'en restait plus rien.

Je n'avais eu qu'un petit ami sérieux avant Clive. Enfin, assez sérieux, en tout cas pour moi. C'était un photographe du nom de Jon Jones. Il est assez célèbre aujourd'hui. On peut voir son nom dans *Harper's Bazaar* ou dans *Vogue*.

Il avait réalisé une commande pour une publicité de vernis à ongles en utilisant mes mains, et une chose avait entraîné l'autre. J'étais assez nerveuse, en fait, à propos de la sexualité, enfin ce genre de choses. Je n'étais pas sûre de ce que je devais faire. Je m'étais montrée obéissante, pour l'essentiel. Je ne suis pas certaine de savoir à quel point cela s'était avéré excitant sur un plan technique, en tout cas le fait d'y repenser, de repenser à lui, l'était sans conteste.

J'étais comme plongée dans un rêve mais j'ai soudain pris conscience d'être nue dans ma chambre avec la lumière allumée. Les rideaux étaient ouverts. Les fenêtres aussi. Je me suis précipitée vers la fenêtre pour tirer les rideaux, cependant je me suis arrêtée. Qu'est-ce que ça pouvait faire, après tout, qu'on me regarde ? Était-ce si mal ? Je suis restée là quelques instants. Le vent chaud entrait dans la chambre. J'aurais donné n'importe quoi pour une brise fraîche. Il faisait trop chaud pour fermer la fenêtre, mais je me suis tournée pour éteindre la lumière. Cela revenait au même.

Je me suis allongée de dos sur le lit après en avoir retiré les couvertures. Même un drap aurait été insupportable. Je me suis touché le front, puis les seins. Je recommençais déjà à transpirer. J'ai fait glisser mes doigts sur mon ventre, entre mes jambes. J'avais chaud, j'étais humide. Je me suis doucement caressée en levant les yeux vers le plafond. Quelle impression cela ferait-il d'être regardée pour la première fois ? D'être désirée ? D'être voulue ? Être regardée. Désirée.

6

Les bagages, c'est ma spécialité. C'est toujours moi qui prépare la valise de Clive quand il doit partir quelques jours. Les hommes sont incapables de plier correctement leurs chemises. Bref, je me retrouvais à présent à faire la valise des garçons qui s'apprêtaient à s'envoler pour les espaces sauvages du Vermont rejoindre leur camp de vacances. C'était un collègue de Clive qui nous en avait parlé il y a des années ; il le tenait lui-même de l'ami d'un ami. Trois semaines d'escalade, de windsurfing, de soirées autour de feux de camp et, dans le cas de Josh, sans doute aussi trois semaines à reluquer des gamines vêtues de shorts riquiqui. C'est du moins ce que je lui avais dit tout en empilant avec soin les T-shirts, shorts, tenues de bain et pantalons dans sa valise. Il avait la mine renfrognée. « Tout ce que tu veux, c'est te débarrasser de nous », a-t-il marmonné.

Il ne s'exprime plus aujourd'hui que dans un bougonnement que j'ai du mal à saisir. Cela me donne l'impression de devenir sourde.

« Oh, Josh ! rappelle-toi que tu as adoré tes

vacances de l'année dernière. Harry ne trouve pas que ce soit trop long.

— Je suis pas Harry.

— Ne me dis pas que je vais te manquer », l'ai-je taquiné.

Il m'a regardée. Il a de grands yeux brun foncé qu'il sait mettre à profit pour exprimer un reproche poignant, ce qui lui donne un peu l'air d'un malheureux baudet. J'avais remarqué combien il paraissait pâle et maigre : ses omoplates saillaient telles deux poignées de porte, ses poignets laissaient apparaître des entrelacs de tendons. Quand il a ôté sa chemise pour enfiler des vêtements propres pour l'avion, ses côtes m'ont fait penser à deux échelles grimpant le long de son corps malingre.

« Un peu d'air frais ne te fera pas de mal. Pareil pour ta chambre. Tu n'ouvres donc jamais les fenêtres ? »

Il n'a pas répondu, se contentant de jeter un regard maussade dans la rue. J'ai frappé dans les mains pour le réveiller. « Je suis pressée. Ton père t'emmène à l'aéroport dans environ une heure.

— Tu crois toujours que t'es pressée.

— Je ne vais pas me fâcher avec toi juste avant que tu partes en vacances. »

Il s'est tourné vers moi. « Pourquoi tu prendrais pas un vrai travail ?

— Où est ton déodorant ? J'ai déjà un travail. Celui d'être ta mère. Tu serais le premier à ronchonner si j'arrêtais de te conduire à tes soirées ou à tes clubs, si je ne te faisais plus le dîner et si je ne lavais plus tes affaires.

— Alors tu fais quoi pendant que Lena fait ton boulot ?

— Et puis je m'occupe de réaménager cette maison. Qui semble te satisfaire, je me trompe ? OK, qu'est-ce que tu vas faire dans le court laps de temps qui te reste avant le départ ? Pourquoi ne vas-tu pas voir Christo ? Tu vas lui manquer. »

Josh s'est assis devant son ordinateur. « Dans une seconde. Je veux d'abord regarder ce nouveau jeu. Ça vient juste de sortir.

— C'est pour cette raison que ça va te faire du bien de partir. Sans quoi tu passerais deux semaines dans le noir devant un écran. Mais pendant que tu es là tu pourrais en profiter pour enlever tes draps et les mettre devant la porte afin que Mary les récupère. » Silence. J'ai fait un pas vers le couloir, mais je me suis arrêtée. « Josh ? » Silence. « Je vais te manquer ? Oh, pour l'amour du ciel, Josh ! » Je criais à présent.

Il s'est tourné, l'air morose. « Quoi ?

— Non, rien. »

Je l'ai laissé se replonger dans une espèce de combat à mains nues où chaque coup échangé faisait le bruit d'un arbre qui s'écrase.

J'ai serré Harry dans mes bras, même s'il semblait penser qu'à onze ans on est beaucoup trop vieux pour ce genre d'effusion, se raidissant à mon contact. C'est un enfant vivant, très loin de l'humeur maussade de son aîné, Dieu merci. Il me ressemble, il n'est pas du genre à broyer des idées noires. Cela se voit rien qu'à le regarder, avec ses cheveux châtains bouclés, son nez retroussé et ses jambes trapues. Josh faisait penser à un maigre échalas à ses côtés, avec son cou maigrichon jaillissant de sa chemise neuve trop grande. Je l'ai embrassé sur la joue. « Amuse-toi bien, Josh, je suis sûre que tout va bien se passer.

— Maman...

— Mes chéris, il faut que vous filiez, votre père vous attend dans la voiture. Soyez sages, ne faites pas de bêtises. À dans trois semaines. Au revoir, mes petits chéris, au revoir. » Je suis restée sur le perron à agiter la main jusqu'à ce qu'ils aient disparu.

« Allez, viens, Chris, nous allons être tout seuls tous les deux pendant les trois semaines qui viennent.

— Avec Lena.

— Oui, bien sûr, il ne faut pas oublier Lena. Au fait, Lena ne va pas tarder à t'emmener au zoo, avec ton pique-nique. Maman a beaucoup de travail aujourd'hui. »

J'avais beaucoup à faire pour ce misérable dîner que Clive m'avait mis sur les bras. Je ne me rappelais plus quand je m'étais retrouvée seule à la maison pour la dernière fois. C'était étrangement calme, plein d'échos. Plus de Josh ni de Harry, plus de Chris ni de Lena, plus de Clive, de Mary, de Jeremy, de Leo ou de Francis. Pas de coups de marteau, d'ouvriers qui sifflotaient en tartinant les plâtres de peinture, pas de coups de sonnette pour annoncer une livraison de gravier, de frises de papier peint ou de fil électrique. Enfin, j'étais presque seule. Lynne était toujours fourrée quelque part, comme une abeille qui venait de temps à autre bourdonner dans une pièce avant de repartir.

Cette maison était devenue un véritable chantier de construction, ce qui était déjà suffisamment désagréable. À présent, c'était un chantier abandonné : les murs de la chambre d'amis étaient à moitié tapissés, des lattes de planchers gisaient, prêtes à être posées, dans la pièce destinée un jour à devenir le salon, des bâches étalées dans la salle à manger attendaient une séance de peinture qui allait désormais tarder. Un jardin plein de mauvaises herbes et de trous. La police n'était peut-être pas capable de mettre la main sur l'homme qui m'importunait, mais en tout cas on peut dire qu'elle avait bien réussi à bloquer mes projets personnels. Et ce Dr Schilling m'avait mise dans une jolie rogne.

Elle était revenue me voir. Elle m'avait servi une nouvelle dose de cette insupportable expression grave et attentive — je parierais qu'elle s'y entraîne devant sa glace. Elle était repartie à l'assaut de ma vie sans ménagement, et que je te gratte, et que je te gratte, à propos de Clive, des hommes en général. Elle dit que ça entre dans le cadre normal de l'enquête. J'ai parfois l'impression qu'elle se fiche pas mal du coupable. Ce qu'elle voudrait vraiment, ce serait résoudre mes autres problèmes. Me transformer. Pour mettre qui à la place ? Elle, j'imagine. Je brûle de lui dire que je ne suis pas une porte qui s'ouvrira un beau jour pour révéler quelque jardin enchanté caché au fond de mon cœur. Désolée. Je suis ce que je suis, un point c'est tout : Jenny Hintlesham, femme de Clive, mère de Josh, de Harry et de Chris. C'est à prendre ou à laisser. D'ailleurs, j'aimerais autant qu'elle me laisse, qu'elle me laisse tranquillement continuer à vivre ma vie.

Je n'aime pas particulièrement faire la cuisine mais j'adore préparer des dîners, enfin, si j'ai beaucoup de temps devant moi. Ce jour-là j'avais tout le temps imaginable. Lena ne serait pas de retour avant cinq heures et Clive irait directement de l'aéroport jusqu'à un terrain de golf. J'avais feuilleté mes livres de cuisine, qui se trouvent encore dans un carton sous les escaliers. À cause de la chaleur, j'avais décidé de sélectionner un vrai menu d'été : frais, croquant, sain, accompagné de généreuses rasades d'un bon vin blanc. Je réserverais les canapés aux champignons sauvages pour la dernière minute ; j'avais déjà préparé le gaspacho la veille au soir, pendant que Clive était devant la télévision. Je pouvais maintenant m'attaquer au plat principal — des rougets nappés d'une sauce à la tomate et au safran, à servir froid. J'ai commencé par la sauce, qui n'est rien d'autre qu'une riche mixture italienne, composée d'huile d'olive, d'oignon, d'herbes du jardin (au moins Francis avait eu le temps d'aménager le carré de plantes aromatiques avant que tout soit mis en stand-by), de beaucoup d'ail et de tomates pelées et épépinées. Une fois le tout réduit en une sauce bien épaisse, on ajoute du vin rouge, une goutte de vinaigre balsamique ainsi que quelques pistils de safran. J'adore le safran. J'ai déposé les six rougets dans un long plat avant de les recouvrir de la sauce. Il fallait juste qu'ils cuisent à feu moyen une petite demi-heure, suite à quoi je pourrais les mettre à refroidir dans le garde-manger.

Pour le dessert, j'avais prévu de faire une grande tarte aux abricots. Elle fait toujours très bel effet, d'autant que les abricots sont splendides à cette époque de l'année. J'ai étalé la pâte feuilletée (je l'avais achetée toute faite, il y a quand même des limites) que j'ai placée dans un plat à tarte. Puis j'ai préparé la frangipane à l'aide d'amandes pilées, de sucre glace, de beurre et d'œufs. Cela fait, je l'ai étendue sur la pâte. Enfin, j'ai découpé les abricots en deux avant de les poser sur le dessus. Et voilà. Vingt-cinq minutes à four chaud. Ce serait parfait avec une bonne cuillerée de crème fraîche. Le vin et le champagne étaient déjà au frigo. J'avais découpé des mini-cônes de beurre. Il me faudrait aller chercher les petits pains bruns dans l'après-midi. Je préparerais la salade verte juste avant que nous passions à table.

Nous allions devoir manger dans la cuisine, client important ou pas, mais j'ai ressorti le paravent chinois afin de diviser la pièce en deux. J'ai caché la table sous notre belle nappe de dentelle blanche, celle que ma cousine nous avait offerte pour notre mariage. Avec nos couverts en argent et un gros bouquet de roses orange et jaunes disposées dans un vase de verre, le résultat improvisé s'est avéré remarquable.

J'avais également invité Emma et Jonathan Barton. Dieu sait ce qu'on pouvait attendre de ce Sebastian et de sa femme. Je m'imaginais un gros banquier de la City au ventre rebondi et au nez strié de veinules brisées, accompagné d'une épouse endurcie, ambitieuse, vêtue d'un tailleur cassant, une femme aux cheveux blondis artificiellement, un peu lourde au niveau des hanches. Je n'envie pas ce genre de femmes, même si elles se montrent souvent condescendantes à mon égard.

Je voulais être belle ce soir-là. Emma Barton avait les hanches rondes, une forte poitrine, des lèvres pleines qu'elle maquille toujours d'un rouge vif, même le matin quand elle accompagne ses enfants à l'école. Elle me paraît un peu voyante, mais les hommes semblent sans conteste l'apprécier. Le problème, c'est qu'elle commence à prendre un peu de bouteille. Elle a probablement mon âge, peut-être même quelques années de plus. Or faire la moue et se tortiller sans cesse passent très bien quand on a vingt ou trente ans, mais quand arrive la quarantaine, ça devient ridicule, et à cinquante ans c'est franchement pathétique. Nous connaissons les Barton depuis toujours. Il y a dix ans, lui était plein d'attentions, terriblement possessif, mais ces derniers temps il m'était arrivé de voir son regard glisser vers des femmes ayant exactement la même allure qu'Emma à l'époque.

À six heures, j'ai pris un long bain et me suis lavé les cheveux. J'ai entendu la porte s'ouvrir en bas, puis Lena rentrer en compagnie de Chris. J'ai enfilé un peignoir avant de m'asseoir devant mon miroir. J'allais mettre beaucoup de maquillage ce soir. Pas seulement du fond de teint, mais du blush sur les pommettes, une ombre à paupières gris-vert, un eye-liner gris foncé, mon cher dissimulateur de rides, du rouge à lèvres prune, une goutte de mon parfum favori derrière les oreilles et au creux des poignets — je m'en aspergerais à nouveau plus tard. D'habitude, entre les plats, je monte dans ma chambre faire quelques retouches à mon visage et me remettre un peu de parfum. Cela me donne du courage.

J'ai choisi une longue robe noire à fines bretelles par-dessus laquelle j'ai passé un haut en dentelle bordeaux souligné de velours noir à l'encolure et aux poignets, une tunique très raffinée que j'avais achetée une petite fortune en Italie. Des escarpins à talons. Mon tour de cou et mes boucles d'oreilles en diamants. Je me suis examinée dans la glace, en tournant lentement pour me voir sous tous les angles. Personne ne pourrait croire que j'avais presque quarante ans. Cela demande beaucoup d'efforts de rester jeune.

J'ai entendu Clive rentrer. Il fallait que j'aille souhaiter une bonne nuit à Chris, m'assurer qu'il était bien installé avant que tout le monde n'arrive. Est-ce que j'avais bien pensé à mettre les chocolats sur le buffet ?

Chris avait pris un coup de soleil, il était agité. Je l'ai autorisé à écouter une cassette de Roald Dahl avec la veilleuse allumée, en priant pour qu'il ne fasse pas d'histoires pendant le dîner. Clive était sous la douche. Je suis redescendue à la cuisine enfiler un volumineux tablier par-dessus mes atours, puis j'ai étalé le pâté de champignons sur les canapés, ensuite j'ai découpé la laitue, que j'ai mise dans un saladier : juste une salade verte pour accompagner le poisson. L'élégance naît de la simplicité. Le ciel à la fenêtre avait la couleur des framboises. « Un ciel rouge en soirée fait le bonheur des bergers. » Josh et Harry étaient sans doute arrivés à leur camp à présent.

« Salut », a dit Clive. Il avait l'air bronzé et rayonnant dans son costume. Il respirait la réussite.

« Tu es beau. Mais je n'ai jamais vu cette cravate. » Je voulais qu'il me dise combien j'étais chic ce soir.

Il a vérifié son nœud de cravate du bout des doigts. « En effet, elle est nouvelle. »

La sonnette de l'entrée a retenti.

Ni Sebastian ni sa femme Gloria ne ressemblaient en rien à mes attentes. Sebastian était grand et arborait une calvitie bien avancée. Il aurait pu sembler distingué, dans un style ombrageux assez hollywoodien, s'il n'avait pas laissé paraître une nervosité palpable. Les manières de Clive à son égard trahissaient un vague soupçon de mépris, un rien de brutalité. Dans un éclair d'intuition, j'ai compris que Clive s'apprêtait à rouler Sebastian avec cette affreuse OPA et que ce dîner n'était qu'une mascarade cruelle pour lui faire croire à son amitié. Gloria, la chasseuse de têtes de la City, était beaucoup plus jeune que son mari. Elle n'avait pas encore trente ans, à mon avis. Et ses cheveux blonds, presque argentés, n'étaient pas le résultat d'une teinture en l'occurrence. Elle avait les yeux bleu pâle, les bras longs et bruns, les chevilles fines, dont l'une était garnie d'une fine chaîne en argent, et elle portait une robe de lin toute simple. Elle n'était pratiquement pas maquillée. À côté d'elle, je me suis sentie trop apprêtée ; quant à Emma, elle paraissait débraillée.

Les trois hommes se sont montrés très attentifs envers Gloria, se tournant légèrement vers elle tandis que nous buvions un verre de champagne dans le patio à demi achevé. Elle savait qu'elle était belle, ne cessant de baisser les cils et de distribuer des sourires énigmatiques. Son rire avait une résonance un peu argentine, comme une cloche délicate.

« Jolie cravate », a-t-elle dit à Clive, en lui adressant un de ses étranges sourires. J'aurais voulu asperger sa robe de vin.

Ils s'étaient à l'évidence déjà rencontrés. Certes, j'imagine que c'était à prévoir, étant donné leurs métiers respectifs. Sebastian, Clive, Jonathan et elle ont vite formé un groupe et discuté de l'indice Footsie, des marchés futurs, tandis qu'Emma et moi sommes restées plantées à côté comme deux bécasses.

« J'ai toujours trouvé le nom de Footsie très amusant », ai-je dit d'une voix forte, déterminée à me faire remarquer.

Gloria s'est poliment tournée vers moi. « Vous travaillez à la City ? m'a-t-elle demandé, sachant bien qu'il n'en était rien.

— Moi ! Seigneur, non. » J'ai éclaté d'un rire marqué avant de prendre une gorgée de champagne. « Je ne suis pas même capable de compter mes points au bridge. Non, Clive et moi avons décidé qu'une fois que nous aurions des enfants j'arrêterais de travailler en dehors de la maison. Vous avez des enfants ?

— Non. Que faisiez-vous auparavant ?

— J'étais mannequin.

— De mains surtout », a rectifié Emma. Une vraie amie.

« Vous avez de belles mains », a remarqué Sebastian avec une certaine raideur.

Je les ai agitées devant tout le monde. « Elles ont fait ma fortune. À l'époque je portais des gants en permanence, même pendant les repas. Parfois je ne les enlevais même pas pour aller me coucher. C'est fou, non ? » Jonathan nous a resservi du champagne. Gloria a chuchoté quelque chose à l'oreille de Clive, qui l'a regardée en souriant. À l'étage, Chris s'est mis à pleurer. J'ai avalé mon champagne d'un coup.

« Vous voudrez bien m'excuser. Continuez sans moi. Le devoir m'appelle. Je vous dirai quand le dîner sera prêt. Je vous en prie, reprenez des canapés. »

J'ai retourné la cassette de Chris, que j'ai de nouveau embrassé, puis je lui ai dit que s'il me faisait encore monter je serais fâchée. Sur ce, j'ai fait un tour dans notre chambre. Je me suis remis du rouge à lèvres, donné un coup de brosse et aspergé le décolleté d'un peu de parfum. Je me sentais légèrement grise. J'aurais voulu m'allonger sur le lit, me glisser entre les draps propres, bien repassés. Et seule, par pitié.

J'ai bu de l'eau gazeuse avec le gaspacho, mais ensuite j'ai pris un peu d'un délicieux chardonnay avec le poisson, un verre de bordeaux avec le brie, un vin sucré très agréable avec la tarte aux abricots. Le café m'a donné un petit sursaut de clarté dans les vapeurs de l'ébriété.

« Quelle manipulatrice », ai-je remarqué à l'intention de Clive une fois la soirée terminée, tandis que je me démaquillais à l'aide d'un coton et qu'il se brossait les dents.

Il s'est soigneusement rincé la bouche. Il m'a regardée, un œil ouvert, l'autre fermé. « Tu es saoule. »

Soudain, j'ai été prise d'un fantasme tout à fait déconcertant : j'ai eu envie de le gifler, de lui enfoncer mes ciseaux à ongles dans le ventre. « N'importe quoi ! me suis-je esclaffée. Je suis juste éméchée, mon chéri. Il me semble que tout s'est très bien passé, n'est-ce pas ? »

7

Mon grand vice, ce sont les catalogues, la vente par correspondance. C'est absurde en un sens, parce que ça ne me ressemble pas du tout. S'il y a une chose à laquelle je crois, c'est bien que les objets que l'on met chez soi doivent être absolument parfaits. Se retrouver avec un meuble de qualité moindre choisi en raison d'un prix un peu — voire beaucoup — moins élevé et le voir posé là dans le coin d'une pièce année après année, à vous accuser... eh bien, voilà tout à fait l'idée que je me fais d'une torture. Il faut toucher les objets avant de les acheter, en faire le tour, chercher à pressentir ce qu'ils donneront dans le coin particulier que vous avez envisagé pour eux.

En conséquence, je devrais n'éprouver aucun intérêt pour les catalogues. Les serviettes de toilette apparemment moelleuses sur la photo risquent à la livraison d'avoir un aspect synthétique et une teinte suffisamment éloignée de celle imaginée pour jurer avec le cadre en bois du merveilleux miroir déniché dans un petit marché l'été dernier. De même pour les lourds couverts à salade dont on découvre soudain qu'ils ne sont rien d'autre que de la camelote, tout légers. Je sais bien qu'en théorie il est possible de les renvoyer et de se faire rembourser, mais pour une raison mystérieuse, on ne s'y résout jamais. C'est toujours la même chose. Clive considère d'ailleurs cette littérature avec un mépris visible quand il lui arrive de les remarquer ; à côté de ça, il reçoit bien ses fichus catalogues de vin, sur lesquels il se penche de longues heures jusque tard dans la nuit.

Donc quand arrivent les catalogues je ne peux m'empêcher de les feuilleter. Il y a toujours quelque chose qui m'attire l'œil : des baskets ou un blouson de base-ball pour les garçons, un porte-crayon malin, une écumoire, un réveil amusant, une corbeille à papier qui irait bien dans l'antre de Clive. Le plus souvent, ils finissent relégués dans le grenier ou au fond d'un placard, mais il se peut aussi qu'une trouvaille émerge du lot. Dans ce cas, c'est très amusant de les voir arriver par livraison spéciale avec signature à la clé. C'est comme un deuxième anniversaire. Encore mieux sur certains plans. Soyons sarcastique : s'il arrive que les garçons — ou certains hommes que je ne nommerais pas — oublient un anniversaire, au moins Next n'est jamais pris en défaut et livrera l'abat-jour que vous avez commandé, même si vous ne l'aimez pas autant que vous espériez.

Non sans un certain culot, ces compagnies de vente par correspondance transmettent ensuite votre nom à d'autres compagnies, surtout quand leurs ordinateurs se sont avisés que vous aviez une pitoyable tendance à acheter des objets dont vous n'avez pas vraiment besoin. C'est un peu comme être la fille la plus populaire du lycée. Tout le monde désire votre amitié, mais ce n'est pas forcément réciproque. Franchement, il m'arrive de recevoir des publicités de maisons vraiment inimaginables. Pas plus tard que la semaine dernière, j'avais reçu la brochure d'un fabricant de ponchos en poils de lama. Vingt-neuf livres quatre-vingt-dix-neuf pièce, mais on pouvait en avoir deux pour trente-cinq livres quatre-vingt-dix-neuf. Comme si quelqu'un qui ne vivait pas dans les Andes pouvait avoir l'idée saugrenue d'en posséder ne serait-ce qu'un ! Je n'y ai même pas songé une seconde.

Tout cela pour introduire ce qui s'est passé le lundi matin quand je suis descendue au milieu de la matinée et que j'ai trouvé le foutoir habituel sur le paillasson. Il ne s'agissait évidemment pas de courrier à proprement parler, c'était juste le tas habituel de prospectus aux couleurs idiotes qui vous proposent un Coca-Cola gratuit pour toute pizza livrée quand ce n'est pas de vous faire les vitres ou vous débarrasser de vos encadrements de fenêtres originels pour les remplacer par des structures en métal avec double vitrage. Au milieu de tout ça se trouvait une enveloppe portant l'inscription : « Offre spéciale pour intérieurs victoriens ». Je l'ai donc ouverte.

Je parie que vous ne savez pas comment vous ouvrez une lettre. C'est un geste que vous accomplissez tous les jours sans jamais y réfléchir. Je le sais parce que j'ai été obligée de me pencher sur la question. On ramasse la lettre puis on la retourne de façon à ne plus voir l'adresse. Si le rabat est maintenu fermement, on en décolle un coin qu'on déchire un peu. L'idée étant de ménager un espace où l'on pourra glisser l'index avec lequel on va ensuite déchirer le pli sur toute la longueur. C'est ce que j'ai fait. Le plus curieux c'est que je n'ai ressenti aucune douleur. J'ai ouvert l'enveloppe puis j'ai aperçu un reflet de métal mat. J'ai alors vu que l'enveloppe paraissait être mouillée par endroits, mouillée et tachetée de sang.

Ce n'est qu'à ce moment-là que j'ai ressenti non pas exactement une douleur mais une gêne sourde dans la main gauche. J'ai baissé les yeux. Il m'a fallu un temps étonnamment long pour saisir ce que je voyais. Il semblait y avoir du sang partout : sur mon pantalon fauve éclaboussé, par terre où s'écrasaient des gouttes, sur mes doigts inondés. Je n'arrivais toujours pas à bien comprendre, ce qui fait que j'ai bêtement regardé ce qu'il y avait dans l'enveloppe, comme si elle avait pu répandre une peinture rouge tiède sur le sol. J'ai alors aperçu le métal terne. Des lamelles plates agrafées les unes derrières les autres le long d'une carte. Je n'ai pas tout de suite compris de quoi il s'agissait, mais j'ai soudain songé à mon père assis sur le rebord de la baignoire quand j'étais enfant, je me suis rappelé l'avoir vu, le visage recouvert de mousse blanche comme le Père Noël. C'étaient de vieilles lames de rasoir.

J'ai regardé mes doigts. Un flot régulier de sang s'écoulait sur le plancher nu. J'ai levé la main pour l'examiner. Il y avait une profonde entaille livide à mon index. Je le sentais battre, laissant échapper du sang. C'est alors que j'ai commencé à souffrir. Je me suis soudain sentie prise de vertige, j'avais froid et chaud à la fois. Je n'ai pas hurlé, je n'ai pas crié. Je n'ai pas vomi non plus. Au lieu de ça, mes jambes se sont dérobées sous moi, j'ai glissé dans le sang répandu et je suis restée là, à moitié étendue. Je ne sais pas combien de temps je suis demeurée dans cette position. Juste quelques minutes, sans doute, avant que Lena ne descende et ne coure chercher de l'aide, puis que Lynne n'apparaisse. Sa bouche a dessiné un O parfait.

Elle porte un pantalon large couleur crème avec une chemise bordeaux. Elle a la main bandée et de temps en temps elle la tient de sa main valide, délicatement, comme s'il s'agissait d'un oiseau blessé. Elle a tiré ses cheveux derrière ses oreilles, ce qui rend son visage encore plus fin, ses pommettes plus émaciées. Elle paraît déjà plus âgée. Je lui fais reprendre ses années.

Pas de boucles d'oreilles aujourd'hui. Pas de parfum. Un rouge à lèvres rougeâtre qui lui fait le teint très pâle. Une couche de poudre trop épaisse, si bien que j'en distingue quelques grains sur sa peau, sur son front. Elle marche comme dans un rêve, ses pieds râpent le sol. Ses épaules se sont affaissées. De temps à autre elle fronce les sourcils, comme si elle tentait de se rappeler quelque chose. Elle pose la main sur son cœur. Elle veut sentir sa vie battre contre sa paume. L'autre faisait ça aussi.

Elle mettait tant de soin à rassembler les parties de son être, mais à présent elle commence à partir en morceaux. Petit à petit, la coquille craque. Je la vois. Les morceaux d'elle-même qu'elle n'avait jamais voulu montrer à personne. La peur retourne les gens comme des chaussettes.

Parfois, j'ai envie de rire. Tout s'est si bien passé. Ce pourrait être toute ma vie. C'est le moment que j'ai toujours attendu.

8

« Vous souffrez ? » L'inspecteur principal Links s'est penché vers moi. Trop près. Mais en même temps il paraissait très loin.

« Ils m'ont donné des cachets contre la douleur.

— Bien. Nous devons vous poser quelques questions.

— Oh, par pitié ! »

La police s'était montrée utile pour certaines choses. Ils vous permettent de court-circuiter la file d'attente aux urgences, ils vous y conduisent puis vous raccompagnent, et en plus ils vous préparent un thé. Mais c'est le reste qui posait problème.

« Je sais que c'est difficile. Nous avons besoin de votre aide.

— Pourquoi ? J'en ai assez de vos questions. Ça me semble pourtant bien simple. Il y a un type dehors qui s'approche dès qu'il peut de la maison. Alors pourquoi est-ce que vous ne l'arrêtez pas au moment où il dépose son courrier dans la boîte aux lettres ?

— Ce n'est pas aussi facile.

— Et pourquoi donc ? »

Links a pris une profonde inspiration. « Si quelqu'un se met vraiment en tête d'accomplir quelque chose, eh bien... » Il s'est brusquement tu.

« Eh bien quoi ?

— Nous voulons vérifier certains noms.

— Allez-y, si c'est comme ça. Voulez-vous une tasse de thé ? La théière est pleine.

— Non, merci.

— Vous ne voyez pas d'inconvénient à ce que j'en prenne une ? » Je m'en suis versé une tasse, mais je ne sais comment, quand j'ai reposé la théière sur une assiette, elle s'est très lentement renversée avant d'aller s'écraser sur le sol carrelé où elle s'est brisée en morceaux. Du thé brûlant a tout éclaboussé.

« Désolée, ça doit être à cause de ma main. Ce que je suis maladroite !

— Laissez, je m'en occupe. » Links a commencé à ramasser les éclats de porcelaine. Lynne a épongé le sol, se rendant utile pour une fois. Puis nous nous sommes réinstallés autour de la table de la cuisine. Lynne a tendu un dossier à Links, qui l'a ouvert. Il y avait là une liste de noms accompagnés de photos dans la plupart des cas. Il s'agissait d'instituteurs, d'un jardinier, un agent immobilier, un architecte, des gens de tous genres, vêtus de costumes ou de T-shirts, qui rasé de frais, qui arborant une barbe de quelques jours. Était-ce la douleur, les pilules ou le choc, toujours est-il que je me sentais lente, rêveuse. Je trouvais presque drôle d'avoir à regarder cette liste de gens sans intérêt que je n'avais jamais rencontrés.

« Qui sont-ils ? Des criminels ? »

Links paraissait mal à l'aise. « Je ne peux pas tout vous révéler, pour des raisons légales. Ce que je peux vous dire, c'est que nous tentons d'établir toutes les relations qui peuvent exister entre vous et, euh... (il a paru chercher le mot approprié) et des endroits où des incidents similaires ont été rapportés. S'il y a quoi que ce soit dans cette liste qui vous met la puce à l'oreille, cela peut s'avérer utile. Même si la relation vous semble très lointaine. Cet agent immobilier, Guy Brand, pour prendre un exemple. Je ne voudrais pas suggérer quoi que ce soit, mais il se trouve qu'un agent immobilier visite de nombreux logements. Et vous avez emménagé il y a peu après avoir prospecté dans de nombreux quartiers de Londres.

— En effet, j'ai rencontré des centaines d'agents immobiliers. Mais j'ai très peu la mémoire des visages. Pourquoi ne pas lui demander à lui ?

— Nous l'avons fait. Ils n'ont pas retrouvé votre nom sur leurs registres. Mais leur système d'archivage ne paraissait pas des plus méthodiques. »

J'ai à nouveau regardé la photo. « Il se peut que je l'aie déjà vu. Remarquez, les agents immobiliers ont tous un peu la même tête, vous ne trouvez pas ?

— Donc vous l'avez peut-être rencontré ?

— Je n'irais pas jusque-là. Ce que je voulais dire, c'est que si vous me prouviez que je l'ai effectivement rencontré, eh bien ça ne me paraîtrait pas impossible. »

Links n'a pas paru très satisfait de ma réponse.

« Je peux vous laisser les photos, si vous le souhaitez.

— Pourquoi fait-il une chose pareille ? Se donner tant de mal pour quelque chose d'aussi moche ? »

Links a croisé mon regard. Pour la première fois, il a semblé éprouver de la peine et il avait du mal à le cacher. « Je ne sais pas, a-t-il répondu.

— Eh bien, vous n'avez pas vraiment besoin de me le rappeler, non ? » ai-je répliqué d'une voix acerbe. À cette minute précise ils étaient quelque chose comme huit, accroupis à quatre pattes dans la maison comme des fourmis à glisser des choses dans de petites boîtes ou dans des sachets en plastique, à se murmurer des remarques dans les coins, en me regardant comme si j'étais un animal blessé. Je ne pouvais faire un pas sans buter contre l'un d'eux. Ils se montraient très polis dans leur genre, mais il n'empêche qu'il m'était quasiment impossible de me rendre où que ce soit toute seule. J'ai fini par élever la voix. « Ce que je veux savoir, c'est ce que vous fichez pendant que je me tue à me creuser la tête pour vous venir en aide.

— Je peux vous assurer que nous travaillons très dur nous aussi », a-t-il répondu. À dire vrai, il avait effectivement l'air un peu fatigué, maintenant que j'y songeais.

Dans l'escalier j'ai croisé un agent qui descendait, une pile de papiers à la main. Je suis entrée dans la salle de bains, verrouillant la porte contre laquelle je me suis appuyée un instant. D'une main, je me suis aspergé le visage d'eau froide. Du sang commençait à tacher la gaze qui enroulait mon doigt. Puis je me suis assise à ma coiffeuse. Je me suis maquillée à nouveau de la main gauche, si malhabile soit-elle. J'avais la mine quelque peu hagarde, après tout ce qui s'était passé. Mes cheveux auraient eu besoin d'un bon shampoing. Par cette chaleur, il faut presque se les laver tous les jours. J'ai mis un peu de fond de teint sur mes cernes, je me suis appliqué du brillant à lèvres. Il fallait bien admettre que tout ceci me minait. J'aurais aimé que Clive rappelle pour que je puisse parler à quelqu'un d'autre qu'à un policier. Je lui avais déjà dit pour ma main. Il s'était montré très choqué, il avait insisté pour parler à Stadler au téléphone, il lui avait aboyé un tas de questions mais ne s'était pas précipité à la maison, ainsi que je l'avais espéré, les bras chargés de fleurs.

Ensuite, l'inspecteur Stadler avait voulu me parler des détails de ma vie quotidienne. Il nous avait fallu battre en retraite dans le salon parce que Mary voulait lessiver le sol de la cuisine.

« Comment va votre main, Mrs Hintlesham ? » a-t-il demandé de sa voix douce, profonde, insistante.

Par cette chaude journée, il avait ôté sa veste et relevé les manches de sa chemise jusqu'au-dessous des coudes. Des gouttelettes de transpiration se formaient sur son front. Quand il me posait une question, il me regardait toujours droit dans les yeux. J'avais l'impression qu'il essayait de me surprendre.

« Bien », ai-je répondu, ce qui n'était pas tout à fait vrai. Elle me lançait. Les coupures au rasoir sont toujours pénibles, c'est ce qu'avait dit le docteur au moment de me faire le pansement.

« À l'évidence, cet individu connaît votre passé.
— Peut-être. »

Il a pris deux carnets. Je me suis rendu compte pour la première fois qu'il s'agissait de mon agenda et de mon carnet d'adresses. « Pourrions-nous passer quelques éléments en revue ? »

J'ai soupiré. « Si c'est nécessaire. Comme je l'ai déjà dit à votre supérieur, je crois, enfin peu importe, je suis très occupée. »

Il me regardait sans flancher, d'une manière qui m'a fait rougir. « C'est pour votre bien, vous savez, Mrs Hintlesham. »

J'ai donc vu ma vie défiler devant mes yeux. Nous avons commencé par mon agenda. Il a feuilleté toutes les pages ; à chacune, il me bombardait de questions concernant des noms, des endroits, des rendez-vous.

C'était mon coiffeur, et ça une visite de routine chez le dentiste pour Harry. C'était un déjeuner avec Laura, Laura Offen. Je lui ai décliné les noms cachés derrière les initiales, décrit les magasins, expliqué les dispositions prises avec des ouvriers et autres répétiteurs de français, profs de tennis, les déjeuners, les cafés du matin, les mémos. Nous avons remonté encore plus loin en arrière, en passant par des événements que j'avais oubliés, certains dont je n'arrivais pas à me souvenir même quand il me rappelait les faits : toutes les négociations concernant la maison, les agents immobiliers, les experts, les arboriculteurs, les architectes. L'année scolaire. Mes sorties en société. Tous les détails de mes journées. Il n'arrêtait pas de me demander ce que faisait Clive à ce moment-là, quand tel événement s'était produit.

Nous avons fini par arriver au jour de l'an. Stadler a refermé mon agenda pour attraper mon carnet d'adresses. Il n'y a pas un nom sur lequel nous ne nous soyons pas arrêtés. J'étais en train de lui faire visiter le vieux grenier poussiéreux et négligé de ma vie sociale. Tant de gens étaient partis ou morts ! Il y avait aussi des couples qui s'étaient séparés. Et ces amis que j'avais tout bêtement perdus de vue — à moins que ce ne soit eux. L'exercice m'a fait réfléchir à la position que j'avais tenue en société pendant toutes ces années. Se pouvait-il que cette personne soit vraiment un de ces noms ?

Comme si ça ne suffisait pas, il a sorti les comptes que Clive tenait pour la maison. J'ai bien tenté de lui faire comprendre que je ne m'occupais pas vraiment de tout ça, que Clive s'en chargeait, que je n'y entendais rien aux chiffres. Mais il a semblé sourd à mes remarques : 2 300 livres pour les rideaux du salon que nous n'avions pas encore accrochés, 900 pour l'arboriculteur, 3 000 pour le lustre, 66 pour le heurtoir de la porte d'entrée dont j'étais tombée amoureuse au marché aux puces de Portobello. Les chiffres commençaient à se brouiller.

Ce qui est sûr, c'est que je n'avais pas souvenir que le carrelage ait coûté si cher. C'est terrible comme tout s'additionne.

Une fois le passage en revue terminé, il a levé les yeux vers moi et je me suis dit que cet homme en savait plus sur moi que le reste du monde, à l'exception de Clive.

« Tout ceci est-il vraiment pertinent ? ai-je demandé.

— C'est bien le problème, Mrs Hintlesham. Nous n'en savons rien. Pour l'instant, nous avons juste besoin de renseignements. D'un grand nombre de renseignements. »

Puis il m'a dit de faire attention, à l'instar de Links. « Il ne faudrait pas qu'il arrive autre chose, vous êtes d'accord ? »

Le ton enjoué de sa voix trahissait une confiance tranquille.

Dehors, les feuilles des arbres avaient foncé, arborant un vert sali. Elles pendaient mollement aux branches, à peine agitées par les traînées de brise chaude. Le jardin ressemblait à un désert : la terre était dure, cuite, traversée de crevasses, pareille à une vieille assiette craquelée. Certaines des plantes que Francis avait plantées quelques jours plus tôt commençaient à piquer du nez. Le nouveau petit magnolia ne survivrait pas. Tout était desséché.

J'ai de nouveau appelé Clive. Sa secrétaire m'a déclaré qu'il venait de sortir. Désolée, a-t-elle conclu, mais sa voix laissait penser le contraire.

Le Dr Schilling s'est montrée différente. Elle ne s'est pas avancée d'un pas martial dans la pièce avec une pile de noms à vérifier et un tas de questions à m'assener. Elle m'a examiné la main, a défait le pansement, pris mes doigts dans ses mains longues et fraîches. Elle m'a dit qu'elle était tout à fait navrée, tant qu'on aurait cru qu'elle me présentait des excuses personnelles. À ma grande horreur, je me suis sentie prise d'une envie de pleurer, mais il était hors de question que je le fasse devant elle. Rien n'aurait pu lui faire plus plaisir.

« Je veux vous poser quelques questions, Jenny ?

— À quel sujet ?

— Pourrions-nous parler de votre relation avec Clive ?

— Je croyais que nous l'avions déjà fait.

— Il y a quelques détails supplémentaires dont j'aimerais discuter. Vous voulez bien ?

— Ai-je bien le choix ? Mais écoutez... (mal à l'aise, j'ai changé de position dans mon fauteuil) je n'aime pas trop tout ça. Je veux m'assurer que vos questions n'ont d'autre objectif que de faire arrêter l'homme qui fait ça. Vous pensez sans doute que je suis complètement folle, que je mène une vie épouvantable, mais j'y trouve mon bonheur. C'est clair ? Je n'ai pas besoin de votre aide. Et même si c'était le cas, reste que je n'en veux pas. »

Le Dr Schilling a esquissé un sourire embarrassé. « Je ne pense rien de tout cela.

— Parfait. Je voulais juste que tout soit clair.

— D'accord », a répondu le Dr Schilling. Elle a consulté le carnet ouvert sur ses genoux.

« Vous vouliez m'interroger sur ma relation avec Clive.

— Cela vous gêne-t-il qu'il soit si souvent absent ?

— Non. » Elle a attendu, mais je n'ai rien ajouté. Je connaissais ses trucs à présent.

« Croyez-vous qu'il vous soit fidèle ?

— Vous m'avez déjà posé la question.

— Mais vous n'avez pas répondu. »

J'ai laissé échapper un soupir vexé. « Puisque votre ami l'inspecteur Stadler connaît maintenant la date de mes prochaines règles, j'imagine que je n'ai plus qu'à vous raconter ma vie sexuelle pendant que j'y suis. Si vous voulez vraiment le savoir, juste après la naissance de Harry, il a eu une... comment dire... une passade.

— Une passade ? » Elle a levé les sourcils.

« Oui.

— Combien de temps ça a duré ?

— Je n'en suis pas tout à fait sûre. Un an peut-être. Dix-huit mois.

— C'est long pour une passade, non ? C'était un peu plus sérieux.

— Il n'a jamais eu l'intention de me quitter. Elle représentait juste un petit extra. Les hommes sont si prévisibles, vous ne trouvez pas ? J'étais fatiguée, j'avais pris du poids. » J'ai touché ma peau sous les yeux. « Je vieillissais.

— Jenny, a-t-elle dit d'une voix douce, vous n'aviez que, voyons voir... vous n'aviez pas encore trente ans quand Harry est né.

— Si vous le dites.

— Quel effet cela vous a-t-il fait ?

— Je n'ai pas envie d'en parler. Désolée.

— D'accord. Y en a-t-il eu d'autres ? »

J'ai haussé les épaules. « Peut-être.

— Vous ne le savez pas ?

— Je ne veux pas le savoir, merci beaucoup. Si ça lui dit d'avoir des aventures, je préfère qu'il les garde pour lui.

— Vous pensez donc qu'il vous trompe ?

— Je viens de vous le dire, peut-être, peut-être pas. » L'image involontaire de Clive baissant les yeux vers Gloria m'a traversé l'esprit. Je l'ai écartée.

« Et vous ne lui êtes pas infidèle ?

— Je vous l'ai déjà dit la dernière fois que vous m'avez posé la question, non.

— Jamais ?

— Non.

— Vous n'avez jamais été ne serait-ce que tentée ?

— Oh, ça suffit maintenant, je vous en prie.

— Votre mari et vous avez-vous une vie sexuelle satisfaisante ? »

J'ai secoué la tête. « Désolée. Je ne peux pas répondre.

— D'accord. » Une fois de plus, elle m'a surprise par la douceur de sa voix. « Pensez-vous que votre mari vous aime ? »

J'ai cligné des yeux. « Qu'il m'aime ?

— Oui.

— C'est un bien grand mot. » Elle n'a pas répondu. J'ai pris mon inspiration. « Non.

— A-t-il de l'affection pour vous ? »

Je me suis levée. « J'en ai assez. Quand vous aurez terminé cette conversation vous allez sortir et tout consigner dans des notes, mais moi je vais devoir vivre avec, et je ne le veux pas. Ce n'est pas Clive qui m'envoie des lames de rasoir, vous le savez comme moi. Alors pourquoi voulez-vous savoir tout ça ? » J'étais debout à côté de la porte. « Vous est-il jamais venu à l'esprit que ce que vous faites est assez cruel ? À présent, j'ai beaucoup de choses à faire, alors si vous voulez bien m'excuser... »

Le Dr Schilling est sortie de la pièce et je me suis retrouvée seule dans le salon. J'avais l'impression de m'être laissé retourner comme une chaussette, comme si on m'avait vidée pour étaler mes entrailles sur le plancher.

9

J'entends le vent frémir dans les feuillages des arbres dehors. Je voulais ouvrir la fenêtre, laisser entrer la brise nocturne dans toutes les pièces, mais je n'ai pu m'y résoudre. Je ne devais pas le faire. Tout devait rester fermer, verrous tirés. Il fallait que je sois en sécurité. L'air à l'intérieur sentait le renfermé, le vieux. C'était un air lourd, chaud, mort. J'étais enfermée dans cette maison, le monde en était coupé, et je la sentais retourner au chaos et à la laideur : du papier pendait aux murs, des enduits s'arrêtaient brusquement à mi-hauteur, des lattes de plancher arrachées laissaient apparaître des trous noirs poisseux au-dessous. La poussière, le fatras de si nombreuses années refaisaient lentement surface, de façon pernicieuse. Tout ce travail inachevé, tous mes rêves d'espaces parfaits : ici un blanc frais, un jaune citron, un gris ardoise, un vert petit pois, le hall recouvert de papier moucheté, un feu dans la cheminée qui allongerait ses ombres sur une moquette soyeuse couleur crème, le piano à queue surmonté d'un bouquet de glaïeuls, des tables rondes garnies de cocktails versés dans de lourds verres en cristal, mes gravures accrochées aux murs, parées de veilleuses spéciales, des fenêtres donnant sur de longues pelouses et des bosquets gracieux.

Je transpirais. J'ai retourné mon oreiller à la recherche d'un coin plus frais. Dehors, les arbres bruissaient. Il ne faisait pas tout à fait nuit : les lampadaires projetaient des traînées orange dans la pièce. J'apercevais les formes de mon environnement, ma coiffeuse, la chaise, la haute masse de l'armoire, les carrés plus pâles que dessinaient les deux fenêtres. Et je voyais bien sûr que Clive n'était toujours pas rentré. Quelle heure était-il ? Je me suis relevée dans le lit pour consulter les chiffres lumineux du réveil en plissant les yeux. J'ai vu un sept s'enfler jusqu'à huit puis s'amenuiser pour former un neuf.

Deux heures et demie et il n'était toujours pas rentré. Lena était de sortie jusqu'à demain matin, elle passait la nuit chez son petit ami, ce qui veut dire que j'étais seule dans la maison, seule avec Chris et toutes ces pièces vides qui se désintégraient, plus une voiture de police devant le perron. Mon doigt me lançait, j'avais mal à la gorge, mes yeux me piquaient. Il m'était devenu impossible de me rendormir.

Une fois debout, j'ai aperçu mon reflet dans la glace. Je ressemblais à un fantôme dans ma chemise de nuit de coton blanc. Je me suis dirigée à tâtons jusqu'à la chambre de Chris. Il dormait, un pied enfoncé sous le genou de son autre jambe, les bras en l'air, semblable à un danseur classique. Son duvet gisait en tas par terre à côté de son lit. Ses cheveux lui collaient au front. Il avait la bouche entrouverte. Peut-être fallait-il que je l'emmène chez papa et maman à Hassocks. Peut-être serait-il judicieux que j'y aille moi-même, que je m'éloigne de toute cette horreur. Je n'avais qu'à partir, monter en voiture et prendre la route. Pourquoi pas ? Qu'est-ce qui pouvait bien me retenir ? Pourquoi n'y avais-je pas songé plus tôt ?

Je me suis dirigée jusqu'au sommet de l'escalier puis j'ai regardé en bas. Il y avait de la lumière dans l'entrée mais toutes les pièces étaient dans le noir. J'ai éprouvé une difficulté soudaine à respirer. Quelle idiotie. C'était stupide, absolument stupide. J'étais en sécurité, je n'avais rien à craindre. Il y avait deux hommes dehors, toutes les fenêtres et toutes les portes étaient fermées, à double tour. Il y avait d'affreuses grilles en fer aux fenêtres du rez-de-chaussée. Plus une alarme. Et une lumière qui s'allumait dans le jardin si quelqu'un passait.

Je me suis rendue dans la pièce qui allait devenir la chambre d'amis et j'ai allumé la lumière. La moitié d'un mur avait été tapissée, le reste n'avait reçu qu'un apprêt. Les rouleaux de papier étaient entassés dans un coin, à attendre au pied de l'escabeau et de la table à tréteaux. Le lit en cuivre gisait par terre, démonté. La pièce sentait le renfermé. Une bulle de rage chaude m'est montée à la gorge ; si j'ouvrais la bouche elle sortirait sous la forme d'un cri. Un cri qui ne s'arrêterait pas, qui déchirerait la nuit silencieuse, qui réveillerait toute la ville pour dire à tout le monde de prendre garde. J'ai serré les lèvres. Il fallait que je mette ma vie en ordre. Personne n'allait le faire pour moi, c'était clair. Clive n'était pas là. Leo, Francis, Jeremy et tous les autres étaient partis, on aurait dit qu'ils n'avaient jamais mis les pieds ici. Mary restait à une distance peureuse de moi, comme si j'étais contagieuse. Aujourd'hui, je pouvais m'estimer contente qu'elle vide les corbeilles à papier. Demain j'allais lui annoncer que je n'avais plus besoin d'elle. La police était un ramassis d'imbéciles incompétents. S'ils avaient été mes ouvriers, il y aurait longtemps que je les aurais renvoyés. Je ne pouvais compter que sur moi. Il n'y avait plus que moi, à présent. J'ai senti un tic nerveux s'agiter sous mon œil droit. En posant le doigt dessus j'ai perçu le tressautement du muscle, comme si un insecte s'était glissé sous ma peau.

J'ai pris la boîte de colle à papier peint, j'en ai lu les instructions. Tout ceci ne semblait pas très compliqué. Pourquoi en faisait-on donc tout un plat ? J'allais commencer par cette pièce, ensuite je continuerais avec ma vie, à en rassembler les morceaux, pour qu'elle redevienne comme avant.

Clive est rentré environ une demi-heure plus tard. J'ai entendu la clé tourner dans la serrure, ce qui m'a arrêtée un instant dans mon geste, le temps de l'entendre retirer ses chaussures et entrer à pas feutrés dans la cuisine où il a ouvert le robinet. J'ai continué ma tâche. Je n'avais pas le temps. Je devais finir ce que j'avais entrepris avant le matin.

« Jenny, a-t-il appelé, au moment où il est entré dans notre chambre. Jens, où es-tu ? »

Je n'ai pas répondu. J'ai appliqué la colle sur le papier à grands coups de brosse. « Jens ! » a-t-il crié, depuis notre salle de bains cette fois-ci, celle qui serait un jour carrelée de faïences italiennes. L'ourlet de ma chemise de nuit était gorgé de colle mais peu m'importait. Mon pansement était trempé lui aussi et mon doigt me faisait encore plus mal qu'avant. Le plus difficile, c'était d'appliquer le papier bien droit, sans laisser de bulles. Parfois, je mettais trop de colle, elle transperçait le papier. Mais ça finirait par sécher, après tout.

« Mais enfin qu'est-ce que tu fabriques ? » Il était debout dans l'encadrement de la porte, en chemise blanche, caleçon rouge, les pieds dans les chaussettes que ce crétin de Père Noël lui avait offertes l'année dernière.

« À ton avis ?

— Jens, on est en pleine nuit.

— Et alors ? » Il n'a rien répondu, il s'est contenté de parcourir la pièce des yeux, comme s'il ne reconnaissait pas vraiment les lieux. « Qu'est-ce que ça peut faire qu'on soit en pleine nuit ? Qu'est-ce que ça peut faire, l'heure qu'il est ? Si personne d'autre ne le fait, alors c'est à moi de m'y coller. Et tu peux être tranquille que personne d'autre ne va le faire. S'il y a une chose que j'ai apprise, c'est bien que quand on veut quelque chose, on n'est jamais aussi bien servi que par soi-même. Attention où tu mets les pieds, bon Dieu. Tu vas tout salir, il va falloir que je reprenne tout de zéro et je n'ai pas le temps. Tu as passé une bonne journée, au fait ? Une belle journée au bureau jusqu'à trois heures du matin, mon chéri ?

— Jens. »

Je suis montée sur l'escabeau, tenant à bout de bras le papier gluant qui tire-bouchonnait. « Je m'en veux. J'ai tout laissé partir en morceaux, un point c'est tout. Je ne m'en suis pas tout de suite rendu compte, mais maintenant je le vois bien. Quelques lettres idiotes et nous avons laissé la maison partir à vau-l'eau, s'encrasser. C'est idiot.

— Jens, arrête. De toute façon c'est tout de travers. Et tu as de la colle dans les cheveux. Descends de l'échelle, s'il te plaît.

— La voix de son maître, ai-je sifflé.

— Tu te comportes comme une déséquilibrée.

— Ah oui, vraiment ? Et comment faudrait-il que je me comporte, j'aimerais savoir ? Enlève ta main de ma cheville. »

Il s'est reculé. Une douleur violente a fusé entre mes yeux.

« Jenny, je vais appeler le Dr Thomas. »

J'ai baissé les yeux. « Tout le monde emploie ce ton à mon égard. C'est à croire qu'il y a quelque chose qui ne tourne pas rond chez moi. Mais c'est faux. Ils essayent juste d'attraper ce type, et puis tout redeviendra normal. Et toi — je lui ai agité ma brosse pleine de colle à la figure, de sorte qu'une goutte s'est écrasée sur son visage levé, sourcils froncés —, toi tu es mon mari, au cas où tu l'aurais oublié. Pour le meilleur et pour le pire. Ça, c'est le pire. »

J'ai tenté de lisser le papier sur le mur, me penchant jusqu'à me faire mal dans ma chemise de nuit moite qui me battait les mollets, les pieds granuleux de poussière et de saleté, mais d'horribles plis se formaient.

« C'est sans espoir, ai-je dit, en regardant la pièce. Tout ça est sans espoir.

— Viens te coucher.

— Je n'ai absolument pas sommeil, je te remercie bien. » Et c'était vrai. Je pétillais d'énergie et de rage. « Mais si tu veux me donner un coup de main, tu peux appeler le Dr Schilling et lui dire qu'au mieux la réponse c'est "morne, merci beaucoup". Elle comprendra de quoi je parle. Tu es vraiment pitoyable dans ces chaussettes, ai-je ajouté avec méchanceté.

— D'accord, comme tu voudras. » Sa voix exprimait un mélange d'indifférence et de mépris. « Je vais me coucher. Fais comme tu l'entends. Au fait, tu as posé ce lai à l'envers. »

À six heures, Clive est parti travailler. Il m'a dit au revoir en sortant, mais je n'ai pas pris la peine de répondre. Chris s'est levé tout seul ce jour-là. Je lui ai crié de se préparer son petit déjeuner. Il est resté planté devant la porte à me regarder quelques minutes, comme s'il allait se mettre à pleurer. Le voir ainsi dans son pyjama bleu constellé de nounours, l'air triste, le pouce dans la bouche, m'a remplie d'une colère et d'une impatience brûlantes. Quand il a voulu me faire un câlin, je me suis vivement dégagée en lui disant que j'étais pleine de colle. À l'arrivée de Lena, il s'est précipité vers elle comme si j'étais une vilaine marâtre. Sur ces entrefaites est arrivée une nouvelle acolyte venue jouer la comédie de la meilleure amie, sous les traits d'une petite bonne femme au visage de renard qui s'est présentée comme étant l'agent Page. Elle s'est promenée dans la maison pour vérifier toutes les fenêtres. Elle est entrée dans la chambre d'amis et m'a dit bonjour d'une voix mesurée, prétendant trouver très normal de me voir tapisser la pièce en chemise de nuit. Je ne lui ai prêté aucune attention à elle non plus. L'imbécile. Je n'avais que faire de tous ces gens, ils ne m'inspiraient aucune confiance.

Les murs terminés, j'ai pris un bain. Je me suis lavé les cheveux trois fois avant de me lancer dans une séance d'épilation, cire pour les jambes, rasoir pour les aisselles, pince à épiler entre les sourcils. Je me suis appliqué un nouveau vernis sur les ongles, avant de mettre plus de maquillage que d'habitude, beaucoup de fond de teint parce que ma peau montrait d'étranges marbrures, un peu de blush pour me donner de la couleur, de l'eye-liner. Mon visage était un masque. Mais je n'arrivais pas à garder la main ferme. Le rouge à lèvres débordait, ce qui me donnait l'apparence d'une femme saoule. J'ai fini par y arriver : une teinte prune discrète, à peine visible. J'étais redevenue moi dans la glace. Jennifer Hintlesham, la femme immaculée.

J'ai choisi de mettre une jupe noire légère assortie de mules noires et d'une chemise blanche amidonnée. Je voulais avoir l'air sérieux, chic et détendu à la fois. Mais la jupe me pendait sur les hanches. J'avais dû perdre du poids. Eh bien, à quelque chose malheur est bon.

J'ai demandé à Lena d'emmener Chris à l'aquarium de Londres puis au restaurant. Chris a déclaré qu'il voulait rester avec moi, mais je lui ai envoyé un baiser en lui disant d'arrêter ses sottises, qu'il allait passer une très agréable journée. J'ai réglé à Mary une semaine d'avance en lui annonçant qu'il était inutile qu'elle revienne. J'ai passé le doigt sur le dessus du four à micro-ondes pour lui montrer la poussière recueillie. Elle s'est mis les mains sur les hanches avant de déclarer que de toute façon elle n'avait pas l'intention de revenir, que son travail ici lui donnait la chair de poule.

J'ai établi une liste. Deux en fait. La première comprenait les choses à faire à la maison. Ça ne m'a pas pris longtemps. La seconde était destinée à Links et à Stadler. Elle était plus compliquée. J'ai bu quatre tasses de café tout en la composant. Est-ce qu'ils n'avaient pas dit que tout ce qui me reviendrait à l'esprit pouvait s'avérer pertinent ?

Le Dr Schilling est arrivée en compagnie de Stadler, la mine grave et mystérieuse. Je leur ai demandé à tous deux de venir dans le bureau de Clive.

« Tout va bien, ai-je commencé. Ne prenez pas l'air si inquiet. J'ai décidé de tout vous dire. Voulez-vous du café ? Non ? Dans ce cas vous ne verrez pas d'objection à ce que j'en reprenne ? Oh zut ! »

J'avais fait une grande tache sur le bureau. J'ai épongé la mare à l'aide d'un document que j'ai attrapé à côté de l'ordinateur. En haut y était inscrite la mention « Sans préjudices ».

« Jenny...

— Deux secondes. J'ai fait une liste des choses qui me semblaient intéressantes pour vous. J'ai essayé d'appeler votre demoiselle Haratounian. »

Le Dr Schilling a tourné la tête vers Stadler. On aurait dit qu'elle lui ordonnait de dire quelque chose. Stadler lui a répondu d'un froncement de sourcils.

« J'ai rencontré un tas d'hommes bizarres, si vous voulez savoir. En fait, à mes yeux, vous êtes tous bizarres. Personne ne sort du lot, personne ne me paraît étrange, parce que tout le monde sort du lot. » J'ai gloussé puis j'ai pris une gorgée de café. « Mon premier petit ami, en fait mon seul petit ami en dehors de Clive, était un dénommé Jon Jones. Il était photographe, il l'est toujours d'ailleurs, vous en avez peut-être entendu parler. Il photographie des mannequins presque entièrement nus. Je l'ai rencontré à l'époque où j'étais moi-même mannequin, enfin, seulement mannequin pour mains, bien sûr, ce qui fait que je n'ai pas eu à enlever le haut, en tout cas pas en public, mais il a pris un tas de photos de moi en privé. Quand on s'est séparés, même si ce n'est pas tout à fait l'impression que ça m'a fait à l'époque, ce n'était pas vraiment une rupture, on aurait dit qu'il s'était mis très progressivement à perdre son intérêt pour moi, du coup un jour je me suis retrouvée incapable de dire si nous sortions encore ensemble, et c'est à peu près à ce moment-là que j'ai rencontré Clive, alors je lui ai demandé de me rendre les photos, mais il a ri en disant qu'il avait le copyright, ce qui veut dire qu'il doit encore les avoir quelque part.

— Jenny. » C'était le Dr Schilling. « Voulez-vous manger quelque chose ?

— J'ai pas faim, ai-je répondu en aspirant brusquement une gorgée de café. À vrai dire, je prenais des hanches avant toute cette histoire. Je ne crois pas être très portée sur la sexualité, en fait. » Je me suis penchée pour siffler à mi-voix : « La terre ne tourne pas autour de moi. »

Le Dr Schilling m'a retiré la tasse des mains. J'ai remarqué que j'avais laissé un rond sur le bureau de Clive. Peu importait. Plus tard, j'y appliquerais de cette cire miraculeuse qui le ferait disparaître comme par enchantement. J'allais aussi laver les vitres, pour donner l'impression qu'il n'y avait pas de barrière entre moi et le monde extérieur.

« Ce n'est pas ce que je voulais vous dire, en fait, mais elle n'arrête pas de me poser des questions sur ma vie sexuelle. J'ai dressé la liste des hommes qui me paraissent agir bizarrement à mon égard. » Je leur ai agité la feuille sous le nez. « Elle est assez longue, je dois dire. Mais j'ai mis des astérisques devant les plus bizarres, histoire de vous faciliter la tâche. » J'ai froncé les yeux pour essayer de déchiffrer les noms. Mon écriture paraissait très relâchée ce jour-là, à moins que je n'aie été trop fatiguée pour bien voir, sauf que je n'éprouvais aucune fatigue.

Stadler m'a pris la liste des mains.

« Puis-je avoir une cigarette ? lui ai-je demandé. Je sais que vous fumez, même si vous ne le faites jamais devant moi, parce que je vous ai observé par la fenêtre. Je vous observe, vous savez, inspecteur Stadler. Je vous observe et vous, vous me surveillez. »

Il a sorti un paquet de sa poche ; il en a tiré deux cigarettes qu'il a allumées avant de m'en tendre une. Le geste avait quelque chose d'étrangement intime ; je me suis reculée d'un bond en gloussant.

« Les amis de Clive sont bizarres », ai-je dit. J'ai été prise d'une quinte de toux extravagante. Le sol bougeait quand je tirais une bouffée, mes yeux se voilaient de larmes. « Ils ont l'air respectable, mais ils ont tous des aventures, ou alors ils en rêvent. Les hommes sont comme des animaux dans un zoo. Il faut les mettre en cage si on veut éviter qu'ils courent dans tous les sens. Les femmes sont les gardiennes du zoo. C'est ça, le mariage, vous ne trouvez pas ? Nous essayons de les apprivoiser. En fait, c'est peut-être plutôt un cirque, pas un zoo. Oh, je ne sais plus.

« J'ai essayé de penser à tous les gens qui sont entrés ici, même à ceux qui ne figuraient pas dans mon carnet d'adresses ni dans mon agenda. Je ne sais pas par où commencer. Bien sûr, il y a eu tous les hommes qui sont venus faire des travaux dans le jardin ou dans la maison. Tout le monde sait comment ce genre de types se comportent. Mais, pour être franche, c'est partout pareil. Vraiment partout. Quand je rencontre les papas à la crèche de Harry, ou quand je suis allée au club informatique de Josh. Il y a des drôles d'oiseaux là-bas. Et puis... » Il y avait autre chose que je voulais dire.

Le Dr Schilling a posé la main sur mon épaule. « Jenny, venez avec moi, je vais vous préparer un petit déjeuner.

— Il est encore l'heure du petit déjeuner ? Mince alors. Eh bien, au moins j'ai tout le temps pour faire le ménage dans les chambres des garçons. Mais je ne vous ai pas lu la liste dans le bon ordre.

— Venez.

— Je me suis débarrassée de Mary, vous savez.

— Vraiment ?

— Du coup, maintenant il ne reste plus que moi. Enfin, moi, Chris et Clive. Mais ils ne comptent pas.

— Comment ça ?

— Ils ne vont pas m'aider, je me trompe ? Les

hommes n'aident jamais, en général. C'est l'expérience que j'en ai, en tout cas.

— Des toasts ?

— Ce que vous voulez. Je m'en fiche. Bon sang, cette cuisine est dans un état ! Vous ne trouvez pas ? Tout est dans un tel foutoir ! Absolument tout. Mais comment vais-je arriver à tout faire, sans personne pour m'aider ? »

10

Les choses se sont un peu embrouillées après ça. J'ai déclaré que je voulais sortir faire des courses, je crois même avoir commencé à chercher mon manteau. Mais je n'arrivais pas à le retrouver, en plus j'étais entourée de gens qui me disaient de ne pas bouger. Leurs voix semblaient m'arriver de toutes les directions, me gratter de l'intérieur également, comme autant de guêpes dans mon crâne occupées à me trotter sur la cervelle en attendant l'occasion de me piquer. J'ai commencé à leur crier dessus pour les faire s'éloigner, pour qu'elles me laissent tranquille. Les voix se sont arrêtées mais j'ai senti qu'on m'attrapait le bras. J'étais dans ma chambre et le Dr Schilling était si près de moi que je sentais son souffle sur mon visage. Elle me disait quelque chose que je ne comprenais pas. J'ai senti une douleur dans mon bras, puis tout s'est troublé très lentement, l'obscurité et le silence m'ont envahie.

J'avais l'impression de me trouver au fond d'un profond puits sombre. De temps à autre j'en émergeais, j'apercevais des visages qui me disaient des choses que je ne distinguais pas, puis je sombrais à nouveau dans la pénombre réconfortante. Quand j'ai fini par me réveiller, tout m'a semblé très différent. Gris, froid et affreux dans l'ensemble. Une femme policier était assise à côté du lit. Elle m'a regardée, s'est levée et a quitté la pièce. J'aurais voulu retomber dans le sommeil, me retrouver inconsciente tout simplement, mais je n'y suis pas parvenue. J'ai repensé à ce que j'avais fait puis j'ai essayé d'oublier tout ça. Je ne savais pas ce qui m'était arrivé, mais il ne servait à rien de m'y attarder.

Quelques minutes plus tard Stadler et le Dr Schilling sont entrés dans ma chambre. Ils paraissaient un peu nerveux, comme deux élèves qu'on aurait introduits dans le bureau de la directrice. J'ai d'abord trouvé la chose amusante avant de comprendre qu'ils s'attendaient sans doute à ce que je continue à divaguer. Je devais me sentir mieux parce que j'étais irritée de voir tous ces gens dans ma chambre. J'ai baissé les yeux. Je portais ma chemise de nuit verte. Qui m'avait retiré mes vêtements pour m'enfiler ça ? Qui était présent pendant cet habillage ? Voilà autre chose à laquelle il valait mieux ne pas songer.

Stadler est resté près de la porte mais le Dr Schilling s'est avancée dans la pièce. Elle tenait fermement une de mes tasses de faïence française qui sont en réalité destinées aux enfants. Les gens ne comprennent rien. La cuisine Hintlesham est une opération compliquée que personne n'a en tête sauf moi. Dieu sait quelles autres hérésies on y commettait à la minute précise.

« Je vous ai apporté du café. Noir. Comme vous l'aimez. » Je me suis relevée pour prendre la tasse chaude entre mes mains. Le pansement me rendait toujours un peu maladroite, mais il me protégeait de la chaleur. « Voulez-vous un peignoir ?

— S'il vous plaît. Celui en soie. »

J'ai posé le café sur la table de nuit afin d'enfiler le peignoir, ce qui m'a valu de belles contorsions. Je me suis revue à treize ans en train de me tortiller pour enfiler mon maillot de bain sur la plage en restant fermement enserrée dans ma serviette. J'étais aussi bête à l'époque qu'aujourd'hui. Tout le monde se fichait bien de me voir ou pas. Le Dr Schilling a avancé une chaise et Stadler est venu se poster au pied du lit. J'avais la ferme intention de ne rien dire. Je n'avais pas à m'excuser et je voulais juste qu'ils s'en aillent. Mais je n'ai jamais pu supporter le silence, ce qui fait que j'ai pris la parole.

« J'ai l'impression d'être à l'hôpital, à l'heure des visites. » Le ton était franchement sarcastique. Aucun des deux n'a répondu. Ils ont continué à me regarder, un épouvantable mélange de sensibilité et de compassion dans les yeux. S'il y a une chose que je ne supporte pas, c'est bien l'idée d'inspirer la pitié.

« Où est Clive ?

— Il est passé vous voir cette nuit. Nous sommes jeudi. Il a fallu qu'il parte travailler, mais je vais l'appeler pour le tenir au courant de votre état.

— Vous devez en avoir plus que marre de moi, ai-je dit au Dr Schilling.

— C'est drôle, c'était justement ce que j'étais en train de penser. Enfin, dans l'autre sens, j'imagine. Vous devez en avoir plus qu'assez de moi. Nous avons parlé de vous.

— Je n'en doute pas.

— Mais pas en mal, ne craignez rien. Une des choses que nous avons débattues... enfin, dont nous avons discuté, pour être plus juste... » Elle a jeté un coup d'œil à Stadler en disant ça, mais il tripotait le nœud de sa cravate sans paraître prêter attention à notre conversation. « J'ai l'impression, enfin nous avons l'impression, de ne pas nous être montrés suffisamment ouverts avec vous. Je veux faire quelque chose pour corriger ça... » Elle a marqué une pause de quelques secondes. « Je voudrais commencer par m'excuser si vous avez le sentiment que j'ai été indiscrète. Vous savez, dans la journée je suis psychiatre, je m'occupe de patients. Mais ici mon travail consiste à faire tout mon possible pour aider la police à attraper cet individu dangereux. » Elle me parlait d'une voix très douce à présent, comme un médecin s'adressant à un enfant alité avec de la fièvre. « Vous êtes devenue l'objet d'une attention obsessionnelle chez un homme. Un des moyens d'attraper cette personne est de retrouver ce qui a retenu son attention, ce qui peut impliquer que je doive me montrer très indiscrète moi-même. Mais je veux simplement vous dire ceci : je sais que vous avez déjà un très bon médecin, je ne cherche absolument pas à le remplacer. Et je ne veux pas non plus vous dire comment organiser votre vie. »

Je lui ai répondu d'un froncement de sourcils sarcastique, si tant est que la chose existe. J'ai soudain imaginé Stadler et Schilling s'entendant pour entrer dans ma chambre et me traiter avec délicatesse et « sensibilité ». Cette drôle de Jenny Hintlesham qu'il faut manipuler avec précaution.

« Vous avez sans doute découvert que je suis complètement timbrée », ai-je lancé. Ce devait être une repartie cinglante, mais la phrase est sortie tout de travers.

Le Dr Schilling n'a pas souri. « Vous parlez d'hier ? » a-t-elle demandé. J'ai gardé le silence. Il était hors de question que je discute du moindre incident avec elle. « Vous êtes soumise à une très forte pression. Nous sommes tous là. Nous nous efforçons de vous venir en aide. Mais c'est vous qui subissez la pression. C'est pour vous que c'est difficile. Sachez que nous en sommes bien conscients. »

J'ai levé ma main bandée pour la regarder. Ce n'était peut-être qu'une illusion de ma pauvre imagination, mais il me semblait qu'elle me faisait moins mal quand je la regardais. « Alors vous pouvez sentir ma douleur ? ai-je rétorqué avec une certaine amertume. Je ne veux pas de votre condescendance, ai-je ajouté d'une voix calme. Je veux que vous fassiez disparaître toute cette histoire. »

Je pensais que le Dr Schilling allait se fâcher ou au moins se troubler, mais elle n'a presque pas réagi. « Je sais, a-t-elle répondu. L'inspecteur Stadler va vous en parler. »

Elle a repoussé sa chaise sur le côté sans s'éloigner pour autant. Stadler s'est avancé en traînant les pieds. Il avait l'air du bon gendarme du coin venu enseigner les rudiments de la sécurité routière à de sales bambins de primaire. L'expression était très incongrue sur son visage libertin. Il a approché une chaise. « Vous vous sentez bien, Jenny ? »

J'ai éprouvé un léger choc en l'entendant employer mon prénom de la sorte, mais je me suis contentée de hocher la tête. Il était très près de moi. J'ai remarqué pour la première fois qu'il avait une fossette sur le menton. De celles qui vous invitent à mettre le doigt dedans.

« Vous vous demandez pourquoi nous vous posons toutes ces questions au lieu d'attraper ce type et je comprends ce que vous voulez dire. C'est censé être notre boulot, pas vrai ? Je ne vais pas vous servir le discours de routine, mais le fait est que la plupart des délits sont très faciles à résoudre. Parce que la plupart des délinquants sont très négligents. Ils frappent quelqu'un ou bien ils dérobent quelque chose sous les yeux d'un témoin — affaire réglée, nous n'avons plus qu'à les cueillir. Mais le genre de types qui font ce qui vous arrive est tout à fait différent. Ce n'est pas un génie, mais cette histoire représente son passe-temps et il y met beaucoup de soin. Il aurait aussi bien pu choisir de mettre un anorak pour aller regarder passer les trains. Mais il a préféré vous choisir vous.

— Seriez-vous en train de me dire que vous ne pouvez pas l'attraper ?

— Il est plus difficile à attraper que les autres.

— Il est venu jusqu'à la maison. Sous votre nez.

— N'en rajoutez pas, a-t-il protesté, un sourire embarrassé aux lèvres.

— Mais c'est un point capital, a interrompu le Dr Schilling. Il pourrait se contenter d'attaquer les femmes si ça lui chantait. Mais, pour lui, l'important est de démontrer son pouvoir, de faire sentir le contrôle qu'il exerce.

— Toute cette psychologie ne m'intéresse pas, ai-je rétorqué, irritée.

— Moi si. Sa psychologie est une de nos principales armes pour l'attraper. Nous pouvons l'utiliser. Et pour cela, le plus facile est de vous voir par ses yeux. Ce n'est pas très agréable pour vous, j'en ai peur.

— Nous comptons sur vous, a repris Stadler. Cela vous met encore plus de pression sur les épaules, mais nous aimerions que vous réfléchissiez à votre vie et que vous nous disiez s'il y a la moindre chose qui sorte de l'ordinaire.

— Il ne s'agit pas d'un voyeur classique, a dit le Dr Schilling. Il se peut que ce soit quelqu'un que vous croisez dans la rue plus souvent que de coutume. Un ami qui soit soudain devenu plus attentif à votre égard, ou au contraire un peu plus distant. Il veut vous montrer son pouvoir. Vous devez donc d'abord être attentive à votre environnement, au moindre détail nouveau ou insolite. Il veut vous montrer qu'il peut vous faire parvenir des choses. »

J'ai reniflé.

« Ce n'est pas que je reçoive tant de nouveautés, ai-je remarqué. Le problème, c'est plutôt les affaires qui disparaissent. »

Stadler a brusquement levé la tête. « Qu'est-ce que vous voulez dire ?

— Rien de bien utile pour vous. Vous est-il déjà arrivé de déménager ? Il nous a fallu deux camions de déménagement pour tout emmener, et je suis persuadée qu'une estafette continue à faire le tour du périphérique avec tous les objets qui ne sont pas arrivés jusqu'ici. Des chaussures, des éléments du mixer, ma chemise favorite, que sais-je encore ?

— Tout ceci s'est passé pendant le déménagement ? a demandé Stadler.

— Ne soyez pas ridicule. Cet homme n'aurait pas pu dérober tout ça, à moins d'avoir garé une camionnette devant la porte et engagé quatre déménageurs. Même à vous ça ne vous aurait pas échappé.

— N'empêche... », a continué Stadler, l'air perdu dans ses pensées. Il s'est penché vers le Dr Schilling, lui murmurant quelque chose à l'oreille, comme si ce qu'ils disaient pouvait être suffisamment intéressant pour devoir rester secret. Puis il a relevé la tête. « Jenny, pourriez-vous nous rendre un service ? »

On aurait dit un vide-grenier organisé par un fou aveugle. Après avoir passé un coup de fil, Schilling et Stadler m'avaient emmenée au poste de police où ils m'avaient conduite jusqu'à une pièce particulière dans laquelle, m'avait précisé Stadler, il y aurait des objets étalés. Dans la voiture, le Dr Schilling avait posé la main sur la mienne d'un geste qui m'avait donné la chair de poule. Elle m'avait dit que je n'aurais qu'à regarder les objets et dire tout ce qui me passait par la tête. La seule chose qui me venait à l'esprit était que tout ceci m'avait bien l'air d'un sacré baratin.

Les objets eux-mêmes ont manqué m'arracher un rire. Un peigne, des culottes roses d'assez mauvais goût, un ours en peluche, un caillou, un sifflet, un jeu de cartes tout à fait pornographique.

« Franchement, ai-je remarqué. Je ne vois pas ce que vous attendez... »

À ce moment précis, j'ai cru que je venais de recevoir un coup dans l'estomac en même temps qu'une décharge électrique. Il était là. Le drôle de petit pendentif. Différents souvenirs se sont bousculés dans ma tête au même moment. Une journée et une nuit à Brighton pour notre premier anniversaire de mariage. Nous avons choisi des destinations plus grandioses par la suite, mais cet anniversaire-là est resté le meilleur. Nous nous étions promenés dans ces proprettes ruelles commerçantes juste derrière le front de mer, nous avions ri des horribles magasins de souvenirs, et au même instant nous l'avions aperçu dans la vitrine d'un bijoutier. Clive était entré et l'avait acheté, tout simplement. Puis une autre idée idiote m'est revenue en tête. Cette nuit-là, à l'hôtel, Clive m'avait entièrement déshabillée, mais il avait laissé le pendentif. Il était resté suspendu sur ma poitrine. Il l'avait embrassé, puis m'avait embrassé les seins. C'est fou, les choses qu'on retient. Je me suis sentie rougir. J'ai presque dû retenir des larmes. Je l'ai pris, j'en ai senti le poids familier dans la paume de ma main.

« C'est joli, non ? a dit Stadler.

— C'est à moi. »

Une expression crétine s'est affichée sur son visage. C'était presque comique. « Quoi ? a-t-il lâché, presque dans un hoquet.

— C'est Clive qui me l'a offert, ai-je répondu, comme dans un rêve. Je l'avais perdu.

— Mais... a repris Stadler. Vous en êtes sûre ?

— Bien entendu. Il y a un petit fermoir un peu

délicat derrière. À l'intérieur se trouve une mèche de mes cheveux. Regardez, la voilà. »

Il a fixé le pendentif. « En effet », a-t-il dit. Le Dr Schilling était elle aussi effarée. Ils se sont regardés, bouche bée. « Attendez, a-t-il lancé. Attendez. »

Et il a foncé hors de la pièce. Il courait encore dans le couloir.

11

Je ne comprenais pas. Je n'y comprenais absolument rien. Rien du tout. J'avais l'impression de me trouver devant un de ces affreux jeux vidéo de Josh qui nous arrivent par la poste et qui font apparaître sur son visage bougon un éclair lumineux, mais c'était un jeu dont je ne connaissais même pas la langue, encore moins l'alphabet utilisé. Tout n'était que points, tirets, signes et codes à mes yeux. Je me suis tournée vers le Dr Schilling, dans l'espoir qu'elle me dise ce qui se passait, mais elle s'est contentée de m'adresser un de ses sourires rassurants vides de sens, ceux qui me faisaient frémir. Puis j'ai à nouveau regardé le pendentif qui gisait au milieu de ce curieux amoncellement d'objets. J'ai avancé la main pour le toucher d'un doigt seulement, l'effleurant à peine, comme s'il allait me sauter au visage.

« Je veux rentrer. » Ce n'était pas tout à fait vrai, mais je voulais dire quelque chose pour rompre le silence qui régnait dans ce petit cagibi miteux.

« Bientôt, a répondu le Dr Schilling.

— Je voudrais manger quelque chose. J'ai faim. »

Elle a hoché la tête, mais d'un air absent. Un léger pli de concentration lui barrait le front.

« Quand ai-je mangé pour la dernière fois ? Il y a bien longtemps, il me semble. » J'ai tenté de me remettre en mémoire les deux ou trois derniers jours, mais c'était comme scruter une obscurité d'encre. « Est-ce que quelqu'un va me dire comment mon pendentif est arrivé ici ?

— Je suis sûre que... »

Mais à cet instant Stadler est entré dans la pièce en compagnie de Links. Ils paraissaient très agités au moment de s'asseoir en face de moi. Links a saisi le pendentif par sa chaîne. « Vous êtes tout à fait certaine que ce pendentif vous appartient, Mrs Hintlesham ?

— Bien sûr que oui. Clive en a même une photo quelque part pour la compagnie d'assurances.

— Quand l'avez-vous perdu ? »

Il m'a fallu réfléchir.

« C'est difficile à dire. Je me souviens de l'avoir porté pour un concert. C'était le 9 juin, la veille de l'anniversaire de ma mère. Quelques semaines plus tard, je l'ai cherché pour une soirée donnée par les collègues de Clive mais je n'ai pas pu mettre la main dessus.

— Quel jour était-ce ?

— Enfin, vous avez mon agenda, non ? Mais c'était quelque part en juin, vers la fin du mois. »

Stadler a consulté un carnet posé sur ses genoux ; il a hoché la tête d'un air satisfait.

« Pourquoi est-ce si important ? Où l'avez-vous trouvé ? »

Stadler m'a fixée droit dans les yeux et je me suis forcée à ne pas détourner le regard. L'espace d'un instant, j'ai cru qu'il allait me dire quelque chose, mais l'impression s'est évanouie et il a de nouveau jeté un coup d'œil à son carnet, le même air de satisfaction secrète sur le visage.

Un silence étrange s'est brièvement installé dans la pièce, puis j'ai levé la voix. « Est-ce que quelqu'un veut bien m'expliquer ce qui se passe ? » Mais le cœur n'y était pas. Ma colère semblait s'être dissipée. « Je ne comprends pas.

— Mrs Hintlesham, a commencé Links, pourrions-nous juste établir...

— Pas maintenant. » C'était le Dr Schilling. Elle s'est levée. « Je ramène Jenny à la maison. Elle a été mise à très rude épreuve, elle a été souffrante. Plus tard.

— Établir quoi ?

— Venez, Jenny.

— Je n'aime pas les secrets. Je n'aime pas que des gens sachent des choses sur moi que je ne sais pas. Vous l'avez attrapé ? C'est ça ? »

Le Dr Schilling m'a glissé une main sous le coude et je me suis levée. Pourquoi diable avais-je mis ce pantalon de coton ? Je ne l'avais pas porté depuis des années. Il ne m'allait pas du tout.

Tout le monde se comportait de façon étrange. La maison était pleine d'une énergie nouvelle, comme si on venait d'écarter les rideaux, d'ouvrir les fenêtres. Personne ne m'a rien dit, bien évidemment, mais le Dr Schilling m'a raccompagnée, assistée d'une agent de police à la mine lasse. Links et Stadler nous ont rejointes peu après.

Ils étaient tous à se faire de petits signes les uns aux autres, à se murmurer des choses, à me regarder puis à détourner les yeux dès que leur regard croisait le mien. Le Dr Schilling n'avait pas l'air aussi heureuse que ses comparses.

« Pensez-vous que vous pourriez appeler votre mari, Mrs Hintlesham ? m'a demandé Stadler en me suivant dans la cuisine.

— Pourquoi ne le faites-vous pas vous-même ?

— Nous voulons lui parler. Il nous semblait que ça pourrait paraître moins officiel si ça venait de vous.

— Quand ?

— Tout de suite.

— Mais enfin pourquoi ?

— Nous devons éclaircir quelques points.

— Nous avons un cocktail ce soir. Un cocktail important.

— Plus vite nous lui parlerons, plus vite il sera libre. »

J'ai pris le téléphone. « Il ne va pas être content. »

Il s'est montré très agacé.

Le téléphone a sonné. C'étaient Josh et Harry qui appelaient d'Amérique. C'était le petit matin pour eux, même si à les entendre on aurait pu croire qu'ils se trouvaient au coin de la rue et qu'à tout moment ils allaient entrer en courant dans la maison. Harry m'a informé qu'il avait attrapé un sandre — drôle de nom — dans le lac et qu'il avait appris à faire de la voile. Josh m'a demandé comment ça se passait à la maison. Sa voix sautait en permanence entre les aigus et les graves, ce qui lui arrive quand il est ému.

« Très bien, mon chéri.

— La police est toujours là ?

— Je crois qu'ils progressent dans l'enquête. »

Un petit souffle d'espoir m'a traversée.

« Est-ce qu'on doit vraiment rester encore deux semaines ?

— Ne sois pas bête, mon chéri, tu t'amuses beaucoup. Tu as assez d'argent pour tenir ?

— Oui, mais...

— Je vous ai bien mis les bonnes affaires ? Oh, et puis n'oublie pas de dire à Harry qu'il y a des piles de rechange pour son Walkman dans ton sac à dos.

— Ouais. »

J'ai reposé le téléphone, avec la vague impression d'être passée à côté de la conversation. Christo est arrivé en traînant les pieds, tirant une couverture derrière lui. J'ai éprouvé un vif sentiment de culpabilité devant son visage barbouillé et boudeur.

« Coucou, Christo. Est-ce que maman a droit à un câlin ? »

Il s'est tourné vers moi.

« Je m'appelle pas Christo. Je m'appelle Alexandre. Et t'es pas ma maman. » Lena l'a appelé de sa chambre avec son accent suédois chantant. Il a levé sa tête blonde. « J'arrive, maman ! » a-t-il crié en me lançant un coup d'œil triomphant avant de filer.

Je me suis changée, troquant mon pantalon pour une robe d'été jaune décolletée avec laquelle j'ai mis des boucles d'oreilles. Je me suis regardée dans la glace. Je n'étais pas maquillée. Mon visage pâli se creusait, j'étais tout ébouriffée, mes yeux brillaient d'un éclat étrange mais la peau au-dessous avait l'aspect fragile du papier. Une longue écorchure rouge me barrait la joue. Comment était-elle arrivée là ? Je ne me reconnaissais plus.

Le Dr Schilling m'a ordonné de manger l'omelette qu'elle préparait, utilisant les herbes que j'avais ramassées pour le dîner censé suivre le cocktail. Peu importait. Je l'ai avalée en quelques coups de fourchette, sans mâcher ou presque, me bourrant de pain brun légèrement rassis après chaque bouchée expéditive. Je ne m'étais pas rendu compte combien j'étais affamée. Elle m'a regardée manger, le menton dans une main, me fixant comme si je la déconcertais. Bientôt, ai-je songé, j'allais retrouver la maîtrise des événements, nettoyer la maison, faire revenir les ouvriers, le jardinier, la femme de ménage, prendre une profonde inspiration et récupérer l'énergie nécessaire pour redevenir Jenny Hintlesham jusqu'au bout des ongles. Demain. Je recommencerais demain. Mais, juste pour cette fois, il y avait quelque chose d'agréablement anesthésiant à me laisser prendre en charge. Je n'avais plus l'impression d'être chez moi, la maison n'était qu'un endroit où je restais assise, à attendre que quelque chose se produise. Tout le monde était dans l'expectative.

Mes yeux se sont ouverts d'un coup. Une clé dans la serrure, une porte qui a claqué à grand bruit, des pas lourds dans le couloir.

« Jenny. Jens, où es-tu ? »

Grace Schilling s'est levée en même temps que moi. Stadler et Links nous avaient précédées. Nous avons tous convergé vers l'escalier.

« Qu'est ce qui se passe ? » Sa voix était forte et abrupte ; elle m'a donné mal à la tête. À cet instant, il a aperçu un carton de ses précieux documents renversé dans l'entrée. Une veine s'est mise à battre rageusement au niveau de sa tempe.

« Mr Hintlesham, a dit Stadler. Merci d'être venu. » Il était beaucoup plus grand que Clive, qui paraissait trapu et bouffi de chaleur à ses côtés.

« Oui ? »

Il était clair au ton utilisé qu'il considérait Stadler comme un fonctionnaire d'un grade particulièrement bas.

« Nous aimerions que vous nous accompagniez au commissariat », a déclaré Links.

Clive l'a fixé. « Comment ça ? Et pourquoi ne pas rester là ?

— Nous voudrions prendre votre déclaration. Ce serait préférable. »

Clive a regardé sa montre. « Bon sang. Ça a intérêt à être important.

— S'il vous plaît. » Stadler a ouvert la porte devant Clive qui s'est retourné vers moi avant de sortir.

« Appelle Jan et trouve une excuse, m'a-t-il sèchement lancé. N'importe quoi qui nous évite de nous ridiculiser l'un comme l'autre. Et aussi Becky. Va à ce cocktail et débrouille-toi pour avoir l'air enjoué, comme si tout était tout à fait normal, tu entends. » Je lui ai posé une main sur le bras, mais il l'a repoussée d'un geste violent.

« J'en ai ma claque de toute cette histoire. Ras le bol. »

Grace Schilling est sortie elle aussi, non sans avoir entièrement boutonné sa longue veste avant de passer la porte.

J'ai appelé le bureau de Clive pour dire à Jan que Clive avait mal au dos. « Encore ? » a-t-elle remarqué d'une voix sarcastique. Je n'ai pas compris ce qu'elle voulait dire. J'ai répété la même chose à Becky, deux heures plus tard. Elle m'a gratifiée d'un sourire compatissant. « Les hommes sont tellement hypocondriaques, pas vrai ? » Elle a pouffé.

J'ai regardé autour de moi, toutes ces femmes dans leurs robes noires, tous ces hommes dans leurs costumes sombres... Je les connaissais presque tous de vue au moins, mais soudain il m'a paru impossible de rassembler l'énergie nécessaire pour leur parler. Je n'avais pas la moindre idée de ce que je pourrais leur dire. Je me sentais tout à fait vide.

12

Clive n'arrivait pas. Je me sentais de moins en moins à ma place dans ce cocktail, à tripoter le verre que je tenais à la main, à regarder les tableaux, à passer d'une pièce à l'autre pour faire celle qui se dépêche d'aller retrouver quelqu'un, quelque part. J'ai découvert presque avec horreur que me trouver seule dans une soirée était devenu une expérience tout à fait inhabituelle. Une expérience gênante de surcroît. J'avais parfois fait remarquer à Clive en plaisantant que quand je l'accompagne à une soirée, je sais qu'en réalité c'est lui que les gens veulent voir ; moi, je ne suis que sa femme, Mrs Clive.

Mon embarras disgracieux a donc cédé la place au soulagement quand Becky est venue m'apprendre que quelqu'un m'attendait à la porte.

« Un policier », a-t-elle ajouté, la voix troublée par une délicatesse maladroite.

En effet, nous savons tous ce que signifie la visite d'un agent de police pour des gens normaux comme nous : il y a eu un accident, un décès, une disparition. Mais je n'étais plus une femme ordinaire. Je me suis dirigée vers l'entrée d'un pas serein. Stadler était sur le seuil en compagnie d'un agent en uniforme que je n'avais jamais vu auparavant. Becky s'est attardée quelques instants dans mon dos, prévenante et curieuse. L'agent n'a rien dit. Je me suis tournée pour adresser à Becky un coup d'œil interrogateur. « S'il y a quoi que ce soit que je puisse faire pour vous aider, je suis dans la pièce à côté », a-t-elle fini par dire avant de s'éloigner avec réticence.

Je me suis de nouveau tournée vers le policier. « Désolé de vous importuner. On m'a envoyé vous prévenir que votre mari ne rentrerait pas. Mr Hintlesham continue d'être interrogé.

— Oh. Y a-t-il un problème ?

— Nous essayons juste de clarifier quelques points. »

Nous sommes restés sur le perron à nous regarder. « Je n'ai pas vraiment envie de rester à cette soirée.

— Nous pouvons vous déposer chez vous, si vous le souhaitez », a dit Stadler. Puis il a ajouté « Jenny » et j'ai rougi violemment.

« Je vais récupérer mon manteau. »

Personne ne m'a adressé la parole durant le court trajet. À une ou deux reprises, Stadler et l'agent de police ont échangé quelques mots à voix basse. Arrivés devant la maison, Stadler m'a accompagnée jusqu'à la porte. Au moment de tourner la clé dans la serrure j'ai eu quelques secondes l'illusion absurde que nous rentrions tous les deux d'une soirée et que nous nous disions au revoir.

« Clive va-t-il rentrer cette nuit ? ai-je demandé

d'une voix ferme, comme pour me prouver combien tout ceci était stupide.

— Je n'en suis pas certain.

— Que lui voulez-vous exactement ?

— Nous avons besoin de son témoignage pour corroborer certains détails de l'enquête. » Stadler regardait tranquillement autour de lui pendant qu'il parlait. « Oh, et puis il y a autre chose. Dans le cadre de ce petit supplément d'enquête, nous aimerions procéder à une fouille plus complète de votre maison demain matin. Avez-vous une objection ?

— Pas a priori. J'ai du mal à croire qu'il reste quoi que ce soit à découvrir. Où voulez-vous regarder en particulier ? »

Stadler a de nouveau pris un air détaché. « Ici et là. Un peu à l'étage. Peut-être dans le bureau de votre mari. »

Le bureau de Clive. C'était la première pièce que nous avions aménagée dans la nouvelle maison, ce qui était un peu fort dans la mesure où personne ne l'habitait à part Clive. Mais partout où nous avions vécu, Clive avait toujours insisté là-dessus : il voulait une pièce qui soit son antre privé, pour mettre ses affaires personnelles. À l'époque où nous dessinions le plan de la maison, je me souviens d'avoir protesté en riant que je n'avais pas de sanctuaire. Il avait répondu que ça n'avait pas d'importance, puisque la maison tout entière en tenait lieu.

La pièce n'était pas verrouillée à proprement parler, mais ce n'était pas bien nécessaire. Les garçons avaient l'interdiction formelle d'y pénétrer sous peine de tortures mortelles. Je n'en étais pas absolument exclue, bien évidemment. J'y entrais parfois pendant que Clive travaillait à faire les comptes ou son courrier, auquel cas il ne se fâchait pas, il ne me demandait pas de sortir. Mais il se tournait vers moi, prenait le café que je lui apportais ou écoutait ce que j'avais à dire, puis il attendait que j'aie fini et que je m'en aille. Il disait toujours qu'il ne pouvait pas travailler quand j'étais dans la pièce.

Du coup, j'ai eu l'impression de transgresser un interdit quand, après avoir fait le tour de la maison pour voir si tout allait bien puis m'être déshabillée pour enfiler ma chemise de nuit et un peignoir, je me suis infiltrée dans son bureau. J'ai allumé la lumière. Un sentiment de culpabilité m'a aussitôt envahie et j'ai traversé la pièce pour aller fermer les rideaux afin de m'y sentir seule. Il était presque minuit.

La pièce était à l'image de Clive. Impeccable, précise, bien ordonnée, presque nue. Il n'y avait que quelques tableaux. Une petite aquarelle floue, représentant un voilier, qu'il avait héritée de sa mère. Une vieille gravure de son école privée qu'on lui avait donnée quand il était enfant. Il y avait une photo de Clive entouré d'un groupe de collègues, photo prise lors d'un dîner en l'honneur d'un succès professionnel. Tous arboraient cigare, visage rubicond et coupe vide, se tenant par les épaules. Clive y avait l'air un rien traqué, maladroit. Il n'appréciait pas qu'on le touche, surtout les hommes.

Le bureau de mon mari. Que pouvait-il bien y avoir de si intéressant ici ? Il n'était bien évidemment pas question que je fouille dans ses affaires. L'idée de faire une chose pareille pendant qu'il était retenu au commissariat me paraissait terriblement déloyale. Je voulais juste jeter un coup d'œil. Cela pourrait se révéler important si on me demandait un jour de témoigner en sa faveur. C'est la raison que j'ai invoquée pour me justifier.

Le bureau contenait deux meubles de rangement, un haut classeur brun ainsi qu'un autre plus ramassé, couleur gris métallisé. Je les ai ouverts tous les deux et me suis mise à feuilleter des dossiers et des papiers. Leur contenu s'est avéré incroyablement ennuyeux. Il s'agissait de documents hypothécaires, de manuels d'instruction, sans compter les reçus, factures, garanties, bons de commande, lettres de comptables à n'en plus finir. La vue de cette paperasse a fait monter en moi une petite lueur d'amour pour Clive. Voilà ce qu'il faisait afin que je n'aie pas à m'en occuper. Il me laissait prendre en main la partie intéressante, la partie créative, tandis que lui se chargeait de tout ça. Et tout était réglé, tout était arrangé. Il n'y avait rien en attente, aucune facture qui ne soit pas réglée, aucune lettre à laquelle il n'ait pas répondu. Qu'aurais-je pu faire sans lui ? Je n'ai pas pris la peine de vérifier chaque feuille individuellement. Je voulais juste m'assurer qu'il n'y avait aucun dossier qui ne contienne autre chose que ces documents barbants.

J'ai tiré le volet du second meuble, produisant un horrible grincement qui m'a fait lancer des regards nerveux autour de moi. J'ai pris soin de ne rien faire qui ne puisse être rangé en quelques secondes si quelqu'un venait à sonner à la porte. Rien de bien passionnant, cela va sans dire. Clive disait toujours qu'une des règles les plus strictes qu'il s'imposait était de toujours ranger son bureau avant de se lever de son fauteuil. Il n'y avait rien sur le bureau lui-même que des stylos, des crayons, des gommes, un taille-crayon électrique assez cher, des élastiques, des trombones, le tout disposé dans des boîtes ou des coupelles spécialement prévues à cet effet. Il y avait des casiers contenant des enveloppes, du papier, des cartes, des étiquettes. Au moins, la police ne pourrait pas manquer d'être impressionnée.

Il ne restait plus que les tiroirs. Je me suis assise dans son fauteuil. Au-dessus de mes genoux se trouvait un mince tiroir. Des cartes postales. Je les ai examinées. Elles étaient toutes vierges. Ensuite les tiroirs de côté. Des carnets de chèques, neufs ou vides. Des brochures pour les vacances d'hiver. Tout un paquet de notes estampillées Matheson Jeffries, le cabinet pour lequel il travaille. Toutes plus ennuyeuses les unes que les autres.

Le tiroir du bas à droite contenait d'épaisses enveloppes brunes. J'ai examiné celle du dessus. Elle était pleine de lettres écrites à la main. La même écriture. J'ai regardé la fin de l'une d'elles. C'était une longue lettre de trois pages. Signée Gloria. Il n'y a pas plus impardonnable que de lire une correspondance privée sans la permission de son destinataire, je le savais. « Curiosité mal placée n'est jamais récompensée. » La phrase m'a traversé l'esprit. Il ne fallait pas que je les lise. Ce que j'aurais vraiment dû faire, c'était les remettre à leur place, aller me coucher et oublier tout ça. En même temps, je me suis dit que demain matin la police allait sans doute lire ces lettres pour des raisons qui lui étaient propres. Ne pouvais-je pas me faire une idée de leur contenu ?

J'ai coupé la poire en deux : je les ai feuilletées rapidement pour attraper une phrase ou un mot ici et là. Ça n'est peut-être pas le moyen le plus efficace d'apprendre le contenu d'une correspondance, mais certains mots ont semblé me bondir au visage : *chéri... tu me manques tellement... je pense à la nuit dernière... je compte les heures...* Bizarrement, ma première réaction n'a pas été la colère. Ni contre Clive ni même contre Gloria. J'ai d'abord éprouvé un simple mépris devant la banalité de ces propos. Les gens qui ont des aventures cachées n'ont-ils rien d'autre à leur disposition que les mêmes clichés éculés ? Clive ne pouvait-il donc pas faire mieux ? Puis j'ai repensé au dîner où j'avais vu Gloria la dernière fois, Gloria qui se penchait pour lui murmurer quelque chose à l'oreille, qui le regardait à table, et j'ai senti mes joues me brûler. J'ai remis soigneusement les lettres dans l'enveloppe. La dernière était la plus récente. Je n'aurais pas dû les lire, ça ne pouvait que me faire du mal, rajouter à ma souffrance, à mon humiliation.

Juste une phrase encore. Un paragraphe, pas une phrase. J'ai accordé un paragraphe à Gloria histoire de lui donner sa chance. Le dernier de la lettre la plus récente. Il fallait que je sache quelle était ma place dans toute cette histoire.

À présent je dois m'arrêter, mon chéri. Je t'écris du bureau et il est temps que je rentre. Je ne peux pas supporter l'idée de ne pas te voir, mais en septembre nous aurons Genève.

Genève. Un voyage d'affaires. Il ne m'en avait pas encore parlé.

C'est sans doute horrible à admettre, mais il arrive que je la haïsse moi aussi, presque autant que toi.

J'ai reposé la lettre et dégluti, mais la boule dans ma gorge ne voulait pas partir. De la haine. Ainsi, il me haïssait. Il n'éprouvait pas d'amour pour moi. Ni même d'affection. Même pas d'indifférence. De la haine. J'ai de nouveau baissé les yeux vers la lettre.

Mais il ne faut pas. Nous devons réfléchir à une solution et nous finirons bien par être ensemble. Nous trouverons un moyen. Je t'ai cru quand tu me l'as dit. Je t'envoie mon plus bel amour, Gloria.

J'ai replié la lettre, que j'ai glissée dans l'enveloppe en faisant bien attention pour la mettre en dernier, là où je l'avais trouvée. J'ai regardé les autres enveloppes bondées dans le tiroir. L'idée même de ce qu'elles contenaient m'a remplie d'une immense désolation. J'ai pris celle du haut. En dessous se trouvait une photo. Il s'agissait d'une femme, mais ce n'était pas Gloria. Elle semblait avoir été prise pendant une fête. La femme sur la photo tenait un verre qu'elle levait avec goguenardise à l'intention du photographe, un sourire aux lèvres. Elle était différente des femmes que je connaissais. Elle paraissait amusante. Petite, mince et très jeune. Elle avait les cheveux blond foncé, elle portait une jupe courte et une chemise bizarre qui partait dans tous les sens. L'ensemble faisait très informel. J'ai songé dans un éclair insensé qu'elle avait l'air gentille, qu'elle aurait pu être une amie. Mais je me suis soudain sentie envahie par la colère, le dégoût. C'était plus que je n'en pouvais supporter. J'ai reposé la photo sous la seconde enveloppe et refermé le tiroir. J'ai quitté la pièce, sans oublier d'éteindre la lumière.

13

J'étais dans le noir. Ma vie était ce trou noir. Tout ce sur quoi je m'étais appuyée dressait à présent une silhouette horrible et menaçante autour de moi. J'avais cru que quelqu'un à l'extérieur cherchait à me faire du mal, ce qui m'avait déjà paru terrifiant, mais aujourd'hui je me rendais compte que nulle part je n'étais à l'abri. Ni dehors, ni à l'intérieur, ni aux côtés de l'homme à qui j'étais mariée depuis quinze ans, ni dans ma propre maison, dans ma propre chambre, dans mon propre lit. Nulle part.

Josh et Harry étaient en Amérique, dans une tente quelque part sur un flanc de montagne, loin de la maison. Christo faisait comme si je n'étais pas sa mère. Et Clive me haïssait ; c'était ce qu'il avait dit à Gloria. Allongée sur mon lit cette nuit-là, je testais le mot comme on teste une pile en y appuyant le bout de la langue. Il me haïssait. Haïssait. Haïssait. Le mot me transperçait le crâne. Mon mari me haïssait. Et les questions qui tournaient : depuis combien de temps me haïssait-il ? Depuis Gloria, ou bien depuis beaucoup plus longtemps encore ? M'avait-il toujours haïe ?

Derrière la fenêtre, un faible soupir de vent agitait les arbres avachis. J'imaginais des yeux dehors, rivés sur ma fenêtre.

Peut être mon mari souhaitait-il ma mort.

Je me suis relevée dans le lit, j'ai allumé la lampe de chevet. C'était ridicule. Une idée folle, complètement folle. Sauf que... pourquoi la police le retenait-elle si longtemps ?

À l'aube, après une nuit de rêves agités, je suis entrée dans la chambre de Christo. Je me suis assise à côté de lui tandis qu'il dormait. De la lumière s'infiltrait au travers de ses rideaux à poissons. Une nouvelle journée de canicule s'annonçait. Il avait envoyé promener ses couvertures, son haut de pyjama était déboutonné. Il serrait dans son poing le dauphin en peluche que Lena lui avait acheté au zoo. Par sa bouche entrouverte sortaient de temps en temps quelques murmures incompréhensibles. Aujourd'hui, me suis-je dit, j'allais l'envoyer avec Lena chez mes parents. J'aurais dû le faire plus tôt. Ce n'était pas un lieu pour les enfants.

La police est arrivée tôt. Trois agents se sont installés dans le bureau de Clive avec des allures de corps expéditionnaire. J'ai fait comme s'ils n'étaient pas là.

J'ai préparé un petit déjeuner maison pour Christo et Lena. Lena, qui ne mangeait jamais rien, s'est contentée de picorer la tomate grillée du bout de sa fourchette en essayant d'empiler le reste sur le côté pour faire croire qu'elle y avait touché. Et Christo, après avoir percé le jaune de l'œuf sur le plat pour l'étaler sur toute l'assiette, a déclaré que c'était beurk. Est-ce qu'il pouvait avoir des Chocopops à la place ? Et le mot magique ? ai-je demandé automatiquement. S'il te plaît. S'il te plaît, est-ce que tu peux ne pas manger ce truc dégoûtant.

La police est repartie, les bras chargés de cartons. À peine quelques mois plus tôt, un groupe de déménageurs moroses et râleurs avait apporté les mêmes cartons dans la maison avant de les entasser en piles impressionnantes ici et là. Christo ne m'a pas demandé où se trouvait son père parce que en général Clive était déjà parti quand il se réveillait. Clive partait avant son réveil, il rentrait une fois que Christo s'était endormi. *Haïssait*. Mon mari me haïssait.

La cuisine était en foutoir. Toute la maison était en foutoir à présent que j'avais renvoyé Mary. Je ferais le ménage demain. Pas aujourd'hui. J'ai regardé mes jambes. Elles étaient de nouveau bonnes pour une épilation, me suis-je dit, et le vernis sur mes ongles commençait à s'écailler.

« Vous allez bien, Mrs Hintlesham ? » m'a demandé Lena de sa voix chantante. Ce qu'elle était jolie, si blonde, si mince dans sa minuscule robe d'été, avec ses bras délicats bronzés par le soleil... Peut-être Clive l'avait-il remarqué lui aussi. Je l'ai fixée jusqu'à ce que son visage se mette à flotter.

« Mrs Hintlesham ?

— Je vais bien. » J'ai posé les doigts sur mon visage. Ma peau m'a paru fine et usée. « J'ai mal dormi... » J'ai laissé la phrase en suspens.

« Je veux regarder les dessins animés.

— Pas maintenant, Christo.

— Je veux regarder les dessins animés !

— Non.
— T'es conne.
— Christo ! » Je lui ai saisi le haut du bras que j'ai pincé très fort. « Qu'est-ce que tu viens de dire ?
— Rien. »

Je lui ai lâché le bras puis me suis tournée vers Lena. Elle paraissait sur sa réserve.

« La journée va être un peu compliquée, ai-je dit sans plus de précisions. Peut-être pourriez-vous emmener Christo au parc, emporter un pique-nique, aller au château gonflable.
— Je veux pas pique-niquer.
— S'il te plaît, Christo.
— Je veux rester avec toi.
— Pas aujourd'hui, mon chéri.
— Viens avec moi, Chrissy, on va choisir tes vêtements. » Lena s'est levée. Pas étonnant que Christo l'adore. Elle ne se fâche jamais, elle se contente de lui susurrer ses ritournelles de sa drôle de voix.

Je me suis pris la tête dans les mains. Tout était sale, poussiéreux. Il y avait du repassage à faire. Et personne pour m'aider. Clive était au commissariat, à répondre à des questions. Quelles questions ? Haïssez-vous votre femme, Mr Hintlesham ? A quel point ? Assez pour lui envoyer des lames de rasoir ?

Ils sont partis ensemble, la main dans la main. Christo portait un short rouge et une chemise à rayures. Mon regard s'est arrêté sur la nourriture qui se figeait dans leurs assiettes. Puis sur la fenêtre, qui aurait eu besoin d'un coup d'éponge. Et il y avait une toile d'araignée sur l'abat-jour au-dessus de ma tête. Où donc est l'araignée ? me suis-je demandé.

Quelqu'un a sonné à la porte. J'ai sursauté. C'était Stadler, un Stadler fripé et en sueur, pas rasé. Il paraissait ne pas s'être couché de la nuit.

« Puis-je vous poser quelques questions, Jenny ? » Il m'appelait Jenny à présent, comme si nous étions amis, amants.

« Encore ?

— Une seule », a-t-il répondu avec un sourire las.

Nous sommes descendus à la cuisine, où il a décliné mon offre d'un café ou d'un petit déjeuner.

Il a regardé autour de lui. « Où est Lynne ?

— Dehors dans la voiture. Vous avez dû passer devant elle en venant.

— Bien », a-t-il répondu d'une voix morne. Il semblait à peine réveillé.

« Vous vouliez me poser une question ?

— En effet. C'est juste un détail. Est-ce que vous vous rappelez où vous vous trouviez le samedi 17 juillet ? »

J'ai faiblement tenté de me souvenir avant d'abandonner. « Vous avez mon agenda, non ?

— En effet. Tout ce que vous avez écrit c'est "Prendre le poisson".

— Ah oui, ça me revient.

— Qu'est-ce que vous avez fait ce jour-là ?

— J'étais ici. J'ai cuisiné, préparé différentes choses.

— Avec votre mari ?

— Non. » Stadler a eu un sursaut visible, suivi d'un sourire de triomphe retenu. « Je ne vois pas pourquoi vous prenez l'air surpris. Comme vous le savez, il n'est presque jamais là.

— Savez-vous où il se trouvait ?

— Il a dû sortir, c'est ce qu'il m'a dit. Un problème urgent.

— Vous en êtes sûre ?

— Oui. Je nous ai préparé un repas. Il m'a dit le matin qu'il devait s'absenter. »

Je me souvenais très bien de ce jour. C'était le jour de sortie de Lena. Harry et Josh avaient traîné dans les parages en se chamaillant, avant de partir voir leurs copains respectifs. Christo avait passé la plus grande partie de la journée devant la télévision, il avait joué avec ses Lego, puis il était allé se coucher tôt, épuisé par la chaleur et sa mauvaise humeur. J'étais restée assise dans la cuisine, la journée gâchée derrière moi, mon beau repas disposé sur la table. J'avais mis des verres à pied, des fleurs du jardin dans un vase, mais il n'était pas rentré.

« Il n'est pas rentré de la journée si je comprends bien.

— En effet.

— Pourriez-vous être plus précise concernant les heures ? »

J'ai entendu ma voix s'étirer, plate, triste. « Il est parti trop tôt pour pouvoir s'arrêter chez le poissonnier. Il est rentré vers minuit. Peut-être un peu plus tard. Il n'était pas rentré quand je me suis endormie.

— Accepteriez-vous de répéter tout ça dans une déclaration ? »

J'ai haussé les épaules. « Si vous le souhaitez. J'imagine que vous n'allez pas me dire pourquoi c'est si important ? »

Stadler m'a surprise en me prenant la main. Il ne l'a pas lâchée. « Jenny, a-t-il dit d'une voix douce, presque une caresse, tout ce que je peux vous dire c'est que tout ceci sera bientôt terminé, si ça peut vous réconforter. »

Je me suis sentie rougir. « Oh. » C'est la seule réponse qui m'est venue. On aurait dit l'idiote du village.

« Je serai vite de retour », a-t-il dit.

Je ne voulais pas qu'il s'en aille, mais je ne pouvais pas le dire, bien sûr. J'ai retiré ma main. « Très bien. »

Je me suis allongée sur mon lit dans une mare de soleil. Je ne pouvais pas bouger. Mes membres me paraissaient alourdis, mon cerveau ramolli, comme en eaux profondes.

J'ai pris un bain frais, fermant les yeux pour tenter de ne pas réfléchir. Je me suis promenée de pièce en pièce. Comment avais-je pu aimer cette maison ? Elle était laide, froide, désagréable. Il allait falloir que je déménage, que je reprenne tout de zéro.

J'aurais voulu que Josh m'appelle, je voulais lui dire qu'il pouvait rentrer s'il détestait tellement ses vacances. Que de peines pour rien, je m'en rendais bien compte à présent.

Je me suis rendue dans la chambre des garçons, j'ai effleuré leurs vêtements dans leurs armoires, les trophées sur leurs étagères. Nous étions si loin les uns des autres ! Je me suis surprise en m'apercevant dans la grande glace de l'entrée — une femme mûre, mince, aux cheveux gras et aux genoux osseux, qui traînait comme une âme perdue dans une maison trop grande pour elle.

Dehors, le ciel était brumeux de chaleur et de gaz d'échappement.

Peut-être pourrions-nous nous installer à la campagne, prendre un petit cottage avec des roses autour de la porte. Nous pourrions avoir une piscine et pourquoi pas un bouleau aussi auquel les garçons pourraient grimper. J'ai ouvert le frigidaire pour regarder à l'intérieur.

La sonnette a retenti.

J'étais incapable de parler. C'était tout simplement impossible. Ce n'était pas vrai. Je suis restée là à secouer la tête, sans doute pour tenter de dissiper la confusion. Links s'est penché vers moi comme si j'étais myope, sourde et folle de surcroît.

« Avez-vous entendu ce que j'ai dit, Mrs Hintlesham ?

— Comment ?

— Votre mari, Clive Hintlesham, a-t-il repris comme s'il fallait tout reprendre, détail par détail. Il y a une heure. Nous l'avons inculpé du meurtre de Zoë Haratounian, commis le matin du 17 juillet 1999.

— Je ne comprends pas. C'est insensé.

— Mrs Hintlesham, Jenny...

— C'est insensé, ai-je continué. Insensé.

— Son avocat a pris en charge le dossier. Il comparaîtra devant la cour de St. Steven's demain matin. Il va demander sa libération sous caution. Ce qui lui sera refusé.

— Mais qui est cette femme ? Qu'est-ce

qu'elle a à voir avec Clive ? Avec moi et les lettres ? »

Links a paru gêné. Il a pris son inspiration avant de me répondre d'une voix lente, patiente, douce, même s'il n'y avait personne dans la pièce pour l'entendre.

« Je ne peux pas vous donner tous les détails, mais à cause des circonstances j'ai pensé devoir vous préparer à ces révélations. Il semblerait que votre mari ait eu une aventure avec elle. Nous pensons qu'il lui a donné votre pendentif. Sa photographie se trouvait parmi ses affaires. »

J'ai revu la photographie que j'avais découverte la veille : un visage rieur, enthousiaste. Un verre levé pour porter un toast à l'avenir auquel elle n'avait pas eu droit. J'ai été prise d'un hoquet tandis qu'une nausée m'envahissait. « Ça ne veut pas dire qu'il voulait la tuer.

— Miss Haratounian a elle aussi reçu des lettres semblables aux vôtres. Écrites par la même personne. Nous pensons que votre mari l'a menacée, puis il l'a tuée. »

Je l'ai fixé. Les morceaux d'un puzzle commençaient à s'enclencher, mais l'image qui en émergeait n'avait aucun sens. Ce n'était qu'un embrouillamini de scènes violentes. Un cauchemar. « Seriez-vous en train de dire que Clive est la personne qui m'a envoyé ces lettres ?

— Tout ce que nous pouvons dire pour l'instant, c'est que votre mari est inculpé du meurtre de Zoë Haratounian.

— Dites-moi ce que vous pensez.

— Mrs Hintlesham...

— Vous devez me le dire. Ça n'a pas de sens. »

n'était plus qu'un chantier plein de pièces à demi terminées. Le jardin, un terrain vague. Des orties poussaient dans les parterres que Francis avait aménagés pour les arbustes à fleurs odorantes, la pelouse était jaune.

J'ai ouvert une bouteille de champagne dont j'ai bu un verre qui m'a violemment retourné l'estomac. Il fallait que je mange quelque chose, mais ça me paraissait impossible. J'aurais voulu que Grace Schilling vienne me préparer une autre omelette aux herbes aussi crémeuse, aussi délicieuse que la dernière fois. J'aurais voulu que Josh m'appelle pour me dire quand il rentrerait.

Je suis restée assise toute seule dans la cuisine. J'avais honte, mais j'étais libre.

14

Une journée d'activité frénétique m'a aidée à me calmer. C'était ce dont j'avais besoin. Bouger m'évitait de trop m'appesantir sur les événements, étouffant le tintamarre dans ma tête, ce tintamarre dont je n'arrivais pas à me débarrasser malgré le nombre de cachets que j'avais ingurgités. La matinée était ensoleillée, il n'avait pas encore commencé à faire affreusement chaud. Assise à la table de la cuisine en compagnie de Lynne, je me sentais presque calme. Elle portait de nouveau son uniforme. Une impression de travail accompli, de fin proche et d'adieux flottait dans l'air. Nous avions vidé presque toute une cafetière, j'avais fait des toasts que nous avions grignotés. Lynne m'a demandé si elle pouvait fumer. Non seulement je lui ai répondu oui, mais je lui ai même demandé une cigarette, puis je me suis mise en quête d'une soucoupe que nous pourrions utiliser en guise de cendrier.

Ma première bouffée m'a donné un petit arrière-goût de péché : j'avais l'impression d'avoir de nouveau quatorze ans. Ensuite, j'ai senti l'effet de la relaxation. Peut-être dans ma nouvelle vie pourrais-je recommencer.

« Autrefois je fumais pour perdre du poids. Enfin, la cigarette était une compensation bienvenue. J'ai arrêté quand je me suis trouvée enceinte de Josh. Je n'ai jamais retrouvé les fesses et les cuisses que j'avais à l'époque. »

Lynne a souri en secouant la tête. « J'aimerais bien avoir votre silhouette. »

Je lui ai adressé un regard critique. « Ça ne vous plairait pas. Si vous saviez comment je me vois. »

Nous avons pris une bouffée de cigarette. Je me sentais maladroite après toutes ces années. Je manquais d'entraînement.

« Alors comme ça, vous avez fait un tas de choses ? a demandé Lynne. Quand partez-vous ?

— Je pars pour Boston ce soir.

— Les garçons sont au courant ? »

J'ai manqué de m'esclaffer. « L'idée même d'apprendre à Josh au téléphone que son père... enfin, ça ne m'a pas semblé très malin. Non. Je suis sûre que le Dr Schilling recommanderait de leur annoncer cela de vive voix.

— C'est sans doute mieux.

— Et j'ai passé la plus grande partie de l'après-midi au téléphone avec l'architecte, les différentes entreprises et Francis, mon jardinier hors pair. Nous rentrons au début de la semaine prochaine, après quoi nous pourrons reprendre les travaux sur la maison. »

Lynne a allumé une nouvelle cigarette. Elle a croisé mon regard, et m'en a allumé une.

« Ça ne va pas vous paraître bizarre ? De reprendre tout ça ?

— Ce sera différent cette fois. C'est pour cette raison que ça m'a pris si longtemps au téléphone. Ils vont venir faire les derniers raccommodements, mettre un coup de peinture blanche sur les murs, disposer quelques arbustes dans le jardin. Ensuite, je mettrai la maison en vente. »

Lynne a écarquillé les yeux de surprise. « Vous êtes sûre ?

— Ce que j'aimerais vraiment faire, c'est brûler cette baraque avec tout ce qui se trouve à l'intérieur et filer. Mais il faudra que je me contente de la vendre.

— Vous venez juste d'emménager.

— Sa vue même m'insupporte. J'ai été malheureuse ici. Certes, ce n'est pas de la faute de la maison, mais malgré tout...

— En avez-vous parlé avec le Dr Schilling ?

— Et pourquoi ça ? ai-je protesté, quelque peu agressive. La tâche de Grace Schilling était d'utiliser ses compétences professionnelles pour attraper l'homme qui me harcelait. Eh bien, c'est fait. » Je me suis retenue. « Je suis désolée. Je ne voulais pas crier. Pas une fois de plus.

— Ce n'est pas grave.

— En fait, tout bien considéré, ça n'a pas dû être la mission la plus agréable qu'on vous ait confiée.

— Pourquoi ça ?

— Devoir surveiller une pauvre bonne femme mal embouchée. »

Lynne a pris l'air sérieux. « Vous ne devriez pas dire ça. C'était affreux. Nous nous sentions tous très mal pour vous. C'est encore le cas.

— Encore ?

— Écoutez, nous sommes contents d'avoir

attrapé la personne qui a fait ça. Mais pas tellement que ce soit Mr Hintlesham. »

J'ai mis du temps à répondre. J'ai regardé le jardin par-dessus l'épaule de Lynne. Il était difficile d'imaginer que même Francis parviendrait à lui donner un aspect vendable d'ici une quinzaine. Nous verrions bien.

« C'est juste que je n'arrête pas de repenser à des détails de notre mariage en me demandant comment tout ça a bien pu arriver. Je sais que nous avons eu des moments difficiles, mais je ne comprends pas comment il a pu me haïr autant. Qu'est-ce que je lui ai fait ? Et cette pauvre fille, Zoë ? Qu'avait-elle fait à part sauter dans un lit avec lui ? » Lynne m'a regardée dans les yeux. Elle ne s'est pas détournée, ce qui est tout à son honneur. Mais elle n'a pas répondu. « Et même s'il me haïssait tant, pourquoi vouloir me tuer ? Et me faire souffrir ? Eh bien, est-ce que c'est possible ? Dites quelque chose. »

Lynne a paru un peu hésitante.

« Je dois rester prudente, a-t-elle répondu. À cause de l'audience de mise en accusation entre autres. Mais il y a des gens qui font de telles choses... Mr Hintlesham avait rencontré quelqu'un d'autre. Il savait que vous n'accepteriez pas de lui accorder le divorce. » Elle a haussé les épaules. « Le dernier meurtre dont je me suis occupée, c'était un gamin de quatorze ans qui a tué sa grand-mère parce qu'elle avait refusé de lui donner de l'argent pour acheter un billet de loterie. Comme le dit un de mes sergents, on n'a pas besoin d'une formation particulière pour devenir assassin.

— Donc il aurait pu le faire, c'est ce que vous

voulez dire. Pensez-vous qu'il sera reconnu coupable ? »

Lynne a marqué une pause avant de reprendre. « Le système de procédure pénale veut que nous soyons sûrs à soixante-quinze pour cent d'obtenir une condamnation avant d'inculper quelqu'un. Pour autant que je sache, il n'y a pas eu la moindre hésitation au sujet de votre mari. Nous avons un lien établi avec la première victime, Zoë. Et puis il y a le fait qu'il cherche à le nier. Plus l'absence d'alibi. Les menaces qu'il a proférées contre vous, le fait qu'il ait eu une liaison, donc un motif. Ça constitue un bon dossier d'accusation.

— Et si le meurtre faisait l'objet d'un procès séparé ? ai-je demandé, prudente.

— Impossible. Les lettres identiques qui vous ont été envoyées à toutes les deux rendent les deux affaires inséparables.

— La moitié du temps, je me dis qu'il est innocent et qu'il va être condamné à tort. L'autre moitié, je me dis qu'il est coupable et qu'il va être relâché. Il est intelligent. Il est avocat. Je ne sais pas quoi penser.

— Il ne s'en tirera pas », a affirmé Lynne d'une voix ferme.

Nous avons bu notre café en finissant nos cigarettes.

« Vous avez fait vos bagages ? a-t-elle demandé.

— C'est sur ma liste. Je ne vais prendre qu'un petit sac de voyage. »

Elle a regardé sa montre. « Je pense que je ferais mieux d'y aller.

— Ça va me faire drôle de ne plus être surveillée en permanence.

— Vous ne serez pas totalement seule. Nous allons continuer à garder un œil sur vous. »

J'ai fait une grimace un brin sarcastique. « Cela signifie-t-il que vous n'êtes pas absolument certains que ce soit terminé ?

— C'est juste pour nous assurer que vous allez bien. »

Sur ce, elle est partie.

J'ai sauté le déjeuner. Je n'avais pas le temps. Faire mon sac s'est avéré un peu plus compliqué que ce que j'avais dit à Lynne. D'habitude, je suis championne du monde pour ce qui est d'emmener exactement le nombre d'affaires nécessaires, mais je me sentais un peu bizarre, j'avais l'impression de tout faire un peu trop lentement, comme sous l'eau ou sur la Lune. Et malgré ma lenteur, chaque décision me demandait également plus de réflexion.

En plus, le téléphone n'arrêtait pas de sonner. J'ai eu une conversation assez longue avec l'avocat de Clive. Elle s'est résumée à une espèce de danse d'évitement réciproque. Il n'était absolument pas clair à mes yeux que nous soyons du même bord. Vers la fin de l'entretien, je me suis même demandé si je ne devais pas songer à prendre mon propre avocat. J'ai également reçu plusieurs appels pour Josh : son professeur de violon, ce Hack du club d'informatique, disant que Josh lui avait demandé de lui déposer un jeu, et Marcus, un de ses amis. Plus quelques amis à moi ou encore des relations de Clive, qui avaient à l'évidence entendu dire qu'il se passait quelque chose de bizarre. À chaque fois, je me suis débarrassée de mes interlocuteurs en inventant des excuses qui ne constituaient pas tout à fait des mensonges éhontés.

Dans l'état où je me trouvais, il m'a semblé que je ferais mieux de partir très en avance pour l'avion. Du coup, j'ai commandé un taxi puis j'ai fait le tour de la maison avec frénésie pour fermer toutes les fenêtres et tirer les rideaux à moitié. J'avais appelé Mary. Elle viendrait allumer des lumières le soir. Et puis de toute façon, qu'y avait-il à voler? Ils pouvaient bien se servir. Encore une chose. Un long vol transatlantique. Des chaussures confortables. J'avais une paire de jolis mocassins de toile bleue. Où les avais-je mis? Les avais-je même déballés depuis le déménagement? Ça m'est revenu. L'armoire dans la chambre. Au dernier étage. J'ai monté l'escalier à toute vitesse. Dans la chambre — dans *notre* chambre, avais-je dit à une époque — j'ai jeté un coup d'œil général. Je n'ai rien vu que j'aurais pu oublier.

Quelqu'un a frappé à la porte. Et je ne parle pas de la porte d'entrée. Quelques petits coups à la porte de la chambre.

« Mrs Hintlesham? »

J'ai sursauté. « Qu'est-ce que c'est? »

Un visage s'est glissé dans l'entrebâillement de la porte. Je suis restée complètement déconcertée quelques instants. Vous savez, comme quand on voit un visage tout à fait en dehors de son contexte habituel. Un homme d'allure jeune vêtu d'un jean, d'un T-shirt et d'une veste de travail. Cheveux longs. Qui était-ce?

« Hack. Mais que faites-vous...?

— Ce n'est pas mon vrai nom. C'est juste pour impressionner les gosses.

— Quel est votre vrai nom ?

— Morris, a-t-il répondu. Morris Burnside.

— Eh bien, Morris Burnside, je suis assez pressée. Je dois filer à l'aéroport.

— Le jeu, a-t-il dit, brandissant un paquet aux couleurs criardes. Je vous en ai parlé au téléphone, vous vous souvenez ? Désolé, la porte était ouverte, alors je suis rentré. Je vous ai appelée d'en bas.

— Oh. Eh bien, vous avez eu de la chance de me trouver. Le taxi sera là d'une minute à l'autre. »

Il était essoufflé, en fait, comme s'il avait couru.

« Oui, je suis vraiment content, parce que... je ne suis pas venu uniquement pour le jeu. J'ai vu les journaux du soir. On y parle quelque part de votre mari, d'une inculpation.

— Comment ? Oh, bon Dieu ! Je me disais bien que ça finirait par arriver.

— Je suis vraiment désolé, Mrs Hintlesham. Et je sais combien ça va être difficile pour Josh.

— En effet. Une seconde, je dois juste attraper ces chaussures. Voilà.

— C'est la raison pour laquelle je voulais venir vous voir sans attendre. Voyez-vous, j'ai réfléchi à tout ça. Mr Hintlesham ne peut pas être coupable.

— C'est très gentil à vous, euh, Morris, mais... »

J'ai enfilé mes chaussures. C'était presque l'heure d'y aller.

« Non, il n'y a pas que ça. Je sais comment votre mari peut prouver qu'il est innocent.

— Que voulez-vous dire ?

— C'est absolument imparable. Quand ils trouveront votre corps, ils comprendront que ce n'est pas lui qui l'a fait.

— Pardon ? » ai-je demandé d'une voix blanche, soudain alarmée.

Il était près de moi. Il y a eu un mouvement très soudain, un éclair qui est passé au-dessus de ma tête avant d'aller s'enrouler autour de mon cou. Il était à présent tout contre moi, son souffle chaud contre ma joue. Le visage baissé, il me regardait.

« Tu ne peux pas parler », m'a-t-il dit presque dans un murmure. Il était si près de moi qu'il aurait pu m'embrasser. « Tu arrives à peine à respirer. Si je tire dessus, tu es morte. » Son visage était rouge à présent, gorgé de sang, ses yeux rivés aux miens, mais sa voix quand il parlait était presque douce. « Ça n'a plus d'importance à présent. Tu ne peux plus rien faire. »

Je n'ai pas pu me maîtriser. J'ai senti une chaleur humide entre mes jambes. Je me faisais pipi dessus. J'ai entendu le filet d'urine couler et se briser sur le plancher. J'ai repensé aux jours où j'avais perdu les eaux. C'était un bon souvenir. Christo n'était pas là. Christo était chez mes parents. Josh et Harry étaient loin. C'était mieux ainsi.

Son visage s'est crispé de dégoût. « Regarde donc ce que tu as fait. Et tout habillée en plus. »

Ce serait la dernière chose que je verrais jamais, son visage, et j'aurais voulu demander pourquoi mais je ne le pouvais pas.

« C'est bête pour le taxi, a-t-il remarqué. Je pensais que j'aurais tout mon temps. Je voulais avoir le temps de te montrer mon amour, mais maintenant je n'ai que quelques minutes. »

Il a resserré encore la corde, qu'il a maintenue en place d'une main. Il a fait un geste sur le côté et l'autre main a réapparu. J'ai vu une lame.

« Je t'aime, Jenny », a-t-il dit.

Tout ce que je voulais, c'était le noir, sombrer dans l'insensibilité. Mais ce n'est pas ce qui s'est passé. Je n'ai pas pu.

III

NADIA

1

J'étais pressée. En fait c'était archi-faux. Mais je me disais que si je créais une impression d'urgence, j'arriverais peut-être à m'y mettre de force. Le temps de me rendre compte de mon erreur, il serait trop tard. J'aurais retrouvé le contrôle de ma vie.

J'ai déniché une vieille chemise en coton sous mon lit. Je l'ai enfilée, par-dessus j'ai passé un T-shirt noir sans manches pour cacher la tache de chocolat. Un gamin surexcité avait dû me foncer dedans, une barre de Mars ou un truc dans le genre à la main. Je me suis regardée dans la glace. Mes cheveux ressemblaient à un essaim d'abeilles de dessin animé et j'avais encore une trace de fard sur la joue.

Du café. Ce serait déjà un début. J'ai trouvé une tasse, je l'ai rincée dans la salle de bains, où j'ai également rempli la bouilloire. L'évier de la cuisine était inabordable, enfoui sous une tour d'assiettes et de casseroles incrustées les unes dans les autres. Une fois que j'aurais fini de remplir ma feuille d'impôts, je laverais tout ça. Voilà une deuxième bonne idée. Cette pile répugnante de vaisselle crasseuse allait me servir de moyen de pression pour m'obliger à remettre les choses en ordre.

J'ai emporté mon café jusqu'à ma table de travail, avec une demi-barre de chocolat. Il fallait aussi que je commence à prendre du muesli avec des morceaux de fruits frais pour le petit déjeuner. Quatre portions de légumes et six portions de fruits. C'était ce que j'étais censée manger tous les jours. Mais après tout, le chocolat vient bien d'une fève, je me trompe ?

Je ferais mieux de me débarrasser de ça. L'imprimé du Trésor public gisait sur le clavier de l'ordinateur. Ça faisait un bon nombre de semaines que je l'avais reçu, mais je l'avais mis dans le tiroir avec toutes les autres lettres que je n'avais pas ouvertes pour essayer de ne pas y penser. Max m'avait souvent dit que je devrais aller voir un psy, rien que pour cette histoire d'incapacité à ouvrir mon courrier. Parfois je laisse passer des semaines. Mais je ne sais pas pourquoi. Je sais que je me prépare des ennuis. Et ce n'est même pas parce que je ne reçois que des trucs dont je ne veux pas, comme des factures ou des amendes de la bibliothèque. Je n'ouvre pas non plus les chèques, les lettres d'amis, les propositions pour des boulots qui me dépanneraient bien sur le coup. Plus tard, je me dis. Je m'en occuperai plus tard. Quand le tiroir sera plein.

On en était arrivé à ce moment précis où le plus tard n'a plus cours. J'ai balayé un paquet de gâteaux et un chapeau de paille qui se trouvaient sur la chaise puis je me suis assise, j'ai allumé l'ordinateur et j'ai regardé luire l'écran vert. J'ai cliqué sur « Comptabilité » puis sur « Dépenses ».

Bien. Très bien. J'ai travaillé une heure. J'ai farfouillé dans mon bureau, derrière, dans des poches de vestes. J'ai ouvert des enveloppes. J'ai aplati de vieux reçus tire-bouchonnés ainsi que de vieux bons de commande. Ma vie prenait forme. J'ai décidé d'imprimer tout ça pour plus de sécurité. Une petite fenêtre est apparue : *Erreur inconnue, type 18*. Qu'est-ce que ça voulait dire ? J'ai cliqué à nouveau, mais le curseur n'a pas bougé. Tout était figé. Je me suis acharnée sur les touches, mais alors vraiment, comme si je pouvais les faire réagir par ma seule force physique. Rien. Et maintenant, je faisais quoi ? Qu'est-ce que j'étais censée faire ? Ma vie, ma nouvelle vie ordonnée était là, quelque part, derrière l'écran, et je n'y avais pas accès. Je me suis pris la tête dans les mains, j'ai juré, gémi. J'ai tapé le dessus de l'écran. Je l'ai caressé d'une main suppliante. « S'il te plaît, je serai gentille maintenant. »

J'aurais eu besoin de regarder dans le manuel, mais je n'en avais pas. L'ordinateur m'avait été légué par un copain de Max. Là-dessus je me suis souvenue du prospectus qu'on avait glissé sous mon essuie-glace la semaine dernière. *Au secours de votre ordinateur*. Sur le moment j'avais ri et je l'avais jeté dans un coin. Mais où ça bon sang ? J'ai ouvert le tiroir du haut : des tampons, des chewing-gums, des stylos qui fuyaient, du scotch, du papier d'emballage pour les cadeaux, un Scrabble de voyage, une poignée de photos que je ne reconnaissais même pas. J'ai vidé le contenu de mon sac en bandoulière : un tas de pièces de monnaie, des mouchoirs en papier roulés en boule, une vieille clé, un paquet de cartes à jouer, quelques billes, une boucle d'oreille, des élastiques, un tube de rouge à lèvres, une balle à jongler, deux ou trois capuchons. J'ai regardé dans mon portefeuille, parmi les cartes de crédit, les reçus, les billets étrangers et le portrait de Max pris au Photomaton. Je l'ai jeté. Pas de prospectus.

Il n'était pas non plus sous les coussins du canapé, ni dans la théière ébréchée que j'utilise pour ranger du petit bazar, ni dans mon tiroir à bijoux, ni dans la pile de papiers sur la table de la cuisine. Je m'en étais probablement servie comme marque-page. Je suis allée dans la chambre, j'ai feuilleté les livres que j'avais lus ou ouverts ces derniers temps. J'ai trouvé un trèfle à quatre feuilles séché dans *Jane Eyre,* le dépliant d'un livreur de pizzas dans un guide d'Amsterdam.

À moins que je ne l'aie fourré avec mépris dans ma poche. Qu'est-ce que je portais ce jour-là ? J'ai commencé à trifouiller dans les poches de mes vestes, pantalons, shorts, dans toutes les fringues qui traînaient dans ma chambre ou dans la salle de bains en attente du jour où je ferais la lessive. J'ai fini par le retrouver dans une bottine en daim tapie sous un fauteuil. Il avait dû atterrir là comme une feuille morte quand je l'avais envoyé promener. Je l'ai déplié puis j'ai regardé le texte. « PROBLÈMES D'ORDINATEUR ? » était-il écrit en lettres majuscules. « Petits ennuis ou gros soucis, appelez-moi, je vous arrangerai tout ça. » Un numéro de téléphone suivait, en plus petit. Je l'ai composé sur-le-champ.

« Allô.

— C'est vous le type pour l'ordinateur ?

— Ouais. »

Il avait une voix jeune, amicale, très intelligente.

« Dieu soit loué. Mon ordinateur est paralysé. Tout y est. Toute ma vie.

— Où habitez-vous ? »

J'ai senti un poids s'envoler de mes épaules. Super. Je m'étais imaginé devoir traverser tout Londres en trimballant ce truc.

« À Camden, pas très loin du métro.

— Ce soir, ça vous va ?

— Et pourquoi pas tout de suite ? S'il vous plaît. Croyez-moi. Je ne vous le demanderais pas s'il ne s'agissait pas d'une urgence absolue. »

Il a ri. Un rire assez sympa, enfantin. Rassurant. Comme celui d'un médecin. « Je vais voir ce que je peux faire. Vous êtes là toute la journée ?

— Je ne bouge pas. Ce serait génial. » Je lui ai vite donné mon adresse et mon numéro de téléphone avant qu'il n'ait le temps de trouver une excuse. Puis j'ai ajouté : « Au fait, mon appartement est un dépotoir. » J'ai jeté un coup d'œil autour de moi. « Un vrai dépotoir. Et je m'appelle Nadia. Nadia Blake.

— À plus tard. »

2

Moins d'une demi-heure plus tard, il a frappé à la porte. C'était presque délirant ce que ça pouvait être nickel. Il ressemblait à un de ces hommes à tout faire dont mon père n'arrête pas de parler, ces types qu'on voyait au bon vieux temps des allumeurs de réverbères et des ramoneurs. C'était le genre de mec qui débarque chez vous et qui répare tout. Encore mieux, il ne sortait pas vraiment du bon vieux temps. Ce n'était pas un de ces gars entre deux âges, ces types en uniforme qui vous appellent madame quand ils se pointent, un bloc à la main, laissant voir derrière eux une camionnette aux couleurs de leur boîte, et qui à la fin vous laissent une facture si exorbitante qu'on se rend compte que ça aurait coûté moins cher de remplacer les toilettes plutôt que de les faire déboucher.

C'était juste un type normal, un peu jeune peut-être. En tout cas, un peu plus jeune que moi. Il était grand, habillé sport : une paire de baskets, un pantalon gris, un T-shirt et un blouson fatigué qui devait lui tenir chaud par ce temps tropical. Il avait la peau pâle, de longs cheveux noirs qui lui tombaient aux épaules. Il était pas mal et pas du tout coincé en fait, contrairement à ce qu'on dit des mordus de l'informatique.

« Bonjour, a-t-il dit en me tendant la main. Morris Burnside. Le réparateur.

— Fantastique. Fabuleux. C'est moi Nadia. »

Je l'ai fait entrer.

« Vous avez eu la visite de cambrioleurs ? a-t-il demandé en regardant autour de lui.

— Non. Je vous avais dit au téléphone que l'appartement était un dépotoir. J'ai mis le ménage en tête de mes priorités.

— Eh, c'était une blague ! C'est sympa chez vous. Vous avez de belles portes-fenêtres qui ouvrent sur le jardin.

— Oui, c'est hyper horticole. Le jardin figure aussi sur ma liste. Mais un peu plus bas.

— Où est le patient ?

— C'est par là. » Le coupable se trouvait dans ma chambre. Il faut en fait s'asseoir sur le lit pour s'en servir. « Vous voulez un thé ?

— Un café. Au lait, sans sucre. »

Mais je n'ai pas bougé. J'attendais d'avoir sa réponse à mon problème avec un certain intérêt un peu pervers. Disons que c'était comme aller chez le médecin avec une petite douleur. S'il s'avère que c'est un truc assez grave vous éprouvez une certaine fierté, comme si vous lui aviez offert quelque chose qui soit digne de son attention. En revanche, s'il découvre que vous n'êtes quasiment pas malade, vous vous sentez assez honteux. Je voulais avoir un ordinateur sain, pourtant en même temps je voulais avoir un problème qui représente un défi pour Morris le

Mordu, un truc qui justifie son déplacement. Mais l'histoire n'en a pas décidé ainsi.

Il a enlevé son blouson, qu'il a jeté sur le lit. Surprise. Je m'attendais à voir des bras fins, allongés, mais ils étaient musclés et sinueux. Il avait la poitrine large. Voilà un type qui faisait de l'exercice. Avec mon mètre soixante et ma carrure maigrelette, je me sentais minus à côté de lui.

« Space Buddy. Le pote de l'espace, j'ai dit.

— Pardon ? » Mais il a baissé les yeux, puis souri. « Mon T-shirt ? Je ne sais pas qui invente ces slogans. Ça doit être un ordinateur quelque part au Japon ; quelqu'un a dû faire les mauvaises connexions.

— Bon, j'ai repris. Comme vous pouvez le voir, il est tout bonnement figé. En général je n'ai qu'à taper au hasard sur le clavier et il finit toujours par se passer un truc, mais là je me suis excitée comme une folle et il n'y a rien eu à faire. » Assis sur le lit, il regardait l'écran. « Il dit qu'il y a une erreur de type 18, comme si c'était censé nous éclairer. Je me demandais si la meilleure chose n'était pas tout bêtement de le débrancher et puis d'essayer de le redémarrer. Mais ça risque peut-être de l'abîmer. »

Morris s'est lentement penché. De sa main gauche, il a appuyé sur plusieurs des larges touches qui se trouvent à gauche du clavier, puis de sa main droite il a tapé retour. L'écran est devenu noir, puis l'ordinateur a redémarré.

« C'est tout ? » j'ai demandé.

Il s'est levé, il a attrapé son blouson. « Si ça se produit à nouveau, vous appuyez sur ces trois touches en même temps, puis sur retour. Si ça ne suffit pas, il doit y avoir un petit trou derrière le disque dur. » Il a levé l'engin qu'il a débarrassé de sa poussière d'un souffle. « Là. Vous glissez une allumette à l'intérieur. Ça marche quasiment à tous les coups. Si tout ça ne donne rien, vous pouvez retirer la prise.

— Je suis vraiment désolée. » J'en avais le souffle coupé. « C'est juste que je suis nulle avec ces machins, et j'en suis pas particulièrement fière. Mais un jour je vais apprendre. Faudra que je m'inscrive à un cours.

— Vous fatiguez pas. Les femmes ne sont pas faites pour comprendre les ordinateurs. C'est pour cette raison que les hommes ont été inventés. »

J'étais un peu pressée, il fallait que je remette de l'ordre dans mon bazar, mais il me semblait que je ne pouvais pas le mettre à la porte comme ça. « Je vais vous préparer ce café. Si j'en trouve.

— Je peux utiliser vos toilettes ?

— Oui, c'est par là. Je m'excuse par avance pour l'état de la salle d'eau. »

« Je vous dois combien ?

— Y a pas de mal, a répondu Morris. Je ne peux pas accepter d'argent pour le peu que j'ai fait.

— C'est ridicule. Vous devez bien avoir un tarif pour le déplacement. »

Il a souri. « Le café suffira.

— Comment vous allez gagner votre vie si vous vous déplacez pour rien ? Vous êtes un genre de mahatma ou quoi ?

— Pas du tout. Je fais de l'informatique, des programmes, des trucs pour les écoles, enfin, entre autres. Ça, c'est juste un passe-temps. » Il a marqué une pause. « Et vous donc, qu'est-ce que vous faites de beau ? »

Je me sentais toujours fléchir quand je devais me lancer dans cette explication particulière : « Ce n'est pas exactement un métier, je ne peux pas dire non plus que ce soit une carrière, mais au moment précis où je vous parle, je suis dans le divertissement en un sens. Pour les fêtes d'enfants.

— Pardon ?

— Je ne peux pas dire mieux. Moi et mon partenaire Zach — j'entends, mon partenaire de travail, que ce soit bien clair — on va aux fêtes et on fait quelques tours, on les laisse caresser une gerbille, on fait des formes avec des ballons, un spectacle de marionnettes.

— C'est incroyable, a dit Morris.

— C'est pas exactement une science intersidérale, mais ça me permet plus ou moins de gagner ma vie. D'où la nécessité de faire mes comptes, et de fil en aiguille... Je suis vraiment désolée, Morris, ça me gêne de vous avoir fait perdre votre temps comme ça. Et vous n'allez sans doute pas vous satisfaire de mon rôle de femme sans défense, je me trompe ?

— Votre petit copain ne pouvait pas vous arranger ça ?

— Qu'est-ce que qui vous fait croire que j'ai un petit copain ? » ai-je répondu avec un rapide clin d'œil coquin.

Morris a rougi. « C'était sans arrière-pensées. C'est juste que j'ai vu de la crème à raser dans la salle de bains. Deux brosses à dents, ce genre de détails.

— Oh, ça ? C'est juste que Max — soit ce type avec qui je sortais — a laissé des affaires ici au moment où il s'est carapaté il y a environ deux semaines. Quand je me mettrais à mon grand nettoyage, tout ça va se retrouver tout au fond du sac-poubelle.

— Je suis navré », a-t-il lâché.

Je n'avais aucunement l'intention de parler de tout ça.

« Alors comme ça mon ordinateur est tout à fait opérationnel ? j'ai demandé gaiement en finissant ma tasse de café.

— Il a quoi ? Trois ans ?

— Je ne sais pas. Il appartenait au copain d'un ami.

— Je ne comprends pas comment vous arrivez à vous en servir. Ça vous fait pas l'effet de traverser un marais enrobé dans du coton ? » Il regardait l'écran les yeux plissés. « Il vous faudrait de la mémoire. Faut speeder le hamster. C'est le fond du problème.

— Hein ? Speeder le hamster ? Qu'est-ce que c'est que ça ? »

Il a souri. « Pardon. C'est une expression.

— J'ai eu un hamster quand j'étais gosse. Il était pas hyper speed.

— Enfin, ce que je veux dire, c'est que votre équipement date de l'âge de pierre.

— Ce n'est pas très prometteur.

— Pour cinq cents livres vous pourriez avoir une bécane mille fois plus puissante. Vous pourriez vous connecter. Avoir votre site web. Il existe un tableur qui pourrait s'occuper de toute votre compta. Je pourrais vous installer tout ça, si ça vous disait. Vous pourriez me voir à l'œuvre, jouer les consultants informatiques toutes voiles dehors. »

Je commençais à me sentir un peu gagnée par le vertige. « C'est vraiment très gentil à vous, Morris, mais j'ai bien peur que vous me preniez pour plus débrouillarde que je ne suis.

— Non, vous vous trompez. Un bon système vous simplifierait énormément la tâche. Ça vous aiderait à prendre les choses en main.

— Stop, l'ai-je arrêté d'une voix ferme. Je ne veux pas d'un ordinateur qui en fasse plus, au contraire. Je ne veux pas de site web. J'ai six mois de repassage en retard. »

Morris a eu l'air déçu. Il a reposé sa tasse sur la table.

« Si vous changez d'avis, eh bien, vous avez ma carte.

— Ça, c'est bien vrai.

— Et on pourrait peut-être... enfin, peut-être qu'on pourrait prendre un verre un soir. »

Quelqu'un a sonné à la porte d'entrée. Zach. Dieu merci. C'est un fait statistique établi que soixante-dix-neuf pour cent des mecs que je rencontre m'invitent à passer une soirée avec eux. Pourquoi est-ce que je n'intimide pas plus les hommes ? Je l'ai regardé. Non. Les violons ne démarraient pas. Décidément non.

« C'est mon partenaire, j'ai dit. J'ai bien peur que nous devions filer. Et puis... » J'ai laissé s'installer une pause pleine d'émotions. « ... Je me sens un peu chamboulée en ce moment. Je ne suis pas tout à fait prête. Désolée.

— Bien sûr, a répondu Morris sans me regarder. Je comprends très bien. »

C'était gentil de sa part. Il m'a suivie jusqu'à

la porte. J'ai présenté Morris à Zach au moment où ils se sont croisés sur le seuil de la porte.

« Vraiment, a dit Zach, l'air intéressé. Je ne pige rien au mien. Vous pourriez peut-être y jeter un coup d'œil ?

— Désolé, a répondu Morris. C'était une offre unique. Sans deuxième service.

— J'ai l'impression que c'est toujours la même chose avec moi », a dit Zach d'une voix sombre.

Morris m'a adressé un petit signe de tête sympathique avant de s'en aller.

Je l'ai trouvée. Ma troisième. Parfaite. Elle est petite, comme les autres, mais forte, pleine d'énergie. Elle respire l'énergie. Elle a la peau comme du miel, des cheveux châtains luisants, mais tout emmêlés, des yeux noisette, brun-vert, des taches de rousseur cuivrées éparpillées sur le nez et les joues. Des couleurs d'automne pour une fin d'été. Un menton ferme. Des dents blanches. Elle sourit facilement, elle rejette un peu la tête en arrière quand elle rit, elle fait beaucoup de gestes en parlant. Elle n'est pas timide, celle-là, mais à l'aise avec elle-même. Comme une chatte devant un feu. Sa peau paraît chaude. Sa main était chaude et sèche quand je la lui ai serrée. J'ai su dès que je l'ai vue qu'elle était ce que je cherchais. Mon défi. Mon petit cœur. Nadia.

3

« Il faudrait que nous ajoutions un tour à notre numéro, je ne sais pas, moi. » Zach m'a regardée en fronçant les sourcils, attablé devant un milk-shake rose mousseux. « En tout cas un truc nouveau.

— Pourquoi ?

— Pour le cas où on serait de nouveau invités quelque part. »

Je connais deux tours de magie (enfin, trois, si on compte la baguette qui se défait en petits morceaux quand je tire une petite manette à la base, ce qui provoque l'effarement de tous les gosses en dessous de quatre ans). Le premier se déroule ainsi : je dépose une écharpe de soie blanche dans un sac vide — les enfants savent qu'il est vide parce qu'un certain nombre d'entre eux y ont glissé une main poisseuse avant que je commence —, après quoi, hop là, je le retire mais il s'est transformé en morceau de batik rose et violet. Dans le deuxième, je fais disparaître et réapparaître des balles. Ce sont des tours faciles. Très faciles. Rudimentaires même. Mais je les ai perfectionnés avec les années. Ce qu'il faut, c'est se débrouiller pour que l'auditoire regarde dans la mauvaise direction. Ensuite s'ils s'ébahissent, il faut résister à la tentation de recommencer. Et ne dites à personne — même pas aux parents curieux — comment vous vous y prenez. Une fois, je l'avais dit à Max. Je lui avais fait le coup des balles et il en était resté baba. Mais sa curiosité avait été piquée. Comment t'as fait ? Dis, comment t'as fait ? Il ne m'a pas lâchée. Du coup, je lui ai montré et j'ai vu son visage se décomposer à mesure que sa déception grandissait. C'est tout ? Qu'est-ce qu'il espérait ? lui avais-je crié. C'est qu'un tour de passe-passe à la con.

Je sais aussi jongler. Seulement avec trois balles, comme tout le monde. Rien de bien compliqué. Mais je ne me contente pas d'utiliser des balles multicolores : je sais le faire avec des bananes, des chaussures, des tasses, des ours en peluche, des parapluies... Les gamins adorent me voir casser un œuf pendant mon numéro. Ils se disent que je l'ai laissé échapper exprès, que je fais le clown.

Zach est bien meilleur que moi pour les spectacles de marionnettes. Je ne sais faire que deux voix différentes mais elles produisent exactement le même effet. Parfois, il nous arrive d'organiser des fêtes culinaires : on vient avec tous les ingrédients pour apprendre à une ribambelle de mioches comment préparer des gâteaux de fées, des glaçages collants, des hamburgers, ou comment découper des sandwiches en rond avec des formes à biscuits. Ensuite ils se goinfrent tranquillement pendant que vous nettoyez les dégâts. Et si vous avez de la chance, la mère vous offre une tasse de thé.

Je suis le clown, le fou, l'hurluberlu bruyant, coloré, mal coordonné, celui qui se fait des croche-pieds tout seul. Zach joue le rôle du faire-valoir morose et sérieux. Nous venions de rentrer de la fête organisée pour une petite Tamsin, une fillette de cinq ans. Nous y avions trouvé une assemblée de gamines tyranniques vêtues de robes semblables à des meringues et j'étais en sueur, crevée, après ma séance de criailleries frénétiques. Je voulais rentrer, faire une sieste, lire un journal dans mon bain.

« Des insectes ! s'est soudain écrié Zach. J'ai entendu parler d'un gars qui apporte des bestioles et des serpents pour animer des goûters d'enfants. Ils ont le droit de toucher. C'est aussi simple que ça.

— Il est hors de question que je garde des insectes ou des serpents dans mon appartement. »

Il a bruyamment aspiré une gorgée de milk-shake, l'air songeur.

« On pourrait trouver un genre d'insecte qui mordrait les gamins. Non, ça marcherait pas. On se ferait poursuivre. Ce qui serait mieux ce serait d'en trouver un qui leur refilerait une grave maladie, pour qu'ils se tortillent bien, mais très longtemps après.

— Ça me plaît comme idée.

— J'en peux plus de chanter *Happy Birthday*. Pas toi ?

— Oh que si. »

Nous avons échangé un sourire entendu.

« Et puis tu valais pas fort comme jongleuse aujourd'hui.

— Je sais. Je manque d'entraînement. Ils ne nous demanderont jamais de revenir. Mais c'est

aussi bien comme ça, parce que le père de Tamsin m'a passé un bras autour de la taille. » Je me suis levée pour y aller. « On partage un taxi ?
— Non, je vais me débrouiller. »
Nous nous sommes fait la bise avant de partir chacun dans une direction opposée.

Revenir à l'appartement me faisait drôle ces dernières semaines, depuis le départ de Max. Je m'étais tout juste habituée à sa présence : à trouver le siège des toilettes relevé, la penderie pleine de ses costumes et de ses chemises, du jus d'orange frais et du bacon dans le frigidaire, un autre corps dans le lit, qui me disait la nuit que j'étais belle et le matin de me magner le cul parce que j'étais de nouveau en retard, quelqu'un pour qui préparer des repas, quelqu'un qui me fasse la cuisine, qui me masse le dos, qui m'ordonne de prendre un petit déjeuner. Quelqu'un avec qui faire des projets, pour qui changer ma vie. Ça m'agaçait parfois, cette sensation de liberté restreinte. Il m'avait tarabustée à propos du ménage, il voulait que je sois plus ordonnée, plus organisée dans ma vie. Il me considérait comme une souillon. J'étais trop rêveuse à ses yeux. Les choses qu'il avait trouvées charmantes chez moi s'étaient mises à l'irriter. Mais maintenant je me rendais compte que ça me manquait, cette impression de partager ma vie. J'avais besoin d'apprendre à nouveau à vivre seule. Les délices de l'égoïsme : je pouvais recommencer à manger du chocolat au lit, à me faire du porridge pour le dîner, à regarder *La Mélodie du bonheur* en vidéo, à coller des mots sur les murs au scotch double face, à être de mauvais poil sans que ça gêne personne d'autre que moi. Je pouvais faire une nouvelle rencontre et reprendre de zéro le tour complet de ce manège vertigineux, délicieux, déprimant.

Partout autour de moi, mes amis se casaient. Ils avaient obtenu les boulots pour lesquels ils avaient fait des études, ils cotisaient pour leur retraite, faisaient des projets. Ils avaient un emprunt pour la maison, une machine à laver, des horaires de bureau. Beaucoup s'étaient mariés, un certain nombre avaient des enfants. C'était peut-être pour cette raison que Max et moi on s'était séparés. Il était devenu évident que nous n'avions pas l'intention d'ouvrir un compte commun ni d'avoir des enfants, avec ses cheveux et mes yeux.

J'ai commencé à me lancer dans d'effrayants calculs pour savoir combien de temps j'avais déjà vécu et combien de temps il me restait, histoire de voir ce que j'avais accompli et ce que je pouvais envisager. J'ai vingt-huit ans. Je ne fume pas, ou presque pas, je me gave de fruits et de légumes. Je monte les escaliers à pied plutôt que de prendre l'ascenseur, et il m'est arrivé de faire du jogging. J'estime qu'il me reste au moins cinquante ans à vivre, peut-être soixante. Ça me laisse amplement de quoi apprendre à développer mes propres photos, faire du rafting, aller voir des aurores boréales, même rencontrer l'homme de mes rêves. Ou les hommes de mes rêves, c'est plus probable. La semaine dernière, j'ai lu un article disant que les femmes pourront bientôt avoir des enfants à la soixantaine passée. Je me suis surprise à éprouver du soulagement.

J'ai pensé que Max allait sans doute se trouver

à cette fête où j'étais invitée ce soir. Sur le chemin de l'appartement, coincée dans la circulation, je me suis promis de me faire toute belle. J'allais me laver les cheveux, mettre ma robe rouge, rire, flirter, danser : il verrait un peu à quoi il avait renoncé, et il verrait que je m'en contrefoutais. Je ne me sens pas seule sans lui.

Je me suis effectivement lavé les cheveux. J'ai repassé ma robe. Je me suis allongée dans un bain plein d'huiles, avec des bougies posées aux quatre coins de la baignoire, même s'il faisait encore grand jour dehors. Puis j'ai avalé deux toasts tartinés de Marmite accompagnés d'une nectarine fraîche et reluisante.

Au bout du compte, Max ne s'est même pas pointé. J'ai fini par arrêter de le chercher des yeux à chaque fois qu'une nouvelle personne passait la porte. J'ai rencontré un nommé Robert, un avocat aux sourcils épais, puis un certain Terence, un vrai emmerdeur. Je me suis pas mal éclatée sur la piste de danse avec mon vieux pote Gordon qui m'avait présenté Max il y a tant de mois. J'ai un peu bavardé avec Lucy, qui avait trente ans aujourd'hui, d'où la fête, et avec son nouveau petit copain, un type qui devait bien faire ses deux mètres et qui se décolorait les cheveux. Il était obligé de se pencher jusqu'à moi, ce qui m'a donné l'impression d'être une naine ou une gamine. Ensuite, à onze heures et demie, je suis partie. Je suis allée dîner dans un restau chinois avec mes vieux copains Cathy et Mel. J'ai un peu trop bu, mais c'était vraiment très sympa. J'ai pris des travers de porc avec des nouilles gluantes, le tout arrosé d'un rouge pas cher, jusqu'au moment où j'ai commencé à avoir froid dans ma petite robe rouge. J'avais froid, j'étais fatiguée, et j'ai eu soudain envie de rentrer m'allonger dans mon grand lit.

Il était une heure passée quand je suis retournée à l'appartement. Camden Town prend vie après minuit. Les trottoirs grouillent de gens bizarres parmi lesquels on trouve quelques indolents mais aussi des zozos plutôt frénétiques. Un type avec une queue-de-cheval verte a essayé de m'attraper, mais il a haussé les épaules en ricanant quand je lui ai dit d'aller se faire foutre. Une belle fille vêtue de presque rien faisait des tours et des tours sur le trottoir près de ma rue, comme une toupie. Personne ne semblait lui prêter attention.

J'ai manqué me casser la figure en franchissant la porte, du coup j'ai allumé la lumière. Il y avait une lettre sur le paillasson. Je l'ai ramassée, j'ai regardé l'écriture. Je ne l'ai pas reconnue. Des italiques bien nets à l'encre noire : *Ms Nadia Blake*. J'ai glissé le doigt sous le rabat précollé, puis j'ai tiré la lettre.

4

« C'est lui qui a mis l'appartement à sac ?

— Hein ? »

Links a désigné le foutoir d'un geste, les coussins par terre, les papiers étalés sur la moquette.

« Non, j'ai répondu. Ça, c'est moi. J'ai eu plein de trucs à faire ces derniers temps, je vais m'occuper de tout ce bazar. »

L'inspecteur a paru interloqué, comme s'il venait de se réveiller et qu'il n'arrivait pas à se rappeler où il se trouvait.

« Euh, miss euh...

— Blake.

— Oui, miss Blake. Ça vous dérange que je fume ?

— Allez-y. »

En farfouillant à droite et à gauche j'ai réussi à mettre la main sur un cendrier, une coupelle, tiens donc, qui avait la forme de l'île d'Ibiza. J'ai soudain eu peur qu'il y voie des connotations possibles question drogue, mais l'inspecteur principal Links avait apparemment des problèmes plus urgents en tête. Il n'avait pas l'air dans son assiette. J'ai un oncle qui a fait trois crises cardiaques mais qui continue pourtant à fumer, quoiqu'il ait des difficultés à aspirer suffisamment fort pour que sa cigarette ne s'éteigne pas. Et un ami de Max en train de se remettre tant bien que mal d'une grosse dépression qui lui a valu de se faire interner. C'était il y a un an, mais il continue à parler avec la voix tremblotante de quelqu'un qui veut se retenir de pleurer. Links me faisait penser à eux. Le regarder allumer sa cigarette était une épreuve pour les nerfs. Ses doigts tremblaient tellement qu'il avait du mal à maintenir l'allumette devant le bout de la cigarette plus d'une microseconde. On aurait dit qu'il se trouvait au beau milieu d'un chalutier sur la mer du Nord et pas dans mon salon relativement tranquille côté courants d'air.

« Vous allez bien ? ai-je demandé. Je peux vous apporter quelque chose ? Une tasse de thé ? »

Links a commencé à parler, mais il est parti dans une quinte de toux bronchitique très douloureuse à l'oreille. Il n'a pu que secouer la tête.

« Un jus de citron au miel ? »

Il a continué à secouer la tête. Il a sorti un mouchoir sale de sa poche pour s'essuyer les yeux. Quand il s'est remis à parler, il avait la voix très basse, ce qui fait que j'ai dû me pencher. « Ce qu'il faut établir, c'est... » Il s'est arrêté. Il n'arrêtait pas de perdre le fil de son discours. « ... c'est la question de l'accès. Savoir qui a accès ici.

— D'accord, j'ai répondu d'une voix lasse. Vous l'avez déjà dit. Ça me paraît se donner bien du mal pour une lettre de tordu. Ça va être du boulot. Il y a pas mal de gens qui passent par ici. Mon copain est souvent venu. Il y a tout le temps du monde qui va et qui vient. Je viens de passer quelques mois à l'étranger et une de mes copines a pris l'appartement. Apparemment c'était entrée libre pendant son séjour.

— Où est-elle à présent ? a soufflé Links, sans vraiment réussir à produire mieux qu'un misérable soupir.

— Je crois qu'elle est à Prague. Elle y avait un boulot à terminer avant son retour à Perth. »

Links a jeté un coup d'œil à son collègue. L'autre policier, l'inspecteur Stadler, paraissait plus fiable. Certes, il avait bien l'air un peu claqué, mais bizarrement ça le rendait attirant. C'est juste qu'il se montrait complètement impassible. Il avait des cheveux raides peignés en arrière, des pommettes proéminentes, des yeux noirs qu'il gardait fixés sur moi chaque seconde comme si j'étais vraiment très intéressante, mais d'un intérêt un peu étrange, au point que j'avais l'impression d'être un accident de voiture plutôt qu'une femme. Il a alors pris la parole pour la première fois. « Avez-vous la moindre idée de qui aurait pu vous écrire cette lettre ? Avez-vous déjà reçu un message similaire ? Des coups de fil de menace ? Avez-vous fait des rencontres bizarres avec des gens ?

— Oh, alors là, tout le temps ! » Links a tendu l'oreille, ce qui lui a donné un tout petit peu moins l'air de revenir d'entre les morts. « Mon métier m'amène à aller de maison en maison toutes les semaines. Je ferais peut-être mieux de préciser que je ne suis pas une voleuse. » Ils n'ont pas ri. Même pas le plus petit début d'un sourire. « Moi et mon partenaire, on s'occupe d'animer des goûters d'enfants. Sans rire, vous seriez effarés par les gens qu'on rencontre. Je peux vous dire que vous faire draguer par le père d'un gosse de cinq ans pour qui on vient de faire un spectacle pendant que la mère est dans la cuisine à allumer les bougies sur le gâteau, c'est le genre de truc qui n'arrange pas votre conception de la nature humaine. »

Links a écrasé sa cigarette, à moitié fumée, avant d'en allumer une autre.

« Mademoiselle, euh... » Il a regardé dans son carnet. « Miss euh... (il paraissait avoir du mal à relire ses notes) euh, Blake. Nous avons, euh, enfin, nous avons des raisons de croire qu'en ce moment, ou disons ces derniers temps, enfin, ces derniers mois, eh bien, il est possible que... comment... que d'autres femmes aient été visées par cet individu. » Il n'arrêtait pas de lancer des regards en direction de Stadler, comme pour s'assurer d'un soutien moral. « Du coup, un des objectifs de nos enquêtes sera d'établir, ou du moins, dirons-nous, de tenter d'établir, des relations possibles entre ces affaires.

— Qui sont ces femmes ? »

Links a de nouveau toussé. Stadler n'a pas même essayé de prendre le relais. Il s'est contenté de rester assis à me regarder.

« Écoutez, a-t-il fini par dire, il n'est peut-être pas très opportun, à ce stade de l'enquête, de... comment dire... de vous fournir des détails précis. Ça pourrait entraver certains aspects de notre investigation.

— Vous avez peur que je cherche à entrer en contact avec elles ? » Links a sorti son mouchoir pour se moucher. Je me suis tournée vers Stadler. Pour la première fois il ne me regardait pas. Il paraissait examiner quelque chose de très intéressant dans son carnet.

« Nous vous tiendrons aussi informée que possible des progrès effectués, a conclu Links.

— Une enquête ? Mais ce n'est qu'une lettre !

— Il est important de prendre ces affaires au sérieux. Nous avons aussi une psychologue, le Dr Grace Schilling, qui est experte en... euh... enfin elle devrait arriver... (il a regardé sa montre)... d'une minute à l'autre, en fait. »

Un silence s'est ensuivi.

« Écoutez, je ne suis pas idiote. On a forcé ma porte il y a environ un an. Enfin bon, ils n'ont rien pris. Je crois que je les ai dérangés. Mais il a fallu quasiment une journée entière à la police pour arriver, et ils n'ont pas fait grand-chose. Aujourd'hui je reçois une sale bafouille et ça lance une opération de tous les diables. Qu'est-ce qui se passe ? Vous n'avez donc pas de meurtres grandeur nature à résoudre ? »

Stadler a refermé son carnet d'un coup puis l'a glissé dans sa poche. « On nous a accusés de ne pas être assez vigilants quant aux attaques perpétrées contre les femmes. Nous prenons ce genre de menace très au sérieux.

— Oh, d'accord. C'est une bonne chose, j'imagine. »

Le Dr Schilling était le genre de femme que j'envie plutôt. À l'évidence, elle s'était très bien débrouillée dans ses études, elle avait eu des notes fabuleuses. D'ailleurs, elle avait toujours l'air assez maligne. Elle s'habillait aussi de façon drôlement élégante mais, même ça, c'était fait avec intelligence. Elle possédait de longs cheveux blonds magnifiques qu'elle avait cependant dû relever en pas plus de trois secondes et demie histoire de montrer qu'elle ne les prenait pas trop au sérieux. Ce n'était certainement pas le genre de femme qu'on aurait pu voir faire le poirier devant un groupe de mioches beuglards. Si j'avais su qu'elle allait venir, j'aurais vraiment rangé l'appartement. La seule chose qui m'irritait était cet air préoccupé très sérieux, presque triste, qu'elle prenait à mon égard. On aurait dit qu'elle présentait une émission religieuse à la télé.

« J'ai cru comprendre que vous sortez tout juste d'une relation amoureuse.

— Je peux vous affirmer que ce n'est pas Max qui a écrit cette lettre. Pour un tas de raisons, dont le fait qu'il aurait du mal à composer un mot pour le livreur de lait. Et puis, de toute façon, c'est lui qui s'est barré.

— Quoi qu'il en soit, vous vous trouviez sans doute dans un état de vulnérabilité.

— Je dirais plutôt que j'étais en pétard, si on veut.

— Combien mesurez-vous, Nadia ?

— Inutile de me le rappeler. J'essaye de ne pas y penser. Je fais un petit mètre cinquante. Je suis une naine sentimentalement vulnérable. C'est à ça que vous voulez en venir ? De ce côté-là, en revanche, vous n'avez pas de souci à vous faire. »

Elle n'a même pas esquissé un sourire.

« Est-ce que je dois m'inquiéter ? »

Une très longue pause s'est installée. Quand le Dr Schilling a rompu le silence, elle s'est exprimée avec une grande précision.

« Je ne pense pas qu'il serait très... eh bien

disons très productif de vous inquiéter. Mais je crois que vous devriez vous comporter comme si vous étiez préoccupée, juste pour être tranquille. Vous avez fait l'objet de menaces. Vous devriez agir comme si ces menaces étaient réelles.

— Vous pensez vraiment que quelqu'un veut me tuer sans raison ? »

Elle a pris un air songeur. « Sans raison ? Peut-être. Il y a un tas d'hommes qui pensent qu'ils ont de très bonnes raisons de s'en prendre aux femmes ou de les tuer. Ce ne sont peut-être pas des raisons qui convaincraient des gens comme vous ou moi. Mais ce n'est pas très réconfortant, non ?

— En tout cas pas pour moi.

— En effet. » Le Dr Schilling avait à peine murmuré ces derniers mots. On aurait dit qu'elle parlait à quelqu'un d'autre, à quelqu'un que je ne voyais pas.

5

Ils n'avaient pas l'air pressés de s'en aller. Deux heures après leur arrivée, Links a reçu un message. Du coup il est parti en traînant la patte, mais Stadler et le Dr Schilling sont restés. Pendant que le Dr Schilling me parlait, Stadler s'est éclipsé. Il est revenu avec des sandwiches, des briques de boisson, de lait, des fruits. Ensuite, pendant qu'il faisait le tour de l'appartement avec moi pour examiner les mesures de sécurité que j'avais prises (elles demandaient à être sérieusement améliorées), elle s'est retirée dans la cuisine pour faire du thé. J'ai même entendu des bruits de chocs, de cliquetis et d'eau signalant que quelqu'un faisait la vaisselle. Elle est revenue les bras chargés de tasses. Stadler a ôté sa veste puis relevé ses manches.

« Nous avons thon-concombre, saumon-concombre, salade de poulet, jambon-moutarde », a-t-il annoncé.

J'ai pris le jambon, le Dr Schilling a préféré la première proposition, ce qui m'a fait penser que le thon devait être autrement plus sain et qu'il y avait quelque chose un rien sordide et frivole dans mon choix.

« Alors, comme ça, vous êtes une espèce de femme policier médecin ? » j'ai demandé.

Comme elle avait la bouche pleine, elle a dû se contenter de secouer la tête en essayant laborieusement d'avaler son sandwich. J'ai éprouvé un instant une sensation de triomphe. Je l'avais surprise dans une attitude indigne.

« Non, pas du tout, a-t-elle répondu, comme si je l'avais insultée. Je suis consultante pour leur service, c'est tout.

— C'est quoi votre véritable métier ?

— Je travaille à la clinique Welbeck.

— Et vous faites quoi au juste ?

— Grace est trop modeste, a dit Stadler. C'est une éminence dans son domaine. Nous avons de la chance de l'avoir à nos côtés. »

Le Dr Schilling lui a adressé un regard acéré avant de rougir, de colère ou de détresse, m'a-t-il semblé, plutôt que d'embarras. Tous ces clins d'œil et ces murmures sous cape... J'avais l'impression d'être l'intruse au milieu d'un groupe de vieux copains soudés par leurs répliques entendues, leur jargon, leur cher passé de travail en équipe.

« Ce que je voulais dire en fait, ai-je poursuivi, c'est que moi je suis animatrice de goûters d'enfants. Il est rare que j'aie un emploi du temps très chargé en semaine quand tout le monde est au bureau. Mais vous, docteur Schilling...

— Je vous en prie, Nadia. Appelez-moi Grace, a-t-elle murmuré.

— D'accord, Grace. Je sais que les médecins sont des gens terriblement occupés. Je m'en suis rendu compte à chaque fois que j'ai voulu en voir un. Je vous avoue sans peine que je trouve ça très sympa d'être assise là à bavarder avec vous, je suis toute prête à vous parler de ma vie, en détail même si vous le souhaitez. Mais je me demandais simplement pourquoi une grande psychiatre comme vous se retrouve assise par terre dans une chambre bordélique de Camden Town à manger un sandwich au thon. Vous ne regardez pas votre montre, vous ne recevez aucun coup de fil sur votre portable. Je trouve ça bizarre.

— Il n'y a rien de bizarre dans tout ça », a dit Stadler en s'essuyant la bouche. Il avait pris le saumon. Je parie que le sandwich au jambon était non seulement le plus mauvais pour la santé mais aussi le moins cher. « Notre objectif, c'est de mettre sur pied un plan d'action. Nous voulons vous fournir une protection discrète. Le but de cette réunion, c'est de décider de quel type de protection vous avez besoin. Pour ce qui est du Dr Schilling, elle fait autorité en ce qui concerne ce genre de harcèlement. Elle a deux objectifs. Le plus important, bien évidemment, c'est de nous aider à attraper la personne qui vous a envoyé cette menace. Pour ce faire, il faut qu'elle vous voie, qu'elle ait une idée de votre vie, afin d'essayer de comprendre ce qui a attiré ce malade.

— Alors comme ça, c'est ma faute. C'est moi qui l'ai attiré.

— Ce n'est absolument pas votre faute, a vite corrigé le Dr Schilling. Mais il vous a choisie.

— Je pense que vous vous foutez le doigt dans l'œil, j'ai repris. Le type qui fait ça, ça l'excite d'envoyer des lettres dégueulasses à des femmes parce qu'il en a la trouille. Où est le problème ?

— Vous avez tort, a répondu Grace. Une lettre comme celle-là représente un acte violent. Un homme qui envoie ce genre de lettre a... eh bien, il est fort possible qu'il ait... franchi un seuil. Il faut le considérer comme dangereux. »

Je l'ai regardée, troublée. « Vous croyez que je n'ai pas assez les chocottes comme ça ? »

Elle a vidé sa tasse de thé. Elle donnait presque l'impression de vouloir gagner du temps. « Je peux vous dire ce que vous devriez faire, a-t-elle dit. Mais j'ai peur de ne pas pouvoir influer sur vos sentiments. Allez, donnez-moi votre tasse. Je vais nous refaire du thé. »

Le sujet était clos. Stadler a toussé. « Ce que j'aimerais faire, si vous êtes d'accord, c'est bavarder un peu avec vous de votre vie, de vos amis, des gens que vous fréquentez, de vos habitudes, ce genre de choses.

— Vous ne ressemblez pas à un flic. »

Il a un peu sursauté. Puis il a souri. « Et ça ressemble à quoi, un flic ? » a-t-il demandé.

C'était un type qu'il n'était pas facile de mettre dans l'embarras, du moins pour moi. Je n'avais encore jamais rencontré personne qui me regarde dans les yeux comme il le faisait, presque comme s'il cherchait à lire à l'intérieur de moi. Qu'est-ce qu'il voulait donc voir ?

« Je n'en sais rien. C'est juste que vous n'avez pas le look d'un flic. Vous, vous êtes plutôt... » Et je me suis arrêtée aussi sec parce que ce que je cherchais à dire c'était qu'il était trop beau pour être flic, ce qui était à la fois très bête et plus que carrément déplacé dans la situation présente. En plus, Grace venait de rentrer, les mains chargées de tasses.

« ... normal, j'ai dit histoire de terminer la phrase, même en retard.

— C'est tout ? Je croyais que vous alliez dire quelque chose de plus gentil. »

Je lui ai fait une grimace. « Je trouve ça gentil de ne pas ressembler à un flic.

— Tout dépend de ce à quoi ressemble un flic.

— Serais-je de trop par hasard ? » a demandé Grace avec une pointe d'ironie.

À ce moment-là le téléphone a sonné. C'était Janet. Elle voulait s'assurer du rendez-vous qu'on s'était fixé. J'ai mis la main sur le combiné.

« C'est une de mes meilleures copines, ai-je soufflé comme au théâtre. Je suis censée la retrouver pour boire un coup en début de soirée. Au fait, ce n'est certainement pas elle qui a écrit le mot.

— Pas aujourd'hui, a répondu Stadler.

— Vous rigolez ?

— J'insiste. »

J'ai fait une nouvelle grimace mais je me suis inventé une excuse. Janet s'est montrée très compréhensive. Elle voulait bavarder, mais j'ai écourté. Grace et Stadler paraissaient un peu trop attentifs à ce que je racontais. « C'est une blague ou quoi ? ai-je lâché.

— Comment ça ?

— Je commence à me sentir persécutée, mais pas par le pauvre con qui m'a écrit cette lettre. J'ai l'impression de me retrouver épinglée sur une fiche. Je continue à gigoter, mais quelqu'un me regarde dans le microscope.

— C’est vraiment votre impression ? a demandé Grace, l’air sérieux.

— Oh, ne commencez pas ! me suis-je exclamée avec fougue. Pour l’amour du ciel, n’allez pas me dire que c’est significatif. »

Mais en définitive, ce n’était même pas la moitié de ce que je ressentais. Nous sommes restés là tout l’après-midi, j’ai fait du thé, puis du café, et j’ai dégoté des petits gâteaux dans une boîte en fer. Puis j’ai été repêcher tous les bouts de papier que j’appelle mon agenda, j’ai passé en revue mon carnet d’adresses, j’ai continué à leur raconter ma vie. De temps en temps, l’un d’eux me posait une question. Il s’est mis à pleuvoir pour la première fois depuis des jours et des jours, et soudain je n’ai plus eu la sensation d’être un spécimen rare qu’on examine avant de commencer la dissection. Il me semblait à la place que je passais du temps avec deux nouveaux amis assez étranges. Se trouver assis par terre tandis que la pluie dégringolait sur les fenêtres, c’était plutôt rassurant qu’autre chose.

« Vous savez vraiment jongler ? m’a demandé Stadler à un moment.

— Si je sais jongler ? j’ai rétorqué avec pugnacité. Visez-moi un peu ça. » J’ai fait le tour de la pièce des yeux. Il y avait des fruits dans une coupe.

Quand j’ai attrapé deux pommes ridées et une mandarine, un nuage de moucherons s’est élevé dans l’air. Il y avait un truc qui pourrissait dans le lot.

« Je m’en occuperai plus tard. Maintenant, regardez. »

J’ai commencé à jongler avec les fruits, puis,

en faisant bien attention, j'ai entrepris de me promener dans la pièce. Je me suis pris les pieds dans un coussin et ils se sont écrasés par terre.

« Ça vous donne un aperçu général.

— Vous y arrivez avec plus de trois objets ? »

Je me suis esclaffée.

« Jongler avec quatre balles, c'est rasant. Il suffit d'en tenir deux dans chaque main et de les envoyer en l'air sans changer de main.

— Et cinq ? »

Nouvel éclat de rire méprisant.

« Cinq, c'est pour les tarés. Pour jongler avec cinq balles, il faut passer trois mois assis tout seul dans une pièce à ne faire que ça. Je garde ça pour le jour où on m'enverra en prison ou celui où je me ferai nonne. Ou pour quand je me retrouverai abandonnée sur une île déserte. Ce ne sont que des gosses de toute façon. Et puis ce n'est qu'une phase que je traverse, le temps de comprendre ce que je vais faire du reste de ma vie.

— Ce n'est pas une excuse, a dit Stadler. Nous voulons voir cinq balles, pas vrai ?

— Au minimum, a renchéri Grace.

— Taisez-vous. Sinon je vous montre mes tours de magie. »

6

Je ne peux pas expliquer ce qui s'est passé par la suite. Tout du moins, mes explications ne parviendront pas à donner un sens effectif aux événements.

Grace Schilling est partie. Elle a posé les mains sur mes épaules au moment de me dire au revoir, elle m'a longtemps regardée, comme si elle allait m'embrasser ou se mettre à pleurer. Ou me dire quelque chose de très sérieux. Ensuite Stadler m'a dit qu'ils avaient demandé à une de leurs collègues, l'agent Burnett, de me surveiller.

« Elle ne va pas s'installer ici, quand même ?

— Non. Je voulais vous expliquer tout ça. Lynne Burnett est la personne qui sera assignée en priorité à votre protection. La nuit, elle, ou d'autres agents, seront mis en faction devant chez vous, le plus souvent dans une voiture. Une voiture banalisée. Pendant la journée elle pourra passer du temps à l'intérieur, mais ce sera à vous deux de décider.

— La nuit ?

— Ce n'est que l'affaire de quelques jours.

— Et vous ? Vous serez dans les parages ? »

Il m'a regardée juste une seconde ou deux de trop ; j'ai envisagé d'ajouter quelque chose, mais la sonnette a retenti.

« Ça doit être Lynne, a-t-il déclaré.

— Alors vous n'ouvrez pas ?

— C'est votre appartement.

— Mais c'est pour vous. »

Il a tourné les talons pour aller ouvrir la porte. Elle était plus jeune que moi, mais pas de beaucoup, et assez mignonne. Une grosse tache de naissance rose lui ornait la joue. Elle ne s'habillait pas comme une femme flic. Elle portait un jean et un T-shirt. Elle avait aussi une veste légère bleue pendue au bras.

« Je me présente, Nadia Blake. » Je lui ai tendu la main. « Désolée pour le foutoir, mais je n'attendais pas vraiment de visiteurs. »

Elle a souri, rougi. « Je vais faire de mon mieux pour ne pas me mettre dans vos pattes, à moins que vous n'ayez besoin de moi. Et je suis assez douée question rangement. Enfin, seulement si ça vous intéresse, elle a vite ajouté.

— Je me suis un peu laissé déborder. » Je me suis tournée vers Stadler pour lui sourire, mais il ne m'a pas rendu mon sourire, il s'est contenté de me regarder d'un air songeur. Je suis allée dans ma chambre et me suis assise sur mon lit en attendant qu'il s'en aille. Je me sentais fatiguée, bizarre. Qu'est-ce que j'étais censée faire de ma soirée, avec Lynne dans le coin ? L'idée de me coucher tôt pour grignoter un toast au fromage ne réussissait même pas à me détendre.

Ça aurait pu être pire. Nous avons mangé des œufs sur le plat avec des haricots en boîte pour le dîner. Puis Lynne m'a tout raconté de ses sept frères et sœurs et de sa mère qui était coiffeuse. Elle a un peu rangé ; il faut croire qu'elle devait sentir le besoin de faire quelque chose de ses dix doigts. Ensuite elle est partie. Enfin, pas bien loin, bien sûr. Elle est sortie s'asseoir dans la voiture dehors. Après cette nuit, m'a-t-elle dit, il y aurait d'autres agents pour ça. Après tout, il fallait bien qu'elle dorme de temps en temps. J'ai pris un long bain, jusqu'à ce que le bout de mes doigts soit tout fripé. Quand j'en suis sortie, j'ai regardé par la fente entre les rideaux. J'apercevais sa silhouette dans la voiture. Lisait-elle ? Écoutait-elle la radio ? C'était impossible à dire. Elle n'avait sans doute pas le droit à la moindre distraction. Je me suis demandé si je ne devrais pas lui apporter un bol de soupe ou une tasse de café. Je suis allée me coucher.

Le lendemain, Lynne m'a suivie dans les magasins. Elle s'est assise pendant que j'écrivais mon courrier. Un soupçon d'embarras s'est fait sentir quand Zach a appelé pour décider d'une heure où il pourrait passer. Il fallait qu'on s'occupe de l'agenda à venir. J'ai baissé le combiné, je me suis tournée vers elle. J'ai à peine eu le temps de dire « Euh... » qu'elle a tout de suite réagi. « Je vais attendre dehors.

— C'est juste que...

— Il n'y a pas de problème. »

Tôt dans la soirée quelqu'un a sonné, elle est allée ouvrir. C'était Stadler. J'ai vu qu'il portait à la main une serviette d'aspect très sérieux et qu'il avait revêtu un costume sombre.

« Coucou, inspecteur, ai-je lancé avec gentillesse.

— Je remplace Lynne pour quelque temps. » Il était impassible. Pas un sourire. « Tout va bien ?

— Au poil, merci.

— J'ai pensé que je pourrais vous poser quelques questions. »

Il s'est assis sur le canapé. Je me suis installée en face, dans le fauteuil.

« Alors, quelles sont vos questions, inspecteur ? » Il avait de belles mains. Longues, avec des ongles lisses.

Il a ouvert sa serviette puis fouillé dans ses papiers. « Je voulais vous interroger sur votre ancien petit ami.

— Vous l'avez déjà fait.

— J'en suis conscient, mais...

— Vous savez quoi ? Je crois que je préférerais parler de mes anciennes amours avec le Dr Schilling. »

Il a pris une profonde inspiration. Il paraissait mal à l'aise. Ça ne me dérangeait pas. « Il pourrait s'avérer utile que vous... a-t-il commencé, mais je l'ai interrompu.

— Je n'ai pas vraiment envie de vous donner des détails sur ma vie sexuelle. »

Là, il m'a regardée, il est enfin sorti de ses notes. Je me suis levée et je lui ai tourné le dos.

« Je vais prendre un verre de blanc. Vous en voulez ? Et ne me dites pas "pas pendant le service".

— Peut-être un tout petit alors. »

Je nous ai servi un verre à chacun. Et pas petits. Nous sommes sortis dans ce qui faisait office de jardin. Mon arrière-cour donne sur un terrain industriel où sont entreposés des conteneurs, mais ça changeait de l'intérieur. La pluie de la veille et d'aujourd'hui avait cessé, l'air donnait une impression de fraîcheur plus grande que ça n'avait été le cas depuis des semaines. Les feuilles du poirier luisaient.

« Je vais bientôt m'y attaquer sérieusement. » Nous nous trouvions au milieu des plantes montées en graine. « C'est comme la forêt de la Belle au bois dormant. Les mauvaises herbes envahissent tout.

— À côté de ça, c'est bien protégé. Personne ne peut voir ce qu'il s'y passe.

— C'est vrai. »

J'ai pris une gorgée de vin. Il en connaissait beaucoup sur moi. Il savait ce que je faisais, il était au courant de ma famille, de mes amis, de mes amours, de mes résultats en fac et de mes aventures. Des choses que je voulais, comme un cabriolet de sport ou une meilleure voix pour le chant ou encore plus de dignité, mais aussi de celles qui m'effrayaient, comme les ascenseurs, les hauteurs, les serpents et le cancer. Je lui avais parlé, et à Grace aussi, comme je l'aurais fait à un amant, au lit après l'amour, tandis que dehors la nuit est calme, quand on se dit des secrets ou des bêtises intimes. Pourtant je ne savais rien de lui, rien du tout. Ça me donnait le tournis.

Nous nous sommes penchés l'un vers l'autre. Nous y voilà, je me suis dit, c'est parti pour une nouvelle grosse bourde. Mais au même moment je me suis pris le pied dans une ronce épaisse qui m'a fait méchamment trébucher. J'ai lâché mon verre avant d'atterrir à genoux dans l'herbe haute et mouillée. Il s'est agenouillé à côté de moi, il a glissé une main sous mon coude.

« Allez, levez-vous, a-t-il dit d'une voix éraillée. Allez, Nadia. »

J'ai passé les bras autour de son cou. Il ne s'est pas détourné. J'étais incapable de deviner ce qu'il pensait, ce qu'il voulait. Je l'ai embrassé en plein sur la bouche, sans ménagement. Il avait les lèvres fraîches mais la peau chaude. Il ne m'a pas repoussée, mais il n'a pas répondu à mon baiser. Il est juste resté là à genoux à me laisser faire. J'ai vu les plis creusés sur son visage, les petites rides autour des yeux, les sillons de part et d'autre de sa bouche.

« Alors, aidez-moi à me relever. »

Ce qu'il a fait. Nous sommes restés debout dans le jardin sauvage. Il était beaucoup plus imposant que moi, large d'épaules et grand, il cachait le soleil bas.

J'ai fait courir mon pouce sur sa lèvre inférieure. J'ai pris sa lourde tête entre mes mains. Je l'ai de nouveau embrassé, plus fort, plus longtemps. J'avais la tête qui tournait complètement, comme si j'avais bu six verres de vin et non la moitié d'un. J'ai passé les mains dans son dos, sous sa chemise, je me suis serrée contre lui. Je le sentais solide, gigantesque. Ses bras pendaient le long de ses flancs. Je lui ai pris une main que j'ai posée contre ma joue brûlante, puis je l'ai entraîné à l'intérieur par la porte-fenêtre.

Il s'est assis sur une chaise et m'a regardée. J'ai déboutonné ma chemise puis je me suis assise en travers de ses genoux.

« Cameron, ai-je dit.

— Je ne devrais pas. » Il a enfoui sa tête entre mes seins, j'ai posé la main dans ses cheveux. « Je ne devrais vraiment pas. » Il a enfin fermé les yeux. Puis il s'est retrouvé sur moi, par terre, j'avais une chaussure sous le dos et une vieille brosse à cheveux qui me piquait le talon gauche, tout était poussiéreux, il a levé ma chemise et m'a pénétrée, là, sur le sol crasseux. Ni l'un ni l'autre n'avons dit un mot.

Après il s'est dégagé, il est resté allongé sur le dos à côté de moi, les bras sous la tête. Nous avons passé environ dix minutes allongés comme ça sans bouger, côte à côte, à fixer le plafond sans dire un mot.

Quand Lynne est revenue, Cameron était au téléphone, très professionnel, et je lisais un magazine. Nous nous sommes dit au revoir de façon assez formelle mais ensuite, après avoir murmuré à Lynne qu'il y avait une chose qu'il avait oublié de vérifier, il m'a suivie dans ma chambre un dossier sous le bras, il a fermé la porte et m'a allongée sur le lit pour m'embrasser encore une fois. Il a enfoui sa tête dans mon cou pour étouffer ses gémissements et m'a dit qu'il reviendrait aussi vite que possible.

J'ai passé le reste de la soirée allongée dans mon lit, parcourue de frissons, à faire semblant de lire mais sans tourner la moindre page, sans lire le moindre mot.

7

« Quel est le plan pour aujourd'hui ? » j'ai demandé à Lynne au petit déjeuner.

Je me considère comme une femme de ressources, mais c'était plus que mon cerveau n'en pouvait gérer. J'avais fait l'amour la veille avec un homme que je connaissais à peine. À présent, je prenais le petit déjeuner avec une femme que je ne connaissais guère mieux.

Ce matin, je m'étais réveillée d'un rêve turbulent que j'avais oublié sur-le-champ. Ensuite je m'étais souvenue de ce qui s'était passé la veille et le jour encore avant. Ça me paraissait incroyable, j'avais l'impression de sortir d'un dessin animé, d'avoir vécu dans une distorsion grotesque de la réalité, mais par la fenêtre j'avais aperçu Lynne assise sur le siège avant, qui regardait devant elle d'un œil morne. Quel métier ! Ça m'a donné l'impression que d'être moi exigeait un gros effort intellectuel. J'ai fait ma toilette, je me suis habillée, brossé cheveux et dents, le tout en quelque deux minutes, puis je suis sortie, j'ai frappé à la fenêtre de sa voiture, ce qui l'a fait sursauter. Bravo pour la protection.

Je lui ai dit que j'allais nous chercher quelque chose pour le petit déjeuner, à quoi elle a répondu qu'elle m'accompagnait. Elle a insisté. Nous avons acheté des croissants à la boulangerie. Elle en a réglé la moitié. J'ai considéré pour m'amuser l'idée de lui faire tout payer, dans la mesure où en général je ne prends jamais de petit déjeuner, sauf occasion spéciale.

Nous sommes rentrées, j'ai préparé du café, déniché un pot contenant un reste d'environ un millimètre de confiture de fraises, et nous nous sommes attablées pour manger. Ensuite, je lui ai demandé quels étaient les projets.

« Nous prenons la responsabilité de votre protection », elle a répondu, par cœur on aurait dit.

J'ai engouffré une grosse bouchée de croissant que j'ai fait descendre à l'aide d'une gorgée de café. Une fois enfreinte la règle selon laquelle je ne mangeais rien au petit déjeuner, je n'y allais pas de main morte. Une longue pause s'est installée, pas pour réfléchir, mais pour nous laisser le temps de manger. J'étais un python qui avale une gazelle. J'ai fini par en venir à bout. « Mais quand même, j'ai repris. Vous n'avez pas l'impression de réagir de façon un rien disproportionnée ?

— C'est pour votre bien, a-t-elle répondu.

— Quelqu'un m'a envoyé une lettre. Et vous allez me protéger jusqu'à la fin de mes jours ?

— Nous voulons attraper la personne qui envoie ces lettres.

— Et si vous n'y arrivez pas ? On ne va pas continuer comme ça éternellement.

— Nous verrons. En temps voulu. »

Devant ce genre de réponse absurde, il n'y a en général pas grand-chose à ajouter.

« Je suis très gênée, ai-je repris. Ma vie est suffisamment ridicule comme ça quand je suis seule. Vous avez l'air très sympa et je ne vous critique pas, mais l'idée de faire tout ce que je dois faire avec une femme flic qui a les yeux braqués sur moi ne me paraît pas très folichonne.

« Nous en reparlerons », a-t-elle répondu d'un air très concerné, comme si je venais de soulever un point très important de procédure. Mais nous avons été interrompues par un coup de sonnette. Je suis allée ouvrir la porte, suivie de loin par Lynne. C'était Cameron. Il a regardé par-dessus mon épaule et adressé un petit signe de tête à Lynne.

« Bonjour, miss Blake, a-t-il dit.

— Oh, je vous en prie, appelez-moi Nadia, inspecteur. Nous sommes très simples ici.

— Nadia, a-t-il corrigé, dans une espèce de bredouillement quasi inaudible. Je suis venu libérer Lynne quelques heures.

— Très bien, ai-je répondu, en essayant de rester vive et naturelle.

— Je voudrais aussi faire quelques projets pour la journée, a-t-il continué. Je ne sais pas si vous avez des engagements.

— Si. À quatre heures et demie je dois retrouver Zach pour un goûter d'enfants à Muswell Hill. Et nous avons deux autres commandes pour le week-end. Peut-être plus si quelqu'un appelle.

— Ce n'est pas un problème. Lynne pourra vous accompagner.

— Ça pourrait être un peu gênant.

— Je resterai dehors, a proposé Lynne. Je vous déposerai en voiture.

— De mieux en mieux. »

Lynne n'avait pas terminé son café et il lui restait la moitié d'un croissant.

« Il n'y a pas d'urgence », a dit Cameron, ce qui n'était pas nécessaire.

Il faut croire en effet qu'il n'y avait pas d'urgence du tout. Lynne a siroté son café à petites gorgées en jouant avec son croissant. Elle était en train d'acheter un appartement et elle a commencé à me demander ce que ça m'avait fait d'acheter le mien. Est-ce que j'avais revendu un appartement avant de prendre celui-là ? C'était une histoire assez longue, et plus j'essayais d'écourter, plus elle s'allongeait. Pendant ce temps, Cameron tournait dans la pièce, qu'il scrutait d'un air prétendument expert et dépassionné, attrapant un objet par-ci, ouvrant un tiroir par-là. Je ne pouvais m'empêcher de penser qu'il me regardait en même temps, qu'il découvrait encore plus de détails que j'aurais voulu garder pour moi. Nous avons fini par épuiser le sujet. Lynne s'est tournée vers lui.

« Nadia a quelques inquiétudes quant à nos projets.

— Pour tout dire, je ne sais pas ce que vous voulez faire, ai-je abondé.

— J'en discuterai avec elle », a répondu Cameron pour éluder la question. Il s'est détourné, sans donner suite à la conversation.

Elle ne reposait pas son café. Cette femme n'en avait-elle pas assez de me voir ? Est-ce qu'elle n'avait pas du travail qui l'attendait ?

« Bon, eh bien, que diriez-vous de revenir vers une heure ? a proposé Cameron.

— Vous allez sortir ?

— Quoi que nous fassions, nous serons de retour à une heure. »

Elle a acquiescé. « Parfait. À plus tard, Nadia.

— À plus tard. »

Elle était enfin dehors. J'ai vu ses jambes remonter les marches jusqu'au trottoir, puis elles se sont éloignées. Nous étions tranquilles. Je me suis tournée vers Cameron. « À propos d'hier... »

Et il s'est précipité sur moi, il m'a prise dans ses bras comme si j'étais excessivement précieuse, ses mains me touchaient le visage, me caressaient les cheveux. Je l'ai un peu repoussé pour le regarder dans les yeux.

« Je... ai-je bredouillé. Je ne suis pas...

— Je ne peux pas... » a-t-il murmuré, puis il m'a de nouveau embrassée.

J'ai senti ses mains derrière moi à présent, dans mon dos, puis sous mon T-shirt, ses mains qui recherchaient mon soutien-gorge, pour découvrir que je n'en portais pas.

« Tu veux que j'arrête ?

— Je ne sais pas. Non. »

Il m'a pris la main, il m'a emmenée dans ma chambre. Ça ne s'est pas passé comme la veille : nous nous sommes montrés moins tendus, plus délibérés, plus lents. Je me suis assise sur le lit. Il est allé à la fenêtre où il a tiré le store. Puis il a fermé la porte de la chambre. Il a ôté sa veste, desserré sa cravate avant de l'enlever elle aussi. J'ai soudain pensé que faire l'amour avec un homme qui devait se défaire d'un costume et d'une cravate était une expérience assez unique dans son genre.

« Je ne peux pas m'arrêter de penser à toi, a-t-il dit, comme s'il s'agissait d'un symptôme. Je te vois quand je ferme les yeux. Qu'est-ce que nous allons faire ?

— Déshabille-toi.

— Quoi ? » Il a baissé les yeux. Il a paru surpris de constater qu'il était encore habillé.

Il a quitté ses vêtements comme dans un rêve, envoyant promener son pantalon en boule sur la chaise, sans me quitter des yeux. J'ai avancé les bras vers lui.

« Attends, a-t-il dit. Attends. Laisse-moi faire, Nadia. »

Je me suis étendue dans un brouillard de plaisir, puis enfin il est entré en moi et plus tard, une fois l'étreinte passée, alors que nous gisions emmêlés sur le lit, il a continué à me regarder en me caressant les cheveux, en répétant mon nom comme s'il contenait quelque formule magique. Un peu après nous nous sommes écartés et je me suis redressée sur un oreiller.

« C'était charmant, j'ai dit.

— Nadia, a-t-il continué. Nadia...

— Et je me sens un peu paumée. »

Le charme était rompu. Il s'est un peu reculé, une ombre lui a traversé le visage, il s'est mordu la lèvre. « Je peux être franc avec toi ? » a-t-il demandé.

J'ai soudain été prise d'une envie de frissonner. « Je t'en prie.

— Ce boulot, c'est ma vie. Et ça...

— Tu veux parler de ça », ai-je repris en désignant le lit d'un geste.

Il a acquiescé. « Ce n'est pas franchement autorisé. Mais alors, putain, pas autorisé du tout.

— Je n'en parlerai à personne, ai-je dit. C'est ça qui te tracasse ?

— Non, a-t-il répondu d'une voix blanche.

— Alors quoi ? » Il n'a pas répondu. « À la fin, merde, c'est quoi le problème ?

— Je suis marié, a-t-il répondu. Pardon. Je suis tellement, tellement désolé. »

Et il s'est mis à pleurer. J'étais allongée là, avec un inspecteur qui sanglotait sur mon lit. Ça faisait environ dix-huit heures que nous sortions ensemble et nous étions déjà passés de l'attirance impérative du début au stade des pleurs et des récriminations. Je me sentais amère à l'intérieur. Je n'ai rien dit. Je ne l'ai pas tapoté sur l'épaule, je ne l'ai pas caressé, je ne lui ai pas dit que tout allait bien, allez, allez. Il a fini par laisser échapper un gros soupir, signe qu'il se reprenait. « Nadia ?

— Oui.

— Dis quelque chose.

— Qu'est-ce que tu veux que je dise ?

— Tu es furieuse après moi ?

— Oh, Cameron ! J'ai juste l'impression de m'être fait baiser. Et j'imagine que ta femme ne te comprend pas.

— Non, non, je n'en sais rien. Tout ce que je sais c'est que j'ai envie de toi. Je ne me fous pas de toi, Nadia, je te promets. J'ai tellement envie de toi. C'est tellement important pour moi que je ne sais pas quoi faire. Est-ce que c'est bien ? Qu'est-ce que tu en penses ? Dis-moi ce que tu en penses, Nadia. »

Je me suis tournée sur le côté et j'ai regardé

mon réveil en forme de grenouille sur la table de nuit. Puis je me suis penchée et j'ai embrassé le torse de Cameron. « Ce que je pense ? J'ai une règle qui veut que je ne couche pas avec des hommes mariés. Ça me donne mauvaise conscience. Je ne peux pas m'empêcher de penser à leur femme. Mais à mon avis, ça, c'est avant tout ton problème, pas le mien. Et je pense que Lynne est censée revenir dans environ sept minutes. »

La vitesse à laquelle nous nous sommes rhabillés était presque comique. Ça avait quelque chose de bon enfant.

« Je me demande si je ne devrais pas mettre un autre pantalon, ai-je dit. Juste histoire de tester les qualités de détective de Lynne.

— Non, ne fais pas ça ! s'est exclamé Cameron, l'air inquiet.

— Oh, bon d'accord. »

Et nous nous sommes embrassés, en nous souriant sous le baiser. Marié. Pourquoi fallait-il qu'il soit marié ?

On était mercredi. Jeudi, il n'a eu que le temps de me parler au téléphone pendant que Lynne se tenait dans la pièce, une conversation étrange où ses protestations passionnées contrastaient avec la neutralité de mes réponses : Oui. Oui. Bien sûr. Oui. C'est aussi mon sentiment. D'accord. Vendredi matin, une équipe de types s'est installée dans mon appartement pour poser de nouvelles serrures sur chaque porte ainsi que des grilles en fer sur chaque fenêtre. Il est arrivé après le repas et Lynne devait aller rédiger un rapport. Ce qui nous a laissé le temps pour un bain.

« J'aimerais voir ton spectacle, il a dit. J'aimerais te voir faire tes tours.

— Viens demain. Nous nous produisons devant un groupe de gamins de quatre ans juste un peu plus haut dans la rue sur Primrose Hill.

— Je ne peux pas, a-t-il répondu en détournant les yeux.

— Oh, ai-je répondu d'un air pincé, en m'en voulant à mort. Une réunion de famille...

— Je ne peux pas me dégager. Je le ferais si je pouvais.

— Il n'y a pas de quoi en faire un plat. » C'est pour cette raison que je ne couche pas avec des hommes mariés, pour éviter la honte, la douleur et la culpabilité.

« Tu es fâchée ?

— Pas du tout.

— Tu es sûre ?

— Tu veux que je me fâche ? »

Il m'a pris la main, il l'a posée sur sa joue. « Je suis amoureux de toi, Nadia. Je suis tombé amoureux.

— Ne dis pas ça. Ça me fait peur. Ça me rend trop heureuse. »

Elle croit qu'ils sont invisibles. Je les vois. S'embrasser. Ma fille et le policier qui s'embrassent. Qui s'écrasent par terre. Quand il se met à la fenêtre pour fermer les stores, je vois sur son visage idiot l'expression abêtie, lourdingue, de l'homme amoureux.

Je l'aime plus que lui. Personne ne peut l'aimer comme moi. Tout le monde se trompe de direction. Ils cherchent de la haine. L'amour, c'est ça la clé.

8

Les gamines de cinq ou six ans constituent le meilleur public. Elles sont gentilles, admiratives, elles restent assises bien sagement dans leurs robes soyeuses aux couleurs pastel, arborant petites nattes et souliers vernis. Quand je demande à l'une d'elles de venir m'aider, elle répond en murmurant, un doigt dans la bouche. Le pire, ce sont les garçons de huit ou neuf ans. Ils se moquent de nous, ils hurlent que l'objet disparu se trouve en fait dans ma poche, ils se bousculent et foncent pour inspecter ma boîte de magie. Ils ricanent quand je loupe une balle. Les marionnettes, c'est pour les mauviettes, affirment-ils. Ils beuglent *Happy Birthday* sur un ton sarcastique. Ils font éclater tous les ballons. Mais Zach et moi avons une règle infranchissable : pas d'auditoire à plus de deux chiffres.

Ce goûter particulier concernait des garçons de cinq ans, plus quelques filles gravitant en périphérie. Il se tenait dans une belle maison spacieuse située sur Primrose Hill. Quelques marches permettaient d'accéder au perron. Derrière se déployait une entrée dans laquelle on aurait pu faire plusieurs fois la roue puis une cuisine de la taille de mon appartement et un salon rempli d'enfants au sol recouvert d'une moquette aussi épaisse que pâle qui s'étalait jusqu'aux portes-fenêtres. Le jardin était tout en longueur, bien entretenu ; il comprenait un patio, un bassin à poissons rouges, une série de treillages en arceau, des bordures en buis taillées net, des roses blanches.

« Fiouou ! ai-je sifflé à l'oreille de Zach.

— Ne casse rien, d'accord ? » a-t-il murmuré en retour.

Le garçon dont c'était l'anniversaire s'appelait Oliver. C'était un petit bonhomme grassouillet aux joues toutes marbrées d'excitation. Ses amis couraient en cercles désordonnés autour de lui comme autant d'atomes libres tandis qu'il déchirait les emballages de ses cadeaux. Sa mère, une certaine Mrs Wyndham, paraissait très grande, très mince et très riche, en plus d'avoir l'air déjà au dernier stade de l'irritation devant cette fête qui venait à peine de commencer. Elle nous a jeté un regard dubitatif à Zach et à moi.

« Ils sont trente-quatre, a-t-elle déclaré. Et assez agités de surcroît. Enfin, vous savez comment sont les garçons.

— En effet, a rétorqué Zach d'un air compassé.

— Ce n'est pas un problème, ai-je corrigé. Si les enfants pouvaient sortir quelques minutes dans le jardin, ça nous permettrait de tout installer. » Je suis entrée dans le salon et j'ai frappé dans mes mains. « Allez, les enfants, sortez vite ! Nous vous appellerons quand le spectacle commencera. »

Et les gamins d'effectuer une retraite précipitée par les portes-fenêtres. Mrs Wyndham leur a couru derrière en gémissant quelque chose à propos de ses camélias.

Zach et moi avons construit le théâtre de marionnettes ensemble. C'est nous qui avons scié les planches avant de les clouer les unes aux autres. Sur la toile, nous avons peint des montagnes bleues, une forêt verte, l'intérieur d'une maison. Nous avons même fait une de nos marionnettes, un lion en papier mâché. C'était dégoûtant, ça a pris des siècles, et pour finir, notre lion avait l'air d'un tas informe de pâte à modeler toute sèche et il avait la tête complètement de traviole. Nous avons acheté les autres dans un magasin spécialisé. Nous avons deux ou trois pièces courtes, que Zach a composées. Après tout, c'est lui l'écrivain. En tout cas c'est ce qu'il déclare quand on lui demande ce qu'il fait. « J'écris des romans », affirme-t-il, ajoutant parfois comme si ça lui revenait d'un coup qu'il finance son art grâce à des petits boulots annexes, comme celui d'animateur pour goûters d'enfants.

Ses spectacles de marionnettes sont courts, compliqués et demandent trop de voix différentes. Celui d'aujourd'hui comprenait un garçon, une fille, un magicien, un oiseau, un papillon, un clown et un renard. Je suis toujours trempée de sueur quand on arrive à la fin.

Zach était déjà au courant pour la lettre, bien sûr. Il savait que la police s'en était mêlée et toutes les mesures de protection qu'elle prenait. Il avait rencontré Lynne aujourd'hui, vu qu'on l'avait déposé à Primrose Hill ; il s'était même assis à côté d'elle tandis qu'elle se faufilait dans la circulation l'air abruti, devisant sur la théorie du chaos ou encore sur le fait que la population indienne allait dépasser le milliard.

Au moment de monter le théâtre, il m'a demandé si toute cette histoire me flanquait la trouille.

« Non. » J'ai hésité, tout en suspendant le rideau à la barre devant la scène minuscule. Mais il fallait que j'en parle à quelqu'un. « En fait, je trouve ça plutôt excitant.

— C'est un peu pervers comme remarque.

— Le truc, c'est que... tu peux garder un secret ? » Je n'ai pas attendu sa réponse. Je savais qu'il en était incapable. Tout le monde sait que c'est une véritable passoire. « J'ai une aventure avec un des policiers.

— Quoi ?

— Je sais. C'est un peu bizarre, mais...

— Nadia. » Il m'a prise par les épaules, m'obligeant à arrêter ce que je faisais. « Tu es folle ou quoi ? Tu ne peux pas faire un truc pareil.

— Et pourquoi pas ? »

Zach s'est mis à faire de grands gestes, comme si les mots seuls ne suffisaient pas à exprimer à quel point je m'égarais. « Ça ne se fait pas. C'est mal. C'est comme coucher avec son médecin. Il se sert de toi, de ta vulnérabilité. Mais enfin, tu es aveugle ? Écoute, je suis sûr qu'à tes yeux c'est un truc beau, pur, important, mais tu viens de te séparer de Max et voilà que tu sautes dans un plumard avec un type censé assurer ta protection.

— La ferme, Zach.

— Une figure paternelle. Il faut que tu y mettes un terme, Nadia.

— Il est marié », j'ai ajouté d'une voix misérable. Rien que de le dire m'a provoqué une vive douleur dans la poitrine.

Zach a laissé échapper un ricanement sarcastique. « Ben voyons !

— Il est très beau. Enfin, je veux dire, je n'aurais jamais cru que... » Je me suis mise à trembler au souvenir de ce matin : il y avait à peine quelques heures, il était venu remplacer Lynne une heure et nous avions fait l'amour dans la salle de bains, debout contre le mur carrelé, les mains emmêlées dans nos vêtements respectifs, avec désespoir.

« Nadia, a insisté Zach. Oh merde, les voilà. »

Les garçons venaient de rentrer du jardin.

Après le spectacle, j'ai demandé à Oliver de me donner un coup de main pour mes tours de magie pathétiques. La baguette s'est décomposée à chaque fois qu'il l'a touchée, tous les enfants ont crié « Abracadabra ! » aussi fort que possible, et Mrs Wyndham est restée sur le seuil à frémir. Puis je leur ai demandé de me donner des objets bizarres avec lesquels je pourrais jongler. Un sale mioche, un certain Carver, m'a tendu une râpe à fromage qu'il avait trouvée dans la cuisine, mais il était peu probable que Mrs Wyndham voie d'un bon œil sa moquette tachée de sang. J'ai choisi un melon, un rond de serviette et une baguette de tambour et je n'en ai pas fait tomber un seul. Zach a gonflé de longs ballons qu'il a tordus pour former des animaux. Puis les enfants se sont précipités dans la cuisine pour se régaler de saucisses piquées sur des cure-dents, de biscuits fourrés à la confiture et du gâteau d'anniversaire qui avait la forme d'un train. Et voilà, fin des réjouissances. Zach mourait d'envie de se griller une cigarette, ce qui fait que je l'ai envoyé dehors de force.

« Ça ne t'ennuie pas ? a-t-il demandé. De te taper tout le rangement et le nettoyage ?

— Non, débarrasse le plancher. Allez, fiche-moi le camp.

— N'oublie pas ce que je t'ai dit.

— Mais oui, t'inquiète pas. Allez, maintenant, du balai, partenaire.

— Tu ne vas pas y mettre un terme, je me trompe ? »

J'ai fermé un instant les yeux, imaginant sa bouche contre ma gorge.

« Je ne sais pas. Je ne peux rien affirmer. »

Les parents et les bonnes d'enfants ont commencé à arriver — je suis capable de faire la distinction à des kilomètres. J'ai défait le théâtre, que j'ai commencé à ranger dans sa boîte. Une jolie jeune fille est venue m'apporter une tasse de thé.

« Mrs Wyndham m'a demandé de vous donner ça. » Elle avait les cheveux blond cendré et un drôle d'accent chantant.

Je l'ai acceptée avec joie.

« Vous êtes la nounou d'Oliver ?

— Non. Je suis venue chercher Chris. Il habite un peu plus bas dans la rue. » Elle a pris une marionnette pour l'examiner, l'enfiler sur sa main. « Ça doit être difficile, ce que vous faites.

— Pas autant que vous. Vous ne vous occupez que de celui-là ?

— Il y a deux garçons plus grands, mais Josh

et Harry vont au collège. Ça se range dans ce sac ?

— Merci. » J'ai bu mon thé en vitesse avant de continuer à remballer. J'en avais fait un art. Elle est restée là à me regarder. « D'où venez-vous ? Vous parlez un anglais fabuleux.

— De Suède. J'étais censée rentrer chez moi, mais il y a eu un petit contretemps.

— Oh », ai-je vaguement répondu. Où était donc passée cette baguette magique ? Je parie qu'Oliver l'avait embarquée pour voir comment la faire se décomposer. « Eh bien, merci, euh...

— Lena.

— Lena. »

Elle a disparu dans la cuisine, où les autres nounous étaient rassemblées autour des enfants dont elles avaient la charge, à les regarder se glisser des morceaux de train en chocolat dans la bouche tout en discutant de petits copains et de sorties nocturnes. Des enfants ont commencé à partir. « Dis merci », ai-je entendu, et « Où est ma pochette-surprise ? » ou encore « Harry en a une bleue, j'en veux une bleue, moi aussi ».

J'ai ramassé toutes mes affaires. Dieu merci, Lynne était dehors avec la voiture. Il y avait quelques avantages à se faire suivre par une femme policier rougissante et têtue. Un petit blondinet s'est cogné à moi dans l'entrée. Il avait des traces violettes sous les yeux et la bouche barbouillée de chocolat.

« Salut ! ai-je gaiement lancé, déterminée à sortir au plus vite.

— Ma maman est morte, a-t-il dit en me fixant de son regard vif.

— Oh, eh bien... », ai-je répondu en jetant un

œil à droite et à gauche. Sa mère était sans doute quelque part dans la cuisine.

« Ouais. Ma maman est morte. Mon papa il dit qu'elle est partie au ciel.

— Vraiment ?

— Non, a-t-il répondu en léchant sa sucette. Moi je crois pas qu'elle soit partie aussi loin que ça.

— Eh bien...

— Un monsieur il l'a tuée.

— Je ne te crois pas.

— Si, c'est vrai », a-t-il insisté.

Lena est revenue, la veste du petit à la main. « Allez, Chris, on rentre. »

Il lui a pris la main.

« Je veux ma pochette-surprise d'abord.

— Il prétend que sa mère est morte.

— En effet, a-t-elle simplement répondu.

— Comment ? C'est vrai ? »

J'ai reposé la boîte et je me suis penchée vers Chris. « Je suis vraiment désolée », lui ai-je soufflé, bêtement. Je ne savais pas quoi dire.

« Je peux avoir ma pochette maintenant ? » Il tirait la main de Lena avec impatience.

« Quand est-ce que c'est arrivé ? j'ai demandé à Lena.

— Il y a deux semaines. C'était affreux.

— Bon Dieu. » Je l'ai regardée avec fascination. Je n'avais jamais encore rencontré quelqu'un qui ait fréquenté de près la victime d'un assassinat. « Qu'est-ce qui s'est passé ?

— Personne ne le sait. » Elle a secoué la tête, faisant onduler ses cheveux argentés. « Ça s'est passé dans la maison. »

Je l'ai regardée, bouche bée.

« Quelle horreur ! Ça a dû être affreux pour tout le monde. »

Mrs Wyndham est arrivée avec une pochette-surprise pour Chris. Elle paraissait trois fois plus grande que les autres.

« Voilà, mon chéri, a-t-elle dit en lui déposant un baiser sur le sommet du crâne. S'il y a quoi que ce soit que je puisse faire... » Elle a soupiré, comme si elle souffrait rien qu'à le regarder. « Pauvre petit agneau. » Elle s'est tournée vers moi. « Je vais chercher vos honoraires, miss Blake. J'en ai pour une minute, tout est déjà prêt.

— J'ai deux paquets de bonbons et Thomas il en a eu qu'un ! s'est écrié Chris l'air triomphant. Et pis j'ai une boule collante.

— Voilà votre dû, miss Blake. »

À en juger par le ton qu'elle a employé, il me paraissait peu probable qu'elle refasse appel à nos services.

« Merci. » J'ai de nouveau soulevé tout mon matériel avant de me tourner pour partir.

« Bonne chance, j'ai dit à la jeune nounou.

— Merci. »

Nous nous sommes attardées ensemble dans le hall. Je ne pouvais pas m'en aller tout de suite. Zach rentrait par ses propres moyens. Il fallait que je lui dise au revoir.

« C'était un cambriolage ?

— Non, a-t-elle répondu.

— Il écrivait des lettres, a lancé Chris d'une voix enjouée.

— Quoi ? »

Lena a acquiescé dans un soupir. « Oui. C'était horrible. Des lettres qui disaient qu'elle allait mourir. Comme des lettres d'amour.

— Comme des lettres d'amour, j'ai répété d'une voix sans timbre.

— Oui. » Elle a soulevé le petit garçon, qui lui a entouré la taille de ses jambes. « On y va, Chris.

— Attendez. Attendez une minute. Elle n'a pas appelé la police ?

— Oh, si. Il y avait un tas de policiers.

— Et elle est quand même morte ? j'ai continué, envahie par un froid glacial.

— Oui.

— Comment s'appelaient-ils ?

— Pardon ?

— Les flics. Comment s'appelaient-ils ?

— Pourquoi voulez-vous savoir ça ?

— Vous rappelez-vous leurs noms ?

— Si je me rappelle leurs noms ? Je les voyais tous les jours. Il y avait un certain Links et puis l'inspecteur Stadler aussi. Et une psychologue, le Dr Schilling. Voilà. Pourquoi ? Qu'est-ce qu'il y a ?

— Oh, rien d'important. » Je lui ai souri alors que mes entrailles se consumaient. « Il me semble que j'en connais certains. »

9

« Vous vous sentez bien, Nadia ?

— Comment ? »

J'ai tourné la tête, surprise, à peine consciente de l'endroit où je me trouvais. J'étais assise à côté de Lynne dans sa voiture. Elle se penchait vers moi avec la mine inquiète d'une amie.

« Vous êtes pâle.

— J'ai une soudaine migraine épouvantable. Vous ne voyez pas d'inconvénient à ce qu'on ne parle pas pendant quelque temps ?

— Vous voulez que j'aille vous chercher quelque chose ? » J'ai fait non de la tête. Je me suis inclinée sur mon siège, les yeux fermés. Je ne voulais pas la regarder. Je ne voulais pas parler de peur de déraper. Lynne a démarré, entamant le trajet de retour. J'avais l'impression que mon crâne était plein d'un liquide bouillant et que je devais bien le tenir entre mes mains pour l'empêcher d'exploser. Et je me suis soudain rappelé que j'avais oublié de dire au revoir à Zach. Je l'avais laissé là avec l'épave du goûter. Et puis merde après tout.

On venait de me précipiter dans un nouveau

monde, un horrible monde obscur ; il fallait que je comprenne où je me trouvais, mais avant ça je devais attendre que le bouillonnement bourdonnant dans ma tête se calme. Plus encore, durant le court trajet en voiture, j'ai dû me concentrer pour me retenir de vomir partout dans la belle voiture toute neuve marquée du sceau « Police urbaine ». J'ai pensé au moment où on se renverse de l'eau bouillante sur la main. On n'a pas mal mais on sait que dans une petite seconde il va falloir affronter un flux de douleur brûlante qui va vous déchirer le bras et la main. Je savais que j'allais devoir me poser, me laisser effectivement envahir par la portée de ce que j'avais entendu. Pour le moment, il n'y avait qu'une voix, quelque part au loin, au fin fond de mon esprit, une voix qui n'arrêtait pas de me répéter qu'une autre femme avait reçu des lettres comme les miennes, qu'elle était morte, qu'elle avait été assassinée. Une femme avait vécu ce que je vivais, mais à la fin elle était morte. Il y avait tout juste deux semaines de cela. Pendant que je me prenais le bec avec Max elle était en vie, elle s'inquiétait de la menace, elle se demandait quand tout ça allait finir. Aujourd'hui, trois enfants n'avaient plus de mère.

La voiture s'est arrêtée. J'en étais rendue à prendre de profondes inspirations.

« Nous sommes arrivées, a dit une voix à mon oreille. Vous avez besoin d'aide ?

— Je crois que je vais juste aller m'allonger quelque temps.

— Vous préférez que je reste dans la voiture ? »

Brusquement, j'ai eu l'impression qu'on venait

de me plonger le visage dans une eau glacée. Mon esprit était limpide à présent. À partir de maintenant, j'allais juste faire semblant d'être malade.

« Non, certainement pas. Je veux vous savoir dans l'appartement, où vous pouvez vous rendre utile.

— Vous êtes sûre ?

— C'est juste que je ne vais pas être de très bonne compagnie. J'ai peur d'avoir une migraine.

— Vous voulez un cachet ?

— Tout ce que je peux faire, c'est m'allonger dans le noir. »

Nous sommes rentrées, je l'ai laissée pour filer dans ma chambre. J'ai fermé la porte. J'ai vérifié que la fenêtre était bien close. Et j'ai baissé le store. Comme Cameron. Comme ce salopard d'inspecteur Cameron Stadler. Je me suis allongée, la tête dans l'oreiller. J'avais l'impression d'avoir cinq ans. Je voulais rentrer dans mon lit, me tirer les couvertures sur la tête pour être en sécurité, afin que personne ne me trouve. Sauf que je n'étais pas en sécurité. Ce type pouvait me retrouver. Pour la première fois de ma vie, même allongée dans mon lit, je ne me sentais pas à l'abri. Il fallait que je puisse voir. J'ai relevé l'oreiller contre la tête de lit pour m'y adosser. Je voyais chaque recoin de la pièce. Où était l'avantage ? C'était peut-être mieux après tout de se faire tuer sans le voir arriver.

J'ai essayé de reprendre la conversation que j'avais eue avec Lena. J'avais du mal à la reconstituer. Pendant quelques minutes fiévreuses, j'ai tenté d'en construire une version optimiste. Elle était peut-être folle. Mais même dans mon état fébrile, je n'arrivais pas à m'en convaincre. Elle avait mentionné Links, Grace Schilling, Cameron. Elle habitait à côté, non ? Voilà une idée.

Tous les vendredis, on glisse un journal local gratuit dans la fente de ma boîte aux lettres. Je ne le lis jamais. Je ne m'intéresse pas aux sens de circulation, aux enquêtes menées dans les départements de services sociaux de la municipalité. Je le fourre donc directement dans un placard sous l'évier, pour le cas où j'aurais besoin de papier — à mettre dans des chaussures mouillées, par exemple. Il y avait un bout de temps que mes chaussures étaient restées bien sèches, ce qui veut dire que les numéros des derniers mois devaient encore se trouver sur la pile. Je suis sortie de ma chambre en disant à Lynne que je me sentais un peu mieux. Je nous ai fait du thé. J'ai rempli la bouilloire puis j'ai appuyé sur le bouton. Ça me donnerait les quelques minutes dont j'avais besoin.

J'ai commencé par un numéro vieux de cinq semaines. Il n'y avait rien dedans, ni dans le suivant. Rien d'autre qu'une descente contre les revendeurs de drogue au marché, un feu dans un entrepôt et des entrefilets dans la rubrique « Le sourire de la semaine ». J'ai alors attaqué le numéro suivant, qui remontait à un tout petit peu plus de deux semaines. C'était bien là. Un petit article en page intérieure. Mes mains ont commencé à trembler si fort que j'ai craint d'attirer l'attention de Lynne par les seuls claquements du papier.

Le titre annonçait « Meurtre à Primrose Hill ».

J'ai vite déchiré la page. L'eau était prête. Je l'ai versée sur les sachets de thé.

« Vous voulez des biscuits secs, Lynne ?

— Non, merci. »

J'avais encore quelques minutes. J'ai lissé l'article sur le plan de travail.

Une mère de trois enfants a été retrouvée assassinée dans sa demeure de Primrose Hill la semaine dernière. La police a annoncé que Jennifer Hintlesham, 38 ans, a été retrouvée morte le 3 août. Toujours d'après la police, la victime aurait été attaquée par un intrus en fin d'après-midi. « C'est une tragédie », a déclaré l'inspecteur principal Stuart Links au moment d'annoncer l'ouverture d'une enquête cette semaine. « Si vous avez la moindre information, je vous demande instamment de prendre contact avec nous au commissariat de Stretton Green. »

Voilà l'histoire. Je l'ai lue et relue comme pour tenter d'en extraire encore plus d'informations par la seule force de mon désespoir. Il n'y était fait aucune mention de lettres. Une fois encore, j'ai essayé de bidouiller une version dans laquelle la nounou et moi nous étions mal comprises. Mais là-dessus la vérité s'est forcé un passage avec une froideur dont j'avais presque le goût sec et métallique dans la bouche. C'est Lena qui m'avait fourni l'information d'elle-même. Je ne lui avais rien dit. C'étaient les mêmes policiers.

J'ai empoigné les deux tasses mais j'avais la main gauche secouée de tremblements irrépressibles. Du thé bouillant m'a aspergée. J'ai dû les reposer et remplir à nouveau la tasse. J'en ai porté une à Lynne, puis je suis retournée chercher la mienne. J'ai aussi pris un sablé. Je me suis assise à côté de Lynne et je l'ai regardée. Avaient-ils fait appel à elle parce qu'elle n'avait pas connu la femme précédente, ou au contraire parce qu'elle l'avait rencontrée ? S'était-elle assise ainsi à côté de Jennifer Hintlesham devant un thé à faire semblant d'être son amie, à dire que tout irait bien, qu'elle était en sécurité ? J'ai pris une gorgée de thé. Il était trop chaud. Je me suis brûlé la langue, ce qui m'a fait tousser. Une fois rétablie, j'ai trempé le biscuit dans le thé, j'en ai croqué le bout ramolli. Quand j'ai pris la parole, j'ai tenté d'imiter une femme qui converse tranquillement.

« Ça me paraît bizarre, ai-je commencé. Je reçois une lettre et une femme-flic vient s'installer chez moi des jours entiers. Vous faites ça à chaque fois que quelqu'un reçoit une lettre de menace ? »

Lynne a semblé mal à l'aise. À moins que pour moi, à présent, l'expression imperturbable de Lynne n'ait désormais pris des allures de camouflage.

« Je me contente de suivre la procédure de routine.

— Et si quelqu'un entre dans l'appartement pour m'attaquer, vous me protégerez ? ai-je poursuivi avec un sourire. C'est bien ça l'idée, non ?

— Rien de tout ça ne se passera », a-t-elle fini par répondre. J'ai haï Lynne plus fort que je n'avais jamais haï personne dans ma vie. Je voulais lui fondre dessus comme une folle, lui creuser des sillons sanglants dans les joues avec mes ongles. C'étaient mes sentiments ou les siens qu'elle essayait de ménager ? Mais ma haine s'est décomposée, il n'en est plus resté qu'une douleur sourde. J'ai avalé le thé chaud aussi vite que possible. J'avais besoin de temps pour repenser à tout ça. Le téléphone a sonné. C'était Zach. Je lui ai dit que j'avais une migraine.

« Une migraine ? Et comment tu sais ça ?

— Parce que c'est l'impression que j'ai. Il faut que j'aille m'allonger. »

C'est ce que j'ai fait. J'ai essayé de me rappeler tout ce que je pouvais des deux ou trois derniers jours, ces moments que j'avais vécus avec tant de légèreté. Chaque souvenir était comme un objet dans une maison où je me promenais. Je le prenais, je l'examinais et il paraissait différent. Plus que tout, j'ai pensé à Cameron. Cameron assis dans le coin à me regarder. Cameron qui me déshabillait comme si j'étais un bel objet précieux qu'il pourrait briser. Cameron qui me caressait avec un soin et une précision infinis. Cameron avec sa tête entre mes seins. Qu'est-ce qu'il avait dit ? « Je dois être franc avec toi. » C'est ça. Franc.

Dans la soirée, je suis sortie faire un tour avec Lynne, on s'est acheté des « fish and chips ». J'ai à peine touché à ma portion, j'ai bu une bouteille de bière, sans dire un mot ou presque. Lynne n'arrêtait pas de me jeter des coups d'œil en coin. Se doutait-elle que j'avais des soupçons ? Puis je suis allée me coucher malgré l'heure peu avancée ; la nuit n'était pas tout à fait tombée. J'ai écouté les bruits de la rue, un samedi soir à Camden Town. J'ai réfléchi, réfléchi ; et plus je réfléchissais, plus la peur montait, pareille à de l'humidité dans une maison qui progressivement la fragilise, l'ébranle. J'ai fini par m'endormir. J'ai fait des rêves fragmentés.

Quand je me suis réveillée, j'ai immédiatement oublié mes rêves, comme toujours. Certes, il ne m'en restait rien, mais j'étais cependant reconnaissante de cet oubli, comme si une partie de moi savait de quoi ils avaient été faits et voulait les voir disparaître. Le téléphone sonnait. Je me suis extirpée du lit pour répondre. C'était Cameron. Il parlait à voix basse. « J'ai réussi à me libérer une seconde, a-t-il dit. Tu me manques tellement.

— Très bien.

— Je dois absolument te voir. Je ne peux pas supporter de ne pas être avec toi. Je me suis débrouillé pour pouvoir m'échapper en fin d'après-midi. Je peux venir te voir à ce moment-là ?

— Oh que oui », j'ai répondu.

J'ai passé le reste de la journée dans un brouillard morose. Lynne et moi sommes sorties quelques heures, nous avons fait un tour de marché à Camden Lock, mais c'était simplement parce qu'il était moins difficile de ne pas parler dans ces circonstances, ou du moins de ne parler que de choses sans importance, sans avoir à écouter de nouveaux mensonges. Cameron est arrivé à quatre heures pile. Il avait mis un jean et une grande chemise bleue. Il n'était pas rasé. Il avait l'air encore plus débraillé que d'habitude. J'ai vu qu'il était plus beau que jamais, moins strict d'apparence. Il a dit à Lynne qu'il allait la relever deux heures. Il y avait quelques points concernant la semaine à venir dont il voulait discuter avec moi. Lynne a traîné un peu, comme toujours.

Avait-elle deviné ce qui se passait ? Comment aurait-il pu en être autrement ? Mais à cette occasion j'ai trouvé le délai presque insupportable. Je sentais que j'avais du mal à me retenir, que j'allais me faire du mal. Le bruit de ses talons a fini par claquer dans l'escalier qui remontait vers la rue avant de disparaître enfin. Cameron a doucement fermé la porte d'entrée derrière elle avant de se tourner vers moi.

« Oh, Nadia ! » a-t-il dit.

Je me suis avancée vers lui. Je m'étais préparée pour cet instant depuis le début de la journée, depuis notre conversation au téléphone. Il a tendu les bras vers moi. J'ai serré le poing aussi fort que possible. Quand je me suis retrouvée à trente centimètres de lui, je l'ai regardé dans les yeux puis, de toutes mes forces, je lui ai envoyé mon poing dans la figure.

10

Il a porté les mains à son visage. Était-ce pour se protéger ou pour me rendre mon coup ? Je n'ai pas bougé, le menton haut, le défiant presque de frapper. Mais il a baissé les mains puis il a fait un pas en arrière.

« Putain, c'est quoi ces conneries ? » Il n'a pas crié, mais sa voix était froide. Ses yeux de même. Son beau visage paraissait lourd, stupide et mauvais. J'ai vu avec satisfaction du sang lui couler de la narine, à l'endroit où je l'avais écorché avec ma bague.

« Je suis au courant, inspecteur Stadler.

— Hein ?

— Je sais tout.

— Mais de quoi tu parles ?

— Ça t'a excité ?

— Hein ? a-t-il répété. Quoi ? » Il s'est essuyé le nez puis il a examiné ses doigts maculés de sang.

« C'est bien ça, non ? Ça t'a excité l'idée de baiser une nana qui allait mourir.

— T'es carrément hystérique », a-t-il répondu, un mépris plat dans la voix.

Je lui ai enfoncé l'index dans la poitrine. « Jennifer Hintlesham. Le nom te dit quelque chose ? »

Son expression a changé. Une première lueur de compréhension lui a lentement envahi le visage. « Nadia. » Il a avancé d'un pas, il a tendu une main, comme si j'étais une bête sauvage qu'il fallait calmer. « Nadia, je t'en prie.

— Reste où tu es, espèce de... » Je n'ai pas trouvé de mot assez odieux. « Mais enfin qu'est-ce que tu avais dans la tête ? Comment tu as pu me faire un truc pareil ? Tu te demandais à quoi je ressemblerais morte ? »

Son visage s'est fermé. « Nous t'avons dit que nous prenions la menace au sérieux, s'est-il contenté de répondre.

— Espèce de fumier, sale hypocrite ! » Je l'ai giflé. Je voulais le faire souffrir, l'humilier, le mutiler, le réduire en morceaux. « Je n'arrive pas à le croire. Je n'arrive pas à croire que je suis tombée dans le panneau. » Je l'ai regardé, dégoûtée. « Un homme marié qui prend son pied à l'idée de coucher avec une fille qu'il est censé protéger.

— Mais nous te protégeons, vraiment. »

À ce moment-là j'ai éclaté en sanglots, ce qui m'a fait un choc.

« Nadia. » Il avait la voix douce, empreinte d'un soupçon de triomphe. « Nadia chérie, je te demande pardon. Je m'en voulais beaucoup de ne rien te dire. »

J'ai senti sa main sur moi, ce qui m'a fait sursauter. « Va te faire foutre ! j'ai hurlé entre deux sanglots. Pauvre con, ce n'est pas à cause de toi que je pleure. J'ai la trouille, ça se voit pas ? J'ai tellement peur que j'ai l'impression d'avoir un grand trou dans la poitrine.

— Nadia...

— Ta gueule. » J'ai sorti un mouchoir de ma poche pour me moucher. Ensuite j'ai regardé ma montre. « Lynne sera de retour dans une heure. Je veux que tu répondes à quelques questions. Je vais me laver la figure.

— Attends. Je ne vais pas te toucher, je le promets, mais est-ce que je peux juste dire que ce qui s'est passé entre nous n'était pas, enfin comment dire, ce n'est pas, enfin, je ne veux pas que quelqu'un... » Il s'est arrêté pour me lancer un regard à la fois obséquieux et plein de ressentiment. À présent, il avait peur de moi.

Dans la salle de bains je me suis lavé les mains et la figure, ainsi que les dents. J'avais un mauvais goût dans la bouche. Je me suis regardée dans la glace. J'avais la même tête que d'habitude. Comment était-il possible que rien ne soit différent ? J'ai souri et mon reflet m'a rendu un sourire joyeux.

Ma haine n'était plus aussi brûlante. Je me sentais froide, calme, et terriblement mal. Cameron avait l'air éteint lui aussi. Nous nous sommes assis à la table l'un en face de l'autre, comme deux inconnus indifférents. Qui aurait pu croire qu'il y a deux jours il tenait mon visage entre ses mains comme si j'étais la chose qu'il adorait le plus au monde. Il y a deux jours, il cherchait à sentir mon corps sous mes vêtements. Ce souvenir m'a secouée de frissons.

« Comment as-tu découvert la vérité ?

— Le nord de Londres ce n'est pas bien grand. En particulier les quartiers riches. J'ai rencontré la nounou. Lena. » Il n'a pas répondu, mais je l'ai vu hocher imperceptiblement la tête en signe de reconnaissance. « Elle m'a parlé des lettres. Et de toi. Tu es sûr qu'elles ont été rédigées par la même personne ? »

Il n'a pas croisé mon regard. « Oui.

— Il lui a envoyé des lettres, du même genre que celles qu'il m'a écrites, après quoi il l'a assassinée.

— Oui.

— Et pourtant vous la protégiez, non ?

— Si. Mais il y a eu quelques éléments qui ont compliqué les choses.

— Toujours est-il qu'il est entré chez elle et qu'il l'a assassinée.

— Nous n'étions pas exactement en train de la surveiller à ce moment précis.

— Et pourquoi ? Vous ne preniez pas la menace au sérieux ?

— Bien sûr que si, a-t-il répondu, piqué au vif. Nous la prenions très au sérieux, après tout... » Il s'est soudain tu.

« Quoi ?

— Rien.

— Quoi ?

— Nadia, tu dois comprendre que nous prenons toutes les précautions nécessaires pour te protéger.

— Quoi ? Après tout quoi ? Dis-le-moi.

— Nous savions à quel point les lettres adressées à Mrs Hintlesham étaient sérieuses, a-t-il marmonné, si bas que j'ai dû tendre l'oreille pour saisir ce qu'il disait.

— Pourquoi ? » Mon regard a croisé le sien et alors j'ai compris. Cette nouvelle révélation m'a submergée au point que j'arrivais à peine à respirer. J'ai plongé mon regard dans le sien. Ma voix est sortie dans un murmure rauque. « Ce n'était pas la première, c'est ça ? »

Cameron a secoué la tête.

« Qui d'autre ?

— Une jeune femme nommée Zoë Haratounian. Elle habitait dans le quartier d'Holloway.

— Quand ?

— Il y a cinq semaines.

— Comment ? »

Cameron a de nouveau secoué la tête. « S'il te plaît, Nadia. Ne fais pas ça. Nous te surveillons. Aie confiance en nous. »

Je n'ai pas pu retenir un rire caverneux.

« Je sais ce que tu dois ressentir, Nadia. »

J'ai plongé la tête dans les mains. « Oh que non ! Moi-même je ne sais pas ce que je ressens. Comment pourrais-tu le savoir ?

— Qu'est-ce que tu comptes faire à présent ? »

J'ai levé la tête, les yeux écarquillés. Est-ce que j'allais le dénoncer ? Voilà ce qu'il voulait dire. Quel bébé. Un bébé cruel et vaniteux.

« Je compte vivre.

— Bien sûr. » Il parlait d'une voix apaisante, sucrée. On aurait dit un docteur qui s'adressait à un patient mourant.

« Tu penses que je vais mourir, hein ?

— Absolument pas. C'est impossible.

— Un taré », j'ai dit. La peur m'est montée à la gorge, comme de la bile. Le sang me rugissait aux oreilles. « Un assassin. »

La porte d'entrée a sonné. C'était Lynne, une

Lynne rougissante, souriante. Menteuse. Cameron m'a glissé, à voix basse : « Ne parle à personne de ce qui s'est passé entre nous.
— Va te faire foutre. Je réfléchis. »

11

Bizarrement, j'ai presque apprécié mon entrevue avec Lynne. Elle avait essayé de poser quelques questions techniques à Cameron concernant le tableau de service pour la semaine à venir mais il s'était montré quasiment incapable d'ouvrir la bouche ou de la regarder en face — encore moins de me regarder moi. Il s'était contenté de se caresser doucement le menton, comme s'il cherchait à détecter du bout des doigts une éventuelle marque révélatrice à l'endroit où je l'avais frappé. Ensuite il a marmonné quelque chose comme quoi il devait y aller.

« Nous en reparlerons demain, j'ai dit.

— De quoi ? a-t-il répondu, l'air misérable.

— De nos arrangements. »

Il m'a fusillée du regard, puis il a haussé les épaules avant de déguerpir. C'est presque avec surprise que je me suis retrouvée seule avec Lynne. Je n'avais même pas pensé à ce que j'allais lui raconter après avoir parlé à Cameron.

« Ça vous dirait quelque chose à boire ? » ai-je demandé.

Je ne suis pas de ceux qui se requinquent à

l'alcool, mais alors là, pour le coup, j'avais besoin d'un verre.

« Un thé serait parfait. »

J'ai donc filé mettre la bouilloire en marche. C'était à croire que je passais mon temps à lui préparer un thé, à jouer les grand-mères. Une tasse et un sachet de thé pour elle, tout simplement. Dans le fond d'un placard j'ai déniché une bouteille de whisky que quelqu'un m'avait un jour achetée dans un magasin duty-free. J'en ai versé une rasade dans un verre, que j'ai ensuite rempli d'eau froide au robinet. Nous sommes sorties dans le jardin. Il avait beau être tard dans l'après-midi, il faisait encore épouvantablement chaud.

« Santé ! » ai-je lancé tout en faisant tinter mon whisky contre sa tasse. J'ai pris une gorgée qui m'a piqué le fond de la gorge ; j'ai senti l'alcool me descendre en frétillant tout le long de la trachée avant d'atterrir au creux de mon estomac. Le jardin était un désastre, bien sûr, mais précisément il était tellement envahi par les mauvaises herbes et les broussailles qu'il semblait offrir un refuge contre tout le chaos extérieur, contre cette cacophonie que je percevais encore, la circulation, la musique jaillissant d'une sono dans un appartement plus bas dans la rue. Nous sommes allées jusqu'à un coin où poussait un arbuste, une espèce de buisson qui cherchait à jouer les arbres. Des papillons blanc et brun s'agitaient alentour comme autant de petits bouts de papier soulevés par le vent.

« J'adore venir me mettre là le soir », j'ai avoué. Lynne m'a répondu d'un petit signe de tête approbateur. « Je veux dire, l'été. Je ne le fais pas quand il pleut. J'aime regarder les fleurs, me demander leur nom. Vous vous y connaissez en jardinage ? » Lynne a fait non de la tête. « Dommage. » J'ai pris une nouvelle gorgée. C'était le moment. « Je vous dois des excuses », j'ai repris, juste au moment où elle levait sa tasse à ses lèvres pour tester la chaleur du liquide. Elle a paru troublée.

« Pourquoi ?

— Hier, je vous ai demandé si tout ça, je veux dire toute cette protection, ce n'était pas un peu beaucoup. Je me demandais pourquoi vous faisiez tout ce cirque. Mais en fait je le savais. »

La main de Lynne s'est figée à mi-chemin de sa bouche.

J'ai continué. « Vous comprenez, il s'est passé un drôle de truc. Hier, au goûter d'enfants, j'ai discuté avec la nounou d'un des enfants. Et là, par le plus pur des hasards, j'ai découvert quelque chose. Elle travaillait pour, enfin, je veux dire, elle avait travaillé pour une femme nommée Jennifer Hintlesham. » Je dois rendre hommage à Lynne. Elle n'a même pas bronché. Elle a juste évité de croiser mon regard, c'est tout. « Vous en avez entendu parler ? » ai-je demandé.

Lynne a pris son temps avant de répondre. Elle a baissé les yeux vers sa tasse. « Oui », a-t-elle répondu, si doucement que j'ai à peine entendu.

Une idée, en fait c'était plus une sensation qu'une idée, m'est venue. Je me suis souvenue de cette étrange intuition parfois ressentie en allant quelque part avec Max, quand un mot de sa bouche me faisait prendre conscience qu'il était déjà venu là auparavant en compagnie d'une autre petite copine. Alors, même si je savais que c'était idiot, l'atmosphère se teintait légèrement de gris amer.

« Vous avez fait la même chose avec elle ? Avec Jennifer ? Est-ce que vous vous êtes recueillie dans son jardin avec elle, à boire du thé ? »

Lynne avait l'air prise au piège. Mais elle ne pouvait pas s'échapper. Elle devait rester là, à me protéger.

« Je suis désolée, a-t-elle répondu. Ça me gênait beaucoup de ne rien pouvoir vous dire mais j'avais reçu des instructions très strictes. Ils ont pensé que ça pourrait être traumatisant pour vous.

— Jennifer était-elle au courant pour la victime précédente ?

— Non. »

J'ai senti ma mâchoire s'ouvrir d'un coup. J'étais abasourdie. Je n'ai tout bonnement rien trouvé à dire.

« Je... vous lui avez menti à elle aussi. » C'est tout ce qui m'est finalement venu.

« Pas exactement, a répondu Lynne qui continuait à éviter mon regard. Ça a été une décision prise depuis le début. Ils ont pensé que ce serait mauvais pour vous de vous paniquer.

— Et de la paniquer elle. Enfin, Jennifer.

— C'est exact.

— Voyons, que je sois bien claire. Elle ne savait pas que la personne qui lui envoyait ces lettres avait déjà tué quelqu'un. »

Lynne n'a pas répondu.

« Et elle n'était pas en mesure de prendre les décisions nécessaires concernant sa protection.

— Vous vous trompez.

— Et qu'est-ce qui vous permet de dire ça ?

— Je ne suis pour rien dans la décision, a dit Lynne, mais je sais qu'ils ont agi pour le mieux. Enfin, d'après eux.

— Votre stratégie visant à protéger Jennifer, et la première aussi, Zoë, n'a pas franchement fait ses preuves. » J'ai avalé une grande gorgée de whisky, ce qui m'a fait tousser. Je n'avais pas vraiment l'habitude de boire de l'alcool. Je me sentais si misérable, si terrifiée, si mal en point... « Pardon, Lynne, j'imagine bien que c'est très désagréable pour vous mais c'est pire pour moi. C'est de ma vie qu'il s'agit. C'est moi qui vais mourir. »

Elle s'est rapprochée de moi. « Vous n'allez pas mourir. »

J'ai eu un mouvement de recul. Je ne voulais pas que ces gens me touchent. Je ne voulais pas de leur sensiblerie.

« Je ne comprends pas, Lynne. Vous vous êtes assise à côté de moi tous ces jours derniers. Vous êtes restée là dans cette maison, à boire mon thé, à manger ce que j'ai dans le frigo. Je vous ai parlé de ma vie. Vous m'avez vue pieds nus, affalée sur le canapé, à moitié à poil ; vous m'avez vue me balader dans la maison. Vous m'avez vue vous croire, vous faire confiance. Je n'arrive pas à comprendre. Mais à quoi pensiez-vous ? »

Lynne a gardé le silence. Je me suis tue quelques instants. J'ai repris mon whisky, dont j'ai bu une gorgée.

« Vous trouvez ma réaction idiote ? C'est juste que j'ai un peu de mal à supporter que tout le monde sache quelque chose à mon sujet sans que moi je sois au courant. Qu'est-ce que vous en diriez, si c'était vous ?

— Je ne sais pas. »

J'ai pris une nouvelle gorgée. La boisson commençait à faire son effet. J'ai une résistance étonnamment basse à toute drogue. J'aimerais pouvoir croire que ça vient d'un corps parfaitement réceptif, mais c'est plus probablement lié à un manque de volonté. Il me devenait difficile de conserver mon sentiment de fureur, même si la peur continuait à sourdre quelque part au fond de moi. Je sentais l'effet de l'alcool dans tout mon corps et aussi à l'extérieur : il rendait le monde plus doux, plus flou encore dans la lumière dorée d'un crépuscule estival en plein nord de Londres.

« Vous vous êtes occupée de la première aussi ?

— De Zoë ? Non. Je ne l'ai rencontrée qu'une fois. Juste avant... eh bien...

— Et pour Jennifer ?

— Oui. J'ai passé du temps avec elle.

— Comment étaient-elles ? Elles me ressemblaient ? »

Lynne a vidé sa tasse de thé. « Je suis désolée. Je suis désolée de vous avoir laissé dans le brouillard comme ça. Mais je n'ai absolument pas le droit de vous divulguer ce genre de détails. Je suis navrée.

— Vous ne comprenez pas ce que je dis ? » J'ai levé la voix, non sans une certaine amertume. « Je n'ai jamais rencontré ces femmes. Je ne sais pas à quoi elles ressemblaient. Mais j'ai quelque chose de très important en commun avec elles. J'aimerais avoir des informations à leur sujet. Ça pourrait aider. »

Le visage de Lynne s'était vidé de toute expression. Elle avait soudain l'air d'une fonctionnaire derrière son guichet. « Si vous avez des réclamations, il faudra vous adresser à l'inspecteur principal Links. Je n'ai pas l'autorisation de faire la moindre révélation. » Un éclair de compassion lui a traversé le visage. « Écoutez, Nadia, ce n'est pas à moi qu'il faut demander. Je n'ai pas vu les dossiers sur cette affaire. Je ne suis qu'à la périphérie de toute cette histoire, comme vous.

— Non, je ne suis pas à la périphérie. J'aimerais l'être. Je suis dans le trou noir, au centre. Alors, c'est comme ça, vous voulez juste que je vous fasse confiance, que je me persuade que vous faites des progrès ? »

Qu'elle aille se faire foutre, j'ai pensé. Qu'ils aillent tous se faire foutre. Nous sommes rentrées, sans nous regarder ou presque. Elle a fait des sandwiches avec des bouts de jambon qui restaient dans le frigo, ensuite nous nous sommes assises devant la télé et nous n'avons pas ouvert la bouche. J'ai à peine prêté attention à l'émission. J'ai d'abord réfléchi avec colère, je me suis repassé des scènes de ma vie récente, des conversations avec Lynne, Links, ou Cameron. Je me suis souvenue de moi allongée dans le lit avec Cameron, de la façon qu'il avait de me regarder. J'ai essayé d'imaginer la charge érotique que produisait un corps nu comme le mien, le corps d'une femme qui va mourir bientôt et qui ne le sait pas. Qu'est-ce que ça faisait d'être un amant dont le seul rival est un assassin ? Est-ce que ça rendait les étreintes plus excitantes ? Plus j'y pensais, plus l'idée de sentir son nez pressé contre mon corps me donnait envie de vomir, comme si des rats m'avaient grignoté les seins, m'avaient rongé l'entrejambe.

Je n'avais jamais vraiment eu peur avant. Je ne crois pas être quelqu'un qu'on effraie facilement. Je tombe facilement amoureuse et je me mets vite en colère, j'ai le bonheur rapide, tout comme l'irritation ou encore l'énervement. Je crie, je pleure, je ris. Ces choses se passent à fleur de peau, prêtes à frémir. Mais la peur gît profondément tapie au fond de nous. À présent j'avais peur, mais ce sentiment ne masquait pas toutes les autres émotions, à l'inverse de la rage, par exemple, ou du désir soudain. Ça me donnait plutôt l'impression de quitter la lumière pour l'ombre, d'entrer dans un monde froid, minéral, sinistre. Un monde différent.

Je ne savais pas vers qui me tourner. J'ai pensé à mes parents, mais je les ai vite éliminés. Ils étaient vieux, anxieux. Ils avaient toujours été inquiets à mon sujet avant même d'avoir de bonnes raisons pour s'angoisser. Zach, ce cher Zach, ce bougon de Zach. Ou Janet peut-être. Qui pourrait se montrer calme, solide, tel un roc ? Qui pourrait m'écouter ? Qui pourrait me sauver ?

Puis, sans vraiment le vouloir, j'ai commencé à penser aux femmes qui étaient mortes. Je ne savais rien sur elles à part leur nom et le fait que Jennifer Hintlesham avait eu trois enfants. Je me suis rappelé le petit visage angélique et belliqueux de son dernier. Deux femmes. Zoë et Jenny. Comment étaient-elles, qu'avaient-elles ressenti ? Elles avaient dû rester allongées tout éveillées sur leur lit dans le noir, comme je le faisais à présent, et sentir la même peur glacée circuler dans leur corps, comme moi. Et la même solitude. Pour l'instant, bien sûr, il ne s'agissait pas de deux femmes mais de trois, rassemblées par un fou. Zoë, Jenny et Nadia. Nadia, c'était moi. Pourquoi moi ? me suis-je demandé, allongée là à écouter les bruits de la nuit. Pourquoi elles, et pourquoi moi ? Ou plutôt pourquoi, pourquoi tout court ?

Mais même allongée ainsi, recroquevillée dans mes couvertures, à sentir mon cœur battre, mes yeux me piquer, je savais que j'allais devoir sortir de cet état de terreur aveugle et désarmée. Je ne pouvais pas me contenter de me rouler en boule en attendant que quelque chose se passe, ou que d'autres viennent me tirer de ce cauchemar. Pleurer sous les draps n'allait pas me sauver. C'était comme si une petite partie de moi très loin se serrait très fort en préparation du combat.

Je me suis endormie au petit jour. Le lendemain matin, quand je me suis réveillée, abrutie de fatigue et de rêves étranges, je ne me sentais pas vraiment plus courageuse ni plus en sécurité. Mais je me sentais plus inflexible. À dix heures, j'ai demandé à Lynne si elle pouvait quitter la pièce parce que j'avais un coup de téléphone privé à passer. Elle a dit qu'elle attendrait dans la voiture. Une fois qu'elle a été partie, après avoir bien tiré la porte derrière elle, j'ai appelé Cameron au bureau.

« Enfin. Je devenais fou, a-t-il dit dès qu'il a pris la communication.

— Parfait. Moi aussi.

— Je suis vraiment désolé que tu te sentes trahie. Je m'en veux énormément.

— Il n'y a pas de quoi. Tu peux faire quelque chose pour moi.

— Tout ce que tu voudras.

— Je veux voir les dossiers que vous avez sur cette affaire. Pas juste ceux qui me concernent, mais ceux des deux autres femmes.

— C'est impossible. Ils ne sont pas accessibles au public.

— Je sais. Mais je veux quand même les voir.

— C'est tout à fait hors de question.

— Je veux que tu m'écoutes très attentivement, Cameron. À mon sens, tu t'es très mal comporté dans toute cette aventure. Il faut croire que l'idée de coucher avec une victime potentielle excite chez toi une espèce de désir pervers. Mais ça m'a plu à moi aussi, et puis je suis adulte, c'est pas dramatique. Je ne cherche pas à te punir. Je veux que ce soit bien clair. Mais si tu ne m'apportes pas les dossiers je vais aller trouver Links et lui révéler notre relation sexuelle, je vais sans doute verser ma petite larme et lui dire combien je me trouvais dans un état vulnérable.

— Tu ne ferais pas ça.

— Après quoi j'appellerai ta femme pour tout lui raconter.

— Tu ne ferais pas ça. Ce serait... » J'ai entendu un bruit de toux, comme s'il s'étouffait. « Tu ne dois rien dire à Sarah. Elle sort d'une dépression, elle ne s'en remettrait pas.

— Ça n'est pas mon problème, ai-je répondu. Je ne veux pas le savoir. Débrouille-toi pour m'apporter les dossiers.

— Tu ne ferais pas une chose pareille, s'est-il une nouvelle fois étranglé. Tu n'en serais pas capable.

— Écoute attentivement ce que je vais te dire. Il y a un homme qui a tué deux femmes, qui a maintenant l'intention de s'attaquer à moi. Au moment précis où je te parle, je me contrefous de ta carrière, je me contrefous des sentiments de ta femme. Si tu veux t'essayer à jouer au poker avec moi, vas-y. Je veux voir les dossiers ici demain matin et avoir suffisamment de temps pour les lire. Ensuite tu pourras les rapporter.

— Je n'ai pas le droit de faire un truc pareil.

— La balle est dans ton camp.

— Je vais essayer.

— Et je veux tout voir.

— Je ferai ce que je peux.

— Tu as intérêt. Et pense à ta carrière en prenant les dossiers. Pense à ta femme. »

Quand j'ai raccroché le téléphone, je m'attendais à fondre en larmes ou à éprouver de la honte, mais je me suis surprise en découvrant mon reflet dans la glace au-dessus de la cheminée. Enfin un visage amical.

12

J'ai débarrassé la table du salon mais ça n'a pas suffi. Après que Cameron eut congédié Lynne, il lui a fallu trois voyages pour décharger les dossiers de sa voiture. Il y en avait deux caisses rebondies ainsi que deux cartons. Il a étalé les dossiers rouges, bleus et beiges sur la table puis, une fois à court de place, il en a également posé sur la moquette. L'installation terminée, il haletait, le visage pâle et luisant de sueur. Il avait le teint livide, grisâtre, fatigué.

« C'est tout ? ai-je ironiquement demandé une fois le dernier dossier déposé à mes pieds.

— Non.

— J'ai dit que je voulais tout voir.

— Il m'aurait fallu un mini-van pour tout emporter. Là, tu as tous les dossiers en cours au bureau, les autres, là-bas, ce sont des éléments auxquels j'ai directement accès. Mais de toute façon je ne vois pas bien quel avantage tu comptes tirer de tout ça. La plupart des trucs vont te sembler incompréhensibles. » Il s'est assis dans le fauteuil en rotin inconfortable qui se trouvait dans un coin de la pièce. « Tu as deux heures devant toi. Si tu mentionnes à qui que ce soit que tu as vu le moindre élément de ces dossiers, ça me coûtera mon job.

— Tais-toi, j'ai répondu en prenant des chemises au hasard. Comment c'est classé ?

— Ne les mets pas en désordre. En général les dossiers gris concernent les déclarations. Les bleus sont pour nos rapports et nos documents de travail. Les rouges contiennent les analyses médicales et les informations relatives aux lieux du crime. Mais ce n'est pas toujours cohérent. Quoi qu'il en soit, tout est écrit sur la pochette.

— Y a-t-il des photos ?

— Il y a des photos prises sur les lieux du crime dans les albums qui sont à tes pieds. »

J'ai baissé les yeux. Ça paraissait bizarre que la police glisse des clichés de meurtre dans le même genre d'album qu'on utilise pour les photos de vacances. J'ai soudain eu froid. Était-ce vraiment une bonne idée ?

« Je vais peut-être garder ça pour plus tard. Je voulais simplement savoir à quoi elles ressemblaient. »

Cameron s'est avancé, il a commencé à fouiller sur la table, en marmonnant. « En voilà une, a-t-il dit. Et voilà l'autre. »

Au moment où j'ai avancé la main il l'a prise. « Pardon », a-t-il dit.

Je me suis dégagée. J'étais pressée. « Va-t'en. Sors dans le jardin. Je t'appellerai quand je serai prête.

— Sinon quoi ? a-t-il demandé d'une voix lasse. Sinon tu appelles ma femme ?

— Je ne peux pas lire avec toi dans la pièce. »

Il a marqué une pause. « Ce n'est pas une lecture très agréable, Nadia.

— Laisse-moi tranquille. »

Il a quitté la pièce de mauvaise grâce, avec lenteur.

J'ai eu un moment d'hésitation avant d'ouvrir le premier dossier, avant même de le toucher, comme si un courant électrique le protégeait. Je m'apprêtais à ouvrir une porte, à pénétrer dans une pièce, après quoi tout serait différent. Moi-même je ne serais plus la même.

J'ai ouvert le premier dossier, et là, je l'ai vue. Une photo était agrafée à une feuille de papier. Zoë Haratounian. Née le 11 février 1976. J'ai regardé la photo avec attention. Elle devait être en vacances. Elle était à demi assise sur un petit muret devant un ciel d'un bleu intense. La lumière crue du soleil lui faisait légèrement plisser les yeux (elle tenait à la main une paire de lunettes de soleil) et elle souriait, elle disait quelque chose à celui ou celle qui prenait la photo. Elle portait un débardeur vert et un large short noir. Elle avait des cheveux blonds qui lui descendaient aux épaules. Était-elle mignonne ? Il me semblait bien que oui, mais c'était difficile à dire. En tout cas, elle avait l'air sympathique. C'était une photo heureuse, du genre qu'on épingle sur un tableau de liège dans la cuisine à côté de la liste de courses et de la carte d'une compagnie de taxis.

Dans le dossier, il y avait des notes tapées à la machine. C'était ça que je cherchais. Son petit copain, ses amis, son employeur, des renvois à d'autres dossiers, des numéros de téléphone, des adresses. J'avais un carnet à portée de main pour noter tout ça. J'ai pris certains noms, des numéros de téléphone, en tournant de temps en temps la tête pour m'assurer que Cameron ne pouvait pas me voir. J'ai feuilleté le dossier. Il y avait une autre photo, un portrait en noir et blanc qui ressemblait à un photomaton destiné à des papiers officiels. Oui, elle était mignonne. J'avais remarqué sur la photo précédente qu'elle était mince, mais son visage montrait une légère rondeur. Elle paraissait très jeune. Elle avait beau afficher une expression sérieuse à la base, un petit éclair dans ses yeux laissait à penser qu'au moment où l'appareil allait se déclencher elle était sur le point de se fendre d'un sourire coquin. Je me suis demandé à quoi ressemblait sa voix. Elle avait un nom étranger mais elle était née quelque part près de Nottingham.

J'ai refermé le dossier, que j'ai rangé soigneusement sur le côté. Maintenant, le deuxième. Jennifer Charlotte Hintlesham, née en 1961, était tout à fait différente de Zoë. Certes, c'était une photo plus formelle, prise dans un studio. Je l'imaginais sans mal posée en évidence sur une coiffeuse dans un cadre argenté. Elle avait un visage plus marquant que Zoë. Elle n'était pas belle à proprement parler, mais c'était une femme qui devait retenir l'attention. Elle avait de grands yeux sombres, des pommettes saillantes, d'autant plus proéminentes qu'elle avait un visage fin et allongé. Il y avait quelque chose de démodé chez elle : elle portait un pull ras du cou et un collier de petites perles. Elle avait les cheveux bruns, qu'elle avait brossés afin qu'ils brillent. Elle me faisait penser à une de ces stars britanniques mineures des années cinquante.

Il m'avait semblé que Zoë était beaucoup plus jeune que moi. Jennifer Hintlesham, pour sa part, paraissait d'une autre génération. Non qu'elle eût un visage plus marqué que le mien. Les seuls visages à la mine plus défaite que moi, surtout au petit matin, sont ceux qu'on a extraits d'une tourbière où ils ont passé deux mille ans à se momifier. C'est juste qu'elle avait l'air adulte. Il me semblait que j'aurais aimé rencontrer Zoë. Je n'étais pas aussi convaincue d'être le genre de Jennifer. J'ai regardé le dossier. Un mari, trois enfants, des noms et des âges. Merde. J'ai pris les détails en note.

Une idée m'est venue. J'ai regardé la pile des dossiers d'où ces deux-là sortaient. Comme je l'avais pensé, il y avait une chemise sur laquelle était inscrit mon nom. Je l'ai ouverte. Je me suis retrouvée en face de ma photo. Nadia Elizabeth Blake. Née en 1971. J'ai frissonné. Peut-être dans quelques semaines ce dossier serait-il plus épais, tandis qu'un nouveau serait ouvert.

J'ai regardé ma montre. Et maintenant, je faisais quoi ? Quel était le but de tout ceci, à part la curiosité ? Quand j'avais onze ans, il y avait un grand plongeoir de cinq mètres de haut dans notre piscine du quartier. Je n'avais jamais osé en sauter, jusqu'au jour où je m'étais retrouvée à gravir les échelons comme quelqu'un qui grimpe à une échelle sans raison particulière, puis j'étais allée jusqu'au bout de la planche sans réfléchir et je m'étais lancée. C'est ce que j'ai fait à cet instant.

Je me suis baissée pour ramasser le premier album de photos, un album à la couverture de plastique rouge vif. Il aurait dû contenir des photos de petites filles en train de souffler des bougies et de vacanciers jouant au ballon sur la plage. Je l'ai ouvert, puis, machinalement, je me suis mise à tourner une page, puis une autre. Il n'y avait pas vraiment grand-chose à voir, en fait. Je suis revenue au début pour vérifier. Oui, c'étaient bien des photos prises à l'endroit où Zoë Haratounian s'était fait tuer. Dans son propre appartement. Et elle était là. Elle gisait à plat ventre sur un tapis. Elle n'était pas nue, ni rien de tel. Elle portait une culotte et un T-shirt. Et elle n'avait pas l'air morte. Elle aurait aussi bien pu dormir. Il y avait un ruban, à moins que ce ne soit une cravate ou quelque chose d'approchant, serré fort autour de son cou, que différentes photos montraient sous des angles variés. Je n'arrivais pas à détacher mes yeux de la culotte et du T-shirt. Je n'arrêtais pas de penser à elle en train d'enfiler ces vêtements ce matin-là sans savoir qu'elle n'allait jamais les retirer. Ce genre d'idée idiote dont on n'arrive pas à se débarrasser.

J'ai reposé l'album puis j'ai pris le second. La scène du crime chez Jennifer Hintlesham. J'ai commencé à feuilleter les pages d'un doigt consciencieux, comme je l'avais fait pour le précédent, mais je me suis soudain arrêtée. C'était tout à fait différent. Il s'agissait d'une seule photo, d'une seule scène, mais je l'ai vue par fragments : des yeux ouverts exorbités, un fil autour du cou, des vêtements arrachés, déchirés, des jambes écartées, et quelque chose comme une barre de métal enfoncée en elle, mais je ne voyais pas par où. J'ai jeté l'album pour me précipiter au lavabo. J'y suis arrivée juste à temps, au moment où le vomi me jaillissait de la bouche. Mon estomac se soulevait par saccades douloureuses, il se vidait complètement. J'ai regardé le fond de l'évier. C'était presque comique. Il était plein d'assiettes sales. D'assiettes désormais plus sales encore.

Je me suis aspergé de l'eau chaude puis de l'eau froide sur le visage, avant de m'embarquer dans la vaisselle la plus répugnante de ma vie, et je parle en qualité d'ex-étudiante qui a partagé une maison avec une fille et deux garçons à l'université. Cette activité m'a remise d'aplomb. J'ai pu retourner vers la table et refermer l'album sans le regarder.

Je n'avais plus beaucoup de temps. Il fallait être sélective. J'ai rapidement fourragé dans les dossiers pour vérifier leur contenu. J'ai vu des plans de l'appartement de Zoë, d'autres de la maison de Jennifer. J'ai feuilleté les déclarations des témoins. Elles étaient si longues, si monotones et si désordonnées qu'il était presque impossible d'en tirer le moindre sens. Le petit ami de Zoë, Fred, parlait de la peur croissante qu'elle avait ressentie et des efforts qu'il avait faits pour tenter de la calmer. Son amie Louise paraissait effondrée. Elle était dehors dans sa voiture devant l'appartement au moment où Zoë se faisait étrangler. Les déclarations concernant le meurtre de Jennifer remplissaient dix épaisses chemises. Je ne pouvais pas faire beaucoup mieux qu'identifier les témoins interrogés, pour la plupart des gens qui avaient travaillé pour elle. Les Hintlesham étaient apparemment de gros employeurs.

J'ai examiné avec un peu plus d'attention les rapports des médecins légistes à propos des deux victimes. Celui de Zoë était le plus simple : strangulation par ligature au moyen de la ceinture de son peignoir. Il y avait quelques contusions mineures liées uniquement à la force que le meurtrier avait dû déployer pour la maintenir au sol pendant qu'il l'étranglait. Les prélèvements vaginaux ou anaux ne portaient aucune trace de violence sexuelle.

Le rapport concernant la mort de Jennifer était beaucoup plus long. Je n'ai fait que noter les détails : strangulation par ligature. Présence d'un profond sillon autour du cou indiquant que le meurtrier s'est probablement servi de fil électrique. Des blessures par incisions, des coups de couteau. Présence de sang sous forme d'éclaboussures, de mares, de traces, de traînées. Déchirure du périnée. Abondantes traces d'urine. Elle s'était fait pipi dessus.

Il y avait une chemise épaisse qui contenait l'analyse des lettres. Dedans se trouvaient des photocopies des notes envoyées à Zoë et à Jennifer. Je les ai parcourues avec le sentiment de culpabilité macabre de lire des lettres d'amour volées. Mais c'étaient bien des lettres d'amour, avec leurs promesses et leurs serments. Il y avait également un dessin d'une Zoë mutilée. Bizarrement, de toutes les horreurs que j'ai vues ce jour-là, seul cet horrible dessin si cru m'a fait pleurer. C'est lui qui m'a fait m'appesantir sur la malsaine ingéniosité qu'unc personne peut déployer au service de la destruction d'une autre. J'ai rapidement passé en revue l'analyse des documents. Il y avait là des tentatives pour associer les lettres avec les gens que Zoë connaissait : son petit copain, Fred, un ex, un agent immobilier, un acheteur potentiel pour son appartement.

Cependant, les marques d'incision sur le dessin (confirmées, ajoutait une note, par les blessures infligées à Jenny Hintlesham) démontraient sans l'ombre d'un doute que le meurtrier était gaucher. Les suspects en question étaient tous droitiers.

Il y avait des dossiers contenant des rapports légistes relatifs aux lieux du crime, des études des poussières relevées, des fibres, des cheveux et un tas d'autres choses. Beaucoup étaient si techniques que j'étais incapable de comprendre si la moindre trouvaille significative avait été effectuée. Ça n'en avait pas l'air. Il y avait un rapport synthétique d'une page sur le haut du dossier, adressé à Links, Cameron ainsi qu'aux autres membres de l'équipe chargée de l'enquête. Il y était indiqué en termes clairs qu'aucun lien significatif n'avait été établi entre les prélèvements réalisés sur les deux lieux du crime. Les échantillons de cheveux et de fibres trouvés sur les vêtements que portait le cadavre de Zoë, et également sur le tapis, le dessus-de-lit ainsi que sur d'autres articles vestimentaires n'étaient autres que ceux des habitants récents de l'appartement, soit son petit ami Fred et Zoë elle-même. L'analyse des cheveux et des fibres relevés chez Jennifer Hintlesham était plus compliquée. Il y avait un tas d'échantillons non identifiés imputables tout simplement au grand nombre de gens qui avaient fréquenté la maison. Il n'y avait cependant aucun lien entre les échantillons relevés dans les deux cas, à part le pendentif de Jennifer, trouvé dans l'appartement de Zoë, et la photo de Zoë trouvée chez Jennifer. Encore des mauvaises nouvelles.

J'ai aussi lu un tas de mémos internes qui soulignaient les différents stades de l'enquête, dont les résultats d'une enquête interne informelle sur laquelle était apposée la mention « Secret absolu ». C'est là que j'ai appris que la surveillance de Jennifer Hintlesham avait été interrompue parce que son mari, Clive, était sur le point d'être mis en accusation pour le meurtre de Zoë Haratounian. Quel merdier de première !

Juste au moment où j'allais rappeler Cameron, j'ai commencé à feuilleter un dossier contenant des documents purement administratifs à première vue. Il y avait là des tableaux de service, les minutes de certaines réunions, des affectations pour les jours de congé. Mais au fond du dossier un mémo photocopié m'a attiré l'œil. Il était adressé au Dr Michael Griffin de la part de Links, avec copies à Stadler, Grace Schilling, Lynne et une dizaine d'autres personnes dont les noms ne me disaient rien. Il répondait apparemment à une plainte émise par le Dr Griffin concernant les deux périmètres du crime, en particulier l'appartement de Zoë, dont l'examen avait été compromis suite aux procédures défectueuses mises en place par les premiers agents arrivés sur les lieux :

Je m'engage à ce que tout site futur fasse l'objet d'une pose de scellés la plus rapide et la plus efficace possible. J'ai conscience qu'en toute probabilité, et ceci tient en grande partie aux difficultés pratiques associées à l'usage de la protection rapprochée, la solution de cette affaire repose entre les mains des experts légistes. C'est pour cette raison que nous tenons à vous assurer toute notre coopération.

J'ai crié le nom de Cameron. Il ne lui a fallu que quelques secondes pour se retrouver dans la pièce. Était-ce parce qu'il m'avait observée depuis la fenêtre ? Qu'est-ce que ça pouvait bien faire...

« Regarde, j'ai dit en lui tendant la note. *Tout site futur*. C'est toute la confiance que vous avez dans vos capacités à résoudre cette affaire ? »

Il a regardé le papier, puis l'a replacé dans la chemise. « Tu voulais voir les dossiers. À l'évidence nous devons envisager toutes les éventualités.

— Ça ne donne peut-être pas la même impression dans ma position. C'est moi, le prochain site. Moi.

— Alors, qu'est-ce que tu en penses ?

— C'était affreux, ai-je répondu. Mais je suis contente de savoir. »

Cameron a commencé à rassembler les dossiers, à les mettre dans des cartons, à en bourrer de pleines serviettes.

« On ne se ressemble pas tellement », ai-je remarqué.

Il a marqué une pause.

« Pardon ?

— Je croyais que nous serions toutes du même type. Je sais que c'est difficile à dire d'après des photos et deux ou trois détails particuliers, mais j'ai l'impression que nous sommes complètement différentes. Zoë était plus jeune, plus douce que moi, je parie. Elle avait également un vrai boulot. Pour ce qui est de Jennifer, on dirait qu'elle sort tout droit de la famille royale. Je ne crois pas qu'elle aurait eu beaucoup de temps à consacrer à quelqu'un comme moi.

— Peut-être pas », a répondu Cameron, une pointe de nostalgie dans la voix. Un éclair de jalousie m'a traversée. Il l'avait vue, il lui avait parlé. Il connaissait le son de sa voix. Il avait vu ses drôles de petits gestes, ceux qu'on ne saura jamais consigner dans un formulaire.

« Vous êtes toutes petites, a-t-il dit.

— Quoi ?

— Vous êtes toutes petites et menues. Et vous vivez dans le nord de Londres.

— Alors voilà vos conclusions. Après des semaines d'enquête et deux cadavres, vous avez appris que ce meurtrier ne choisit pas ses victimes parmi les fans de la gonflette de un mètre quatre-vingts et qu'il ne s'attaque pas à des femmes qui vivent aux quatre coins de la planète. »

Il avait fini de tout remballer.

« Je dois y aller, a-t-il dit. Lynne va arriver d'une minute à l'autre.

— Cameron ?

— Oui.

— Je ne dirai rien à ta femme, ni à Links ou à personne d'autre.

— Bien.

— Mais je l'aurais fait.

— C'est ce que j'ai pensé. »

Nos gestes trahissaient une certaine gêne à présent. Pour ma part, il s'agissait de cet embarras particulier qu'on ressent à être en présence d'un homme qu'on a vu nu mais pour qui on n'éprouve plus désormais le moindre désir. À cela s'ajoutait la sensation très puissante d'avoir une seule envie, celle de me retirer dans ma chambre pour pleurer et penser à la mort pendant quelques heures.

« Nadia ?

— Oui.

— Je suis désolé pour tout. Toute cette histoire a été si... si... » Il s'est tu, se passant la main sur le visage, puis il a tourné la tête comme s'il pensait que Lynne s'était déjà glissée dans la pièce sans que l'un ou l'autre ne l'ait remarqué. « Il y a autre chose.

— Quoi ? » Je sentais à sa voix que ce n'était pas une bonne nouvelle.

Il a mis la main dans la poche de sa veste, d'où il a sorti un bout de papier. Il s'agissait en fait de deux feuilles. Il les a dépliées puis étalées sur la table. « Nous les avons interceptées ces jours derniers.

— Comment sont-elles arrivées ?

— L'une a été envoyée par la poste. Je crois que l'autre a été glissée dans la fente de la porte. »

Je les ai fixées.

« Celle-là, c'était la première », a-t-il dit en désignant la feuille posée à gauche. Elle disait :

Chère Nadia,

Je veux te baiser à mort. Et je veux que tu penses à ça.

« Oh », j'ai lâché.

« Celle-là est arrivée il y a deux jours. »

Chère Nadia,

Je ne sais pas ce que la police te raconte. Ils ne pourront pas m'arrêter. Ils le savent. Dans quelques jours, ou dans une semaine ou deux, tu seras morte.

« Je voulais être franc avec toi.

— Tu sais, j'avais trouvé un tout petit réconfort dans le fait qu'il n'y ait eu que cette première lettre. Je m'étais dit que peut-être il allait tuer quelqu'un d'autre.

— Je suis désolé, a-t-il dit en jetant un coup d'œil sur le côté. Il faut que je mette tout ça dans la voiture. Mais je suis vraiment désolé.

— Je ne vais pas mourir, hein ? Je veux dire, au moins c'est ce que tu penses, non ? »

Il avait déjà un carton à la main. « Non, non, a-t-il répondu en se dirigeant vers la porte, tu t'en sortiras. »

13

« Je vais à Camden Market, ai-je annoncé. Je pars tout de suite. »

Lynne a eu l'air désarçonnée. C'était samedi, il était neuf heures et demie tout juste passées, et j'imagine qu'elle s'était habituée à me voir traîner au lit, à chercher des stratagèmes pour me retrouver seule. Je venais de passer deux jours enfermée dans mon cauchemar, avec ces photos qui ne cessaient de me revenir à l'esprit. Zoë, dont on aurait dit qu'elle s'était simplement endormie. Jenny, victime de mutilations obscènes. Et pourtant j'étais là, lavée, habillée, étrangement amicale et toute prête à y aller.

« Il va y avoir un monde fou, a-t-elle répondu sans grand enthousiasme.

— C'est exactement ce dont j'ai besoin. Une foule, de la musique, des fringues et des bijoux pas chers. Je veux acheter un tas de babioles inutiles. Vous n'êtes pas obligée de m'accompagner.

— Bien sûr que si, je vous accompagne.

— Vous n'avez pas le choix, n'est-ce pas? Pauvre Lynne, obligée de traîner dans mes basques, d'être polie tout le temps, de mentir. Vous devez regretter votre vie normale.

— Je ne me plains pas.

— J'ai vu que vous ne portiez pas d'alliance. Vous avez un petit copain ?

— Oui. » La rougeur familière a envahi ses joues pâles, sa marque de naissance s'est enflammée.

« Mouais. Je parie que vous priez pour que tout ceci s'achève. C'est inévitable. Allez, venez. Ce n'est qu'à cinq minutes à pied. »

Lynne avait raison. Il faisait beau, le ciel arborait un bleu délavé assez sale et Camden Market était bondé. Elle portait un pantalon de lainage et de grosses chaussures. Ses cheveux lui pendaient sur les joues en petites queues collées par la transpiration. Elle devait bouillir, me suis-je dit avec satisfaction. J'avais mis une robe sans manches jaune citron et des sandales plates. Je m'étais attaché les cheveux. Je me sentais fraîche, le pied léger. Nous avons joué des coudes dans la foule, tandis que la chaleur montait du trottoir. J'ai regardé autour de moi à mesure que nous avancions, sentant naître en moi une vague d'euphorie à me retrouver de nouveau au milieu de cette grande marée humaine. Les rastas, les punks, les cyclistes, les filles en robes colorées ou en T-shirts teintés, les hommes aux visages grêlés et aux yeux attentifs, les ados à la démarche traînante et aux manières nonchalantes générées par ce mal-être qu'on perd, Dieu merci, en vieillissant. J'ai penché la tête en arrière pour humer l'odeur de patchouli, de dope, d'encens, de bougies parfumées et de bonne vieille sueur.

Il y avait des stands qui vendaient des jus de fruits frais au coin des allées. Je nous ai pris à chacune un verre d'orange-mangue et un bretzel. Ensuite je me suis acheté vingt bracelets argentés tout fins pour cinq livres que j'ai enfilés à mon poignet où ils se sont mis à tinter agréablement. Je me suis également offert une écharpe en soie flottante, une paire de minuscules boucles d'oreilles, quelques barrettes délirantes pour mes cheveux. Rien que je ne pouvais pas mettre sur-le-champ. Je ne voulais pas avoir à porter le moindre sac. Ensuite, pendant que Lynne examinait des tableaux de bois sculpté, je me suis éclipsée. Ça n'a pas été plus compliqué que ça.

J'ai descendu en vitesse les escaliers qui menaient au canal puis j'ai couru dans l'allée jusqu'au moment de rejoindre la rue principale. Elle était encore bondée, je n'y représentais qu'une silhouette supplémentaire dans la foule. J'ai plongé dans cette masse compacte pour me faufiler entre les badauds. Si Lynne se pointait à ma recherche, elle ne pourrait plus me voir à présent. Personne ne me trouverait. Même pas lui avec ses yeux aux rayons X. J'étais enfin seule.

Je me sentais libre, tout à fait différente. C'était comme si je m'étais débarrassée de tout ce foutoir qui m'avait encombrée ces dernières semaines : peur, désir et irritation se sont envolés. Je me sentais mieux que ça n'avait été le cas depuis des jours. Je savais où j'allais. J'avais planifié le trajet la nuit dernière. Je devais faire vite, avant que quelqu'un ne devine où j'étais passée.

J'ai dû sonner à plusieurs reprises. J'ai pensé qu'il était peut-être sorti, quoique les rideaux de la fenêtre à l'étage soient encore tirés. Mais au même instant j'ai entendu des pas, un juron étouffé.

L'homme qui a ouvert la porte était plus grand et plus jeune que je ne me l'étais imaginé, plus beau également. Il avait des cheveux clairs qui lui battaient le front, des yeux pâles dans un visage bronzé. Il portait un jean, rien d'autre. Il avait l'air mal réveillé.

« Qu'est-ce que c'est ? » Le ton n'était pas des plus amicaux.

« Vous êtes bien Fred ? » J'ai tenté un sourire.

« Oui. Je vous connais ? » Il parlait avec une assurance indolente. Je m'imaginais Zoë à ses côtés, son joli visage amoureux levé vers lui.

« Je suis désolée de vous réveiller mais c'est urgent. Je peux entrer ? »

Il a levé les sourcils. « Qui êtes-vous ?

— Je m'appelle Nadia Blake. Je suis ici parce que je me trouve menacée par l'homme qui a tué Zoë. »

J'avais bien pensé que ça allait le surprendre mais il a clairement reçu ça comme un coup de poing. Il a failli tomber à la renverse.

« Quoi ?

— Je peux entrer ? »

Il a ouvert la porte tout en reculant d'un pas. Il paraissait complètement sonné. Je suis passée devant lui avant qu'il ait pu ajouter quoi que ce soit. Il m'a suivie dans l'escalier jusqu'à un petit living encombré.

« Je suis désolée pour Zoë, au fait », j'ai dit.

Il me regardait avec intensité. « Qui vous a parlé de moi ?

— J'ai vu votre nom dans une liste de témoins. »

Il a passé la main dans sa tignasse ébouriffée, puis il s'est frotté les yeux. « Vous voulez du café ?

— Oui, merci. »

Il est entré dans la cuisine attenante et j'ai jeté un œil dans la pièce. Je me disais qu'il y aurait peut-être une photo de Zoë, quelque chose qui me ferait penser à elle, mais je n'ai rien vu de tel. J'ai ramassé quelques magazines qui traînaient par terre : des manuels d'horticulture, un guide des boîtes londoniennes, un programme de télé. Il y avait un tas de pierres rondes sur une des étagères ; j'en ai soulevé une, une pierre marbrée semblable à un œuf de canard que j'ai tenue dans la paume de ma main. Je l'ai soigneusement reposée puis j'ai pris un chapeau de feutre brun qui pendait au dos d'une chaise, je l'ai fait tourbillonner autour de mon index. Je voulais me sentir proche de Zoë mais elle paraissait tout à fait absente des lieux. J'ai attrapé un canard en bois sculpté posé sur une étagère pour l'examiner. Quand Fred est de nouveau rentré dans la pièce, je l'ai vite remis en place.

« Qu'est-ce que vous faites ? a-t-il demandé, l'air soupçonneux.

— Je passais le temps, c'est tout. Désolée.

— Voilà votre café.

— Merci. » J'avais oublié de lui dire que je n'aime pas le lait dans mon café. Fred s'est assis sur un canapé qui semblait sortir d'une décharge. Il m'a indiqué la chaise. Il tenait sa tasse à deux mains, le regard absorbé par son contenu. Il n'a rien dit.

« Je suis navrée pour Zoë, ai-je répété, faute de mieux.

— Ouais », a-t-il répondu. Il a haussé les épaules puis tourné la tête.

Qu'est-ce que j'espérais donc ? J'avais cru qu'il existerait un lien entre nous, du fait qu'il avait connu Zoë. Pour une raison assez irrationnelle, j'avais l'impression que ça le rendait plus proche de moi que n'importe lequel de mes amis.

« Comment était-elle ?

— Comment elle était ? » Il a levé un regard morne vers moi. « Elle était gentille, jolie, heureuse, enfin, tout ça quoi. Mais qu'est-ce que vous attendez de moi ?

— C'est idiot, je sais. Je veux savoir des détails bêtes à son sujet : sa couleur favorite, ses vêtements, ses rêves, ce qu'elle a ressenti quand elle a reçu les lettres, tout... » J'étais à court de souffle.

Il semblait mal à l'aise, presque dégoûté.

« Je ne peux pas vous aider.

— Vous l'aimiez ? » ai-je demandé à brûle-pourpoint.

Il m'a regardée comme si je venais de dire une chose obscène.

« On se marrait bien. »

On se marrait bien. Le cœur m'en a manqué. Il ne l'avait même pas connue, ou il ne souhaitait pas que je la connaisse à travers lui. On se marrait bien. Quelle épitaphe !

« Mais vous ne vous demandez pas ce qu'elle a dû éprouver pendant tout ce temps ? Quand elle recevait des menaces, je veux dire, et puis quand elle est morte ? »

Il s'est penché pour attraper un paquet de cigarettes ainsi qu'une boîte d'allumettes sur une table basse à côté du sofa.

« Non, a-t-il répondu en allumant une cigarette.

— La photo d'elle que j'ai vue paraissait assez vieille. Vous en avez une plus récente ?

— Non.

— Pas une seule ?

— Je ne prends pas de photos.

— Ou alors quelque chose à elle que je puisse regarder. Il doit bien y avoir quelque chose.

— Pour quoi faire ? a-t-il demandé, le visage dur, inflexible.

— Je suis désolée, je dois vous paraître morbide. C'est juste que je me sens un lien avec ces deux femmes.

— Comment ça, ces deux femmes ?

— Zoë et ensuite Jennifer Hintlesham, la deuxième victime.

— Quoi ? » Il s'est levé d'un bond. Il a posé la tasse sur la table en renversant pas mal de café. « Qu'est-ce que c'est que ce bordel ?

— Désolée, vous n'étiez pas au courant ? La police a tout fait pour que ça reste secret. Je ne l'ai découvert que par hasard. L'autre femme a reçu les mêmes lettres. Elle a été tuée quelques semaines après Zoë.

— Mais... mais... » Fred semblait perdu dans ses pensées. Puis il m'a regardée avec une intensité toute nouvelle dans le regard. « Cette deuxième femme.

— Jennifer.

— Elle a été tuée par le même homme ?

— C'est juste. »

Il a laissé échapper un sifflement bas.

« Putain.

— Je sais », ai-je répondu.

Le téléphone a sonné, aussi fort qu'une sirène d'alarme, et nous avons tous les deux sursauté. Fred a pris le combiné en me tournant le dos.

« Ouais. Ouais, compte sur moi. » Un silence. Puis : « Passe tout de suite et on prendra Duncan et Graham plus tard. »

Il a raccroché puis s'est tourné vers moi.

« J'ai un copain qui va passer, a-t-il annoncé pour prendre congé. Bonne chance, Nadia. Désolé de n'avoir pas pu vous venir en aide. »

C'était tout ? Ce n'était pas possible. Je l'ai fixé, désespérée.

« Au revoir, Nadia, a-t-il repris, en me poussant presque jusqu'à la porte. Prenez soin de vous. »

J'ai marché tête baissée, en me frayant un chemin à l'aveugle jusqu'au métro. Pauvre Zoë ! me suis-je dit. Fred m'avait fait l'effet d'un homme presque entièrement dépourvu d'imagination, un beau type insouciant. Je n'arrivais pas à l'imaginer se montrer prévenant envers Zoë pendant qu'elle recevait les menaces, quoi qu'il ait pu raconter ensuite à la police. J'ai repris ce qu'il avait dit, pas grand-chose en fait. Rien dans tout ça ne justifiait que je me sois soustraite à la protection de la police. Un subit frisson de peur m'a parcourue. J'étais seule, sans personne pour s'occuper de moi. Je m'imaginais des yeux dans la foule du samedi, qui m'observaient.

Soudain mon chemin s'est trouvé bloqué. Un homme se tenait devant moi à me regarder. Des cheveux bruns, un visage pâle, des dents qui luisaient derrière son sourire. Qui était-ce donc ?

« Coucou ! On dirait que vous êtes à des années-lumière. »

Je l'ai fixé.

« C'est bien Nadia, je ne me trompe pas ? La propriétaire de l'ordinateur grabataire. »

Ah oui, bien sûr. Une vague de soulagement m'a traversée. J'ai souri. « Oui. Pardon. Euh...

— Morris. Morris Burnside.

— Bien sûr. Bonjour.

— Comment allez-vous, Nadia ? Depuis la dernière fois ?

— Comment ? Oh, très bien, ai-je répondu sans y penser. Écoutez, je suis vraiment désolée mais en fait je suis assez pressée.

— Bien sûr, je ne voudrais pas vous retarder. Vous êtes sûre que tout va bien ? Vous avez l'air un peu tendue.

— Oh non, juste fatiguée, c'est tout. Eh bien, au revoir.

— Au revoir, Nadia. Portez-vous bien. À une prochaine fois. »

La maison était très belle. Certes, je l'avais bien vue sur les photos, mais elle était plus majestueuse en vrai : entourée d'un jardin, elle était située en retrait par rapport à la rue, pourvue d'un escalier menant au porche d'entrée et d'une glycine qui grimpait le long des grands murs blancs. Tout y était de proportions imposantes, tout transpirait le bon goût et la richesse. Qu'ils aient de l'argent, ça, évidemment, je le savais, mais à présent je pouvais presque le flairer. J'ai levé les yeux vers les fenêtres du premier étage.

Dans une de ces pièces, Jennifer était morte. Je me suis lissé les cheveux en arrière, j'ai tripoté d'un doigt nerveux les bretelles de ma robe de coton. Puis j'ai monté les marches d'un pas vif et actionné le heurtoir en cuivre.

Je m'attendais presque à ce que Jennifer vienne ouvrir en personne, à voir son visage étroit et ses cheveux noirs brillants se dessiner dans l'encadrement de la porte. Elle se montrerait polie à mon égard, de cette manière bien élevée et un peu surprise qui signifie « fichez le camp » à des gens comme moi, les malpolis, les sans-gêne.

« Oui ? » Ce n'était pas Jennifer mais une grande femme élégante aux cheveux blonds peignés en arrière. Elle portait des boucles d'oreilles de prix, un pantalon noir de bonne coupe, une chemise de soie abricot. Le dossier m'avait renseigné au sujet des maîtresses de Clive, j'avais donc une assez bonne idée de son identité. « En quoi puis-je vous être utile ?

— J'aimerais parler à Clive Hintlesham, s'il vous plaît. Je m'appelle Nadia Blake.

— C'est urgent ? a-t-elle demandé avec une politesse glaçante. Ainsi que vous l'entendez sans doute, nous avons des invités. »

Je percevais en effet un murmure changeant de conversations provenant de l'intérieur. Il était midi, un samedi, et le veuf inconsolable donnait une petite fête en compagnie de sa maîtresse. J'entendais des verres tinter.

« En fait, oui.

— Entrez, dans ces conditions. »

La maison était immense, fraîche. Le bruit des voix y était plus prononcé. Elle avait vécu ici, ai-je pensé en regardant autour de moi. C'est cette maison qu'elle avait voulu transformer en une demeure de rêves, mais à présent c'était cette femme qui présidait aux opérations, parce qu'à l'évidence les ouvriers étaient revenus. La pièce devant moi était pleine d'échelles et de pots de peinture. Des draps recouvraient les meubles au fond du hall.

« Je vous propose d'attendre ici », a-t-elle dit.

Qu'à cela ne tienne, je l'ai suivie. Ensemble, nous sommes entrées dans un grand salon qui venait à l'évidence de recevoir une couche de peinture gris ardoise. De grandes portes-fenêtres donnaient sur un jardin récemment bêché. Sur la cheminée, il y avait la photo de trois enfants dans un cadre ovale argenté. Pas de Jennifer. Était-ce ce qui allait m'arriver, si je mourais ? Est-ce que les eaux allaient juste se refermer sur moi comme ça ?

La pièce contenait peut-être dix ou douze personnes, chacune un verre à la main, éparpillées en petits groupes. Peut-être s'agissait-il d'anciens amis de Jennifer réunis à présent pour accueillir la nouvelle maîtresse de maison. Gloria s'est dirigée vers un homme d'allure solide, aux cheveux bruns grisonnants, à la mâchoire carrée. Elle a posé une main sur son épaule puis murmuré quelques mots à son oreille. Il a brusquement levé les yeux dans ma direction puis s'est approché.

« Oui ?

— Désolée de m'immiscer comme ça.

— Gloria dit que vous avez quelque chose à m'annoncer.

— Je m'appelle Nadia Blake. Je me fais menacer par le même homme qui a tué Jennifer. »

Son visage n'a presque pas bougé. Il a jeté des petits coups d'œil à droite et à gauche comme s'il voulait vérifier que personne d'autre n'écoutait.

« Oh, a-t-il dit. Eh bien, qu'est-ce que vous voulez ?

— Comment ça, ce que je veux ? Votre femme a été assassinée. Maintenant, il veut me tuer.

— Je suis vraiment navré, a-t-il dit d'une voix égale. Mais pourquoi êtes-vous là ?

— Je pensais que vous pouviez m'apprendre quelque chose au sujet de Jennifer. »

Il a bu une gorgée de vin, puis il m'a reconduite à la limite de la pièce. « J'ai dit à la police tout ce qu'il y avait à dire. Je ne vois pas bien ce que vous êtes venue faire ici. Toute cette histoire a été une tragédie. À présent j'essaie de reprendre le cours de ma propre existence du mieux possible.

— Vous paraissez vous en tirer à merveille », ai-je remarqué en faisant le tour de la pièce des yeux.

Son visage a viré au pourpre. « Qu'est-ce que vous venez de dire ? a-t-il répliqué, furieux. Je vous serais reconnaissant de partir à présent, miss Blake. »

Mortifiée, j'ai senti un vent de panique rageuse m'envahir. J'ai commencé à bafouiller une tentative de justification. Au moment même où j'ai ouvert la bouche, j'ai vu un garçon, un adolescent, assis tout seul sur un banc dans l'embrasure de la fenêtre. Il était maigre, pâle, il avait des cheveux blonds, gras, des traînées noires sous les yeux, des boutons sur le front. Tout chez lui trahissait cette maladresse dégingandée et désespérée de l'adolescence masculine, toute la confusion brouillonne et terrifiée du fils qui a perdu sa mère. Josh, l'aîné. Je l'ai regardé, nos yeux se sont croisés. Il avait de grands yeux bruns, semblables à ceux d'un épagneul. De beaux yeux dans un visage sans grâce.

« Je vais m'en aller, ai-je dit d'une voix calme. Je suis navrée de vous avoir dérangé. C'est juste que j'ai peur. Je cherche de l'aide. »

Il m'a répondu d'un petit signe de tête. Peut-être son visage n'était-il pas si cruel, en vérité, juste un peu bête et suffisant. Peut-être n'était-il pas différent des autres. Un peu plus faible, sans doute, un peu plus égoïste.

« Je suis navré, a-t-il dit, avec un haussement d'épaules impuissant.

— Merci. » J'ai tourné les talons en essayant de ne pas pleurer, d'oublier que tout le monde me regardait comme si j'étais une mendiante qui aurait forcé le passage.

Dans le hall, un petit garçon monté sur un tricycle m'est passé devant en pédalant avec rage, mais il s'est arrêté d'un coup. « Je te connais. Tu es le clown ! a-t-il crié. Lena, le clown est venu nous voir. Viens voir le clown ! »

14

« Je vais prendre de tout, ai-je affirmé avec fermeté. Des œufs au bacon, du pain perdu, des pommes de terre sautées, de la tomate, une saucisse, des champignons. Et ça, c'est quoi ? »

La femme derrière le comptoir a inspecté le contenu d'un plat métallique. « Du boudin noir.

— Parfait, mettez-en aussi. Et un thé. Et vous ? »

Lynne avait légèrement pâli, peut-être à la vue de la pile qui s'amoncelait dans mon assiette.

« Oh. Un toast. Du thé. »

Nous avons emporté nos plateaux dehors dans le jardin ensoleillé qui bordait le parc. Nous étions arrivées à l'ouverture du café, les premières. J'ai choisi une table discrète dans un coin où nous avons déposé nos assiettes, nos tasses et nos théières en métal. J'ai commencé à manger. Je me suis d'abord attaquée à l'œuf sur le plat, découpant le jaune afin qu'il se répande tout autour dans l'assiette. Lynne m'a regardée avec ce que j'ai pris pour de la désapprobation tatillonne.

« Ce n'est pas votre genre ? ai-je demandé en

m'essuyant la bouche avec une serviette en papier.

— Il est un peu tôt pour moi. » Elle a bu son thé à petites gorgées délicates et pris une minuscule bouchée de toast taille chenille.

C'était une matinée magnifique. Des moineaux apprivoisés se promenaient à grands bonds entre les pieds des tables à la recherche de miettes, des écureuils se couraient après dans les branches des grands arbres situés de l'autre côté du mur, à l'intérieur du parc proprement dit. L'espace de quelques secondes formidables j'ai tout bonnement fait comme si Lynne n'était pas là. J'ai enfourné des bouchées de mon petit déjeuner à rendre cardiaque tout en les faisant descendre à coups de thé acajou.

« Vous ne voulez pas que je m'écarte de la table, quand votre amie arrivera ? a demandé Lynne.

— Ne vous embêtez pas. Vous la connaissez.

— Comment ? » a-t-elle lancé, l'air étonné.

Comme j'aimais cet instant particulier ! Ça devait être le côté magicien chez moi. « C'est Grace Schilling. »

Et moi d'engouffrer triomphalement un quartier de tomate grillée attaché à un morceau de bacon.

« Mais... a bafouillé Lynne.

— Heum ? » La bouche pleine, je ne pouvais pas faire mieux. Je voyais bien qu'elle essayait de décider entre une douzaine de questions à me poser.

« Qui... qui a pris l'initiative de la rencontre ?

— Moi.

— Mais... le commissaire Links est-il au courant ? »

J'ai haussé les épaules. « Le Dr Schilling lui a peut-être dit. Ce n'est pas mon problème.

— Mais...

— La voilà. »

Le Dr Schilling venait d'arriver sur la terrasse. Plusieurs tables étaient occupées à présent — ici des parents avec leurs enfants, là des couples penchés sur les journaux du dimanche — et elle ne nous avait pas encore repérées. Elle était très chic, comme d'habitude, peut-être juste un peu plus sport. Elle portait un pantalon bleu marine qui lui arrivait seulement à mi-mollet ainsi qu'un pull en V noir. Et des lunettes de soleil. Elle nous a aperçues et s'est dirigée vers nous. Elle a ôté ses lunettes, qu'elle a posées sur la table en même temps qu'un trousseau de clés et, ai-je remarqué avec intérêt, un paquet de cigarettes. Elle nous a regardées avec défiance. Elle arborait la même expression réservée que d'habitude. J'ai eu l'impression amusante de m'être fait surprendre dans une porcherie, la tête dans l'auge.

« Vous voulez manger quelque chose ?

— Je ne suis pas vraiment une fan du petit déjeuner.

— Du café noir avec une cigarette ? ai-je demandé.

— C'est en général tout ce que j'arrive à faire passer. »

J'ai tourné la tête vers Lynne et son air effaré. « Pourriez-vous aller chercher un café pour le Dr Schilling ? » ai-je demandé.

Elle a filé.

« C'est un peu comme avoir une secrétaire particulière, ai-je remarqué dans un sourire. Ça me plaît assez. Avez-vous parlé à Links ? »

Elle a allumé une cigarette. « Je l'ai informé que vous aviez demandé à me voir.

— Il n'a rien dit ?

— Il s'est montré surpris. »

J'ai fini le jaune d'œuf avec mon pain perdu. « Pouvez-vous garder un secret ?

— Que voulez-vous dire ?

— J'ai vu les dossiers. Enfin, une bonne partie. Je ne suis pas exactement passée par les canaux habituels, c'est pourquoi je préférerais que vous n'en parliez pas trop. »

Elle était décontenancée. Rien d'étonnant à ça. Je commençais à prendre l'habitude. Elle a tiré une longue bouffée de cigarette puis s'est replacée sur sa chaise. Elle était mal à l'aise. Sentait-elle qu'elle avait perdu la maîtrise de la situation ? C'était bien ce que j'espérais.

« Alors pourquoi me l'avoir dit ?

— J'ai quelques questions à vous poser. Je sais que vous m'avez menti dans les grandes largeurs. » Elle a vivement levé les yeux, ouvert la bouche pour dire quelque chose, mais rien n'est sorti. « Ça n'a pas d'importance. Ça ne m'intéresse plus. J'ai vu les rapports d'autopsie. Je n'ai plus d'illusions. Tout ce que je veux c'est que vous soyez franche avec moi. »

Lynne est revenue avec le café. « Ça vous ennuie si je m'assois là ? a-t-elle demandé.

— Désolée, Lynne, mais il me semble préférable que cette conversation reste privée », ai-je répondu.

Elle a rougi puis s'est éloignée vers une table voisine. Je me suis de nouveau tournée vers

Grace Schilling. « Je n'ai pas d'avis précis en ce qui concerne les mérites généraux de la police. Mais vous comprendrez sans mal que je n'ai pas la moindre confiance dans leur capacité à me protéger d'un meurtre. Vous, eux, peu importe, vous avez eu deux femmes sous votre protection et elles sont mortes toutes les deux.

— Nadia, a dit Grace, je comprends ce que vous ressentez mais il y a eu des raisons particulières à cela. Dans le premier cas, celui de Miss Haratounian...

— De Zoë.

— Oui. Dans son cas, le degré de menace a été évalué alors qu'il était trop tard. Dans celui de Mrs Hintlesham, il y a eu un impair.

— Vous parlez de l'arrestation du mari.

— Oui. Vous devez donc vous rendre compte que votre situation est tout à fait différente. »

Je me suis versé une nouvelle tasse de thé. « Grace, vous m'avez sans doute mal comprise. Je ne suis pas là pour vous distribuer des blâmes, ni pour recueillir des informations en vue de déposer une plainte ou pour chercher un réconfort quelconque. Mais, je vous en prie, ne m'insultez pas en me disant que je ne devrais pas m'inquiéter. J'ai vu le mémo de la police, qui vous a également été envoyé, à propos de la marche à suivre pour le jour où on trouvera mon cadavre. »

Grace a allumé une nouvelle cigarette. « Que voulez-vous de moi ? a-t-elle demandé d'une voix impassible.

— Il n'y a aucun rapport de votre part dans les dossiers que j'ai vus. Peut-être parce qu'il dit des choses sur moi qui me déplairaient. Je dois connaître ce que vous savez.

— Je ne suis pas sûre de savoir quoi que ce soit d'utile.

— Pourquoi moi ? J'avais espéré que les dossiers me révéleraient un point que nous aurions en commun. Je n'ai rien pu trouver en dehors du fait que nous sommes toutes petites. »

Grace a paru réfléchir. Elle a longuement tiré sur sa cigarette.

« Oui, a-t-elle dit. Et vous êtes toutes surprenantes, de façon différente.

— Eh bien, c'est très gentil...

— Vous êtes toutes vulnérables. Les sadiques sexuels agissent envers les femmes comme un prédateur envers ses proies. Il choisit celles qui sont à la traîne, qui manquent d'assurance. Zoë Haratounian était nouvelle à Londres, elle n'était pas sûre d'elle. Jenny Hintlesham était emprisonnée dans un mariage malheureux. Vous venez de vous séparer d'un petit ami.

— C'est tout ?

— Ça peut suffire.

— Pouvez-vous me dire quoi que ce soit sur lui ? »

Elle a marqué une nouvelle pause.

« Il y aura des indices. Il y en a toujours. Reste à les identifier. Un criminologue français, le Dr Locarde, a prononcé un jour cette phrase célèbre : “Tout meurtrier laisse quelque chose de lui sur les lieux du crime, si infime cela soit-il parfois, et il en emporte toujours quelque chose avec lui.” Tant qu'on n'a pas trouvé exactement ce que sont ces indices, et nous finirons par y arriver, tout ce que je peux dire c'est que le meurtrier est probablement blanc. Il doit avoir entre vingt et trente ans, peut-être un peu plus. Il est plus grand que la moyenne. Et fort physiquement. C'est un homme éduqué, qui est peut-être allé à l'université. Mais je suis certaine que vous aviez déjà deviné une bonne partie de tout ça de votre côté.

— Je le connais ? »

Grace a écrasé sa cigarette. Elle a commencé à parler puis s'est ravisée. Pour la première fois elle paraissait vraiment ennuyée. Elle avait à l'évidence du mal à se reprendre. « Nadia, a-t-elle fini par dire, j'aimerais pouvoir vous dire quelque chose qui soit susceptible de vous venir en aide. J'aimerais pouvoir affirmer qu'il ne s'agit pas d'un homme que vous connaissez bien, parce que j'espère que la police aura établi quelques relations avec les autres femmes. Mais il se peut que ce soit un ami proche. Il se peut aussi que ce soit quelqu'un que vous n'avez rencontré qu'une seule fois, que vous avez oublié par la suite, ou encore quelqu'un que vous avez juste aperçu à une occasion. »

J'ai regardé autour de moi. J'étais contente d'avoir choisi de lui donner rendez-vous par une matinée ensoleillée alors que des enfants couraient partout en faisant un joli boucan.

« Le problème, ce n'est pas le sommeil, ai-je dit. Pour le moment je n'ose pas fermer les yeux parce que quand je le fais je vois la photo de Jenny Hintlesham morte avec... Enfin, je suis sûre que vous l'avez vue. Je n'arrive pas à accepter qu'il y ait quelqu'un que j'ai rencontré, un type qui se promène, qui vit une vie normale, après avoir fait une chose pareille. »

Grace faisait glisser un long doigt fin sur le rebord de sa tasse. « Il est extrêmement organisé.

Regardez les notes et les précautions qu'il a prises pour les déposer.

— Mais je n'arrive toujours pas à croire que la police n'ait pas réussi à protéger ces femmes après ce qu'il a dit qu'il ferait. »

Grace a vigoureusement hoché la tête. « Ces dernières semaines, j'ai fait quelques recherches. Il y a déjà eu un certain nombre de cas similaires. L'un d'eux était une affaire qui s'est déroulée il y a quelques années à Washington DC. Un homme a exprimé des menaces de mort très explicites dans des lettres adressées à des femmes. Le mari de la première a embauché des gardes armés et pourtant elle s'est fait assassiner chez elle. La seconde était sous protection policière vingt-quatre heures sur vingt-quatre, pourtant elle s'est fait torturer et tuer dans sa propre chambre pendant que son mari se trouvait dans la maison. Je suis désolée de vous dire ça mais vous m'avez demandé d'être franche. Certains de ces hommes se considèrent comme des génies. Ils n'en sont pas. Ce sont plutôt des hommes qui ont un passe-temps obsessionnel. Ce qu'ils sont, en revanche, c'est motivés. Ils veulent faire souffrir les femmes puis les tuer, et ils vouent toute leur énergie, toute leur ingéniosité et leur intelligence à l'exécution de ce projet. La police fait de son mieux mais il est difficile de combattre une détermination aussi exclusive.

— Qu'est-ce qui est arrivé à cet assassin à Washington ?

— Ils ont fini par le prendre en flagrant délit.

— Ont-ils sauvé la femme ? »

Grace a détourné le regard. « Je ne m'en souviens plus. Tout ce que je peux dire c'est qu'il ne s'agit pas d'un psychopathe dégoulinant de sueur qui vivrait dans un carton sous un pont. Ce type agit sans doute de façon parfaitement normale en ce moment. Ted Bundy est rentré chez lui après avoir commis deux meurtres séparés et, au dire de sa compagne, il ne paraissait même pas fatigué.

— Qui c'est ?

— Un autre type qui a tué des femmes.

— Mais pourquoi se donner tant de mal ? ai-je protesté. Pourquoi ne pas se contenter d'attaquer des femmes dans des allées sombres ?

— L'effort contribue à leur plaisir. Ce que je veux dire, Nadia, c'est que vous devez laisser tomber toutes vos opinions de bon sens concernant le caractère ou la motivation. Il n'en veut pas à votre argent. Il ne vous déteste même pas. En tout cas, ce n'est pas comme ça qu'il le voit. C'est peut-être un acte d'amour à ses yeux. Pensez aux lettres qu'il envoie : ce sont bien des lettres d'amour, sous un angle pervers. Il devient obsédé par les femmes qu'il choisit.

— Vous voulez dire que c'est un fan des trains, et moi je suis la locomotive.

— Eh bien oui, en un sens.

— Mais pourquoi ? Je n'arrive pas à comprendre tout ce mal qu'il se donne. Écrire, faire un dessin, prendre des risques terribles pour déposer ses lettres. Tout ça pour tuer ces femmes ordinaires de façon horrible. Pourquoi ? »

J'ai regardé Grace dans les yeux. Son visage était à présent presque un masque, sans expression.

« Vous pensez que parce qu'il se passe des choses épouvantables il doit y avoir de grands mobiles. À un moment ou un autre, cette personne sera sous les verrous et quelqu'un, peut-être moi, viendra parler avec lui de sa vie. Peut-être a-t-il été sauvagement battu quand il était enfant, ou victime d'abus sexuels de la part d'un oncle, à moins qu'il n'ait souffert d'une blessure à la tête qui a causé une lésion cérébrale. Ce sera ça, la raison. Bien sûr, il y a un tas de gens qui ont été sauvagement battus, qui ont fait l'objet d'abus sexuels, qui ont subi des blessures et qui ne deviennent pas pour autant des psychopathes sexuels. C'est ce qu'il aime faire, tout simplement. Pourquoi aimons-nous faire certaines choses ?

— Que pensez-vous qu'il va se passer ? »

Elle s'est allumé une cigarette, une de plus.

« Il escalade. Le premier meurtre s'est quasiment joué sur une opportunité. Il n'a sans doute même pas regardé son visage, comme s'il voulait éliminer son individualité. Le second a été beaucoup plus violent, beaucoup plus envahissant. C'est un schéma caractéristique. Les crimes deviennent plus violents, moins contrôlés. Celui qui les commet se fait alors prendre. »

J'ai soudain eu le sentiment qu'un nuage venait de cacher le soleil. J'ai levé les yeux. Ce n'était pas le cas. Le ciel était d'un beau bleu.

« Voilà qui devrait aider la personne qui viendra après, la prochaine qu'il choisira. »

Nous nous sommes levées pour partir. J'ai cherché Lynne des yeux, qui a évité mon regard. Je me suis à nouveau tournée vers Grace. « Comment vous sentez-vous par rapport à ces deux derniers mois ? Vous êtes satisfaite de la façon dont vous avez mené l'enquête ? »

Elle a ramassé ses lunettes, ses clés et son paquet de cigarettes. « Je m'étais arrêtée de fumer, quand ça déjà ? il y a cinq ans je crois. Je passe mon temps à y repenser et à chercher ce que j'aurais pu faire différemment. Quand il se sera fait prendre, je le saurai peut-être. » Elle m'a adressé un sourire contrit. « Ne vous inquiétez pas. Je ne cherche pas votre compassion. » Elle a pris quelque chose dans sa poche, qu'elle m'a tendu. C'était une carte de visite professionnelle. « Vous pouvez m'appeler à tout moment. »

Je l'ai prise, je l'ai regardée avec le désintérêt et la politesse habituels. « Je ne crois pas que vous seriez en mesure d'arriver assez vite », ai-je dit.

15

À l'université, où j'étais censée apprendre, paraît-il, à devenir adulte, à me préparer au monde réel, j'ai eu une amie qui est morte de leucémie. Elle s'appelait Laura, elle avait de tout petits petons, des joues semblables à des pommes bien roses et un rire salace. Elle est tombée malade durant la première année et elle est morte avant les examens finaux. C'est affreux de penser à quelle vitesse nous nous étions habitués au fait de sa mort, à son absence, pour ne nous souvenir d'elle qu'à l'occasion dans des sursauts de honte et de sentimentalité. Mais je pensais beaucoup à Laura à présent. De façon étrange, totalement malvenue, je me sentais plus proche d'elle ou encore de Jenny et de Zoë, deux femmes que je n'avais jamais rencontrées, que de mes amis vivants.

Même Zach et Janet me paraissaient distants. Ils semblaient révoltés mais en même temps presque gênés de ma situation. Ils m'appelaient sans cesse sans pour autant venir me voir très souvent, et quand nous nous retrouvions il n'y avait rien dont nous ayons pu vraiment parler, parce que j'étais dans l'ombre et eux dans la lumière. Nous n'étions plus naturels les uns avec les autres. C'était comme si j'étais allée au-delà d'eux, comme si j'avais pénétré dans un lieu où ils ne pouvaient pas entrer et dont je ne pouvais pas sortir. Je me suis rappelé avec un frisson que Laura avait dit la même chose, vers la fin, quand il nous était devenu évident à tous qu'elle n'allait pas s'en tirer. Elle avait dit, ou plutôt hurlé, qu'elle avait l'impression d'être entrée dans une salle d'attente, que bientôt la porte de l'autre côté allait s'ouvrir pour elle et qu'elle allait devoir la franchir. Je me souviens du frémissement de terreur que j'avais ressenti quand elle avait dit ça. J'avais imaginé la porte qui s'ouvrait sur une pénombre absolue, et je l'avais vue quitter une pièce éclairée, meublée, pour plonger dans un abîme vide.

Laura était passée par tous les stades qu'on est supposé traverser quand on est confronté à la mort : l'incrédulité, la colère, le chagrin, la terreur, et finalement une espèce d'acceptation hébétée et engourdie, peut-être parce qu'elle était alors vraiment épuisée par le traitement et le jeu de montagnes russes entre espoir et désespoir. Une nuit après sa mort, certains d'entre nous nous étions embarqués dans une violente querelle alimentée par trop d'alcool, pour savoir si elle aurait pu vivre, ou vivre plus longtemps, si elle s'était battue davantage plutôt que de baisser les bras et de se laisser partir. Dans le passé, l'idée de se laisser partir avait évoqué pour moi l'image d'une main qui s'ouvrait doucement pour accueillir celle d'un être aimé. À présent, après avoir vu les photos et les notes de l'enquête, j'imaginais plutôt deux mains qui s'accrochent à un rebord jusqu'au moment où les coups répétés d'une lourde chaussure les font lâcher. Quelqu'un avait dit qu'elle aurait dû se battre plus fort, comme si ça avait été sa faute si elle était morte et pas simplement l'effet d'une malchance impitoyable.

J'allais me battre. Je ne savais pas si ça ferait la plus petite différence, mais ce n'était pas la question. Je n'allais pas me recroqueviller, abattue par une terreur aveugle, dans une putain de salle d'attente, à fixer la porte sur le mur opposé, à ne plus sentir que la peur, une peur à vous déchaîner le cœur, à vous assécher la bouche, à vous retourner l'estomac, cette peur aveuglante, déshumanisante que j'avais ressentie ces jours derniers. J'avais vu les photos, les notes du dossier. J'avais parlé à Grace. Je n'avais plus beaucoup foi en Links et Cameron, en partie parce que je sentais qu'ils n'avaient pas tellement confiance en eux et que, sans jamais l'avouer, ils attendaient de me voir mourir. Il ne restait donc que moi. Juste moi. Et j'ai toujours détesté attendre.

Une chose était certaine. Il était hors de question que je continue à rester assise dans mon appartement à me cacher de Lynne et de ma propre peur. Le plus bizarre c'est que ni Lynne ni moi ne parlions de ma mort possible. C'était un sujet tabou. Nous ne discutions que de projets, de décisions pratiques, comme ce que j'allais faire et l'endroit où elle allait m'attendre. Nous ne prenions plus nos repas ensemble, même pas des frites à emporter ou des toasts au petit déjeuner. J'avais cessé de la traiter comme une demi-invitée, une presque amie.

Le lendemain de ma rencontre avec Grace

Schilling je suis allée faire du patin à glace avec Claire, une comédienne toujours entre deux rôles, qui passait plus de temps à récupérer qu'à jouer. Elle savait patiner à reculons et faire ces pirouettes en toupie qui vous font tourner la tête. Lynne et l'autre femme policier sont restées assises l'air morose dans les gradins à me regarder foncer dans des gamins, les renverser comme des allumettes, avant de m'écraser moi-même sur la glace dans un grand battement affolé de jambes et de bras. Puis, plus tard le même jour, je me suis invitée chez Zach et je lui ai demandé de faire venir d'autres copains, ce qu'il a fait avec obéissance. Lynne a attendu dehors pendant que nous avons mangé des tacos et que j'ai bu trop de vin rouge en lançant des blagues idiotes à tue-tête. Elle s'est contentée de me fourrer dans la voiture quand je suis sortie, à deux heures du matin. Pendant tout ce temps-là, même quand j'inondais mon corps d'alcool ou que je flirtais avec un dénommé Terence qui était gay à l'évidence et gêné de mes avances, j'ai essayé de décider quelle démarche envisager pour la suite. Grace avait dit que les gens comme ce type avaient toujours plusieurs longueurs d'avance sur nous : ils étaient plus concentrés, plus déterminés, plus acharnés. Il fallait que je le devance d'une longueur.

Le lendemain matin je me suis réveillée avec un mal de crâne à tout rompre et la bouche sèche. Je me sentais barbouillée. Lorsque j'ai ouvert les rideaux, la lumière m'a fait l'effet d'une lame s'enfonçant dans mes orbites. Je me suis dirigée tant bien que mal dans la cuisine, où j'ai bu deux grands verres d'eau, en refusant de prêter attention à la mine compatissante mais légèrement réprobatrice de Lynne. Ensuite je me suis fait du thé avant de retourner dans ma chambre, la théière à la main. Je me suis accroupie sur mon lit, vêtue d'un gilet gris fatigué et d'un bas de jogging, et j'ai regardé mon reflet dans le grand miroir de l'armoire. Je me regardais beaucoup plus souvent ces derniers jours, sans doute parce que je ne me comptais plus comme une valeur sûre. Est-ce que je n'aurais pas dû avoir l'air différente, plus maigre, plus tragique ? Pour autant que j'aie pu en juger, rien chez moi n'avait changé à l'extérieur. Je n'ai rien vu d'autre qu'une petite bonne femme avec des taches de rousseur sur le bout du nez, des cheveux en pétard et une gueule de bois.

La sonnette a retenti, j'ai entendu Lynne y répondre. J'ai écouté, mais je n'ai pu distinguer que quelques mots marmonnés. Puis quelqu'un a frappé à la porte.

« Oui ?

— Il y a quelqu'un qui veut vous voir.

— Qui ça ? »

Il y a eu une fraction d'hésitation de l'autre côté de la porte.

« Josh Hintlesham. » Lynne a baissé la voix pour ajouter, dans un murmure théâtral : « Son fils.

— Oh, mon Dieu. Deux secondes. » J'ai sauté hors du lit. « Faites-le entrer.

— Vous êtes sûre ? Je ne sais pas si Links...

— J'en ai pour une minute. »

Je me suis précipitée dans la salle de bains, j'ai avalé trois cachets de paracétamol contre le mal de tête, je me suis aspergé le visage d'eau froide puis brossé vigoureusement les dents. Josh. Le garçon assis à la fenêtre avec l'acné juvénile et les yeux noirs de Jenny.

Je suis entrée dans le salon et je lui ai tendu la main. « Bonjour, Josh. »

Sa main était froide et molle dans la mienne. Il n'a pas croisé mon regard mais il a bredouillé quelque chose, les yeux rivés sur le plancher.

« Vous pouvez attendre dehors, dans la voiture, Lynne ? »

Elle est sortie, lançant un regard anxieux par-dessus son épaule au moment de refermer la porte derrière elle. Josh se trémoussait nerveusement d'un pied sur l'autre. Il portait un survêtement un peu trop petit pour lui et ses cheveux gras lui tombaient dans les yeux. Il fallait que quelqu'un l'emmène faire des courses, lui dise de prendre un bain, de se laver les cheveux, de mettre du déodorant. Je n'arrivais pas à imaginer Gloria dans ce rôle.

« Tu veux un thé ? Un café ?

— Rien de particulier. » Sa voix sortait dans un murmure.

« Un jus de fruits ? » Même si tout bien réfléchi je n'avais rien de tel au frigo.

« Non, merci.

— Assieds-toi. »

Je lui ai indiqué le sofa.

Il s'est perché à une extrémité, inconfortablement, pendant que je moulais du café et que j'attendais que l'eau bouille. J'ai remarqué combien il avait de grandes mains et de grands pieds, sans parler de ses poignets si osseux. Sa peau était pâle mais il avait des cernes rouges sous les yeux. Il me paraissait en bien mauvais état, même si ça devait faire dix ans que je n'avais pas rencontré un adolescent. Les garçons de plus de neuf ans restaient un mystère pour moi.

« Comment m'as-tu retrouvée ?

— J'ai cherché dans les pages jaunes à "Artistes de spectacle". Christo m'avait dit que vous étiez clown.

— Pas bête. » Je me suis assise en face de lui avec ma tasse de café. « Écoute, Josh, je suis désolée pour ta mère. »

Il a fait un signe de tête en haussant les épaules. « Ouais. »

Mr Cool.

« Elle doit te manquer. »

Bon sang, je ne pouvais donc pas la boucler ?

Il a serré les lèvres puis il s'est mis à se ronger un ongle. « Elle n'avait pas vraiment beaucoup de temps à me consacrer. Elle était toujours pressée ou fâchée pour un truc. »

Je me suis sentie obligée de la défendre.

« J'imagine qu'avec trois enfants, la maison et tout... » Puis j'ai fait semblant de boire une gorgée à ma tasse vide. Nadia, la psy amateur. « Tu as quelqu'un avec qui tu peux parler de tout ça ? Des amis, un docteur, je ne sais pas, moi... ?

— Je vais bien. »

Nous sommes restés assis en silence. Histoire de m'occuper les mains je me suis resservi une tasse de café que j'ai avalée d'un trait.

« Et vous ? a-t-il soudain demandé.

— Moi ?

— Vous avez peur ?

— J'essaye de rester positive.

— Je rêve d'elle. Toutes les nuits. Je ne rêve

pas de sa mort ou ce genre de choses. Ce sont des beaux rêves, des rêves heureux où maman me caresse les cheveux, me prend dans ses bras, des trucs comme ça, même s'il n'y avait que les cheveux de Christo qu'elle caressait. Elle disait que j'étais trop vieux pour ça. » Il a rougi d'un coup. « Ça ne fait qu'empirer les choses. » Puis il a dit : « Personne ne m'a dit exactement comment elle était morte.

— Josh...

— Je peux supporter la vérité. »

J'ai pensé à la photo du corps de Jenny puis j'ai regardé ce gamin gauche et courageux en face de moi. « Vite. Elle est morte vite. Elle n'a pas pu se rendre compte de ce qui se passait.

— Vous aussi vous me mentez. J'avais cru que vous me diriez la vérité. »

J'ai pris une profonde inspiration. « Josh, la vérité, c'est que je n'en sais rien. Ta mère est morte. Elle ne souffre plus à présent. »

J'avais honte de moi, mais je ne savais pas comment faire mieux. Josh s'est levé soudain, il a commencé à marcher dans la pièce. « Vous êtes vraiment clown ?

— Plutôt animatrice. »

Il a pris mes balles.

« Vous savez jongler ? »

Je les lui ai prises et j'ai commencé à les envoyer en l'air. Il n'a pas eu l'air impressionné.

« Je voulais dire jongler vraiment. Je connais un tas de gens qui peuvent faire mumuse avec trois balles.

— Eh bien, tu n'as qu'à essayer.

— Je ne suis pas animateur.

— En effet, j'ai répondu sèchement.

— Je vous ai apporté quelque chose. »

Il a traversé la pièce pour s'emparer de son sac à dos, d'où il a sorti une enveloppe de papier kraft.

Il y avait des dizaines de photos à l'intérieur, dont la plupart avaient été prises en vacances au fil des ans. Je les ai regardées, terriblement consciente de la présence de Josh près de mon épaule, de son souffle laborieux. Jenny, très mince et bronzée dans un bikini jaune, allongée sur une plage sablonneuse sous une tranche de ciel bleu. Jenny en jean bien repassé et polo vert, entre les bras rigides de Clive, qui sourit joliment pour la photo. Elle était beaucoup plus belle que lui. Jenny en compagnie d'un Josh beaucoup plus jeune, la main dans la main ; tenant dans ses bras un bébé chauve, sans doute Chris ; assise sur une pelouse entourée des trois garçons. Jenny avec les cheveux longs, mi-longs, dégradés. Jenny au ski, bien accroupie vers l'avant sur fond de piquets plantés derrière elle. Jenny en groupe, seule.

Celle qui m'a le plus touchée avait été prise à un moment où à l'évidence elle n'était pas consciente de l'appareil photo : elle n'arborait plus son expression vigilante. Elle était de profil, légèrement floue. Une mèche de cheveux soyeux lui barrait le visage. Sa joue paraissait douce. Elle avait les lèvres entrouvertes, la main à demi levée. Elle semblait songeuse, presque triste. Sans son armure, elle avait l'air de quelqu'un que j'aurais pu connaître, en fin de compte. Autre chose m'a frappée, comme si on m'enfonçait une lame dans le corps : il y avait quelque chose d'intéressant chez elle. Je voyais bien ce qui aurait pu attirer l'attention d'un homme. Je la concevais sans mal comme une femme capable de fasciner les autres. Oh, mon Dieu !

Je les ai reposées en silence puis je me suis tournée vers Josh. « Mon pauvre petit », j'ai lâché. Il s'est alors mis à pleurer tout en essayant de s'en empêcher : il hoquetait, il reniflait et s'étouffait dans son chagrin, en marmonnant « Putain » à mi-voix. Il s'est caché le visage dans le creux de son bras. J'ai posé une main sur son épaule et j'ai attendu. Au bout d'un moment, il a fini par se redresser pour aller pêcher un mouchoir en boule dans sa poche, puis il s'est mouché bruyamment.

« Désolé.

— Il n'y a pas de quoi. C'est bien que quelqu'un pleure pour elle.

— Je ferais mieux d'y aller, maintenant, a-t-il dit en rassemblant les photos qu'il a rangées dans l'enveloppe.

— Tu vas y arriver ?

— Ouais. » Il s'est essuyé le nez sur sa manche.

« Je vais te donner ma carte, comme ça si tu veux m'appeler tu n'auras plus besoin d'aller chercher dans les pages jaunes. Attends. »

Je suis allée jusqu'au bureau dans ma chambre tandis que Josh patientait sur le seuil. Il était si maigre... On aurait dit qu'il allait tomber s'il n'avait pas quelque chose sur quoi s'appuyer. Une pile d'os.

« Vous n'êtes pas vraiment ordonnée », a-t-il remarqué.

Quelle langue pendue. « C'est vrai. Je ne savais pas que tu allais passer, du coup je n'ai pas fait le ménage pour toi. »

Il a souri, embarrassé. « Et votre ordinateur est une relique, a-t-il observé.

— C'est ce qu'on m'a dit. »

J'ai farfouillé dans mes tiroirs à la recherche d'une carte de visite.

« Vous êtes connectée ?

— Connectée ? Pas vraiment. »

Il s'est assis puis a commencé à pianoter sur le clavier. Il regardait l'écran comme s'il s'agissait d'un hublot derrière lequel se trouvait un truc comique.

« Votre disque dur, il a quelle capacité ?

— Là, tu me parles chinois.

— C'est la clé de tout. Vous avez juste besoin de plus de puissance. Votre installation, c'est un moustique qui essaye de tirer un camion. Il vous faut un système avec une vraie mémoire.

— D'accord, j'ai dit, espérant lui clouer le bec.

— Faut speeder le hamster. »

J'ai trouvé la carte, que je lui ai apportée d'un air triomphant.

« Tiens, voilà. *Nadia Blake, animatrice pour enfants, marionnettiste, jongleuse, magicienne, et clo...* » Sur ce, je me suis figée. « Quoi ? Qu'est-ce que tu viens de dire ?

— Ne vous fâchez pas. C'est juste qu'un ordinateur ça sert quasiment à rien sans une vraie...

— Non, qu'est-ce que tu as dit juste là ?

— J'ai dit qu'il vous fallait plus de puissance.

— Non, putain, les mots, quels mots exacts tu as employés ? »

Josh s'est tu pour réfléchir quelques secondes, puis, pour la première fois, je l'ai vu rire. « Désolé, c'est juste une expression débile. Faut speeder le hamster. Ça veut juste dire qu'il faut mettre plus de puissance.

— Où as-tu appris ça ?

— C'est qu'une métaphore. Ça doit venir des hamsters qui courent dans leurs roues, j'imagine. Je n'y avais jamais vraiment pensé avant.

— Non, non, non. Qui te l'a apprise ?

— Qui ? » Josh a fait une drôle de tête. « C'est juste un mec à notre club d'informatique du lycée.

— Comment ça ? Un élève ?

— Non. C'est Hack, un des mecs qui s'en occupent. Il s'est vraiment montré très gentil avec moi, surtout depuis la mort de maman. »

Je tremblais. « Hack ? C'est quoi ce nom ?

— C'est sa clé. Son nom de guerre. »

J'ai essayé de me contrôler. Je me suis serré très fort les mains. « Josh, j'ai dit. Est-ce que tu connais son vrai nom ? »

Il a froncé les sourcils. Je t'en prie, je t'en prie, par pitié.

— Il s'appelle Morris, je crois. Il touche sa bille en informatique, et il vous dira exactement la même chose que moi. »

16

Mes mains tremblaient tellement que j'ai eu du mal à composer le numéro. J'ai réussi à ce qu'on me passe Links. J'avais découvert qu'en insistant suffisamment fort, on finissait toujours par le trouver dans la maison. Il s'est montré prudent et distant au téléphone. Je crois qu'il ne savait pas vraiment comment il devait s'y prendre avec moi depuis que j'avais pris la fuite. Il aurait aimé m'inculper de quelque chose, sans aucun doute, mais apparemment je n'avais contrevenu à aucune loi. Reste qu'il pouvait toujours se montrer grincheux, depuis sa position d'infériorité.

« Oui ? a-t-il demandé.

— Je viens de parler avec Joshua Hintlesham.

— Quoi ?

— Le fils de Jennifer Hintlesham.

— Je sais bien. Mais qu'est-ce que vous fichez à lui parler ?

— Il est venu me voir.

— Comment ça ? Comment savait-il qui vous étiez ? »

S'il s'était trouvé dans les parages, je crois que je l'aurais secoué en lui martelant mes phalanges sur le crâne, mais ce n'était pas le cas. « Ne vous préoccupez pas de ça. Ça n'a pas d'importance. L'important, c'est que j'ai découvert quelque chose que nous connaissons tous les deux.

— Qu'est-ce que vous voulez dire ?

— Il y a quelque temps, j'ai eu un problème et j'ai appelé un numéro que j'avais trouvé sur une carte publicitaire. Un certain Morris est passé pour tout réparer. En fait, ce n'était rien de bien compliqué. Mais j'y connais que dalle en informatique. Et l'autre jour, quand je me suis échappée, je suis tombée sur lui dans la rue. Il s'est montré très amical. Je n'y ai pas repensé. Mais en discutant avec moi, Josh m'a dit qu'il faisait partie d'un club d'informatique qui dépend de son école. Et une des personnes qui s'en occupent, c'est ce type appelé Morris. »

Il y a eu une longue pause à l'autre bout du fil. Je lui avais donné un os à ronger.

« C'est la même personne ?

— Ça m'en a tout l'air. » Je n'ai pas pu me retenir d'ajouter : « Ça ne veut peut-être rien dire. Vous voulez que je vérifie ?

— Non, non, a-t-il immédiatement répondu. Certainement pas. Nous allons nous en charger. Que savez-vous de lui ?

— Il s'appelle Morris Burnside. Il doit avoir autour de vingt-cinq ans. Je ne peux pas en dire beaucoup à son sujet. Il m'a paru sympa, intelligent. Cela dit, je me laisse impressionner par le premier zozo qui sait allumer un ordinateur. Josh l'aime beaucoup. Il n'a pas l'air d'un cinglé. Il est beau. Il ne s'est pas montré timide ni bizarre avec moi, rien de la sorte.

— Vous le connaissez bien ?

— Pas du tout. Comme je vous l'ai dit, je ne l'ai rencontré qu'à deux occasions.

— A-t-il cherché à entrer en contact avec vous ? »

Je me suis repassé nos rencontres dans ma tête. Il n'y avait pas grand-chose à en dire.

« Il me semble que je lui plaisais. Je lui ai dit que je venais de me séparer de mon copain. Il m'a à moitié invitée mais j'ai décliné l'offre. Cela dit, il l'a très bien pris. Il m'a proposé de m'aider à acheter un ordinateur plus puissant. J'ai dit non, mais ça ne me paraît pas constituer une raison suffisante pour me tuer.

— Savez-vous où il habite ?

— J'ai son numéro de téléphone. Ça vous suffira ? »

Je le lui ai dicté à haute voix d'après la carte, cette carte que j'avais été si heureuse de retrouver il y a tout juste deux semaines.

« Parfait. Laissez-nous nous charger de tout. N'essayez surtout pas d'entrer en contact avec lui.

— Vous allez lui parler ?

— Nous allons faire quelques vérifications à son sujet.

— Ça ne veut peut-être rien dire.

— Nous verrons.

— Il ne s'agit peut-être pas de la même personne.

— Nous allons voir. »

Au moment de reposer le téléphone, j'aurais voulu m'effondrer d'un coup, pleurer, m'évanouir. J'aurais aimé que quelqu'un me mette au lit et s'occupe de moi. Mais il n'y avait que Lynne, Lynne qui s'affairait autour de moi comme une mouche horripilante que j'aurais voulu pouvoir écrabouiller. Elle avait écouté ma conversation avec un intérêt croissant. À présent, elle me regardait avec avidité. Elle voulait que je la tienne au courant. Le découragement m'a saisie. Parfois j'avais l'impression d'être embarrassée d'une jeune fille au pair sans avoir d'enfants dont elle pourrait s'occuper. Vite, sans même me laisser le temps de parler, j'ai repris le téléphone et composé un numéro.

« Tu l'as rencontré. »

Zach s'est arrêté, comme s'il ne pouvait pas marcher et mener une réflexion intense en même temps.

« Quand ça ?

— L'autre jour. Quand tu es passé et qu'il y avait ce jeune type qui avait réparé mon ordinateur. Tu l'as croisé au moment où il repartait.

— Celui qui ne voulait pas se faire payer ?

— C'est ça.

— Avec des cheveux couleur sable ?

— Non. Des cheveux bruns assez longs.

— À propos, t'as vu mes cheveux ? »

Zach s'est écarté d'un pas pour essayer d'examiner son reflet dans une vitrine. Nous remontions Camden High Street où nous faisions des petits tours dans les boutiques, parfois pour essayer quelque chose, sans jamais rien acheter pour autant. Lynne nous suivait à vingt mètres, les mains dans les poches.

« Je m'en débarrasse, a-t-il continué. Ce que je devrais faire, c'est tout raser, si j'étais vraiment intègre. Qu'est-ce que tu en penses ? »

Il a tourné vers moi un visage anxieux.

« Garde-les comme ça, j'ai répondu. Je ne crois pas que ça t'irait, le crâne rasé.

— Et qu'est-ce qu'il a de mal, mon crâne ?

— Comme je te disais, il s'est avéré que ce type, qui s'appelle Morris, connaissait également le fils d'une des femmes qui s'est fait tuer.

— Tu veux dire qu'il l'a peut-être assassinée ?

— Eh bien, il est la seule connexion que nous ayons trouvée.

— Ce n'est pas possible ! Je sais bien que je ne l'ai aperçu que huit secondes, mais il paraissait ce qu'il y a de plus normal.

— Et alors ? J'ai parlé de ça avec la psychologue, qui est experte en la matière. Elle a dit que le meurtrier se révélerait être quelqu'un de normal en apparence. Je prie pour que ce soit lui, c'est tout. Si simplement il pouvait être mis derrière les barreaux, ma vie recommencerait. » J'ai pris la main de Zach. « Tu sais, j'étais absolument convaincue que j'allais mourir. Ils ont essayé de protéger ces deux autres femmes et ils n'y sont pas arrivés. Elles se sont fait tuer. Je n'arrête pas de penser à la mort. Au fait d'être morte. J'ai eu si peur. »

Des larmes ont commencé à me couler sur les joues. Ce n'était pas vraiment ni le moment ni le lieu pour ce genre d'épanchement avec tous les chalands qui nous bousculaient au passage. Zach m'a prise dans ses bras, il m'a embrassé les cheveux. Il pouvait être gentil par moments. Il a sorti des mouchoirs en papier relativement impeccables de sa poche, qu'il m'a tendus. Je me suis essuyé le visage, puis mouchée.

« Tu aurais dû demander de l'aide, a-t-il dit.

— Et tu aurais fait quoi ?

— Quelque chose. Par exemple, sur l'histoire d'être mort. Pense à avant ta naissance. Tu es restée morte pendant des millions et des millions d'années. Tu ne trouves pas ça effrayant, si ?

— Si, justement. »

Soudain j'ai senti une présence à mon coude. C'était Lynne.

« Il y a un message du commissaire Links. Il aimerait vous voir séance tenante.

— Qu'est-ce qui s'est passé ? »

Lynne a haussé les épaules. « Il a simplement dit qu'il voulait vous voir. »

Ils ont été gentils avec moi au commissariat. On m'a immédiatement fait entrer pour me conduire jusqu'à un bureau plus conséquent, séparé des autres dans la salle sans cloisons. On m'a fait asseoir sur la chaise en face du bureau, on m'a apporté du thé avec deux gâteaux dans une petite soucoupe, puis on m'a dit que Links n'allait pas tarder. Je n'avais pas plus tôt bu deux gorgées et trempé mon gâteau dans la tasse que Links et Cameron sont entrés dans la pièce. Ils avaient tous les deux l'air sérieux et formels. Cameron s'est assis sur le canapé, Links derrière le bureau. Ainsi donc c'était le sien.

« Ils vous ont donné du thé ? » a-t-il dit.

J'ai levé ma tasse. Il n'y avait pas franchement grand-chose à répondre.

« J'ai voulu vous prévenir tout de suite. Nous avons interrogé Morris Burnside et nous l'avons à présent éliminé de cette enquête. »

Il m'a semblé que la pièce se mettait à tanguer autour de moi, me laissant nauséeuse et sonnée.

« Quoi ?

— Je veux vous assurer qu'il s'agit d'une avancée positive.

— Mais comment avez-vous pu le disculper aussi vite ? »

Il avait ramassé un trombone sur son bureau. Il avait commencé par le dérouler pour le mettre droit. Maintenant il essayait de lui redonner sa forme originelle. J'avais déjà tenté le coup. Ça ne marche jamais. Mais au moins ça lui évitait d'avoir à me regarder en face.

« J'ai appris par le Dr Schilling que vous avez découvert l'existence de deux autres meurtres, je veux dire, des deux autres meurtres sur lesquels nous enquêtons dans cette affaire. L'analyse des documents a démontré sans l'ombre d'un doute que c'est la même personne qui se trouve impliquée dans le meurtre de Zoë Haratounian et dans celui de Jennifer Hintlesham, la même qui vous envoie les menaces que vous avez reçues. Et il ne s'agit pas que des documents. » Links parlait à présent comme écrasé par une terrible souffrance. « Nous savons que le meurtrier a pris la peine de placer un objet qui appartenait à Mrs Hintlesham dans l'appartement de Miss Haratounian afin de, comment dire, de brouiller les pistes. » Il a de nouveau défait le trombone. « Le matin où Zoë Haratounian a été tuée, Morris Burnside se trouvait à Birmingham pour assister à une conférence sur les technologies de l'information qui a duré tout le week-end. Il s'occupait d'un stand où il faisait les démonstrations. Nous avons passé quelques coups de fil. De nombreux témoins peuvent affirmer l'avoir vu là tout le dimanche, du matin au soir.

— Il n'a pas pu s'échapper ?

— Non.

— Comment a-t-il réagi quand vous l'avez interrogé ?

— Il était un peu choqué, bien sûr. Mais il s'est montré très poli, très coopératif. C'est un jeune homme sympathique.

— Était-il en colère ?

— Absolument pas. De toute façon, nous ne lui avons pas dit que c'était vous qui nous aviez mentionné son nom. »

Je me suis penchée pour poser ma tasse sur le bureau.

« Je peux la laisser là ?

— Faites donc. »

Je n'avais rien d'autre à ajouter. Mon corps semblait s'être vidé de tout. J'avais cru que j'étais en sécurité. À présent il fallait que j'y retourne. Je ne pouvais pas m'y résoudre. J'étais trop fatiguée. « Je croyais que c'était fini, ai-je lâché, hébétée.

— Tout va bien se passer, a dit Links, toujours sans me regarder. La protection va continuer. »

Je me suis levée, j'ai fait le tour de la pièce des yeux, dans le brouillard.

« Il faut voir ça comme une avancée positive. Nous avons éliminé un suspect potentiel. C'est déjà un progrès. »

Je me suis tournée vers lui.

« Pardon ?

— Ça en fait un de moins à considérer.

— Il n'en reste plus que six millions, ai-je continué. Oh, j'imagine qu'on peut aussi éliminer les femmes ainsi que les enfants. Disons deux millions. Moins un. »

Links s'est levé. « Stadler va vous reconduire. »

Il était difficile de dire s'il me montrait la route ou s'il me portait. En chemin il s'est arrêté dans un tronçon de couloir calme. « Tu vas bien ? » a-t-il demandé.

J'ai gémi quelque chose.

« Il faut que je te voie.

— Quoi ?

— Je n'arrête pas de penser à toi. Je veux t'aider, Nadia. Je te veux et je pense que tu as besoin de moi. Tu as besoin de moi. » Il m'a touché le bras.

« Hein ? » Il m'a fallu un temps avant de comprendre ce qu'il faisait. J'ai de nouveau marmonné quelque chose tout en le repoussant d'un coup. « Ne me touche pas, j'ai dit. Ne me touche plus jamais. »

17

La peur a frappé. Elle me coupait les jambes. J'en avais les intérieurs fondus. Je me suis terrée dans mon lit et j'ai regardé le plafond en essayant de ne pas penser, en essayant désespérément de ne pas penser. Quelques heures d'espoir et d'évasion et maintenant quoi ? Qu'en restait-il à présent que j'étais revenue au point de départ, là où j'avais commencé il y a quelques jours, une semaine environ ? Sauf que ces derniers jours m'avaient paru durer des mois, des années, une éternité répugnante, affreuse, de trouille. J'ai dormi, je me suis réveillée, puis je me suis endormie à nouveau, d'un sommeil hideux parcouru de démangeaisons, un sommeil juste effleuré, là où les rêves tapis vous attrapent comme des algues épaisses qui s'agitent sous la surface de l'eau. Il a fait noir, puis gris, puis enfin clair de nouveau, avec un ciel d'acier derrière la vitre. Allongée, j'ai écouté un oiseau qui chantait dehors. J'ai regardé ma montre. Six heures et demie. Je me suis tiré les couvertures par-dessus la tête. Qu'étais-je censée faire de moi aujourd'hui ?

La première chose que j'ai faite, ça a été

d'appeler Zach. Sa voix quand il a répondu avait l'épaisseur du sommeil.

« Zach, c'est moi. Nadia. Désolée. Mais il le fallait. Ce n'était pas lui en fait. Ce n'était pas Morris. Ça n'aurait pas pu être lui.

— Merde.

— Oui. Qu'est-ce que je vais faire ? » J'ai réalisé que je pleurais. Des larmes me coulaient dans la bouche, me piquaient le nez, se frayaient un chemin le long de mon cou.

« Ils en sont sûrs ?

— Oui, ce n'est pas lui.

— Merde », a-t-il répété. J'ai compris au son de sa voix qu'il cherchait à ajouter quelque chose de moins consternant.

« Je suis de retour sur la case départ, Zach. Il va m'avoir. Je n'y arriverai pas. Je ne peux pas continuer comme ça. Ça ne sert à rien.

— Si, Nadia, tu y arriveras. Tu y arriveras.

— Non. » J'ai passé la manche de ma chemise de nuit sur mon visage baigné de larmes et de morve. J'avais les ganglions douloureux, mal à la gorge. « Non, je n'y arriverai pas.

— Écoute-moi. Tu as du cran. J'ai confiance en toi. »

Il n'arrêtait pas de le répéter. « J'ai confiance en toi. Tu as du cran. » Et je continuais à pleurer, à renifler en disant : « Je suis pas assez forte » ou : « Non, je n'y arriverai pas. » Mais je ne sais comment ces mots répétés ont fini par faire leur effet ; petit à petit, mes protestations se sont atténuées. Je me suis même entendue rire quand Zach a juré que je vivrais centenaire. Il m'a fait promettre de me préparer un petit déjeuner. Il m'a dit qu'il m'appellerait dans une heure environ et qu'il passerait me voir un peu plus tard.

Obéissante, je me suis fait griller du pain légèrement rassis que j'ai mangé accompagné d'une grande tasse de café. Je me suis assise dans la cuisine et j'ai regardé par la fenêtre. Des gens passaient et je me disais : Ça pourrait être lui, ce type avec la casquette de base-ball et le pantalon noir, les lèvres tendues pour émettre un sifflotement que je ne percevais pas. Ou bien ce mec avec ses écouteurs, qui tenait en laisse un chien aboyeur. Ou alors lui, l'homme à la barbe broussailleuse et au cheveu raréfié, qui ployait dans son anorak à carreaux par cette fournaise de fin août. N'importe qui. Ça pouvait être n'importe qui.

J'ai essayé d'imaginer Jenny après sa mort. Quand je tentais de me remémorer cette photo, la panique m'obstruait presque la gorge. Avant de voir les dossiers, le meurtrier avait été une menace diffuse, quelque chose d'abstrait, de presque irréel. Mais il n'y avait rien d'abstrait dans le visage doux de Zoë, ni dans le cadavre grotesque de Jenny. À présent, une partie de moi commençait à sentir sourdre timidement une haine personnelle contre lui. C'était un sentiment intime, concentré. Je me suis assise à la table de la cuisine et je me suis accrochée à ce sentiment, je l'ai laissé prendre une forme plus précise dans mon esprit. Il ne s'agissait pas d'un nuage, d'une ombre, de quelque chose d'épouvantable qui flottait dans l'air que je respirais. Il s'agissait d'un homme qui avait tué deux jeunes femmes et qui voulait me tuer. C'était lui contre moi.

J'ai trouvé une lettre non décachetée dont

l'enveloppe à l'extérieur m'informait que j'avais déjà gagné un prix. J'ai commencé à y jeter des notes au dos. Qu'est-ce que je savais ? Qu'il avait tué Zoë à la mi-juillet, Jenny début août. Pour reprendre les mots de Grace, il « escaladait ». Un pendentif de Jenny, qui avait disparu depuis des semaines, avait été retrouvé dans l'appartement de Zoë, de même qu'une photo de Zoë avait été glissée dans les affaires de Clive, mais c'étaient là les seules choses qui avaient permis d'établir un lien entre les deux femmes. Le seul lien, un lien faible et, en définitive, insignifiant, qui existait entre Jenny et moi, c'était Morris. J'ai pensé aux autres personnes qui avaient été interrogées : Fred, bien sûr, quoiqu'il n'ait jamais été suspect dans la mesure où il avait été disculpé avant même que le premier meurtre soit commis ; Clive ; l'agent immobilier, Guy ; un homme d'affaires nommé Nick Shale ; un ancien petit ami de Zoë de retour d'un voyage autour du monde ; l'équipe d'architectes, de maçons, de jardiniers et de nettoyeurs que Jenny avait employée. À présent Morris. Tout ce que la police avait réussi à faire, c'était éliminer les suspects évidents.

J'ai bu un peu de mon café qui refroidissait. J'étais où, moi, dans tout ça ? Assise à la table de ma cuisine, j'essayais piteusement de jouer les détectives amateurs, regardant des hommes par la fenêtre en pensant : serait-ce lui ? ou lui ? ou aucun de tous ceux-là ? Je me tapais la tête contre un mur, celui-là même sur lequel la police se cassait les dents depuis des semaines.

Je suis allée dans ma chambre, j'ai trouvé le bout de papier sur lequel j'avais inscrit les noms et les adresses piqués dans les dossiers que Cameron m'avait montrés. Je les ai fixés jusqu'à ce que l'écriture se brouille. Puis, faute d'une meilleure idée, j'ai pris une profonde inspiration et j'ai saisi le téléphone.

« Agence Clarke, bonjour. En quoi puis-je vous être utile ? » C'était une voix de femme à l'enthousiasme feint.

« J'ai appris que vous vendiez un appartement sur Holloway Road. Je me demandais si je pourrais le visiter.

— Une seconde, s'il vous plaît. » J'ai passé quelques minutes à écouter du Bach joué sur un orgue électrique miniature de gosse.

Une voix masculine s'est signalée sur la ligne d'une petite toux discrète. « Guy à l'appareil. Puis-je vous renseigner ? »

J'ai réitéré ma demande.

« Parfait, a-t-il dit. Il est très bien situé. Très pratique d'accès pour Holloway Road.

— Je peux le voir aujourd'hui ?

— Sans problème. Que diriez-vous de cet après-midi ?

— Le propriétaire sera-t-il présent ?

— Je vous ferai visiter moi-même. »

Veinarde.

J'ai ensuite appelé un autre numéro sur mon bout de papier. Je ne sais pas vraiment pourquoi. Peut-être parce que de tous les gens dans les dossiers, c'était la seule à avoir semblé triste.

« Allô ? »

Quelle entrée en matière choisir ? J'ai opté pour la franchise.

« Je m'appelle Nadia Blake. Vous ne me connaissez pas. Je voudrais vous parler de Zoë. »

Il y a eu un silence à l'autre bout. Je ne l'entendais même pas respirer. « Désolée, j'ai repris. Je ne voulais pas vous faire de peine.

— Qui êtes-vous ? Vous êtes journaliste ?

— Non, je suis comme elle. Je veux dire, j'ai reçu des lettres de l'homme qui l'a tuée.

— Oh mon Dieu, je suis désolée. Votre nom, c'est Nadia, c'est ça ?

— Oui.

— Est-ce que je peux faire quelque chose ?

— Je me suis dit que nous pourrions nous rencontrer.

— Bien sûr. Je suis encore en vacances. Je suis institutrice.

— Que diriez-vous de son appartement, alors, à deux heures ?

— Son appartement ?

— Je vais le visiter.

— Pourquoi ?

— Je voulais le voir.

— Vous êtes sûre ? » Elle m'a paru dubitative. Elle pensait peut-être que j'étais folle.

« Je voulais juste apprendre des choses sur Zoë.

— J'y serai. Tout ceci est bizarre. Vous ne savez pas à quel point. »

Il me restait quatre heures avant le rendez-vous. J'avais droit à une autre auxiliaire de protection aujourd'hui. Une certaine Bernice. Je lui ai dit que je voulais aller visiter un appartement sur Holloway Road juste avant deux heures. Elle s'est contentée d'un signe de tête impassible puis elle a écrit quelque chose dans le carnet qu'elle trimballait partout. Elle ne connaissait peut-être pas l'ancienne adresse de Zoë, à moins que tout le monde ne soit en train de se lasser d'attendre que quelque chose se passe. Ensuite j'ai pris un long bain, je me suis lavé les cheveux, j'ai mariné dans l'eau savonneuse jusqu'à ce que la peau de mes doigts et de mes orteils se ramollisse et se ride. J'ai mis du vernis sur mes ongles de pied, j'ai enfilé une robe que je ne portais presque jamais. Je l'avais réservée pour une occasion spéciale, pour quelque soirée glamour où j'aurais une chance de rencontrer le prochain homme parfait, mais ça paraissait idiot d'attendre, maintenant. Je ferais aussi bien de la porter pour l'appartement de Zoë, pour Louise et Guy, ai-je pensé. Elle était d'un beau turquoise pâle, moulante, avec des manches courtes et une encolure généreuse. J'ai mis un collier, des petites boucles d'oreilles, une paire de sandales. J'avais l'air fraîche, élégante, comme quelqu'un qui s'apprête à se rendre à une soirée estivale pour boire du champagne dans un jardin bien vert. Si seulement ça avait pu être vrai. J'ai mis du rouge à lèvres, histoire de compléter le tableau.

À midi, Bernice est entrée pour me dire que deux jeunes messieurs voulaient me voir. J'ai jeté un coup d'œil à la fenêtre de l'entrée. J'ai vu Josh qui gigotait nerveusement sur le perron. À côté de lui se tenait un homme aux cheveux bruns bouclés, qui portait une veste de toile noire. Il tenait un paquet de cigarettes dans une main, un bouquet de fleurs dans l'autre, tout en souriant à la porte où j'allais apparaître.

Quand, l'espace de quelques heures d'allégresse, j'avais pensé que Morris était l'assassin, son visage dans mon souvenir était celui d'un assassin : un visage retors, aux yeux morts, comme ceux d'un requin. Je voyais à présent un beau visage de gosse. Il avait l'air assez touchant à préparer son sourire pour moi, à brandir son bouquet enrobé de papier.

« Entrez donc tous les deux. »

Josh a grommelé quelque chose puis est entré d'un pas gauche, trébuchant sur ses lacets défaits. Morris m'a tendu les fleurs.

« C'est moi qui devrais vous offrir des fleurs, pour m'excuser de mes soupçons, ai-je dit. Mais merci, elles sont ravissantes. » Sur une impulsion, je me suis avancée pour l'embrasser sur la joue. Bernice a fermé la porte derrière nous, tel un geôlier.

« J'espère que vous ne nous en voulez pas de nous pointer comme ça, a dit Morris en me regardant remplir une cruche avant d'y plonger les fleurs.

— Hack s'est dit que ce serait bien de nous retrouver tous ensemble », a ajouté Josh.

Il avait recommencé à arpenter le salon dans tous les sens, attrapant un truc ici avant de le reposer, passant les mains sur les objets.

« Assieds-toi, Josh. Tu me rends nerveuse. Je suis contente de vous voir. Ça fait un peu bizarre.

— Comment ça ?

— Oh, enfin, regardez-nous. » Je me suis mise à glousser lamentablement et Josh, par politesse embarrassée, s'est joint à moi. Morris nous regardait tous les deux, l'œil sévère.

« Comment pouvez-vous rire ? a-t-il demandé une fois que j'ai réussi à contenir mes ricanements hystériques. Alors qu'il y a un type dehors qui veut vous tuer.

— Vous auriez dû me voir ce matin. Ou hier, quand j'ai découvert que ce n'était pas vous en fait. J'espère que vous n'allez pas le prendre mal, mais j'ai vraiment, vraiment espéré que ce serait vous.

— L'espoir est un sentiment cruel », a dit Morris en hochant gravement la tête.

Je me suis tournée vers Josh avec inquiétude. « Tu vas bien ?

— Ouais, au poil. »

Il n'avait pas du tout l'air au poil. Bien au contraire, il avait vraiment mauvaise mine, il était d'une pâleur presque glauque, avec les yeux injectés de sang. Je me suis levée pour l'emmener jusqu'au canapé, je l'ai assis dans les coussins. « Quand as-tu mangé pour la dernière fois ?

— J'ai pas faim.

— Je vais te faire à manger. Des pâtes, peut-être, si j'en ai. Vous en voulez ? j'ai demandé à Morris.

— Je vais vous donner un coup de main. Repose-toi, a-t-il dit à Josh en lui donnant une petite tape sur l'épaule. Reprends des forces. »

Morris a découpé des tomates. J'ai trouvé un demi-paquet de pâtes tortillées. Je les ai versées dans une casserole dans un grand crépitement, puis j'ai mis la bouilloire en marche.

« Vous avez très peur ? m'a demandé Morris comme Josh plus tôt

— Ça va, ça vient. J'essaye de rester forte.

— C'est bien, a-t-il dit, en continuant à trancher. Est-ce qu'ils vous aident ?

— Qui ça ?

— La police.

— Un peu », ai-je répondu sans plus de détails.

Je ne voulais pas me lancer là-dedans. J'avais mis la main sur une boîte d'olives noires dénoyautées. Une fois les pâtes prêtes, j'y ai ajouté une poignée d'olives puis j'ai versé un filet d'huile d'olive sur l'ensemble. Le plat avait un aspect assez minimaliste très élégant. Je manquais cependant de parmesan râpé et de poivre moulu pour mettre une touche finale. Mais tant pis. Morris n'avait pas fini de découper les tomates, avec des gestes très lents et méthodiques, en petits cubes.

« Comment vous l'imaginez ? a-t-il demandé.

— Je n'essaye même pas, ai-je répondu, me surprenant moi-même par ma fermeté. Je pense aux femmes. À Zoë et à Jenny. »

Il a fait glisser les tomates dans un saladier.

« S'il y a quoi que ce soit que je puisse faire, a-t-il dit, n'hésitez pas.

— Merci », ai-je répondu. Mais sans trop d'encouragement. J'ai suffisamment d'amis.

Tandis que nous mangions, j'ai dit à Josh et à Morris que j'avais pris rendez-vous pour visiter l'appartement de Zoë. Ils ont tous deux paru abasourdis à cette idée, je n'en attendais pas moins. « Pourquoi vous ne m'accompagnerez pas tous les deux ? » ai-je soudain demandé, regrettant à demi la suggestion au moment même où je la faisais.

Josh a secoué la tête. « Gloria nous emmène tous voir sa mère », a-t-il dit d'une voix amère.

Il paraissait beaucoup mieux après avoir mangé ses pâtes, même si les olives formaient une pile bien nette sur le côté de son assiette.

« D'accord, a dit Morris avec un sourire. Je vous accompagne.

— Je retrouve aussi une amie de Zoë là-bas. Une femme nommée Louise.

— C'est drôle, a remarqué Morris.

— Pourquoi, drôle ? »

Morris a paru un brin désarçonné. « Vous commencez à rencontrer des gens qui ont connu la mère de Josh. Et maintenant des gens qui ont connu Zoë. Ça paraît étrange.

— Ah oui ? C'est comme un devoir pour moi. »

Il a murmuré quelque chose qui ressemblait à une vague approbation. Une fois ses pâtes terminées, il s'est levé puis il a sorti un téléphone tout fin de sa poche de veste.

« Je dois vérifier ma messagerie. » Il s'est mis devant la fenêtre pour tapoter sur le clavier de son portable puis il a écouté, en fronçant les sourcils. « Merde, a-t-il fini par dire, en boutonnant sa veste. J'ai un appel urgent. Je vais devoir me défiler pour l'appart. Désolé. Ça m'ennuie beaucoup, après vous avoir promis.

— Ce n'est pas grave. »

Il m'a pris la main, qu'il a serrée. Puis il est parti. Je lui plaisais, je le voyais bien. Je lui avais plu la première fois qu'il m'avait vue, quand il était passé réparer mon ordinateur. Il ne voyait donc pas que j'étais à des années-lumière de tout ça maintenant, tellement loin qu'il me paraissait impossible un jour de ressentir à nouveau du désir ?

Josh est parti peu après. Je l'ai embrassé sur la joue devant la porte et ses yeux se sont emplis de larmes.

« À la prochaine, j'ai dit, aussi gaiement que possible. Prends bien soin de toi. »

Avant de s'éloigner dans la rue de son pas traînant, il a bredouillé : « Vous d'abord. Je veux dire, prenez soin de vous, en premier. »

18

Guy portait un costume chocolat, une cravate Bart Simpson et arborait un large sourire. Il avait les dents très blanches, la peau bronzée. Il m'a serré la main avec fermeté. Il m'a demandé s'il pouvait m'appeler Nadia puis il n'a pas arrêté de répéter mon nom, ça sentait le truc appris dans un cours. Au moment où il a mis la clé dans la serrure, une voix derrière nous m'a interpellée. « Nadia ? »

Je me suis tournée et j'ai vu une femme pas beaucoup plus grande que moi, du même âge aussi à peu de chose près. Elle était vêtue d'un débardeur jaune et d'une jupe très rouge, si courte que j'en devinais presque la courbe de ses fesses. Ses jambes nues étaient brunes et galbées. Elle avait retenu ses cheveux bruns lustrés dans une queue-de-cheval et s'était mis un rouge à lèvres de la couleur de sa jupe. Elle avait l'air vive, alerte, pugnace. Je me suis sentie mieux. « Louise ? Je suis contente que vous soyez venue. »

Elle m'a gratifié d'un sourire rassurant. Ensemble nous nous sommes enfilés dans un hall miteux puis nous avons monté l'escalier.

« Voilà le salon », a précisé Guy, bien inutilement, au moment où nous avons mis le pied dans une pièce minuscule qui sentait le renfermé, l'inhabité.

Une paire de rideaux orange était à moitié tirée devant les petites fenêtres. J'ai fait un pas pour les ouvrir. Quel appartement déprimant ! « Écoutez, j'ai dit à Guy. Ça vous dérangerait que nous le visitions toutes seules ? Vous n'avez qu'à attendre dehors.

— Vous ne... ?

— Non », a dit Louise. Et d'ajouter, au moment où il partait : « Quelle vermine. Zoë ne pouvait pas le supporter. Il l'a invitée à dîner. Il n'arrêtait pas de la harceler. »

Nous avons échangé un sourire triste. J'ai senti des larmes me piqueter le fond des yeux. Zoë au joli sourire avait vécu ici. Derrière cette porte, elle était morte.

« J'aime ce que je sais d'elle. J'aurais voulu... » Je me suis tue.

« Elle était super, a dit Louise. Je déteste employer l'imparfait. Les gamins à l'école l'adoraient. Les hommes aussi se faisaient prendre. Il y avait quelque chose chez elle...

— Oui ? »

Louise tournait dans la pièce. À l'évidence, elle apercevait des ombres invisibles à mes yeux. Quand elle parlait, c'était presque à elle-même. « Elle a perdu sa mère quand elle était jeune, vous savez. Et en un sens elle avait toujours cet air-là, l'air de quelqu'un qui n'a plus de mère. Ça vous donnait envie de la protéger. C'est peut-être pour ça que...

— Que quoi ?

— Qui sait ? Pourquoi jette-t-on son dévolu sur une femme ? » Elle a rencontré mon regard.

« C'est ce que je me suis souvent demandé ces jours-ci. »

J'ai fait le tour de la pièce en regardant autour de moi. Rien n'avait encore été débarrassé, même si à l'évidence quelqu'un avait fait le ménage. Les livres étaient posés en piles nettes ici et là, quelques crayons, un décimètre et une gomme reposaient sur un carnet au papier réglé placé sur une petite table près de la fenêtre. Je l'ai ouvert. Sur la première page il y avait une liste d'idées pour des leçons, disposées les unes bien au-dessous des autres et numérotées. L'écriture de Zoë : de petites lettres rondes, bien dessinées. Sur le mur était accrochée une page de journal encadrée montrant une photo de Zoë entourée de dizaines d'enfants, une énorme pastèque dans les bras.

Nous sommes allées dans la cuisine. Il y avait des tasses retournées sur l'égouttoir, des fleurs mortes pendaient d'un vase. Une bouteille de vin solitaire jouxtait la bouilloire. Le frigidaire était ouvert, vide, luisant.

« C'est sa tante qui possède l'appartement à présent », a dit Louise, comme si je lui avais posé des questions sur les dispositions prises.

J'ai ramassé une calculatrice sur un plan de travail, j'ai appuyé au hasard sur quelques boutons puis j'ai regardé la somme qui s'affichait sur l'écran.

« Était-elle terrifiée ?

— Oui. Elle s'était installée chez moi. Elle

avait complètement perdu les pédales avant de prendre cette décision, mais ce jour-là elle paraissait plus calme. Elle pensait que tout allait bien se passer. J'étais dehors, vous savez. » Louise a fait un signe de tête sec en direction de la rue. « J'attendais sur une double ligne jaune dans ma voiture, le long du trottoir. J'ai attendu, attendu. Puis j'ai klaxonné, j'ai encore attendu un peu et je l'ai maudite. Ensuite j'ai sonné à la porte. J'ai fini par appeler la police.

— Vous n'avez donc pas vu son corps ? »

Louise a cligné des yeux.

« Non, a-t-elle enfin répondu. Ils ne m'ont pas laissée entrer. Ce n'est que plus tard qu'ils m'ont demandé de venir dans l'appartement. Je n'arrivais pas à y croire. Elle venait de sortir de ma voiture, elle avait dit qu'elle en avait pour une minute.

— Tout se passe bien pour vous, mesdames ? a demandé Guy depuis la cage d'escalier.

— Nous n'en avons plus pour longtemps », ai-je lancé.

Nous sommes entrées ensemble dans sa chambre. Le lit avait été défait, une pile de draps et de taies d'oreiller reposait sur la chaise. J'ai ouvert l'armoire. Ses vêtements étaient encore là. Elle n'en possédait pas beaucoup. Les paires de chaussures étaient posées par terre. J'ai avancé la main pour toucher le tissu d'une robe bleu pâle, une veste de coton à l'ourlet défait.

« Vous connaissiez Fred ? j'ai demandé.

— Bien sûr. Il était charmant. Pourtant Zoë s'en tirait mieux sans lui. Il ne s'est pas franchement montré d'un grand soutien. Elle s'est sentie soulagée quand elle a fini par lui dire que c'était terminé entre eux.

— Je n'étais pas au courant. »

J'ai brièvement fermé les yeux pour me laisser revoir la photo de son cadavre, paisiblement allongé par terre, comme si elle s'était endormie à même le sol. Elle n'avait peut-être pas souffert. J'ai ouvert les yeux pour découvrir Louise qui me regardait, l'air inquiet.

« Qu'est-ce que vous faites là ? Pourquoi vous faites tout ça ?

— Je ne sais pas. J'espérais que ça pourrait m'apprendre quelque chose. Mais quoi ? je n'en ai pas la moindre idée. Peut-être simplement que je cherche Zoë. »

Elle a souri. « Vous cherchez un indice ?

— C'est idiot, pas vrai ? Est-ce qu'il manque quelque chose ? »

Louise a balayé la pièce des yeux. « La police a posé la même question. Je n'ai pas vraiment pu répondre. La seule chose que j'aie remarquée, c'est la tenture que Fred lui avait donnée. Elle avait disparu.

— Oui. J'ai vu ça dans le dossier sur le meurtre.

— Quelle idée de voler un truc pareil ! Ça ne valait certainement pas grand-chose.

— La police a pensé que le meurtrier l'avait utilisée pour emporter quelque chose. »

Louise a eu l'air surprise. « Alors pourquoi ne pas prendre un sac en plastique dans la cuisine, tout simplement ?

— Je ne sais pas. J'imagine que les gens ne sont pas très rationnels quand ils viennent de tuer quelqu'un.

— Quoi qu'il en soit, elle ne possédait pas grand-chose. Sa tante s'est peut-être déjà servie. Pour l'essentiel, ça ressemble exactement à mon souvenir. C'est plutôt moche, vous ne trouvez pas ?

— Si.

— Elle détestait cet appart. Surtout vers la fin. Mais ça ne vous donne pas du tout l'idée de la personne qu'elle était. » Louise est retournée dans le salon pour s'asseoir sur le divan. « Le dernier jour, nous sommes allées faire du shopping ensemble. Juste histoire d'acheter deux ou trois trucs à se mettre sur le dos le temps qu'elle vienne récupérer toutes ses affaires, vous comprenez. Nous lui avons pris des culottes, un soutien-gorge, des chaussettes, après quoi elle a dit qu'elle voulait acheter un T-shirt. Elle était toute menue, en plus elle avait perdu du poids avec toutes ces frayeurs. On a donc fini par entrer dans un magasin pour enfants à deux pas de mon appartement. Elle a trouvé une robe d'été légère ainsi qu'un T-shirt blanc tout brodé de petites fleurs. Âge dix à onze ans, c'est ce que disait l'étiquette. Elle l'a essayé dans la cabine. Quand elle est sortie avec, elle paraissait tellement, tellement mignonne, vous comprenez, avec ses cheveux tout ébouriffés, ses bras maigrichons et son visage lumineux, dans ce T-shirt de môme. Elle ne pouvait s'empêcher de rire. »

Les larmes lui inondaient le visage. Elle n'essayait même pas de les essuyer.

« C'est comme ça que je me la rappelle, a-t-elle repris. Elle avait vingt-trois ans, un boulot d'adulte, un appartement et tout ça. Mais quand je pense à elle je la revois debout à glousser devant moi, habillée de vêtements pour enfants. Elle était si petite, si jeune... » Elle a fouillé dans son sac d'où elle a sorti un mouchoir pour s'essuyer la figure. « C'est ce qu'elle portait quand elle s'est fait tuer. Elle était entièrement vêtue de ses habits neufs. Propre et fraîche comme une rose.

— Mesdames », a de nouveau appelé Guy en passant la tête par la porte. Il a eu l'air étonné de nous voir dans les bras l'une de l'autre, le visage baigné de larmes. Je ne savais pas pour qui je pleurais, mais nous sommes restées là un moment à sangloter et quand nous sommes parties Louise a posé ses mains sur mes deux joues, elle est restée comme ça un moment à me regarder.

« Bonne chance, Nadia, ma nouvelle amie. Je penserai à vous. »

19

Juste avant sept heures le soir suivant, j'étais vautrée sur mon canapé quand quelqu'un a sonné. Jusque-là, la journée s'était mal passée. La nuit, j'avais pensé à Zoë et à Jenny. Je les considérais comme des amies à présent. Peut-être même plus que ça. Allongée dans mon lit, je m'étais imaginé que je suivais un chemin dont je savais que Zoë puis Jenny l'avaient emprunté avant moi. Parfois j'apercevais des traces qui prouvaient qu'elles étaient passées par là et à chaque fois je savais qu'elles avaient vu ce que j'avais vu. Elles avaient continué et au petit matin, alors que la lumière soulignait le bord de mes rideaux, j'ai songé à elles qui m'attendaient là-bas de l'autre côté, dans la nuit et le néant.

Avaient-elles pensé à la mort ? Qu'avaient-elles fait ? Je ne parle pas des précautions qu'elles avaient prises. Avaient-elles vécu leur vie différemment ? Qu'est-ce qu'on fait quand on sait qu'on n'a peut-être plus qu'un jour ou une semaine à vivre ? C'est censé rendre la vie plus précieuse. Réfléchir avec clarté, lire de grands livres, voilà ce que je devais faire. Je n'étais pas sûre d'avoir de grands livres. Après m'être levée, m'être fait du café, j'étais allée voir dans mes étagères, j'avais trouvé un recueil de poèmes que quelqu'un m'avait offert pour un anniversaire. Ils étaient supposés être particulièrement faciles à apprendre par cœur, mais je n'arrivais même pas à les lire en entier. J'avais l'impression que mon cerveau ne fonctionnait pas bien. Je n'arrivais pas à suivre le sens des poèmes. Leur signification était une chanson que quelqu'un joue dans la maison voisine mais trop bas pour qu'on arrive à la comprendre. Je l'ai reposé sur l'étagère et j'ai allumé la télévision.

Hier encore je réfléchissais à des moyens constructifs d'utiliser ma vie. Et voilà qu'aujourd'hui je regardais des femmes ayant eu des aventures avec le petit ami de leur sœur, puis une émission de cuisine doublée d'un jeu télévisé, ensuite une rediffusion d'un feuilleton des années soixante-dix et enfin un documentaire apparemment assez vieux à propos d'un récif de corail quelque part. Les plongeurs portaient des rouflaquettes. J'ai vu un paquet de bulletins météo.

Si je mourais à vingt-huit ans et que quelqu'un devait écrire ma nécrologie — enfin, il ne fallait pas rêver —, qu'est-ce qu'il aurait bien pu dire ? « Elle avait fini par trouver son créneau, optant pour la carrière d'animatrice de goûters d'enfants avec un certain succès. » Zoë avait un métier, elle était institutrice alors qu'elle sortait à peine de l'enfance elle-même. Jenny avait trois enfants. Elle avait Josh, un fils qui était presque un homme.

Je me suis endormie sur le divan. Quand je me

suis réveillée j'ai regardé la fin d'un western puis une compétition de bowling, ensuite un quizz et une autre émission de cuisine, et c'est à ce moment que la sonnette a retenti. J'ai ouvert la porte. Josh et Morris étaient là. L'arôme humide et chaud de plats indiens s'est infiltré dans le couloir. Morris discutait avec une femme policier.

« Oui, elle nous connaît. Et l'autre agent qui était là avant connaît notre nom et notre adresse. Je peux vous les donner de nouveau si vous le souhaitez. » Il s'est retourné et m'a vue. « On s'est acheté des trucs à emporter et on était dans le coin, alors on s'est dit qu'on passerait vous dire bonjour. »

Je n'ai pas réagi. Ce n'était pas leur faute. C'était le fait d'avoir passé toute la journée devant un écran de télé. J'avais l'impression d'être bourrée de tranquillisants.

« Pas de problème, a continué Morris. Ne vous en faites pas. Nous pouvons repartir avec nos plats et trouver un banc quelque part ou un perron. Une place sous un lampadaire. Sous la pluie. »

Je n'ai pas pu retenir un sourire. Le soleil brillait encore, il faisait beau.

« Ne soyez pas bêtes. Entrez. » La femme policier n'avait pas l'air très chaude. « Tout va bien. Je les connais. »

Ils sont entrés, apportant dans leur sillage l'agréable parfum des plats indiens, puis ils ont posé trois sacs en plastique sur la table.

« Vous êtes sans doute sur le point d'aller dîner quelque part ? a dit Morris.

— En fait non, pas aujourd'hui », ai-je avoué.

Ils ont tous les deux ôté leur veste, qu'ils ont

envoyée promener sur le côté. Ils avaient l'air tout à fait à l'aise ici.

« J'ai sauvé Josh d'une grande soirée cauchemardesque à la maison et nous sommes partis chasser la donzelle. »

Josh a souri avec tant de maladresse que j'ai failli lui donner une petite accolade, à ceci près que ça n'aurait fait qu'empirer les choses. Ils ont commencé à déballer les barquettes d'aluminium.

« Nous ne connaissions pas votre seuil de tolérance, a dit Morris en soulevant les couvercles cartonnés, du coup nous avons pris de tout : des trucs très doux à la crème mais aussi des *phals* à la viande estampillés dangereusement piquants, et puis des trucs entre les deux, plus quelques *naans,* des *poppa-dums,* du *dhals* et des légumes variés. De la brune pour les grands tandis que Josh n'aura droit qu'à une blonde. »

J'ai levé un sourcil. « Tu as le droit de boire ?

— Bien sûr », a répondu Josh avec bravache.

Oh, après tout... J'avais suffisamment de soucis comme ça. J'ai sorti des assiettes, des verres et des couteaux.

« Vous auriez fait quoi si je n'avais pas été là ?

— Morris était sûr que vous étiez chez vous, a répondu Josh.

— Ah oui ? » j'ai demandé en me tournant vers Morris, avec un sourire faussement ironique.

Il a souri. « Ce n'était pas pour me moquer, a-t-il répondu. Je pensais juste que vous seriez un peu secouée.

— C'est vrai. Je n'ai pas passé une journée très agréable.

— Je vois ça. Alors, mangez. »

C'est ce que nous avons fait, et c'était bon.

J'avais besoin d'un bon gros repas brouillon comme celui-ci, dans lequel toute une série de petits plats se succédaient les uns après les autres. J'ai arraché des bouts de *naan* que j'ai trempés dans différentes sauces. Nous nous sommes défiés d'avaler des bouchées de *phal* avec des verres de bière très fraîche à portée de main. Je crois que Morris a triché, il n'a pris qu'un minuscule morceau tout en jouant les braves, mais après quelques profondes inspirations Josh a vraiment enfourné une bonne cuillerée de cette viande explosive, qu'il a mâchée et avalée. Nous l'avons fixé et nous avons vu des gouttelettes de sueur perler à son front.

« Tu vas entrer en éruption, j'ai dit. On ferait mieux de s'écarter.

— Non, ça va », a répondu Josh d'une voix étranglée. Nous avons tous éclaté de rire. C'était la première fois que je lui voyais une expression plus gaie que son habituelle grimace maladroite et embarrassée. Je n'arrivais pas à me souvenir de la dernière fois que j'avais ri aux éclats. Ça faisait longtemps que je n'avais pas eu de raison de le faire.

« Maintenant, c'est votre tour », a dit Josh.

Avec une élégance exagérée j'ai pris une grande cuillerée de *phal* et je l'ai mangée. Ils sont restés à me regarder comme si j'étais un pétard qui prenait très longtemps à partir.

« Comment vous faites ? a fini par demander Morris.

— J'adore la cuisine très épicée. Et je sais la manger en grande dame.

— Nous sommes impressionnés », a dit Josh, ébahi.

Sur ce, j'ai vite avalé une grande rasade de bière froide.

« Ça va ? a demandé Josh.

— J'avais juste soif », ai-je répondu sans rien laisser paraître.

Bizarrement, il n'est bientôt plus resté que l'épave froide d'un repas. Pendant que je débarrassais la table, ce qui signifiait empiler les barquettes métalliques les unes dans les autres, les deux garçons sont allés retrouver mon célèbre ordinateur. Ils se sont penchés dessus et j'entendais parfois un soupir effaré ou un éclat de rire. Je suis revenue avec un nouveau verre de bière que j'ai siroté. Je me sentais agréablement grisée. « Je sais bien que c'est comique.

— Non, c'est super, a dit Josh entre deux clics experts sur la souris. Vous avez toutes les versions primitives de ces programmes, tous ces I. 1s et I. 2s. C'est comme un Jurassic Park informatique. Attendez voir, qu'est-ce que c'est que ça ? »

Il s'est avéré que mon ordinateur comportait, caché quelque part, un jeu de solitaire que je n'avais jamais découvert. « Est-ce que vous connaissez les règles ? » m'ont-ils crié en chœur. Non. Alors, à grand renfort d'exclamations et de bagarres autour du clavier, ils ont commencé à jouer.

« C'est comme passer une soirée avec deux gamins de treize ans, ai-je remarqué.

— Et alors ? » a répondu Josh.

Il semblait se détendre. Il était certainement plus à l'aise en ma compagnie. Tout son air de respect douloureusement embarrassé avait disparu. Ils ont réclamé de la bière et je leur en ai apporté deux canettes, encore froides d'avoir séjourné dans le frigo.

« J'ai l'impression d'être devenue la princesse Leia dans cette histoire », j'ai dit.

Josh s'est détourné de l'écran, il m'a examinée d'un air songeur. « Je dirais plutôt Chewbacca, il me semble.

— Qui ça ?

— Laisse tomber. »

Être trop dans les vapes n'était sans doute pas le mieux que je puisse faire. Je suis allée me faire une cafetière. Je me suis servi une tasse. Du café très noir, très chaud. « Il y a du café », j'ai crié.

Josh était complètement obnubilé par son jeu. Pour l'instant il ne se souvenait plus que j'existais. Mais Morris est venu s'en verser une tasse. « Vous auriez du lait ?

— Je vais en chercher.

— Ne bougez pas, je vais trouver. »

Morris est parti dans la cuisine, je suis restée à regarder Josh, qui fixait l'écran avec une attention féroce. Il avait les bras étonnamment maigres et blancs. C'était encore un petit garçon. Un petit garçon pourtant si grand. Morris était de retour.

« Bel appartement, a-t-il dit. Très calme.

— Vous cherchez à vous loger ? Dans ce cas vous devriez aller voir celui que j'ai visité hier. Mais il n'était pas vraiment calme.

— Comment ça s'est passé ?

— Je ne sais pas. Je ne sais pas très bien ce que je suis allée faire là-bas. C'était sans doute idiot, mais ça me paraissait important. J'ai parlé à l'amie de Zoë, Louise. Elle était gentille. Ça m'a rapprochée de Zoë. »

Morris a bu une gorgée de café. « Est-ce que

vous arrivez vraiment à vous sentir proche de quelqu'un que vous n'avez jamais rencontré ?

— Eh bien, vous savez, je me sens quelques liens avec Zoë et Jenny.

— Vous avez lu l'article concernant le glissement de terrain au Honduras la semaine dernière ?

— Non.

— Ils ont retrouvé plus de deux cents corps. Ils ne savent même pas combien de gens ont disparu.

— C'est affreux.

— Ça occupait un tout petit entrefilet dans les pages étranger de mon journal. Si ça s'était passé en France ça aurait rempli des colonnes. Si c'était arrivé à des gens qui parlent anglais, ça aurait fait les gros titres en première page.

— Désolée. Vous me pardonnerez d'être un peu obsédée par moi-même en ce moment. C'est ce sentiment de peur et de nausée en permanence. Ça vous fait ça. »

Morris s'est penché, il a délicatement posé sa tasse sur un magazine, comme si ma table minable pouvait encore perdre de la valeur.

« C'est vraiment ce que vous ressentez ? a-t-il demandé d'un air compatissant.

— Oui. J'essaye d'oublier tout ça, de le couvrir, mais ça reste là. Vous savez, comme quand vous êtes un peu malade et que tout ce que vous mangez a un drôle de petit arrière-goût. C'est l'impression que ça fait.

— Si vous voulez en parler, ce n'est pas un problème. Vous pouvez me confier ce que vous ressentez. Tout.

— C'est gentil de votre part mais il n'y a rien

de compliqué dans tout ça. Je voudrais juste que ça s'arrête. »

Morris a tourné la tête. Josh était toujours plongé dans son jeu.

« Quels sont vos projets ?

— Je ne sais pas. Bêtement, j'ai cru que je pourrais essayer de chercher des indices toute seule mais j'ai le sentiment d'avoir perdu mon temps. La police a déjà tout passé au peigne fin.

— Vous cherchiez quoi ?

— Je n'en ai aucune idée. C'est ridicule, non, franchement ? Chercher une aiguille dans une botte de foin, c'est une chose, mais que dire de fouiller une botte de foin sans même savoir ce qu'on y cherche ? Je cherche peut-être une brindille. J'ai jeté un coup d'œil dans les dossiers de la police.

— Ils vous ont laissée consulter leurs fichiers ? » a demandé Morris, sévère.

J'ai ri.

« Eh bien, en un sens.

— Qu'est-ce qu'ils disaient ? Vous avez trouvé des rapports d'autopsie ?

— C'étaient des trucs officiels pour l'essentiel. Il y avait quelques photos horribles. Ce qui a été fait à Jenny. Il vaut mieux ne rien en savoir. Je les vois encore quand je ferme les yeux.

— J'imagine parfaitement. Vous avez appris quelque chose ?

— Pas vraiment. Oh, il y avait là des tas d'informations, mais rien qui puisse m'aider. C'était horrible, mais ça n'a servi à rien, en fait. J'espérais sans doute reconnaître quelque chose, établir une connexion, quelque chose qui nous relie, Zoë, Jenny, Nadia, les trois étranges demi-sœurs.

— Vous m'avez trouvé moi, a-t-il remarqué avec un sourire.

— Oui. Ne vous inquiétez pas, Morris, je vous ai toujours à l'œil. Et il y avait aussi l'agent immobilier, Guy, qui aurait pu faire le lien entre Zoë et Jenny. Il avait l'air assez tordu. Mais j'ai quelques notions de probabilité. Nous vivons toutes les trois dans le nord de Londres. Ce serait étonnant qu'il n'y ait aucune connexion entre nous. Nous avons dû fréquenter les mêmes magasins, nous nous sommes certainement croisées dans la rue. Mais ce n'est pas important. C'est juste que je n'arrête pas de ressasser tout ça. Il doit y avoir un truc. Il y a forcément un truc. J'ai discuté avec cette psychologue, elle m'a parlé d'un principe selon lequel le meurtrier apporte toujours quelque chose sur le lieu du crime et qu'il en emporte toujours quelque chose. C'est une idée obsédante, vous ne trouvez pas ? »

Morris a haussé les épaules.

« Eh bien, ai-je continué, moi, ça m'obsède. Je me dis que j'ai tout dans ma tête. J'ai la botte de foin dans ma tête et j'ai le sentiment qu'il y a deux pailles là-dedans et que si j'arrive à les rapprocher, je me sauverai peut-être la vie.

— Bien sûr que vous allez vous en tirer. Vous ne devez pas perdre espoir.

— Parfois, je me dis que si. Savez-vous ce qui me fait le plus souffrir, en fait ? C'est avoir soudain le sentiment furtif de ce que ce serait si tout ça s'achevait et que je reprenais une vie normale, ce que ce serait de vieillir. » J'ai dû m'arrêter pour me reprendre de peur de sentir les larmes me couler sur les joues. J'ai senti une présence près de moi. C'était Josh. Je lui ai versé du café. « Ce soir, ça a été un peu ça, j'ai repris. Quelque chose d'inattendu et de normal. »

Nous sommes restés silencieux un moment. Josh paraissait de nouveau grand, assis sur le canapé avec deux adultes. Nous avons tous bu notre café en surprenant nos regards et nos sourires.

« Alors comme ça, ce que vous avez fait, a dit Morris, c'est d'essayer d'établir une connexion entre vous et les deux autres femmes, Zoë et... euh... la mère de Josh.

— Bien sûr.

— J'y ai réfléchi. Ça vous ennuierait si je vous disais quelque chose qui va vous paraître très bête, mais c'est l'idée qui m'est venue ?

— Allez-y. Ça me changera de me voir tergiverser dans tous les sens.

— C'est simplement qu'il y a une connexion évidente entre vous trois.

— Pardon ?

— C'est une question piège, en vérité, mais qui sont les gens que vous avez en commun ?

— Qui ça ? »

J'ai regardé Morris, puis Josh. Soudain, le visage de Josh s'est éclairé d'une esquisse de sourire.

« Je sais, a-t-il dit, l'air content de lui.

— Eh bien qui alors ? Dis-le-moi.

— Je crois que tu devrais réfléchir un peu plus longtemps. » Voilà qu'il me titillait à présent, comme un petit frère agaçant.

« Putain, dis-le-moi, Josh, ou je t'arrache le nez. » J'ai levé une main menaçante.

« OK, OK, a-t-il répondu. La police.

— Ce sont les mêmes à chaque fois ? a demandé Morris.

— Je crois, ai-je répondu. Mais, vraiment...

— En fait, a-t-il repris, il y a une grosse faille dans ma brillante théorie.

— Et c'est quoi ?

— La première. Zoë. La police ne pouvait pas la connaître avant la première lettre.

— Oh, c'est vrai. »

Nous sommes retombés dans le silence. J'ai soudain senti une petite décharge au fond de mon crâne. C'était le genre de chose que j'avais cherché. « Ce n'est pas vrai.

— Pardon ? a dit Morris.

— Ce que vous avez dit, qu'ils ne sont entrés en lice qu'après la première lettre.

— Comment ça ? Comment pouvaient-ils la connaître avant ?

— C'était dans le dossier. Zoë avait figuré dans le journal avant que ça commence. Elle avait mis un agresseur hors d'état de nuire dans la rue. Elle l'avait frappé avec une pastèque. Elle était connue, elle avait eu sa photo dans la presse. La police la connaissait avant.

— Je n'étais pas tout à fait sérieux en disant ça, a dit Morris. N'empêche... Ça pourrait valoir le coup de se demander s'il y a eu des éléments bizarres dans leur comportement à votre égard. J'imagine qu'ils vous ont servi leur détachement habituel. »

J'ai levé les yeux un peu nerveusement. Je devais faire comme s'il ne s'était rien passé de bizarre.

« Oui. Rien que leur détachement habituel. » Je

sais que je ne suis pas bonne menteuse. Quels mots aurait employés une personne qui disait la vérité ?

« Tout va bien ? m'a demandé Morris.

— Mais oui, bien sûr, pourquoi voulez-vous qu'il en soit autrement ? » Mon cerveau s'était mis à foncer. Il y avait trop de choses à revoir, trop de souvenirs à réexaminer. « Je veux dire, ça ne pourrait pas être un policier, non ?

— Qu'est-ce que tu en penses, Josh ? »

Josh secouait la tête d'incrédulité. « Non, ce n'est pas possible. C'est vraiment trop tordu. Sauf que, je... Non, c'est trop idiot.

— Quoi ? j'ai demandé. Crache le morceau.

— Je ne sais pas si tu as su qu'avant que ma mère... enfin, tu vois ce que je veux dire, ils avaient en fait arrêté mon père parce qu'un truc qui appartenait à ma mère avait été déposé dans l'appartement de l'autre femme, Zoë. Qui d'autre aurait pu faire ça ? »

Le silence qui s'en est ensuivi semblait sortir d'une caverne obscure.

« Il faut que je réfléchisse à tout ça, ai-je dit. C'est comme des mots croisés. Je ne suis pas assez maligne.

— Je suis désolé, a dit Morris. J'ai l'impression d'avoir mis quelque chose en branle. J'aurais mieux fait de me taire.

— Non. Ne soyez pas bête. Ça mérite qu'on y réfléchisse. Mais je n'arrive pas à y croire. Qu'est-ce que je dois faire ? »

Morris et Josh ont échangé un regard, puis ils ont haussé les épaules.

— Prenez bien garde à vous, c'est tout, a dit

Morris. Ouvrez bien les yeux. » Il a fait un clin d'œil à Josh. « On ferait mieux d'y aller. »

Je les ai reconduits à la porte.

« Qu'est-ce que je dois faire? ai-je répété, pathétique.

— Réfléchissez à tout ça, a dit Morris. Et nous aussi de notre côté. Nous finirons peut-être par trouver une idée. N'oubliez pas, nous sommes de votre côté. »

J'ai refermé la porte et je ne me suis même pas assise. Je suis restée près de la porte, à réfléchir, réfléchir, à essayer de mettre tout ça dans un ordre qui tienne la route. J'avais mal à la tête.

Je suis là, pile au centre de l'action. Invisible. Je me tiens devant elle et elle me sourit de cette façon bien à elle, qui lui creuse des sillons autour des yeux. Elle rigole de mes blagues. Elle pose sa main sur mon épaule. Elle m'a embrassé la joue : un baiser doux, sec, qui me brûle la peau. Elle laisse ses yeux se remplir de larmes qu'elle n'essuie pas. Il n'y a plus grand monde en qui elle ait confiance, mais elle me fait confiance à moi. Oui, elle me fait tout à fait confiance. Quand je suis avec elle, je ne dois pas rire. Le rire monte en moi, comme une bombe.

Elle est forte, résistante. Elle plie mais ne rompt pas. Elle ne s'est pas effondrée. Mais je suis fort. Je suis plus fort qu'elle, plus fort que n'importe qui. Je suis malin, plus malin que ces imbéciles qui fourrent leur nez partout à la recherche d'indices qui n'y sont pas. Et je suis patient. Je peux attendre aussi longtemps qu'il faudra. J'observe, j'attends, et en mon for intérieur, je ris.

20

« C'est toi.

— C'est moi », a répondu Cameron. Nous nous sommes regardés. « Je remplace Lynne pour la journée. Ce sont les ordres.

— Oh. » J'étais allée à la porte vêtue d'un peignoir peu couvrant, les cheveux en bataille, m'attendant à trouver Lynne ou Bernice. Je ne voulais pas qu'il me voie dans cet état. Ses yeux ont glissé de mon visage à ma poitrine, puis à mes jambes nues. D'instinct, j'ai porté la main à ma gorge. Je l'ai vu ébaucher un petit sourire. « Je vais m'habiller », ai-je déclaré.

J'ai enfilé un jean et un T-shirt. Option confortable et banale. Je me suis brossé les cheveux en arrière puis je les ai attachés. Il faisait moins chaud. Il me semblait presque humer l'automne dans l'air, éprouver une sensation de fraîcheur. Je voulais voir l'automne : les arbres qui viraient de couleur, les ciels gris, les nuages rapides, la pluie dans le vent. Des poires dans l'arbre au fond de la courette, des mûres sur les buissons du cimetière en haut de la rue. Je me suis vue me promener dans le taillis près de la maison de mes parents, chaussée de bottes, écrasant le tapis de feuilles de mes pas. Je me suis imaginée assise au coin du feu chez Janet à déguster des toasts beurrés. Des petits plaisirs.

J'entendais Cameron dans la cuisine, Cameron qui connaissait toute mon installation. Je me suis souvenue de ce que Morris avait dit hier et je me suis dit : « Oui, c'est possible, ça pourrait être vrai. » Je me suis laissée revenir sur ce qui s'était passé entre moi et Cameron, je me suis rappelé notre histoire tandis qu'il trifouillait dans les tasses à côté. Il avait caché sa tête entre mes seins, tout en marmonnant. Il m'avait clouée au sol, il s'était montré sauvage, brutal, doux. Quand il m'avait dévorée de ses yeux affamés, qu'avait-il vu ? Que voyait-il aujourd'hui ? Fallait-il que j'aie peur de lui ?

J'ai pris une profonde inspiration puis je l'ai rejoint dans la cuisine.

« Un café ? a-t-il proposé.

— Merci. »

Un silence s'est installé, jusqu'à ce que j'annonce : « J'ai pris des dispositions pour aller voir mes parents aujourd'hui. Ils habitent près de Reading.

— Parfait.

— J'aimerais que tu restes dehors. Je ne leur parlerai pas de toi.

— Ils sont inquiets ?

— Pas à propos de cette histoire. Ils ne sont pas au courant. Je ne leur ai rien dit. »

Ils étaient anxieux en permanence, me suis-je dit. C'était la raison pour laquelle je ne leur avais rien dit. Chaque fois que je décrochais le téléphone, j'imaginais la voix douce et agitée de ma mère sous laquelle perçait une note de panique. Elle s'attendait toujours à recevoir de mauvaises nouvelles de moi. À chaque fois qu'elle entendait ma voix à l'autre extrémité de la ligne, elle pensait que j'allais lui annoncer un pépin et que ses peurs sans objet allaient trouver une justification. Elle n'avait jamais eu confiance en moi, je ne sais pas pourquoi. Elle ne me croyait pas capable de me débrouiller seule, de me faire une vie. Mais j'avais décidé de le leur dire aujourd'hui. Il le fallait.

« Nadia, il faut que nous parlions... » Il a reposé sa tasse puis s'est penché vers moi.

« Je voulais te demander quelque chose...

— De nous. De toi et moi.

— Je voulais te demander quelque chose au sujet de Zoë et Jenny.

— Nadia, il faut que nous parlions de ce qui s'est passé.

— Non, ce n'est pas la peine. » J'ai tenté de conserver un ton détaché. Je me concentrais sur mon café, que je ne voulais pas sentir trembler entre mes mains.

« Tu le penses vraiment ? »

Je l'ai regardé. Grand, solide, comme un mur dressé entre moi et le reste du monde. Il avait des mains fortes, épaisses, aux phalanges velues. Des mains qui m'avaient tenue, qui m'avaient touchée, qui avaient cherché mes secrets à tâtons. Il avait des yeux qui m'observaient, qui me déshabillaient.

« Je suis tombé amoureux de toi, a-t-il avoué d'une voix rauque.

— Tu en as parlé à ta femme ? »

Il a tressailli, puis il a dit : « Elle n'a rien à voir

dans tout ça. Ça ne concerne que toi et moi, ici, dans cet appartement.

— Parle-moi de Zoë et de Jenny, ai-je repris avec insistance. Tu ne m'as jamais parlé d'elles. À quoi ressemblaient-elles ? » Il a secoué la tête avec irritation, mais j'ai persisté. « Tu me le dois.

— Je ne te dois rien », a-t-il dit. Mais il a levé les mains dans un geste de capitulation puis il a fermé les yeux un instant. « Zoë. Je n'ai pas bien connu Zoë. J'ai à peine eu l'occasion... Je l'ai vue pour la première fois sur une grande photographie tirée d'un journal que quelqu'un a accrochée sur le mur du commissariat, tu sais, après qu'elle a eu terrassé un agresseur avec une pastèque. C'était une espèce d'héroïne pour nos gars, mais elle faisait aussi l'objet de blagues salaces.

— Comment était-elle, malgré tout ?

— Je ne l'ai jamais rencontrée.

— Et Jenny ? Tu as dû bien connaître Jenny. » J'ai regardé son visage.

« Jenny, c'était autre chose. » Il a failli sourire à ce souvenir, mais il s'est retenu. « Et puis elle était petite elle aussi. Vous êtes toutes menues, a-t-il ajouté, l'air songeur. Mais elle était forte aussi, énergique, dense, sombre, pleine de colère. Une bobine de fil entortillé, c'était ça Jenny. Intelligente. Impatiente. Carrément cinglée par moments.

— Et malheureuse ?

— Oui, ça aussi. » Il a posé une main sur mon genou, je l'y ai laissée un instant, quoique la sensation m'ait envahie de répulsion. « Mais elle t'aurait arraché la tête si tu avais dit ça. Elle avait quelque chose d'un dragon. »

Je me suis levée, pour me libérer de sa main. Je

me suis resservi du café, histoire de me donner quelque chose à faire.

« Nous devrons y aller bientôt, j'ai dit.

— Nadia.

— Je ne veux pas arriver en retard.

— La nuit, dans mon lit, c'est toi que je vois, ton visage, ton corps...

— Ne t'approche pas.

— Je te connais.

— Tu crois que je vais mourir. »

Avant de partir, j'ai appelé Links pendant que Cameron était dans la pièce avec moi, je lui ai dit que l'inspecteur Stadler m'emmenait voir mes parents, que nous serions de retour vers le milieu ou la fin de l'après-midi. J'ai saisi l'inflexion déconcertée dans la voix de Links : il ne comprenait pas pourquoi je l'appelais pour lui raconter mes projets. Mais je m'en fichais. Je me suis répétée d'une voix forte, clairement. Il ne pouvait pas ne pas m'entendre. Ainsi, Cameron était prévenu lui aussi.

Nous n'avons pas beaucoup parlé pendant le trajet, ni sur l'autoroute ni le long des voies secondaires. Je lui ai donné des instructions avec sécheresse, il a conduit en me jetant des regards lourds. Je suis restée assise, les mains sur les genoux. J'ai essayé de regarder par la fenêtre mais je sentais sa tête qui se tournait vers moi, son regard pensif.

« Que font tes parents ? a-t-il demandé avant que nous arrivions.

— Papa était prof, il enseignait la géographie, mais il a pris sa retraite anticipée. Maman a fait des petits boulots à droite et à gauche, mais elle a passé l'essentiel de son temps à la maison à s'occuper de moi et de mon frère. À droite là, à l'intersection. Tu n'entres pas, souviens-toi. »

La maison était un pavillon mitoyen des années trente ; elle ressemblait à toutes les autres habitations construites au fond du cul-de-sac. Cameron s'est garé devant. « Attends une seconde, a-t-il dit, au moment où je m'apprêtais à ouvrir la porte. Il y a une chose que je dois t'avouer.

— Quoi ?

— Il y a eu une autre lettre. »

Je me suis rappuyée contre le dossier de mon siège en fermant les yeux. « Oh, mon Dieu.

— Tu m'as fait promettre de tout te dire.

— Qu'est-ce qu'elle disait ?

— C'était court. Elle disait juste : "Tu es courageuse, mais ça ne te sera d'aucun secours." Quelque chose dans le genre.

— Et c'était tout ? » J'ai ouvert les yeux, j'ai tourné la tête pour le regarder. « Quand a-t-elle été envoyée ?

— Il y a quatre jours.

— Vous avez trouvé quelque chose sur le mot ?

— Nous l'utilisons pour étoffer notre évaluation psychologique.

— Rien, quoi... ai-je soupiré. Eh bien, j'imagine que ça ne change pas grand-chose. Nous savions qu'il était toujours en liberté, pas vrai ?

— En effet.

— Je te retrouve dans une heure ou deux.

— Nadia.

— Quoi ?

— Tu es courageuse, c'est vrai. » Je l'ai regardé. « C'est vrai », a-t-il répété.

Je ne l'ai pas quitté des yeux.

« Tu veux dire courageuse comme Zoë et Jenny ? »

Il n'a pas répondu.

Maman m'avait préparé un ragoût de mouton avec du riz — du riz trop cuit agglutiné en boulettes — et une salade verte. J'aimais le ragoût de mouton quand j'étais jeune. Mais comment dit-on à sa mère qu'on n'a plus les mêmes goûts ? C'était difficile à manger, tendineux, avec trop d'échardes osseuses. Papa avait ouvert une bouteille de vin, quoiqu'ils n'en boivent jamais à midi ni l'un ni l'autre. Ils étaient si contents de me voir. Ils se mettaient en quatre pour moi, comme si j'étais une inconnue. Je me sentais une inconnue en compagnie de ces deux gentils petits vieux, qui pourtant n'étaient pas encore vraiment âgés.

Toujours prudents, ils faisaient leur bonhomme de chemin d'un pas précautionneux dans la vie. Ils s'étaient également montrés attentifs à mon égard, ils m'attendaient chaque fois que je sortais le soir, glissant une bouillotte dans mon lit quand les nuits étaient fraîches, ils me disaient de mettre un pull supplémentaire quand il faisait froid, ils me taillaient mes crayons avant le début de chaque trimestre scolaire. Autrefois, ça me rendait maboule, leurs attentions, la façon qu'ils avaient de planifier tous les détails de ma vie. À présent, ce souvenir m'emplissait d'un immense vague à l'âme, comme une boule de nostalgie soudain logée entre mes côtes.

J'avais pensé que j'attendrais la fin du repas pour tout leur dire. Nous avons bu du café dans le salon, accompagné de chocolats à la menthe. J'apercevais Cameron assis derrière le volant de la voiture. « J'ai quelque chose à vous dire.

— Oui ? »

Maman me regardait avec espoir, avec appréhension.

« Je... il y a un homme qui... » Je me suis tue, voyant la joie s'épanouir sur son visage. Elle pensait que j'avais enfin un petit ami sérieux. Elle n'avait jamais vraiment vu en Max la possibilité d'un engagement à long terme. Je n'arrivais pas à faire sortir les mots de ma bouche. « Oh, ce n'est rien en fait.

— Non, continue. Dis-nous tout. Nous voulons savoir, pas vrai, Tony ?

— Plus tard, ai-je dit en me levant brusquement. Je voudrais d'abord que papa me montre ce qui se passe dans le jardin. »

Les prunes mûrissaient sur l'arbre, il avait planté des haricots grimpants, des laitues et des pommes de terre. Il y avait des plants de tomates dans la serre et il a insisté pour me donner une barquette de tomates cerises à emporter.

« Ta mère a mis de côté des pots de confiture de fraises pour toi. »

Je lui ai pris le bras. « Papa. Papa, je sais que nous avons eu nos petits différends... » Sur les devoirs, les cigarettes, l'alcool, le maquillage, les sorties tard le soir, la politique, la drogue, les petits copains, l'absence de petits copains, les métiers sérieux, j'en passe. « ... Mais je voulais juste te dire que tu as été un bon père. »

Il a émis un petit claquement de langue embarrassé au fond de sa gorge et m'a tapoté l'épaule. « Ta mère va se demander ce qui nous retient. »

Je leur ai dit au revoir dans le hall. Je n'ai pas pu les serrer vraiment dans mes bras parce que je tenais les tomates et la confiture. J'ai pressé ma joue contre celle de maman, j'ai senti l'odeur familière de la vanille, du talc, du savon et des boules antimites. L'odeur de mon enfance.

« Au revoir », j'ai dit. Ils ont souri puis fait au revoir de la main. « Au revoir. »

L'espace d'un tout petit instant, j'ai songé que je ne les reverrais jamais, mais on ne peut pas faire ça, on ne peut pas descendre une allée, monter dans la voiture, sourire et continuer sa route si on se laisse aller à ce genre d'idées.

Durant tout le trajet de retour, j'ai fait semblant de dormir. J'ai dit à Cameron qu'il devait rester dans sa voiture après avoir fait un tour d'inspection dans l'appartement. Je voulais être seule pendant un moment. Il a voulu protester, mais le boîtier passé à sa ceinture s'est mis à biper et je lui ai claqué la porte à la figure.

Je me suis assise sur le rebord du lit, les mains sur les genoux. J'ai fermé les yeux, puis j'ai commencé à les rouvrir. Je me suis écoutée respirer. J'ai attendu, pas que quelque chose se passe, mais que ce sentiment disparaisse.

Quand le téléphone a sonné, j'ai eu l'impression qu'il me retentissait dans le crâne. J'ai tendu la main pour décrocher.

« Nadia ? » La voix de Morris paraissait rauque, urgente.

« Oui.

— C'est moi. Ne dites rien. Écoutez, Nadia,

j'ai découvert quelque chose. Je ne peux pas vous le dire au téléphone. Il faut qu'on se voie. »

J'ai senti la peur grandir au creux de mon estomac, une grosse tumeur de terreur. « Qu'est-ce qui se passe ?

— Venez jusque chez moi, aussitôt que possible. Il y a quelque chose que je veux vous montrer. Il y a quelqu'un avec vous ?

— Non. Ils sont dehors.

— Qui est là ?

— Stadler. »

J'ai entendu Morris prendre sa respiration. Quand il a recommencé à parler, il s'est exprimé très lentement, très calmement. « Éloignez-vous de lui, Nadia. Je vous attends. »

J'ai reposé le téléphone, je me suis levée, je me suis mise en équilibre sur la pointe des pieds. Ainsi, c'était Cameron, en fin de compte. Ma peur s'est retirée en une vague, me laissant avec la sensation d'être forte, souple, très claire. C'était enfin arrivé. L'attente était terminée et avec elle tout le chagrin, toute la crainte. J'étais prête, et il était temps d'y aller.

21

Quand j'ai franchi ma porte d'entrée, j'avais l'esprit très clair. Je savais ce que j'allais faire. Les choses étaient devenues toutes simples pour le moment. La couche de peur était toujours là, cependant elle avait diminué. Il n'a pas fallu une seconde à Cameron pour sortir de sa voiture et se précipiter vers moi, l'air interrogateur, optimiste même.

« Je vais un peu plus haut me chercher de quoi dîner. »

Nous avons marché côte à côte. Je n'ai pas ouvert la bouche.

« Je suis désolé, a-t-il fini par dire. Désolé pour tout. Je voulais juste tout arranger. Pour toi et moi. Pour nous.

— De quoi parles-tu ? »

Il n'a pas répondu. Nous avons traversé la rue principale puis nous avons continué sur le trottoir d'en face jusqu'à la hauteur du Marks & Spencer. Il ne fallait pas que nous nous disputions, je ne devais rien faire qui puisse éveiller ses soupçons. J'ai posé la main sur son bras. Un contact, mais rien d'excessif.

« Je te demande pardon. Je ne réagis pas de façon très rationnelle ces jours-ci. Ce n'est pas vraiment le moment.

— Je comprends. »

Je me suis tournée pour entrer dans le magasin. J'ai soupiré. « J'en ai pour une minute.

— Je t'attends ici.

— Tu veux quelque chose ?

— Ne t'occupe pas de moi. »

Le Marks & Spencer de Camden Town a une petite entrée sur l'arrière. J'ai pris le tapis roulant, j'ai filé, et quelques minutes plus tard je me retrouvais dans un wagon de métro. Au moment de poser le pied sur l'escalier mécanique qui descendait sur le quai, dans le souffle chaud du ventilateur, je me suis tournée pour regarder derrière moi. Il n'était effectivement pas là.

Assise dans le wagon le temps du court trajet, j'ai essayé de mettre de l'ordre dans ce que Morris avait dit. J'avais l'impression d'avoir passé des semaines piégée dans un brouillard épais. À présent il ne s'était pas tout à fait dissipé mais il devenait plus léger ; une espèce de paysage commençait à se dessiner. Si c'était un flic qui était coupable, si c'était Cameron, soudain tout ce qui avait paru impossible devenait simple. La police avait eu toute liberté pour circuler dans l'appartement de Zoë, dans la maison de Jenny. Mon cœur a flanché. Dans mon appartement à moi. Mais pourquoi faire une chose pareille ? Quel intérêt pour Cameron ?

Je n'avais qu'à repenser au regard de Cameron pour avoir la réponse. Je me suis rappelé mes premières rencontres avec la police, Cameron debout dans le coin, les yeux rivés sur moi. Cameron dans mon lit. Personne ne m'avait jamais regardée comme ça auparavant, personne ne m'avait touchée comme il l'avait fait, faisant de moi un objet infiniment séduisant et étrange. J'avais eu la sensation qu'il voulait me regarder, me toucher, me pénétrer, me goûter tout ensemble, comme si ça ne pourrait jamais suffire. J'avais d'abord trouvé ça merveilleusement troublant puis ensuite repoussant et à présent ça me semblait affreusement compréhensible. Être tout près de la femme qu'on terrifie, la baiser, découvrir tous ses secrets. Quelle excitation ! Et pourtant, quelle preuve y avait-il ? Morris avait-il trouvé quelque chose qui puisse m'être utile ?

L'appartement de Morris se situait seulement à quelques minutes de marche de la station. La rue principale elle-même était bondée d'une foule de gens. Mais il vivait dans une petite allée qui était difficile à repérer. Je suis une première fois passée devant sans la voir. La minuscule ruelle recouverte de pavés était déserte ce samedi soir. Au fond, j'ai trouvé une porte avec une simple carte à côté de la sonnette. Burnside. J'ai appuyé sur le bouton. Il y a eu un moment de silence. Se pouvait-il qu'il soit sorti ? Puis j'ai entendu tourner une série de verrous, des loquets qu'on soulevait, et il a ouvert. Il avait l'air magnifique, plein d'ardeur. Il portait un pantalon large couvert de grandes poches et une chemise à manches courtes. Il était pieds nus. Mais il y avait quelque chose dans ses yeux, quelque chose de vif, d'éveillé, qui était captivant. Il exsudait une espèce d'énergie semblable à un champ magnétique. C'était un bel homme et qui plus est un homme qui se croyait amoureux. J'en ai eu le cœur chaviré. J'espérais qu'il n'avait pas fait une montagne d'un petit rien, juste dans l'espoir de me faire la cour.

« Nadia », a-t-il dit, avec un sourire de bienvenue.

Il est resté sur le seuil, il a jeté un coup d'œil derrière mon épaule. Je me suis tournée pour regarder moi aussi. Il n'y avait absolument personne, sur toute la longueur de la rue.

« Comment avez-vous réussi à vous échapper ?

— Je suis magicienne.

— Entrez donc. Je n'ai pas tout rangé. »

Ça m'avait l'air très rangé, à moi. Nous avons directement pénétré dans un salon très confortable pourvu d'une porte à l'autre extrémité qui donnait sur un couloir étroit.

« C'était un entrepôt autrefois ?

— Un genre d'atelier, je crois. Mais ce n'est pas à moi. Je garde cet appartement pour un ami qui est parti à la campagne. »

La seule chose qui n'était pas à sa place, c'était une planche à repasser surmontée d'un fer, qui se trouvait à côté de la table.

« Je vois que vous avez fait du repassage. Je suis très impressionnée.

— Juste cette chemise.

— J'ai cru qu'elle était neuve.

— C'est ça le truc. Si on repasse ses affaires, elles ont l'air neuves. »

J'ai souri.

« Le vrai truc, c'est de porter des vêtements neufs », ai-je dit.

J'ai fait le tour de la pièce. J'avais la manie de regarder chez les autres. J'ai gravité avec l'instinct de la fouineuse professionnelle jusqu'à un grand panneau de liège accroché au mur sur lequel, ici et là, étaient épinglés des menus de traiteurs, des cartes de visite professionnelles de plombiers ou d'électriciens et, beaucoup plus intéressant, des photos. Morris à une fête. Morris à vélo quelque part. Morris sur une plage. Morris avec une fille.

« Elle a l'air sympa, ai-je remarqué.

— C'est Cath.

— Vous la voyez souvent ?

— Disons que nous avons eu une petite aventure. »

J'ai souri intérieurement. Il sortait avec elle. Quand un homme dit d'une fille qu'ils ont eu une petite aventure, c'est la même chose que quand il enroule du scotch autour de son alliance. Il veut rester ambigu quant à sa situation affective.

« Où sont les autres ?

— Pardon ?

— Les photos ? Il y a plein de punaises, mais pas beaucoup de photos. » J'ai tendu le doigt. Il y avait un tas de trous dans le tableau.

« Oh. C'est juste que j'en ai eu marre de quelques-unes. » Il a ri. « Vous auriez dû être détective.

— À ce propos, il vaudrait mieux que ça vaille le coup, parce que l'inspecteur Stadler va être furieux. J'aurai sans doute du bol si je ne m'en tire pas avec une amende pour avoir gâché le temps de la police. »

Morris m'a désigné une chaise devant la table. Il s'est assis en face de moi. « J'ai réfléchi à l'entretien que j'ai eu avec Stadler et... comment s'appelait l'autre, déjà ?

— Links ?

— Oui, c'est ça. Je suis convaincu qu'il y a un truc bizarre chez Stadler. La façon qu'il avait de parler de ces deux autres femmes était vraiment insolite et je voulais en parler avec vous. Et puis j'avais simplement l'impression qu'il fallait que je vous éloigne de lui.

— Vous avez des preuves ?

— Comment ?

— J'ai cru que vous auriez trouvé quelque chose que nous pourrions utiliser contre lui.

— Je suis désolé. J'aurais aimé pouvoir le faire. »

J'ai essayé de réfléchir. Le brouillard dans ma tête qui avait commencé à se dissiper redevenait soudain plus épais. Et puis soudain j'ai senti un frisson me traverser.

« De toute façon, ça ne marche pas », ai-je ajouté d'une voix morne.

Morris a eu l'air ébranlé. « Qu'est-ce qui ne marche pas ?

— L'idée de la police. Je me suis tellement laissé emporter par l'histoire de Zoë, de la pastèque et de son lien avec la police avant que les lettres arrivent. Mais ça n'explique pas Jennifer.

— Comment ça ?

— Le pendentif a été déposé dans l'appartement de Zoë avant sa mort, avant que Jennifer commence à recevoir des lettres, avant qu'elle appelle la police.

— La police a peut-être trafiqué les indices. »

J'ai réfléchi quelques instants. « Oui, peut-être, ai-je répondu sans conviction. Reste que ça n'explique pas le rapport avec Jenny. Pourquoi la choisir elle ?

— Stadler l'a peut-être vue quelque part.

— Ça pourrait être vrai de n'importe qui. La théorie policière dépendait du fait qu'ils avaient eu affaire à toutes les femmes. »

Je me sentais déprimée, malade. « C'était complètement faux, ai-je dit. Je ferai mieux d'y aller. »

Morris s'est avancé, il m'a touché le bras. « Attendez un peu. Une petite minute, Nadia.

— Ça aurait été tellement chouette, ai-je continué d'une voix plate. C'était une si belle théorie, c'est dommage de devoir l'abandonner.

— Vous voilà de retour à la botte de foin », a dit Morris. Il me souriait comme si c'était amusant. Ses dents, ses yeux, tout son visage brillait.

« Vous savez quoi ? j'ai dit d'une voix rêveuse.

— Quoi ?

— Avant, ça me faisait drôle de n'avoir jamais rencontré Zoë ni Jenny. C'est différent aujourd'hui. Parfois je nous vois comme des sœurs, mais plus souvent je nous imagine comme une seule et même personne. Nous avons traversé les mêmes expériences. Nous avons passé des nuits allongées sans dormir, avec les mêmes peurs. Et nous allons mourir de la même façon. »

Morris a secoué la tête. « Nadia...

— Chut... » j'ai fait, comme à un petit enfant. Je me parlais presque à moi-même à présent, je ne voulais pas interrompre ma rêverie. « Quand je me suis rendue dans l'appartement avec Louise — l'amie de Zoë —, c'était incroyable. J'ai presque eu l'impression qu'elle était déjà ma meilleure amie, qu'on se connaissait toutes les deux. C'est drôle, quand elle m'a parlé du fait qu'elle était allée faire des courses avec Zoë ce dernier après-midi, c'était presque comme si elle parlait d'une expédition dans les magasins qu'on aurait faite ensemble. Elle aussi, c'est ce qu'elle a ressenti. Je m'en rendais bien compte. »

Et à ce moment précis, très soudainement, le brouillard s'est évanoui et j'ai vu le paysage, il était là, froid et tranchant sous les rayons du soleil. Je voyais tout. Il n'y avait aucun doute. Je m'étais repassé les dossiers légistes dans ma tête depuis le jour où je les avais consultés.

« Qu'est-ce qu'il y a ? »

J'ai sursauté. J'avais presque oublié que Morris était là. « Comment ?

— Vous aviez l'air un peu ailleurs. À quoi pensiez-vous ?

— Je me disais que quand Zoë a été tuée elle portait un T-shirt qu'elle avait acheté avec Louise. C'est drôle, non ?

— Je ne sais pas, a répondu Morris. Dites-moi pourquoi c'est drôle, Nadia. Dites-le-moi.

— C'était dommage de le salir », j'ai dit.

Morris m'a fixée des yeux comme s'il essayait de lire dans mes pensées. Pensait-il que je perdais un peu la boule ? Parfait. Je me suis penchée en avant et je lui ai pris la main. Elle était visqueuse. La mienne était froide, sèche. J'ai tenu sa main droite entre les deux miennes et je l'ai pressée.

« Morris, j'aimerais beaucoup une tasse de thé.

— Oui, a-t-il répondu. Oui, bien sûr, Nadia. » Il souriait, il souriait. Il ne pouvait pas s'arrêter.

Il s'est levé, il a quitté la pièce. J'ai regardé la porte d'entrée à l'opposé de la pièce. Il y avait plusieurs loquets, des verrous. Ensuite il y avait encore cinquante ou soixante mètres à parcourir dans la rue déserte. Sans personne aux environs.

Je me suis levée, je suis allée jusqu'au tableau de liège.

« Je peux vous donner un coup de main ? ai-je crié.

— Non », a-t-il répondu de la cuisine.

J'ai regardé le tableau. En dessous, il y avait un secrétaire pourvu de tiroirs. Aussi silencieusement que possible, j'ai ouvert le premier. Des chéquiers, des reçus. J'ai ouvert le deuxième. Des cartes postales. Le troisième. Des catalogues. Le quatrième. Une pile de photos. J'en ai pris quelques-unes. Je savais plus ou moins ce que j'allais y trouver, mais j'ai quand même frissonné d'horreur. Morris, quelqu'un d'autre, quelqu'un d'autre, et Fred. Morris, Cath et Fred. Morris, quelqu'un d'autre, et Fred. Je les ai glissées dans la poche arrière de mon jean. Peut-être les trouverait-on sur mon cadavre. J'ai refermé le tiroir, je suis allée me rasseoir à la table. J'ai jeté un coup d'œil autour de moi. Il faudrait bien que ça fasse l'affaire. Je me suis clarifié l'esprit. Non, c'est faux. Je ne me suis pas clarifié l'esprit, je l'ai rempli. Je me suis fait penser à la photo de Jenny morte. Je me suis obligée à revoir chaque détail. Qu'est-ce que Jenny aurait fait si elle s'était retrouvée assise à ma place ?

Morris est revenu. Je ne sais comment, il réussissait à porter une théière, deux tasses, une brique de lait et un paquet de sablés. Il les a posés sur la table puis il s'est assis.

« Attendez une minute, ai-je dit avant qu'il n'ait le temps de verser le thé. Je veux vous montrer quelque chose. » Je me suis levée et j'ai fait le tour de la table. « C'est un genre de tour de magie. »

Il m'a de nouveau souri. Un si beau sourire. Il avait l'air heureux, pétillant. L'excitation semblait attiser une lueur au fond de ses yeux.

« Je n'y connais pas grand-chose en matière de magie, mais la première chose qu'on apprend, c'est à ne jamais informer son public à l'avance de ce qu'on va faire. Comme ça, si ça foire, eh bien, on peut faire croire qu'on l'a fait exprès. Regardez. » J'ai ôté le couvercle de la théière, puis je l'ai soulevée et très vite je la lui ai envoyée à la figure. Quelques gouttes m'ont également éclaboussée. Je n'ai rien senti. Il a laissé échapper un hurlement animal. J'ai saisi le fer. Je l'ai attrapé à deux mains. J'avais une chance, une seule, et je devais vraiment causer de gros dégâts. Il se tenait le visage dans les mains. J'ai levé le fer et je l'ai abattu de tout mon poids sur son genou droit. Un craquement mou s'est fait entendre, puis un nouveau hurlement. Il s'est plié en deux puis s'est ramassé sur le côté de sa chaise. Quoi d'autre ? J'ai pensé à la photo. Je me sentais chauffée à blanc, rougeoyante comme un tison. Sa cheville gauche était à l'air. Une fois encore, j'ai abattu le fer. Nouveaux craquements. Nouveau cri. Je me suis reculée, mais, ce faisant, j'ai senti une main qui m'agrippait le pantalon. J'ai relevé le fer mais au moment de me dégager j'ai senti la main lâcher.

Je me suis mise hors de sa portée. Il était recroquevillé sur le sol, tordu en deux, gémissant. Ce que je voyais de son visage était une rougeur livide, cloquée.

« Si tu m'approches d'un centimètre, je l'ai averti, je te brise chaque putain d'os de ta carcasse. Tu sais que j'en suis capable. J'ai vu les photos. J'ai vu ce que tu avais fait à Jenny. »

Mais je continuais de reculer, sans jamais le quitter des yeux. J'ai jeté un coup d'œil rapide autour de moi et j'ai aperçu le téléphone. Sans jamais lâcher le fer dont le cordon gisait sur le plancher, j'ai composé le numéro.

22

J'ai raccroché le combiné et je suis restée là, aussi loin de lui qu'il était possible de l'être dans cette pièce. Il était toujours affalé par terre à gémir et à souffler. Je me suis demandé s'il reprenait des forces, s'il allait réussir à se redresser pour m'attaquer. Fallait-il que je retourne près de lui le frapper à nouveau ? Fallait-il que je coure à la porte pour m'enfuir ? Je n'arrivais pas à bouger les pieds. Je ne pouvais rien faire. Soudain chaque partie de mon corps s'est mise à trembler. Je me suis appuyée contre le mur pour tenter de me calmer. J'ai perçu des petits mouvements, d'abord timides mais progressivement plus délibérés. Il se ressaisissait, en gémissant sous l'effort. J'ai vite compris qu'il n'y avait pas de danger qu'il se relève. Ses jambes étaient à l'évidence hors d'usage. Tout ce qu'il pouvait faire c'était ramper, en geignant de douleur. Du coup il s'appuyait contre l'étagère. Il s'est un peu plus redressé puis s'est contorsionné pour pouvoir me regarder. Il avait le visage très amoché, des cloques lui couvraient les joues et le front. Il avait un œil presque fermé. De la salive lui sortait de la bouche, lui coulait sur le menton. Il a toussé.

« Qu'est-ce qui vous a pris ? »

Je n'ai rien dit.

« Je ne comprends pas. Ce n'est pas moi. »

J'ai refermé le poing sur le fer.

« Un geste et je t'écrase encore quelque chose. »

Il a légèrement bougé puis s'est mis à crier.

« Merde à la fin, a-t-il hoqueté. Putain, ça fait mal !

— Pourquoi tu as fait ça ? Elle avait des enfants. Qu'est-ce qu'elle avait fait ?

— Vous êtes folle. Ce n'est pas moi, je vous le jure, Nadia. Ils vous l'ont dit. J'étais à des centaines de kilomètres quand Zoë s'est fait tuer.

— Je sais, ai-je répondu.

— Quoi ?

— Je sais que ce n'est pas toi qui as tué Zoë. Tu allais le faire mais tu n'as pas réussi. Tu as tué Jenny.

— Vous vous trompez, je vous jure. Oh, mon Dieu, qu'est-ce que vous avez fait à mon visage ? Pourquoi m'avoir fait ça ? »

Il pleurait à présent.

« Tu allais me tuer. Comme tu l'as tuée. »

J'avais du mal à parler. Mon souffle sortait par à-coups irréguliers, mon cœur battait à tout rompre.

« Je vous le jure, Nadia, a-t-il répété dans ce qui n'était pas plus qu'un soupir.

— Ta gueule. J'ai vu les photos. Dans le tiroir.

— Quoi ?

— De toi et Fred, celles que tu as enlevées avant que j'arrive. »

Il n'a même pas sursauté.

« J'avoue avoir caché les photos. J'ai paniqué parce que ça faisait mauvais effet. Mais ça ne veut pas dire que j'ai tué quelqu'un.

— Comme tu as paniqué quand on a failli retrouver Louise à l'appartement.

— Non, ça, c'était un vrai message. Nadia, vous êtes tout embrouillée dans cette histoire... »

Je ne sais pas ce que j'espérais. Je voulais peut-être simplement qu'il admette ce qu'il avait fait et qu'il dise quelque chose, même quelque chose d'insensé, qui puisse expliquer tout ça. J'ai pris conscience à ce moment que jamais il n'abandonnerait et que jamais je ne comprendrais. Il allait mentir, mentir encore, peut-être même finirait-il par croire à tous ses mensonges. Je l'ai fixé, j'ai regardé son visage qui pelait, son corps qui se tortillait, son unique œil qui ne me lâchait pas.

« Je devrais te tuer. Je devrais te tuer avant que la police arrive.

— Peut-être, en effet. Parce que ce n'est pas moi, Nadia, et il n'y a aucune preuve contre moi. Et ils me libéreront tandis qu'ils t'enverront en prison. Mais en serais-tu capable ? En serais-tu capable, Nadia ? Serais-tu capable de me tuer ?

— J'aimerais le faire, ça, je te le jure.

— Alors fais-le. Vas-y, ma chérie. Vas-y. »

De la bave lui coulait sur le visage. Il a essayé de sourire.

« J'aimerais te faire souffrir comme tu as fait souffrir Zoë et Jenny.

— Je peux t'aider », a-t-il dit. Et tout en soufflant et en gémissant, il a commencé à se rapprocher de moi en rampant sur le sol comme une grosse limace répugnante. Il avançait très lentement.

« Approche-toi et je t'éclate la tête, ai-je menacé en saisissant le fer d'une main ferme.

— Fais-le. De toute façon, tu vas aller en prison. Ils vont me relâcher. Même s'ils ne le font pas, je serai bientôt dehors. Est-ce que ce ne serait pas mieux de te débarrasser de moi ?

— Arrête ! Arrête ! » j'ai crié. Je pleurais à présent. Je le sentais se tortiller dans ma tête comme sur le plancher. J'allais lui lancer le fer quand j'ai entendu des grands coups dans la porte, des voix qui criaient mon nom. J'ai tourné la tête. Il y avait des lumières dehors. J'ai couru pour ouvrir. En fait, ça s'est révélé facile. Ça n'a pas pris plus d'une seconde ou deux. Des silhouettes indistinctes m'ont filé devant le nez. Il y avait un ou deux policiers en uniforme et puis Cameron. Par-dessus son épaule j'ai aperçu deux voitures de police, tandis qu'une troisième arrivait. Cameron a regardé la scène. Il transpirait, sa cravate lui battait sur l'épaule. « Bon sang, mais qu'est-ce que tu as foutu ? »

Je n'ai pas ouvert la bouche. Je me suis juste penchée pour poser le fer par terre.

« Tu as appelé une ambulance ? »

J'ai fait non de la tête. Il a crié quelque chose à un des policiers qui est sorti.

« Elle m'a attaqué, a dit Morris. Elle a perdu la tête. »

Cameron a regardé Morris, puis moi, puis de nouveau Morris, visiblement éberlué. « Vous souffrez ? a-t-il demandé à Morris.

— Un peu que je souffre. J'ai tellement mal... Elle est complètement tarée. »

Cameron est venu vers moi, il m'a posé une main sur l'épaule.

« Tu vas bien ? » a-t-il murmuré.

J'ai fait oui. Mes yeux n'arrêtaient pas de se diriger vers Morris, ramassé sur le plancher. À chaque fois que c'était le cas, je rencontrais son regard. Il me fixait d'un œil qui paraissait ne jamais cligner. L'agent s'est penché, il lui a dit quelque chose, mais il a juste continué à me regarder.

« Assieds-toi », m'a dit Cameron.

J'ai regardé autour de moi. Il a dû me conduire jusqu'à une chaise à l'autre bout de la pièce, près de la table. J'ai fait en sorte de m'asseoir de façon à ne pas voir Morris. Je pensais que si je devais le voir une seconde de plus, j'allais vomir.

« Maintenant, Nadia, je dois d'abord te réciter quelque chose, alors écoute-moi bien. Tu as le droit de garder le silence. En cas d'inculpation, tout ce que tu diras pourra être retenu contre toi. Tu as aussi le droit de réclamer un avocat. Si tu le souhaites, nous pouvons demander qu'il t'en soit commis un d'office. Tu as compris ? »

J'ai fait oui de la tête.

« Non. Tu dois dire à voix haute que tu comprends.

— Je comprends. Je veux bien parler.

— Alors, que s'est-il passé ?

— Regarde dans le tiroir. Là-bas. »

Il est allé ouvrir la porte et a aboyé quelque chose à propos de l'officier chargé du périmètre du délit. Une ambulance est arrivée à grand bruit. Un homme et une femme en combinaison verte sont accourus dans la pièce et se sont penchés vers Morris. Cameron me regardait. De sa poche il a sorti des gants en plastique mince qui ressemblaient plus à la cochonnerie qu'on vous refile dans les stations-service qu'au genre de protection qu'emploient les chirurgiens. Il a ouvert le tiroir et regardé les photos.

« Il connaissait Fred », j'ai dit.

La scène commençait à virer à la farce. Cameron avait les yeux rivés sur les photos, stupéfait. Morris gémissait de douleur tandis qu'on découpait son pantalon. Puis Links est entré.

« Bordel ! Qu'est-ce... ? » a-t-il commencé, tentant de comprendre ce qui s'était passé.

« Elle a attaqué Morris avec un fer à repasser, a dit Cameron.

— Putain mais enfin... pourquoi ?

— Elle dit qu'il est responsable des meurtres.

— Mais... »

Cameron a tendu une photo à Links. Il l'a regardée. Ensuite il s'est tourné vers moi.

— D'accord, mais... » Il est revenu à Cameron. « Tu lui as dit ses droits ?

— Oui. Elle dit qu'elle est prête à parler.

— Bien. Et Burnside ?

— Je n'ai pas réussi à lui parler. »

Links s'est penché vers Morris et lui a montré la photo. En réponse à quoi il s'est contenté d'acquiescer et de gémir. Puis il s'est approché de moi, il s'est assis à mes côtés. Je me sentais calme à présent, j'avais l'esprit limpide.

« Morris vous a attaquée ?

— Non. Si Morris m'avait attaquée, je serais morte à présent. Non, pas morte. Mourante. Il serait en train de me tuer.

— Mais, Nadia, a repris Links d'une voix douce, savez-vous que, eh bien, pour commencer,

Morris n'aurait pas pu tuer Zoë Haratounian. Il n'était pas là.

— Je sais. Je sais qui a tué Zoë.

— Quoi ? Qui ça ?

— Ça m'est venu d'un coup. Vous vous étiez tous mis en tête que la personne qui lui avait envoyé les lettres devait être celle qui l'avait tuée. Mais si quelqu'un d'autre l'avait assassinée avant ?

— Pourquoi quelqu'un d'autre aurait-il voulu la tuer ?

— J'ai pensé à quelque chose que Grace Schilling m'avait dit. Comme quoi un meurtrier laisse toujours quelque chose de lui sur le lieu du crime et qu'il en emporte toujours quelque chose. Vous saviez ça ? » J'ai levé les yeux vers Cameron qui était occupé avec le contenu du tiroir. « J'ai vu le rapport médico-légal concernant le lieu du crime. Vous vous rappelez ce qui était dit à propos du T-shirt qu'elle portait quand on l'a retrouvée ?

— Oui, mais comment se fait-il que vous...

— Vous vous souvenez de ce qu'il disait ?

— On y a retrouvé les mêmes traces que partout dans l'appartement, les mêmes que sur ses autres vêtements, sur les tapis, sur le lit. Juste des traces d'elle et de son petit ami.

— Mais le T-shirt ne pouvait pas porter de traces de Fred. Quand elle est entrée dans l'appartement elle l'avait à la main dans un sac en plastique. Elle l'avait acheté la veille avec son amie, Louise. » J'ai tourné la tête pour regarder Morris. Il était attentif. « Fred a laissé des cheveux sur le T-shirt de Zoë pendant qu'il l'étranglait. »

J'ai cru apercevoir l'infime soupçon d'un sourire sur le visage de Morris.

« Tu ne le savais pas, hein ? je lui ai lancé. Ton copain a tué Zoë avant que tu puisses le faire toi-même. » Je me suis tournée vers Stadler et Links. « Deux meurtriers. Vous comprenez ? Ils étaient deux. Vous ne vous êtes pas demandé pourquoi les meurtres étaient si différents ? Ce n'était pas une putain d'escalade. C'est parce qu'ils ont été commis par deux personnes différentes. Est-ce pour cette raison que le second a été aussi violent, Morris ? As-tu puni Jenny parce que tu n'avais pas eu Zoë ?

— Je ne sais pas de quoi tu parles.

— Mais il y a eu une compensation, j'ai continué. Tu t'es soudain retrouvé avec l'alibi parfait. Ça t'a donné une occasion de m'approcher de très près, de vraiment me voir souffrir.

— Mais comment Fred aurait-il pu commettre ce crime ? a demandé Links. Miss Haratounian n'avait même pas l'intention de retourner à son appartement.

— Je ne crois pas qu'il l'ait planifié. C'est à ça que j'ai réfléchi en attendant ici. Je pensais à cet étrange objet qui avait été volé, cette tenture minable que Fred lui avait donnée. Pourquoi prendre un truc pareil ? Je ne pense pas que ça ait été volé. Je pense que Fred l'a récupérée. Je pense qu'il était venu reprendre ses affaires. Zoë est passée tout d'un coup, il a attrapé la ceinture de son peignoir et il l'a étranglée. C'est pour cette raison que les résultats des analyses étaient si compliqués à exploiter. La chose qu'il a emportée était un objet qui lui avait toujours appartenu. Ce qu'il a déposé sur les lieux ne faisait qu'ajouter à ce qui s'y trouvait déjà. Un peu plus de Fred. Trop de Fred. Et lui aussi avait un alibi parfait. La police savait qu'il n'avait pas écrit les mots. Et qui d'autre aurait pu tuer Zoë sinon l'homme qui menaçait de le faire ? C'est drôle, non, Morris. Fred et toi formiez une belle équipe, si seulement tu l'avais su. »

Les infirmiers avaient mis Morris sur un brancard, ils étaient en train de lui poser une perfusion.

« Vous allez regarder dans ses poches ?

— Pourquoi ?

— Je ne sais pas. Je pense qu'il était sur le point de m'attaquer. »

Cameron a jeté un coup d'œil à Links, qui a hoché la tête. Le beau pantalon neuf de Morris était à présent en deux morceaux. Il comportait un tas de poches dans lesquelles Cameron a commencé à fouiller. J'ai vu quelque chose briller dans ses mains. Il tenait un filin.

« Qu'est-ce que c'est que ça ? a-t-il demandé à Morris.

— Je faisais des réparations.

— Quelles réparations faisiez-vous donc qui puissent nécessiter une corde de piano terminée en nœud coulant ? »

Il n'a pas répondu. Au lieu de ça, il me regardait. Dans un murmure il a dit : « Ma chérie. Je reviendrai, ma chérie. »

Les infirmiers ont soulevé le brancard, qu'ils ont dirigé vers la porte. Links a crié à l'intention d'un des agents en uniforme : « Que deux d'entre vous l'accompagnent à l'hôpital. Dites-lui ses droits en route. Vous me le mettez en sécurité maximum, aucune visite. »

Je l'ai regardé partir. Il ne m'a pas lâchée du regard jusqu'au moment où ils ont tourné, me fixant de son œil vif, de son visage amical de meurtrier. Il me souriait derrière son masque de sang et de cloques.

Ensuite j'ai dit : « Et Fred ? »

Links a soupiré.

« Nous allons l'interroger tout de suite. Enfin dès que nous le pourrons.

— Et moi. Je peux m'en aller ?

— Nous allons vous raccompagner.

— Je vais rentrer à pied. Seule. »

Links s'est planté devant moi.

« Miss Blake, si vous refusez de rentrer dans une voiture de police, sous protection policière, je vous mets aux arrêts.

— Je crois, ai-je répondu aussi calmement que possible, je crois être plus en sécurité toute seule.

— Très bien », a-t-il conclu lourdement. J'ai vu la peur dans son visage : il considérait une disgrâce publique, sa carrière en lambeaux.

« J'ai toujours été plus en sécurité seule. »

23

Qu'est-ce que j'ai fait ensuite ? Qu'est-ce qu'on fait quand on vous rend une vie ?

J'ai passé la première journée et la nuit qui a suivi chez mes parents, j'ai aidé mon père à repeindre la cabane du jardin, je me suis allongée à plat ventre sur le couvre-lit en chenille dans mon ancienne chambre, l'odeur de boules antimites et de poussière dans le nez, tandis que ma mère remuait ses casseroles d'une main anxieuse dans la cuisine, à préparer des tasses de thé laiteuses et des biscuits au gingembre que je n'allais pas manger. À chaque fois qu'elle me croisait elle me fixait de ses yeux cerclés de rouge, elle me pressait l'épaule ou me passait une main timide dans les cheveux. Je leur avais confié un peu de ce qui s'était passé, mais j'avais omis tous les détails. Tous les détails importants.

Ensuite je suis retournée à l'appartement et j'ai tout rangé. Ma première idée avait été de déménager tout de suite, de faire mes bagages et de recommencer, mais à quoi cela aurait-il servi ? Je ne pouvais pas tout recommencer en moi. Je n'en avais pas envie. Alors j'ai ouvert toutes grandes les portes-fenêtres, j'ai enfilé une vieille salopette de coton qui paraissait m'avoir été donnée pour me faire une blague, en tous les cas je n'avais pas le moindre souvenir de l'avoir achetée. J'ai allumé la radio pour l'entendre faire résonner des mélodies aussi gaies qu'insipides d'une pièce à l'autre. J'ai passé en revue chaque tiroir. J'ai rempli des sacs-poubelle entiers de collants filés, de vieilles enveloppes, de bouts de savon durcis, de rouleaux de papier toilette terminés, de stylos qui fuyaient, de fromages couverts de moisissures. J'ai mis les journaux en pile pour le recyclage, ainsi que les bouteilles dans un grand carton. J'ai rangé mes vêtements dans l'armoire, les uns pliés, les autres suspendus, j'ai rempli un panier de linge sale, j'ai fait une pile des factures, versé de l'eau de Javel dans l'évier, les toilettes ainsi que dans tous les coins qui paraissaient en avoir besoin. J'ai dégivré le frigo, frotté le sol de la cuisine. J'ai nettoyé les vitres. J'ai même dépoussiéré, bon sang.

Ça m'a pris deux jours. Pendant deux jours je me suis tout simplement acharnée à la tâche, du matin jusqu'au soir. C'était comme une méditation. Je pouvais penser sans vraiment réfléchir, laisser les souvenirs faire surface sans les poursuivre, sans les traquer jusqu'à leur source. Je ne me sentais pas euphorique, même pas franchement soulagée, mais petit à petit j'avais l'impression de reprendre pied dans ma vie. J'ai pris la carte de Morris sur mon bureau, je me suis souvenue de son œil brillant qui me regardait au moment où on l'emportait, et je l'ai mise avec le reste des ordures dans le sac-poubelle. J'ai chiffonné la feuille recouverte de ce que j'avais recopié sur les dossiers que Cameron avait fauchés pour moi et je l'ai également mise à la poubelle, mais pas sans avoir au préalable pris l'adresse de Louise. J'ai trouvé deux petits boutons par terre. Appartenaient-ils à Cameron? Je les ai tenus une minute dans la paume de ma main avant de les déposer dans un carton à chaussures qui à partir de maintenant ferait office de boîte à couture.

J'ai filtré tous mes appels — et il y en a eu un paquet, parce que les premiers éléments de l'affaire étaient arrivés aux oreilles des médias. Il y avait même des photos de nous, de Zoë, de Jenny et de moi (je ne sais d'ailleurs pas qui avait bien pu leur donner la mienne), trois photos en rang qui barraient la page trois du *Participant*, comme si nous étions mortes toutes les trois. Ou bien toutes vivantes. Des journalistes ont téléphoné, des amis qui voulaient soudain renouer contact. Cameron a appelé à plusieurs reprises, d'une voix sifflante qui disait l'urgence, le secret. Des gens que je n'avais rencontrés qu'une ou deux fois m'ont également appelée, le souffle coupé d'avoir découvert qu'ils connaissaient une personne qui avait soudain accédé à un bref semblant de célébrité. Je n'ai jamais décroché.

Je n'ai pas décroché avant le matin du quatrième jour, une belle matinée venteuse qui laissait le soleil s'écouler par les portes-fenêtres ouvertes, alors que les premières feuilles d'automne s'éparpillaient sous le poirier, à l'endroit où j'avais pour la première fois passé les bras au cou de Cameron pour l'embrasser. J'étais en train de penser qu'il me faudrait m'attaquer au jardin ensuite, à commencer par les orties à arracher, quand le téléphone a sonné et que le répondeur s'est mis en marche.

« Nadia, a dit une voix qui a arrêté ma main au moment où je versais de l'eau bouillante sur un sachet de thé. Nadia, c'est Grace. Grace Schilling. » Puis une pause. « Nadia, si vous m'entendez, pourriez-vous décrocher ? » Ensuite : « S'il vous plaît. C'est urgent. »

Je suis allée jusqu'au téléphone. « Je suis là.

— Merci. Écoutez, on pourrait se retrouver ? J'ai quelque chose d'important à vous dire.

— Vous ne pouvez pas le dire au téléphone ?

— Non. Il faut que je vous voie.

— C'est si important que ça ?

— Je le pense. Puis-je passer chez vous dans, disons, trois quarts d'heure ? »

J'ai balayé des yeux mon appartement rutilant qui sentait l'eau de Javel et la cire. « Non. À Hampstead Heath ?

— Je vous retrouve de votre côté. À dix heures, près du pavillon.

— Parfait. »

Je suis arrivée en avance, mais elle était déjà là. Il faisait bon et pourtant elle était emmaillotée dans un long manteau, comme en hiver. Ses cheveux étaient retenus dans un catogan austère, ce qui lui faisait un visage étrangement plat, plus vieux et plus fatigué que dans mon souvenir. Nous avons échangé une poignée de main formelle avant de commencer à remonter la colline où un homme seul faisait voler un immense cerf-volant acrobatique rouge, qui claquait et tressautait dans le vent.

« Comment vous sentez-vous ? » a-t-elle demandé, mais je me suis contentée de hausser les épaules. Je ne voulais pas discuter de ma santé mentale avec elle.

« Qu'est-ce que vous vouliez me dire ? »

Elle s'est arrêtée pour sortir de sa poche un paquet de cigarettes. Elle a craqué une allumette dans le creux de sa paume puis elle a pris une profonde inhalation. Ensuite elle m'a longuement regardée de ses yeux gris. « Je suis désolée, Nadia.

— C'était ça, la chose importante ?

— Oui.

— Oh, alors. » J'ai envoyé promener un caillou qui se trouvait sur notre chemin et je l'ai regardé rouler dans l'herbe. Au-dessus de nos têtes, le cerf-volant rouge dessinait des loopings. Il dansait. « Et que voulez-vous que je vous réponde ? »

Elle a froncé les sourcils mais n'a rien dit.

« Vous voulez que je vous pardonne, c'est ça ? lui ai-je demandé, curieuse. Je veux dire, après tout, ce n'est pas moi qui suis morte. » Elle a frémi. « Je ne peux pas vous prendre dans mes bras tout simplement et vous dire : "Allez, allez, c'est fini." »

Elle a fait un geste impatient de la main, comme pour écarter une nuée d'insectes qui aurait occupé l'espace entre nous.

« Ce n'est pas ce que je cherche. Je vous le dis parce que je suis désolée, c'est tout.

— Alors ce sont eux qui vous ont envoyée ? S'agirait-il d'excuses de groupe ? »

Elle a souri puis aspiré une bouffée de cigarette. « Mon Dieu, non. Tout le monde a reçu l'interdiction d'entrer en contact avec les témoins. »

Nouveau sourire sec. « Question de procédure légale en cours, d'enquête interne. Sans parler des documentaires télé.

— Alors comme ça vous avez des ennuis.

— Oh oui, a-t-elle répondu sur un ton vague. Mais ce n'est rien. Il est normal que nous ayons des ennuis, Nadia. Ce que nous avons fait était... » Elle s'est reprise. « J'allais dire que c'est impardonnable. C'était de l'ordre de la faute professionnelle. C'était idiot. Aveugle. Une erreur monumentale. »

Elle a fait tomber sa cigarette qu'elle a écrasée du bout de son escarpin. « Je devrais peut-être enregistrer ça pour l'avocat de Clive. » Elle a froncé les sourcils. « En effet, il a entamé une action en justice. Ainsi que la tante de Zoë. Mais ça ne m'importe guère, à vrai dire. Ce qui m'importe, c'est Zoë et Jennifer. Et vous. Ce qui m'importe, c'est ce que vous avez dû subir. »

Nous avons quitté l'allée et entamé la descente vers le petit lac. Des ridules de vent parcouraient la surface de l'eau tandis qu'une pluie de feuilles tombait à nos pieds. Un petit enfant était debout à côté de sa mère en train d'envoyer des morceaux de pain en direction des gros canards indifférents.

« Ce n'était pas vraiment votre faute, ai-je prudemment avancé. Ce n'était pas votre décision, n'est-ce pas ? Je veux dire, de garder le silence sur ce qui se passait. »

Elle m'a regardée sans répondre : elle avait décidé d'accepter toute sa responsabilité, sans détour.

« Pour ce que ça vaut, j'ai continué, je pense que dans les limites de la situation, vous ne vous êtes pas montrée aussi malhonnête que vous auriez pu l'être.

— Merci, Nadia. Mais je ne crois pas que j'inscrirai ça sur mon CV. C'est bizarre, a-t-elle continué, je n'arrête pas de dire qu'il faut prendre le contrôle de sa vie, mais tout m'a échappé. Il a suffi d'une mesure — ne pas révéler la mort de Zoë à la presse, pour ne pas effrayer la population locale, pour ne pas apparaître incompétents, voire pis — qui a entraîné la suivante, puis la suivante, et en moins de temps qu'il n'a fallu pour s'en rendre compte, pour nous en rendre compte, nous nous sommes retrouvés sur cette voie où le demi-tour était impossible. Et nous avons fini par mentir et mentir encore sans nous occuper des gens qui nous faisaient confiance. » Elle m'a gratifiée d'un sourire contrit. « Mais ce n'est pas une excuse, au passage.

— Toute cette peur...

— Oui.

— Je n'ai jamais vraiment réussi à croire en Dieu. Et vous ? »

Elle a secoué la tête.

« Il y a ces deux femmes dont je me sens proche, bien que je ne les aie jamais rencontrées. Et ensuite il y a ces deux hommes que par contre j'ai rencontrés, bien entendu. Et vous ? »

Elle a pris une profonde inspiration. « J'ai rencontré Fred au moment où on l'a interrogé après la mort de Zoë, et ensuite bien sûr j'ai rencontré Morris, après que vous avez découvert qu'il vous connaissait toutes les deux, vous et Jenny Hintlesham.

— J'ai besoin de votre aide à ce sujet, Grace. Vous connaissez ces choses-là. Ils paraissaient normaux. Pouviez-vous imaginer, vous comprenez, quand vous les avez rencontrés, pouviez-vous savoir que c'étaient des meurtriers ? Y avait-il quelque chose chez eux, je veux dire, chez Fred par exemple. Avait-il un passé de violence ?

— Aujourd'hui oui.

— Je veux dire...

— Je sais ce que vous voulez dire. Vous voulez que je vous affirme que ces hommes sont différents, pas vrai ? Vous voulez leur apposer une étiquette. Dangereux. Ou fous. » Nous nous sommes arrêtées devant le lac et elle s'est allumé une nouvelle cigarette. « C'est ce qui va se passer, bien entendu. Des gens comme moi vont interroger Morris, on va découvrir qu'il a été victime d'abus ou de négligences, qu'il se faisait battre ou qu'il était trop gâté, qu'il a vu une cassette vidéo ou qu'il est tombé sur la tête un jour où il grimpait sur un jeu. Et quelqu'un finira par aller trouver la presse pour révéler que Fred l'a frappé il y a cinq ans, que sais-je encore. Et après ça il va y avoir des hommes politiques ou des experts qui vont s'échauffer les cordes vocales à se demander pourquoi personne ne s'était rendu compte de rien.

— Et puis ?

— Il n'y avait rien de particulier à remarquer. Quand quelqu'un commet un meurtre, dans la plupart des cas la victime fait partie de ses proches. C'est ce que révèlent les chiffres. Fred s'est fait larguer par Zoë, il s'est senti humilié, furieux, et là-dessus, pas de chance pour tous les deux mais surtout pour Zoë, il s'est trouvé seul avec elle. Et il l'a tuée. C'est aussi simple que ça.

Ça arrive tous les jours. Il n'est sans doute pas plus violent que beaucoup de gens, sauf qu'il se trouve qu'il a commis un meurtre passé inaperçu parce que la victime recevait des lettres de menace de quelqu'un d'autre.

— C'est rassurant, ai-je sèchement remarqué.

— Je n'avais pas l'impression que vous cherchiez à être rassurée. Je ne crois pas que vous l'ayez jamais cherché. Ce n'est pas votre style, je me trompe ? Pour ce qui est de Morris... eh bien certes, Morris est différent, en effet, on peut peut-être dire qu'il est fou, de même qu'on dira de n'importe quel type qui commet des crimes absurdes qu'il est fou. Ou mauvais, si on croit à ce genre de termes. Mais ça ne nous mène nulle part, n'est-ce pas ? Parce que ce qui vous gêne c'est que malgré toute cette terreur, toute cette horreur, toutes ces morts, il n'y a pas de leçon à tirer, pas d'étiquette à coller.

— Oui.

— Exactement. » Nous avons continué d'avancer, nous sommes retournées sur le chemin que nous avions quitté. Pendant quelques minutes nous n'avons pas échangé un mot.

« Je peux vous demander quelque chose, Nadia ?

— Bien sûr.

— Ça me titille depuis longtemps. Comment diable avez-vous réussi à mettre le nez dans les dossiers ?

— Oh, ça... J'ai couché avec Cameron Stadler, ensuite je lui ai fait du chantage. »

Elle m'a regardée comme si je venais de lui mettre une gifle. Son visage était comique.

« Ne me posez pas de questions. Les détails n'ont pas d'intérêt. »

Elle s'est alors mise à rire, un rire irrégulier, pas tout à fait joyeux, mais je me suis jointe à elle et bientôt nous nous sommes retrouvées dans les bras l'une de l'autre, secouées de rire, gloussant comme des adolescentes. Puis soudain elle a cessé, son expression est redevenue grave.

« Vous ne pouvez pas passer votre vie à vous sentir coupable, ai-je remarqué.

— Vous voulez parier ?

— Pas vraiment. »

Nous sommes arrivées à une intersection et elle s'est arrêtée. « Je continue par là, a-t-elle dit. Alors au revoir, Nadia.

— Au revoir. »

Elle m'a tendu la main, je l'ai serrée. Puis j'ai commencé à repartir sur le chemin par où j'étais arrivée, vers l'endroit où le cerf-volant continuait à se balancer dans le vent.

« Nadia ! »

Je me suis retournée. « Oui ?

— Vous nous avez sauvés, a-t-elle crié. Nous, vous, les autres femmes qui auraient suivi. Vous nous avez sauvés, nous tous.

— Ce n'était qu'un coup de chance, Grace. J'ai eu du bol. »

24

Il faisait trop froid pour neiger. Le ciel était d'un bleu glacé, les trottoirs scintillaient encore du givre de la nuit précédente. Mon souffle dessinait des nuages de fumée dans l'air, les larmes me montaient aux yeux, je sentais mon nez rouge et douloureux, le froid me piquait le menton pardessus la laine de ma vieille écharpe miteuse qui me démangeait. Le vent tranchait comme une lame. Je marchais vite, tête baissée.

« Nadia ! Nadia ! » Une voix jeune m'est arrivée par bourrasques depuis le trottoir opposé. Je me suis retournée et j'ai plissé les yeux.

« Josh ? »

C'était lui. Il était en compagnie d'un groupe de garçons et de filles de son âge, tous emmitouflés dans de grosses vestes et des bonnets épais à se bousculer du coude, mais il a traversé pour venir à ma rencontre. « Je vous rattraperai », leur a-t-il crié en leur signifiant de continuer d'un geste de la main. Il paraissait plus solide que dans mon souvenir, moins pâle, moins filiforme. Il s'est arrêté à quelques pas de moi et nous nous sommes souri, un peu gênés.

« Joshua Hintlesham, j'ai beaucoup pensé à toi, ai-je déclaré en optant pour un registre joyeux.

— Comment vas-tu ?

— Je suis en vie.

— C'est bien », a-t-il dit, comme si un doute persistait encore. Il s'est retourné, l'air nerveux. « J'aurais dû t'appeler. Je me sentais mal. D'être venu avec Morris et tout... Et tout le reste. »

Plus de cinq mois semblaient me séparer de la dernière fois où je l'avais vu affalé sur mon canapé, un tas d'os pitoyable. Je ne savais pas quoi lui dire parce qu'il y avait trop de choses entre nous : une grande montagne d'horreur, de perte, de peur.

« Tu as le temps de prendre un café ou quelque chose ? » Il a ôté son bonnet en parlant et j'ai vu qu'il s'était teint les cheveux en orange vif et fait percer l'oreille.

« Et tes amis ?

— Ce n'est pas grave. »

Nous avons marché sans parler jusqu'à un petit café italien. À l'intérieur il faisait sombre, chaud et enfumé. Une machine à expresso sifflait et crachotait au comptoir.

« Merveilleux ! » J'ai soupiré, je me suis débarrassée de mon manteau, de mon bonnet, de mon écharpe et de mes gants.

« C'est moi qui invite, a-t-il dit en essayant d'avoir l'air naturel mais tout content de lui malgré tout, tandis qu'il faisait tinter la monnaie dans sa poche.

— D'accord, gosse de riche. Je vais prendre un cappuccino.

— Et rien à manger ? » a-t-il demandé, la mine pleine d'espoir.

Je ne voulais pas le décevoir. « Un de ces croissants aux amandes, alors. »

Je me suis assise à une table dans un coin et je l'ai observé pendant qu'il passait la commande. Le fils aîné de Jenny penché au comptoir avec ses cheveux orange, qui tentait d'être un homme, qui essayait son allure cool et assurée devant moi. Il avait dû avoir quinze ans, j'ai calculé. C'était presque un homme à présent. Dans quelques années il en aurait terminé avec l'école.

Il a posé mon café et mon croissant devant moi. Il s'était pris du chocolat chaud qu'il buvait à petites gorgées précautionneuses. Une légère moustache mousseuse s'accrochait à sa lèvre supérieure. Nous avons de nouveau échangé un sourire.

« J'aurais dû t'appeler », a-t-il répété.

Nous avons bu quelques gorgées puis nous nous sommes regardés par-dessus le rebord de nos tasses.

« J'ai entendu que tu avais bien arrangé Morris.

— C'était lui ou moi.

— Tu as vraiment utilisé un fer à repasser ?

— C'est exact.

— Ça a dû lui faire mal.

— Oh ça oui.

— J'imagine que ça devrait me faire plaisir. Tu as entendu parler de ces gangs de Yakusa au Japon ? Quand ils te tuent, c'est lentement : ils t'arrangent jusqu'à ce que tu perdes connaissance. Ensuite ils te traînent dehors, ils te font passer une voiture sur le corps, ce qui te brise tous les os. Il existe une théorie selon laquelle la douleur se ressent à un niveau très primitif qui fait qu'on la perçoit même quand on est dans le coma ou en train de mourir.

— Sympa, ai-je répondu en faisant la grimace.

— J'ai eu le sentiment pendant un temps que j'aurais dû faire quelque chose à Morris. Je le revoyais en train de se balader avec moi. Pendant tout ce temps-là il savait ce qu'il avait fait à maman.

— Je pense que ça faisait partie du jeu.

— Après ça je me suis dit : et puis merde. Mais peut-être le jour où il sortira.

— Quand il sortira, il sera devenu un vieillard gâteux.

— Un vieillard gâteux avec un genou arthritique, a complété Josh avec un sourire triste.

— J'espère bien. Fred sortira plus tôt. J'en ai discuté avec Links. Le procès ne se tiendra pas avant l'année prochaine mais pour un truc mineur comme d'étrangler son ex-petite amie parce qu'elle t'a largué, il ne fera pas plus de huit à dix ans. »

Il a posé sa tasse sur la table puis s'est passé le pouce sur sa lèvre supérieure, essuyant la trace de chocolat. « Je ne sais pas ce que je veux te demander », a-t-il dit. Sa frustration était palpable. « Je pense souvent à te demander ce qui s'est passé, mais maintenant je ne sais pas vraiment. Je sais ce qui s'est passé et tout, j'ai appris tout ça, ce n'est pas le problème. » Il a froncé les sourcils, il m'a regardée, l'air désarmé, avec ces yeux qui m'avaient toujours fait penser à Jenny, et il a soudain eu l'air beaucoup plus jeune.

Il m'est réapparu tel que dans mon souvenir, celui de notre été désastreux.

« Tu penses qu'il y a quelque chose que je devrais pouvoir te révéler.

— Un truc dans le genre », a-t-il marmonné avant de passer le doigt dans un petit tas de sucre sur la table. Je me suis souvenue d'avoir dit à peu près la même chose à Grace, il y a tant de mois, à Hampstead Heath. J'ai pris mon inspiration.

« Morris a tué ta mère pour s'amuser. Ensuite il s'en est pris à moi et si je n'avais pas eu de chance tu pourrais te trouver assis avec la prochaine femme sur laquelle il aurait jeté son dévolu, celle d'après. Il n'y a pas de raison. Ça aurait pu être n'importe qui, seulement il se trouve que c'est tombé sur Jenny. Et je suis vraiment désolée, j'ai ajouté après un silence.

— Pas d'quoi, il a murmuré, en continuant de faire des dessins dans le sucre, sans lever les yeux.

— Comment ça se passe à l'école ?

— Je vais dans un nouveau lycée maintenant. Changer paraissait une bonne idée.

— En effet.

— C'est mieux. J'ai des copains.

— C'est bien.

— Et je vois quelqu'un.

— Tu veux dire, une petite copine ?

— Non. Quelqu'un. Pour parler de tout.

— Oh. Eh bien, ça aussi c'est bien. » Je l'ai regardé, sans savoir que faire.

« Et toi ?

— Moi ?

— Qu'est-ce que tu fais à présent ?

— Des choses et d'autres.

— Tu veux dire comme avant ?

— Ah non », j'ai corrigé d'une voix vigoureuse. Je lui ai montré le petit sac à dos en nylon que j'avais posé sous ma chaise. « Tu sais ce qu'il y a là-dedans ?

— Quoi ?

— Entre autres choses, cinq balles de jongleur. »

Il m'a regardée comme s'il ne comprenait pas. « Cinq, j'ai répété. Qu'est-ce que tu en dis ?

— C'est dingue, a-t-il répondu, visiblement impressionné à présent.

— Mon grand projet c'est de laisser complètement tomber ce job, mais en attendant, je ne suis pas vraiment restée à me tourner les pouces.

— Montre-moi.

— Ici ?

— Allez, montre-moi.

— Tu y tiens vraiment ?

— Il faut que je voie ça. »

J'ai regardé autour de moi. Le café était presque vide. Je les ai sorties du sac, trois dans une main, deux dans l'autre. Je me suis levée.

« Tu regardes ?

— Oui.

— Il faut que tu te concentres.

— C'est ce que je fais. »

Je me suis lancée. Tout s'est bien passé pendant environ une seconde, après quoi elles ont commencé à partir dans toutes les directions. L'une d'elles a heurté Josh, l'autre est tombée sur ma tasse vide.

« Ça te donne une idée générale », j'ai dit avant de me glisser sous la table pour en récupérer une qui avait filé dans le coin.

« C'est tout ? a-t-il protesté en souriant.

— Eh bien, si c'était si facile, tout le monde le ferait.

— Non, c'était super », a-t-il dit, puis il s'est mis à rire, à rire à gorge déployée. C'était peut-être mon cadeau à Josh, et mon au revoir : Nadia la boute-en-train, celle qui n'était pas morte, qui balançait des balles de couleur dans un petit café sombre. Un gloussement, à moins qu'il ne s'agisse d'un sanglot, m'est monté à la gorge. J'ai ramassé les balles, que j'ai remises dans le sac.

« Je ferais mieux d'y aller, j'ai dit.

— Moi aussi. »

Nous nous sommes embrassés à la porte du café, une bise sur chaque joue, puis nous sommes sortis dans les rafales de froid. Au moment de tourner pour partir chacun dans sa direction, il a dit : « Je continue à mettre des fleurs sur sa tombe, tu sais.

— Ça me fait plaisir.

— Je n'oublie pas.

— Oh, Josh ! Tu as le droit d'oublier par moments. Tout le monde a le droit d'oublier. »

Mais au moment de descendre vers le canal, comme je le longeais pour rentrer chez moi, j'ai réfléchi. Je ne peux pas oublier. Je ne les oublierai jamais, les femmes qui sont mortes. Zoë et Jenny. Parfois je sais qu'elles sont parties. J'aurais beau attendre, elles ne sont plus là, elles ne le seront plus jamais, ces femmes que je n'ai jamais rencontrées. Mais parfois encore je me surprends à croire que je vais les apercevoir au prochain tournant dans la rue, quand je monte dans un bus bondé ou que je me faufile dans l'allée en quête d'une place, quand j'examine les visages dans une foule mouvante à la recherche de l'ami que je suis censée retrouver, quand j'ouvre les yeux le matin après un rêve qui paraissait vrai, même une fois terminé.

Je connais si bien leur visage, mieux que ceux de quiconque, mieux que celui de ma mère, de mon père, mieux que le visage d'un amant que j'avais un jour fixé avec passion et espérance. Je connais leur visage comme je connais le mien dans la glace. Je les ai regardées, regardées, à la recherche d'indices, priant pour qu'elles me livrent ce qu'elles savaient, pour qu'elles m'aident. La courbure d'un nez, l'inclinaison d'un menton, la façon exacte dont l'une souriait, découvrant ses dents brillantes ; cette manière que l'autre avait de froncer les sourcils, avec ce petit pli entre les yeux. Chacune de leurs rides, chaque sillon, chaque ligne, chaque ombre, chaque creux, je les connaissais, chaque nuance de leur peau, chacune de leurs douleurs.

Je ne les avais jamais rencontrées, et pourtant elles me manquaient. Je ne les avais pas connues à l'époque, et pourtant je les connaissais maintenant, maintenant qu'il était trop tard. Je les connaissais comme personne ne l'avait jamais fait. Et elles m'auraient connue, moi aussi. Peut-être ne nous serions-nous pas aimées, mais nous étions sœurs sous la peau, parce que leur peur était la mienne, leur honte était la mienne, leur rage était la mienne, comme leur panique, la violence qu'elles avaient subie, et ce sentiment qu'elles ne pouvaient rien faire, cette certitude que l'horreur ne cessait de se rapprocher. Je sais ce qu'elles ressentaient. Je l'avais ressenti moi aussi.

Les autres les oublieront petit à petit, ou au moins les laisseront-ils partir. C'est bien comme ça que les choses doivent se passer quand quelqu'un meurt. Les gens qui leur avaient dit qu'ils les aimaient répéteront les mêmes mots à quelqu'un d'autre. C'est bien, c'est normal : il n'y a que comme ça que nous pouvons continuer à vivre. Nous perdrions la tête si nous nous souvenions de tout, si nous nous y accrochions. Donc, elles vont glisser dans l'oubli. Tous leurs défauts, toutes leurs habitudes irritantes, leurs gestes spécifiques, vont s'effacer, et elles vont devenir vagues, moins nettes, moins humaines. Trop belles pour être vraies : des surfaces brillantes et vides sur lesquelles les autres pourront contempler leur propre reflet. Leurs tombes seront de moins en moins visitées, bientôt uniquement pour des dates anniversaires ou certains jours particuliers. Des gens raconteront des histoires comme quoi ils les ont connues un jour, parce que la proximité de la tragédie nous donne bizarrement un sentiment d'importance. Ils emploieront un chuintement révérencieux pour parler d'elles. Oh oui, c'était affreux, non, ce qui est arrivé à Zoë, à Jenny. N'était-ce pas désolant ?

Mais je ne peux pas les oublier comme ça. Je dois les porter en moi partout où je vais, vers cette vie que j'ai récupérée, ces années qu'elles n'auront pas eues, tout cet amour, ces pertes, ces changements qu'elles ne connaîtront jamais. Chaque jour je leur répète : Au revoir.

"Mariée à un inconnu"

Feu de glace

Nicci French

Un simple jeu de regards a suffi pour bouleverser la vie d'Alice London. Du jour au lendemain, elle renonce à son compagnon et à ses projets professionnels, pour épouser un inconnu qu'elle a croisé dans la rue et qui lui inspire une passion sans limite. Or le passé de cet homme reste auréolé de mystère. Alice sait uniquement qu'il était un célèbre alpiniste. Et elle voudrait bien en savoir davantage, mais son mari ne tarde pas à lui faire comprendre que la curiosité est un vilain défaut...

(Pocket n°11339)

"L'amour à mort"

À vif

Susanna Moore

En cherchant les toilettes du bar où elle boit un verre, Fiona surprend un couple s'adonnant à des jeux érotiques. Elle, qui entretient des relations sexuelles avec de nombreux partenaires, ne peut s'empêcher de les épier. Quelques heures plus tard, la jeune femme est retrouvée assassinée, le corps mutilé. Les 2 inspecteurs chargés de l'enquête commencent par soupçonner Fiona, dernier témoin à l'avoir vue vivante. Mais, peu après, elle est agressée en pleine nuit. La suspecte devient alors victime...

(Pocket n°10385)

Achevé d'imprimer sur les presses de

BUSSIÈRE

GROUPE CPI

à Saint-Amand-Montrond (Cher)
en juin 2004

POCKET - 12, avenue d'Italie - 75627 Paris Cedex 13
Tél. : 01-44-16-05-00

— N° d'imp. . 43057. —
Dépôt légal : janvier 2004.
Suite du premier tirage : juillet 2004.

Imprimé en France

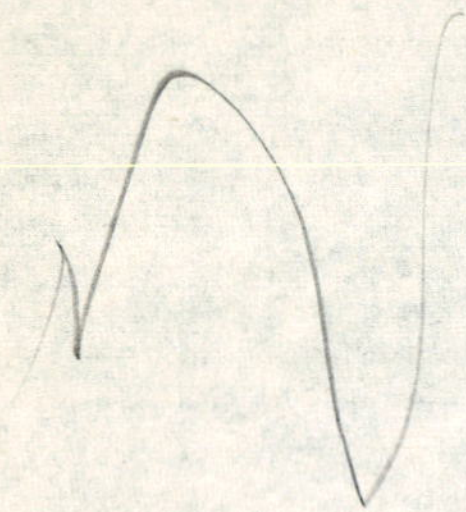